Sur l'auteur

Paul Doherty est né à Middlesbrough, dans le Yorkshire. Il est l'auteur de plusieurs séries historico-policières, dont les enquêtes de frère Athelstan, un dominicain du XIVe siècle ; les enquêtes de Hugh Corbett, espion du roi Édouard Ier ; celles d'Amerotkê, juge dans l'Égypte du XVe siècle avant J.-C., et la série Margaret Beaufort, matriarche de la dynastie Tudor. Il est aujourd'hui professeur d'histoire médiévale.

Site de l'auteur : www.paulcdoherty.com

PAUL DOHERTY

LA DERNIÈRE OMBRE

Traduit de l'anglais
par Elisabeth Kern

10
18

Titre original :
Dark Queen Watching

ISBN 978-2-264-08166-7
Dépôt légal : juin 2023

À ma chère amie Lady Grace,
pour son précieux soutien et ses encouragements.

NOTE HISTORIQUE

Au début de l'été 1471, en deux victoires éclatantes à Barnet et à Tewkesbury, Édouard d'York (qui sera bientôt proclamé Édouard IV) anéantit la puissance des Lancastre. Il devient alors « le maître de sa maison », efficacement secondé par son épouse, Elizabeth Woodville, ses deux frères, Richard et George, et d'anciens capitaines de guerre, dont Hastings et Norfolk. À l'intérieur du pays, son pouvoir est quasi incontesté. À l'extérieur, en revanche, certaines grandes puissances d'Europe ne voient pas ses succès d'un bon œil. La France, en particulier, s'inquiète : l'Angleterre est redevenue redoutable. Ne va-t-elle pas chercher à envahir de nouveau la Normandie, comme elle l'a fait au début du siècle, avant d'être repoussée par Jeanne d'Arc, la « Pucelle d'Orléans », sous le règne de l'incompétent Henri VI ? Édouard voudra-t-il ressusciter le vieux rêve anglais de piller la France et d'occuper ses grandes villes ? D'autres puissances, comme la Bourgogne ou la Bretagne, restent elles aussi aux aguets. Le drame se jouera bientôt, mais Édouard n'y consacre pas encore son attention. Une dernière ombre continue de planer et le préoccupe : Margaret Beaufort, comtesse de

Richmond, persiste à lui rappeler les revendications des Lancastre, désormais représentés par Henri Tudor, son fils. Le jeune prince a fui en Bretagne en attendant des jours meilleurs et Margaret, sa mère, ne doute pas qu'il finira par régner. Elle est prête à patienter le temps qu'il faudra pour cela.

Maison d'York

Édouard IV,
George de Clarence,
Richard, duc de Gloucester (le futur roi Richard III).

Maison de Lancastre

Jean de Gand, fils d'Édouard III, fondateur de la dynastie des Lancastre.

Jean, duc de Bedford, petit-fils de Jean de Gand, qui fut régent du royaume en attendant que son très jeune neveu, Henri VI, atteigne sa majorité.

Henri VI, son épouse Marguerite d'Anjou et leur fils, le prince Édouard.

Maison Tudor

Edmond Tudor, premier époux de Margaret de Beaufort, comtesse de Richmond, et demi-frère de Henri VI d'Angleterre.

Le père d'Edmond, Owen, a épousé Catherine de Valois, princesse française et veuve du roi Henri V, père de Henri VI.

Jasper Tudor, frère d'Edmond, oncle de Henri Tudor.

Henri Tudor, le futur Henri VII.

Maison de Margaret Beaufort

Margaret Beaufort, comtesse de Richmond, mariée en premières noces avec Edmond Tudor (Henri Tudor est né de cette union), en secondes avec Sir Humphrey Stafford, puis, enfin, avec Lord Thomas Stanley.

Jean Beaufort, premier duc de Somerset et père de Margaret.

Christopher Urswicke, clerc personnel et homme de confiance de Margaret Beaufort.

Reginald Bray, intendant principal de la maison de Margaret Beaufort et administrateur de ses finances.

Autres :

François, duc de Bretagne.

Charles, duc de Bourgogne.

John May : abbé de l'abbaye de Chertsey.

Sir Thomas Urswicke : Grand Juge de Londres.

Pierre Ier de Castille, dit Pierre le Cruel : roi de Castille.

Les commentaires en début de chaque partie attestent de la puissance et de la cruauté de la Garduna.

PROLOGUE

« La Garduna fut une armée secrète
qui tenait son pouvoir de Dieu Lui-même. »

Lucien Barras, maître clerc au *Cabinet noir**[1], la chambre secrète du roi qui se dissimulait dans les profondeurs du palais du Louvre, ignorait qu'il disparaîtrait de façon aussi impromptue que barbare en cette belle journée d'hiver. En ce qui concernait sa mort, l'on pouvait dire que les paroles des Écritures seraient tenues : « Je viendrai comme un voleur dans la nuit, et tu ne sauras ni le jour ni l'heure. »

Lucien chevauchait donc vers sa fin prochaine, éperonnant son cheval sur la route sinueuse qui reliait Paris à la ville fortifiée de Provins. Il avait rendez-vous à *La Salamandre*, une auberge isolée au fond des bois. Parvenu à l'intersection dite, il orienta sa monture sur un sentier encaissé entre des chênes centenaires et poussa un soupir de soulagement lorsque, débouchant enfin de leur obscurité oppressante, il vit

1. En français dans le texte, ainsi que les mots et expressions en italique suivies d'un astérisque. *(Toutes les notes sont de la traductrice.)*

se profiler les hauts murs d'enceinte de l'auberge et ses grilles en fer forgé, grandes ouvertes pour accueillir les voyageurs. L'officier royal mit pied à terre dans la cour des écuries et confia les rênes de sa monture à un palefrenier à la mine joviale. Il prit ensuite le temps d'étudier les lieux. Tout paraissait normal, chaque chose était à sa place. En somme, rien ne laissait supputer un quelconque danger. Il leva les yeux vers le ciel clair. Malgré le froid, il avait bénéficié d'une belle journée pour voyager. Ni pluie ni vents violents, tout juste quelques maigres nuées de brume rampante par moments, un air frais et vivifiant et un sol idéal sous les pas du cheval.

Il était en avance et il s'en réjouit ; il pourrait prendre le temps de se remettre et de se restaurer. Franchissant le porche, il remonta l'allée pavée qui menait à l'auberge. À peine eut-il franchi la porte qu'une délicieuse odeur de porc braisé, d'oignons frits et de ragoût de légumes le saisit aux narines. S'y mêlait le fumet de la soupe qui cuisait dans un chaudron suspendu au-dessus des flammes de la grande cheminée. Plusieurs clients étaient attablés : Lucien remarqua quatre joueurs qui se disputaient bruyamment autour d'un gobelet à dés et un groupe de chasseurs aux furets, avec leurs cages, leurs pièges et leurs sacs. Il y avait aussi bon nombre de laboureurs venus des champs et des fermes alentour. Le sol luisait de propreté, les tables étaient parfaitement récurées.

Il en choisit une au fond de la salle, sous une fenêtre aux volets clos. Une serveuse vint le voir aussitôt et il lui commanda du vin, du ragoût bien épicé et un bol de potage du chaudron. Puis il inspecta de nouveau le décor qui l'entourait. Nul ne semblait lui prêter attention. Tant mieux ! Consultant la haute chandelle de suif, il constata que sa flamme n'avait pas encore atteint la ligne correspondant à l'heure de son rendez-vous. Il but quelques gorgées de vin et rapprocha son ceinturon de lui. Il appartenait aux Luciferi et François, son capitaine, insistait sur la nécessité de ne pas relâcher sa vigilance. C'était là une consigne qu'il devait respecter plus que jamais en ce jour. Les Luciferi, réunis dans le *Cabinet noir**, avaient reçu des informations jugées fiables stipulant qu'une escouade de la Garduna, cette terrible légion de spadassins, avait quitté Tolède depuis peu, engagée par Dieu savait qui, en vue d'accomplir quelque action malfaisante au-delà des Détroits. Si Édouard d'Angleterre ne pouvait être qualifié de grand ami de la France, la Garduna, elle, vouait une hostilité profonde à la couronne française et à la maison de Valois. C'était un cancer dans le corps politique, une confrérie noire conspirant sans relâche contre la France, à distance et de l'intérieur. N'avait-elle pas, de nombreuses années auparavant, contribué à l'assassinat du duc d'Orléans dans les rues de Paris ? Un meurtre qui avait divisé la France et l'avait laissée vulnérable, à la merci des malandrins et de la puissante Angleterre. On disait aussi que c'était la Garduna qui avait capturé Jeanne d'Arc à Compiègne, à la suite de quoi celle-ci avait péri sur le bûcher à Rouen, en place publique. Oui, la Garduna avait enlevé la Pucelle pour le compte du duc de Bourgogne, qui lui avait ensuite prescrit de la livrer aux Anglais, sachant fort bien quel sort lui réserveraient ceux-ci.

François n'avait pas d'informations précises sur l'escouade. Il savait seulement qu'elle se dirigeait vers l'Angleterre et prévoyait d'y établir un campement. Plus que cela, il ne pouvait dire, sinon qu'un personnage très puissant et très riche avait sans doute loué ses services. La Garduna se vendait cher. Elle rassemblait autour d'elle de farouches guerriers organisés en différents groupes selon leurs talents spécifiques. Les Luciferi avaient reçu l'ordre de glaner des renseignements partout où ils le pouvaient. Lucien avait donc déployé très loin ses filets, soucieux de récolter la moindre bribe d'information que pourraient obtenir ses multiples informateurs, hommes et femmes, à Paris et au-delà. L'un de ceux-ci, Étienne, un marchand de vin qui exerçait sa profession entre la grande ville et Provins, lui avait expédié la veille un message concernant une conversation surprise dans cette auberge même : deux individus qui s'exprimaient en espagnol, convaincus sans doute que nul dans la salle ne les comprendrait. Ils se trompaient. Étienne était né d'une mère castillane et il parlait bien l'espagnol. Il avait suivi toute la conversation et compris que ces deux hommes allaient ensemble rejoindre des camarades. Ils semblaient mêlés à une audacieuse entreprise visant à infliger de graves torts à la France, à l'Angleterre et, surtout, à la maison de Lancastre.

— *Monsieur** ?

Tiré de ses pensées, Lucien regarda l'aubergiste qui s'adressait à lui, sanglé dans un épais tablier de cuir taché de sang.

— Vous êtes bien *monsieur** Lucien ?

— Peut-être… Pourquoi ?

— Mes excuses, *monsieur** Lucien, je ne voulais surtout pas commettre d'erreur. Vous attendez une personne du nom d'Étienne, c'est bien ça ?

— Tout à fait.

L'aubergiste désigna le plafond.

— Votre ami est arrivé il y a une heure. Il nous a dit qu'il avait rendez-vous avec vous et qu'il était en avance. Il a demandé une chambre pour se reposer et il vous y attend. Je vous fais mes excuses, *monsieur**, j'aurais dû vous le signaler dès votre arrivée chez nous !

— Ce n'est pas grave…

Lucien se leva en ramassant son manteau et son ceinturon. L'aubergiste esquissa un geste vers l'extrémité de la grande salle.

— Prenez l'escalier du fond. Ce sera la porte avec la lettre A peinte dessus.

Lucien le remercia. Quelques instants plus tard, il s'engageait dans un couloir mal éclairé et trouvait sans peine la porte indiquée. Il frappa et, en l'absence de réponse, actionna le loquet pour pousser le battant sans bruit. Dans la lumière diffuse, il vit Étienne allongé sur le ventre.

— Étienne ? appela-t-il. Étienne ?

Il s'approcha et, le saisissant par l'épaule, sentit sous ses doigts un liquide poisseux. Il se redressa brusquement et se retourna, sur le qui-vive. Deux silhouettes encagoulées surgirent alors de l'obscurité. Il batailla avec son ceinturon pour sortir une arme, mais c'était trop tard. L'une des formes sombres avait déjà levé sa dague. Il reçut le coup fatal à la gorge et s'effondra, tremblant, tressautant, pour s'étouffer dans son sang. Ses deux assaillants le regardèrent mourir. Dès qu'il eut rendu son dernier soupir, ils vidèrent ses poches, prirent sa bourse et le débarrassèrent de son manteau et de son ceinturon. Ils firent de même avec Étienne et, à la lumière d'une petite lanterne, fouillèrent la chambre à la recherche d'autres objets de valeur.

— Et voilà, Manelato, la boucle est bouclée !

L'homme qui avait parlé était grand et fort. Il avait de longs cheveux bruns et un visage hâlé que dissimulaient une moustache et une barbe fournies.

— Oui, maître.

— Assieds-toi là !

Manelato s'installa sur le tabouret indiqué. Le maître, comme il se faisait appeler, en prit un autre qu'il posa tout près, puis se pencha en avant et fixa le jeune homme droit dans les yeux.

— La boucle est bouclée, répéta-t-il. Nous sommes revenus dans cette auberge ; eux, ce sont des Luciferi, précisa-t-il en désignant les deux corps, et nous, nous appartenons à la Garduna, qui est sacrée pour nous et à laquelle nous sommes dévoués corps et âme. À présent, mon ami, attendons !

— Attendre quoi ?

— Eh bien, Juan, pardi ! Le camarade avec qui tu bavardais quand celui-là (il désigna le corps d'Étienne) vous a entendus. C'est bien lui ?

— Oui…

— Bon. Eh bien, j'ai demandé à Juan de monter ici, tout comme à toi. Vous n'étiez que tous les deux hier, n'est-ce pas ? Il n'y avait personne d'autre ?

— Non, maître.

— Tu en es sûr et certain ?

Le chef saisit la main de Manelato, la broyant presque.

— Tu en es sûr et certain ? insista-t-il.

— Oui, maître, évidemment ! Mais pourquoi restons-nous ici ?

Le chef le lâcha et se caressa la moustache et la barbe sans cesser de le regarder dans les yeux.

— Il nous reste encore une chose à faire dans cette pièce, Manelato. Ensuite, nous serons tranquilles.

— Et nous pourrons partir pour la côte ?

— Parfaitement ! Et gagner très vite l'Angleterre. Une période bien excitante en perspective, Manelato !

— Pourquoi allons-nous là-bas ?

Manelato luttait pour empêcher sa voix de trembler, mais quels que fussent ses efforts, il ne pouvait masquer la terreur qui l'habitait, tandis qu'il restait assis là, dans la pénombre, près de ces deux corps en train de refroidir, face à cet individu énigmatique, son chef d'escouade, qui paraissait à la fois si calme et si menaçant. Un homme au sang chaud, féroce, impitoyable… Mais la même chose était vraie de tous les membres de la Garduna, et en particulier de ses chefs.

— En Angleterre, maître… ? précisa-t-il.

— On a besoin de nous là-bas. On a loué nos services.

— Et que ferons-nous ?

— Manelato, peux-tu imaginer ce que c'est que le monde à l'envers ?

— Le monde à l'envers ? Euh… un monde où les chiens ont des ailes et où les oiseaux pourchassent les chats ?

— Exactement, Manelato, c'est très bien dit ! Vois-tu, c'est ça, le monde de la Garduna ! Nous transformons toutes les choses, à la manière de la roue qui tourne. Nous ne portons allégeance à aucun prince, à aucun prélat, à aucun groupe d'individus. Nous avons nos propres lois et nos propres usages, et nous n'en tolérons pas d'autres. Mais tu dois déjà le savoir, non ? Même s'il n'y a pas très longtemps que tu as été recruté. Quand était-ce, déjà ?

— À la Saint-Michel.

À ces mots, le maître s'assombrit et, se penchant en avant, pressa l'index contre les lèvres de Manelato.

— Ni saint Michel ni aucun autre ! gronda-t-il. Les âmes, l'eucharistie et toutes ces absurdités de l'Église catholique ne nous concernent en rien, tu le sais bien ! Nous ne mesurons pas le temps comme eux, parce que nous sommes… la Garduna ! N'ai-je pas raison ?

Il tourna à demi la tête sans cesser d'observer Manelato du coin de l'œil et passa doucement le doigt sur une longue cicatrice qu'il avait derrière l'oreille.

— Cette entaille, expliqua-t-il au jeune homme qui l'interrogeait du regard, c'est le coup de dague d'un assassin. Un assassin mandé par ce qui s'appelle la sainte Inquisition. *Sainte*, tu m'as bien entendu… !

Il sourit.

— L'Église catholique est notre ennemie, tu le sais, comme le sont tous les princes de ce monde. Nous, nous sommes la Garduna et la Garduna n'obéit à personne. Alors, mon ami, conclut-il en tapotant l'épaule de Manelato, ne fais plus jamais référence ni à des fêtes ni à des pratiques catholiques ! C'est compris ?

— C'est compris, maître, je suis d'accord ! Mais pardonnez mon ignorance ! Je ne suis entré dans notre ordre que depuis septembre !

— Je sais. Tu es au niveau le plus bas, celui de *chivato*, de petit bouc. Un bouc que nous espérions futé. Alors, qu'allons-nous faire, me demandes-tu ?

Eh bien, notre escouade va gagner l'Angleterre, où règne Édouard d'York. Nous avons été engagés pour semer la terreur chez une comtesse vieillissante et c'est ce que nous ferons. Nous, la Garduna, avons été recrutés pour notre intelligence autant que pour notre férocité et donc, comme de bien entendu, il y aura un complot dans le complot.

— Comment ça, maître ?

— Oh ! disons les choses de cette façon : tu fractures un coffre et, à l'intérieur, tu en trouves un deuxième, tout aussi verrouillé que le premier. C'est exactement ce qui va se passer avec cette opération. Nous avons tout prévu : nous respecterons les deux pactes que nous avons conclus à Arras.

— Deux pactes, maître ?

— Eh oui ! Bah, je peux tout te dire maintenant…

Le maître s'interrompit, le temps de s'humecter les lèvres.

— … parce que tu ne pourras le répéter à personne. Oui, nous avons conclu deux pactes : le premier avec l'émissaire d'Édouard d'York, le second avec Charles, duc de Bourgogne.

— Et avons-nous des amis, des alliés en Angleterre ? On dit que cette île est sinistre et qu'il y règne un froid glacial. Il paraît qu'on ne peut se fier à personne là-bas.

— Tout comme personne ne peut se fier à nous ! ricana le maître.

Manelato sourit. Il se sentait détendu, conforté par la confiance que plaçait en lui le maître, qui conversait avec lui comme avec un égal.

— Eh bien oui, reprit le maître, des amis et des alliés nous attendent en Angleterre.

— Et en quel lieu séjournerons-nous ?

— Celui qui a été choisi est parfait.

— Et ensuite, maître ? Que va-t-il se passer ?

— Nous infligerons la terreur aux cibles qui nous ont été désignées et nous nous mettrons en quête de la dépouille d'un roi défunt.

— Un roi défunt, maître ? Mais pourquoi ?

— Vois-tu, Manelato, les morts aussi ont du pouvoir. C'est en tout cas ce qu'il semble... Bref, nous ne chômerons pas...

Il s'interrompit, car on venait d'entendre du bruit à l'extérieur.

— On dirait que notre visiteur arrive...

Les deux hommes se levèrent : un petit coup net fut frappé à la porte. Sur un signe du maître, Manelato ouvrit avec précaution et laissa entrer Juan, son ami et camarade, dans la chambre. Juan s'inclina devant le maître, puis demeura bouche bée en découvrant les corps ensanglantés, étendus l'un sur l'autre sur le lit et qui formaient un magma gluant qui brillait dans la pénombre.

— C'est singulier, je parlais justement des morts, murmura le maître en prenant la main de Juan. Certains ont de l'importance, mais la plupart, comme ces deux-là, n'en ont pas la moindre. Bon, venons-en aux faits, Juan : Manelato et toi, vous avez fait escale dans cette auberge il y a deux jours, à l'occasion d'un aller et retour que vous effectuiez pour préparer notre départ. C'est bien ça ?

— Oui, tout à fait...

— Et ensemble, vous avez discuté de notre mission secrète, qui portera atteinte non seulement à la maison de Lancastre, mais aussi aux pouvoirs français et anglais.

— Oui, maître. Nous avions entendu les rumeurs

qui couraient parmi nos frères et avions écouté vos discours avec attention.

— Avec la même attention que d'autres ont mise à surprendre votre conversation…

Il se tourna à demi pour désigner les cadavres.

— L'un de ceux-là s'appelle Étienne Langlois. C'est un mouchard à la solde des Luciferi, nos rivaux, qui siègent au *Cabinet noir** de Paris et qui ont tissé une toile tout autour de cette ville. Les Luciferi sont les serviteurs – non, disons plutôt les esclaves – de notre pire ennemi, Louis de France. L'autre homme est Lucien Barras, un membre éminent des Luciferi. Il a effectué le voyage jusqu'ici pour qu'Étienne lui transmette de vive voix ce qu'il a entendu.

— Mais comment avez-vous su tout cela, maître ?

— Comment ? C'est très simple, Juan ! Hier, quand vous êtes repartis, tous les deux, Étienne est resté ici. Il a demandé à l'aubergiste du parchemin, une plume d'oie, de l'encre et de la cire. Bien entendu, l'aubergiste s'est empressé de l'obliger. Étienne a donc rédigé son message, dans lequel il résumait ce qu'il avait saisi de votre conversation et fixait à Lucien une date et une heure de rendez-vous en ce lieu même. Il a scellé le parchemin et chargé un valet d'écurie d'acheminer la lettre jusqu'à la chancellerie du palais du Louvre. Mais ce qu'Étienne ne savait pas, c'est que l'aubergiste de *La Salamandre*, ainsi que beaucoup de ses semblables établis autour de Paris, est à la solde de la Garduna, tout comme, ajouta-t-il sombrement, il œuvre aussi, sans doute, au service des Luciferi.

— Mais nous avons été très prudents ! assura Manelato, alarmé.

— Oh oui, extrêmement prudents ! renchérit Juan.

Assis sur le coffre de la chambre, il jeta un rapide coup d'œil à son ami, qui se recroquevilla sur lui-même en s'humectant nerveusement les lèvres.

— Très bien, je poursuis donc mon récit… L'aubergiste, comme à son habitude, a intercepté la lettre, en a fait sauter le sceau et en a pris connaissance. Il l'a ensuite recachetée et l'a rendue au valet d'écurie en lui disant sans doute que, s'il tenait à sa place, il avait intérêt à ne pas révéler ce qu'il l'avait vu faire. Le garçon est parti et l'aubergiste, fort conscient de l'importance du message, s'est empressé de gagner *Le Prospect de Jérusalem*, une splendide hôtellerie sise à la porte de Saint-Denis, où réside en permanence quelqu'un de notre compagnie. Cette personne l'a bien écouté, puis m'a rapporté son message. Dans la lettre, je vous l'ai dit, Étienne fournissait le jour, l'heure et le lieu du rendez-vous. J'ai donc pris quelques hommes et je les ai emmenés non loin d'ici…

Il prit une profonde inspiration.

— … et nous voilà donc prêts à régler cette affaire. J'ai estimé approprié que Manelato se joigne à moi…

— Mais pas moi, alors ?

— Oh si, toi aussi, bien sûr ! Vous vous chargerez ensemble de l'aubergiste. Cela résoudra le problème une bonne fois pour toutes. Allez, passez-moi le sac !

Manelato, dès lors dans un état d'agitation extrême, se leva pour aller ramasser dans un coin sombre le sac que son chef avait monté dans la chambre. Le maître le saisit, en défit le cordon et en sortit deux arbalètes à main et un petit carquois rempli de carreaux. Après avoir amorcé les deux armes en tirant sur la corde et en glissant la pointe dans la rainure, il posa la première à ses pieds et garda l'autre sur ses genoux.

— Maître... ?

— Cet aubergiste mérite une sanction, Manelato. Il est censé être à mon service. Alors certes, il m'a informé de ce message, mais il a également permis que les Luciferi le reçoivent !

Il agita l'index.

— Ce vieux fumier compte être rétribué par eux comme il l'est par moi. Et, par ailleurs, n'oublions pas que cette minable pourriture a vu nos visages à tous les trois. Alors, vous ne partagez pas mon avis ?

Ses deux compagnons hochèrent la tête avec énergie.

— Très bien ! approuva-t-il. Mais tout d'abord, c'est vous que je dois punir !

Il souleva vivement l'arbalète qu'il avait à la main et l'orienta vers Juan. Avant que celui-ci ait eu le temps de réagir, il débloqua le loquet et lâcha le carreau, qui vint heurter le visage du jeune homme, lui broyant la peau et les os et transformant sa chair en une bouillie sanguinolente. Manoleto esquissa un mouvement, mais déjà, le maître levait vers lui la seconde arbalète.

— Tu es un membre de la Garduna, siffla-t-il, et non une vieille lavandière qui jacasse au lavoir ! Au nom de tout ce que nous tenons pour sacré, que faisais-tu ? Tu brisais la loi du silence ! Tu as osé parler de nos projets dans une salle d'auberge !

— Non, non, ayez pitié !

— Le jugement est rendu et la sentence est tombée. Adieu !

Il libéra le loquet et la pointe acérée partit se ficher au milieu du front de Manolato, fendant la peau, l'os et la chair. Le maître regarda le sang jaillir. Quand le corps s'écrasa au sol, il se leva, prit le temps de réunir les possessions de ses victimes, empochant tout ce qui pouvait avoir de la valeur, puis remit les arbalètes dans le sac, jeta un dernier coup d'œil au massacre et quitta la pièce.

En bas, l'aubergiste guettait son retour. Son visage rond et son crâne chauve brillaient de sueur. Le maître promena un regard circulaire sur la salle avant de s'intéresser à lui, puis vint glisser une pièce d'argent dans sa main graisseuse. Il regarda l'aubergiste la ranger dans une bourse suspendue à son cou par un cordon.

— Bon travail, lui dit-il à mi-voix. Mes amis vous rejoindront bientôt.

Après un vague salut de la tête, il sortit pour aller récupérer son cheval. Il vérifia le harnais avant de monter en selle, puis quitta la cour de l'auberge. Au lieu de s'engager sur le chemin tracé, il s'enfonça dans la forêt en éperonnant le puissant destrier jusqu'à une clairière. Une vingtaine de cavaliers l'attendaient là, immobiles comme des statues. Le maître appela son second.

— Alfonso ! Conduis tes amis à *La Salamandre* ! Une fois là-bas, vous refermerez bien les grilles derrière vous en veillant à ne laisser sortir personne ! Ensuite, pourfendez tous ces gens et incendiez l'auberge ! Qu'il n'en reste rien ! On y verra l'œuvre de brigands. Et si certains soupçonnent autre chose, c'est encore mieux : ils comprendront la leçon…

— Pas de prisonniers, maître ?

— Pas de prisonniers, comme d'habitude ! Allez, en route ! Ah… ajouta-t-il au milieu du cliquètement de harnais, tu verras que l'aubergiste garde sa bourse autour du cou. Prends soin de t'en emparer, elle contient ma pièce d'argent. Ne l'oublie pas, surtout !

— Et s'il y a d'autres objets de valeur ?

— Vous les rapportez, cela s'entend ! Comme toujours…

Alfonso leva la main et entraîna les cavaliers, qui filèrent entre les arbres telles des ombres. Le maître mit alors pied à terre et, les yeux mi-clos, écouta le chant des oiseaux s'éteindre tandis que s'élevaient de l'auberge au loin une clameur et divers autres sons : cris, ordres lancés, implorations. Avec un demi-sourire, il rouvrit les yeux pour regarder par-dessus les cimes les panaches de fumée noire qui commençaient à obscurcir le ciel et chargeaient la brise d'une âcre odeur de brûlé.

— Nous sommes la Garduna, murmura-t-il. Et nous n'obéissons à personne…

Margaret, comtesse de Richmond, était agenouillée sur son *prie-Dieu** devant le triptyque de son petit salon privé. Cette pièce était pour elle le saint des saints et le triptyque, qui représentait saint Georges d'Angleterre portant les couleurs des Beaufort, en était la raison. Elle contemplait la peinture. Elle eût juré que le saint ressemblait à son père, Jean Beaufort, premier duc de Somerset. Elle se signa. Elle se souvenait du jour qu'elle nommait « les prémices du grand tourment », la naissance de ce malaise qui l'habitait, de cette sensation diffuse que les Beaufort étaient maudits. Le sort qu'avait connu son père semblait le confirmer : rappelé de France après y avoir subi défaite sur défaite, Jean Beaufort avait été retrouvé sans vie dans sa chambre à coucher. Pour certains, il était mort empoisonné, pour d'autres, c'était une syncope cardiaque. On murmurait aussi que, ravagé par ses déconfitures, il avait mis fin à ses jours. Margaret n'avait jamais réussi à faire la lumière sur cette question. Néanmoins, le décès de son père avait, semblait-il, appelé une avalanche de catastrophes, qui avaient culminé dans l'accablante défaite de Tewkesbury, où le rêve des Beaufort s'était vu relégué aux oubliettes au terme d'un bain de sang. Or Margaret entendait prouver qu'il n'y avait pas de malédiction. Seule vraie descendante des Beaufort, elle était résolue à restaurer l'honneur de sa famille et la gloire de sa maison.

— Si puissants… murmura-t-elle en égrenant les perles de son rosaire entre ses doigts fins. Nous qui étions si puissants avons été si prestement anéantis !

Les yeux fermés, elle repassa dans son esprit les ouragans successifs qui avaient jalonné sa vie : les défaites de Wakefield et de Towton, celles de Barnet et de Tewkesbury…

— Si soudaines et si rapides, souffla-t-elle. Et le changement fut si violent…

Le dernier bain de sang avait eu lieu six mois plus tôt dans le West Country. York y avait éliminé l'opposition. Le fils de Margaret, seul vrai Lancastre prétendant au trône, avait dû fuir. Avec Jasper, son oncle, et Lady Katarina, la demi-sœur de celui-ci, il se trouvait à présent à l'abri en Bretagne grâce, en particulier, à Lady Katarina, une femme avisée et astucieuse. Toutefois, Margaret n'ignorait pas que les York étaient prêts à tout pour le capturer, voire le supprimer. Dès lors, le jeune Henri était sans cesse obligé de passer d'un lieu à l'autre, d'aller se dissimuler dans tel ou tel endroit.

— Et moi aussi, murmura-t-elle, les yeux toujours

fixés sur le triptyque, je suis tentée de ne pas demeurer sur place…

Elle n'était pas la bienvenue en Angleterre. Les York la méprisaient, Édouard et ses frères la considéraient comme un chancre. Pour l'heure, toutefois, ils n'osaient pas lui porter atteinte.

— Et puis, il y a cet embarras… ajouta-t-elle pour elle-même.

Elle poussa un profond soupir. Elle venait d'enterrer son deuxième mari, Sir Henri Stafford, un homme de faible constitution qui ne s'était pas remis de ses blessures au combat. Tant qu'il vivait, Margaret avait disposé du soutien et de la protection de la puissante famille Stafford et de son chef, le très influent duc de Buckingham. Mais maintenant que Sir Henri s'était éteint, quel rempart lui offrirait-on ?

Des voix montant de la galerie troublèrent sa concentration, suivies du rire de son beau-frère. Sir John Stafford, escorté de deux compagnons, était venu de Bourgogne pour assister aux funérailles de Sir Henri.

— Très obligeant de sa part… murmura-t-elle.

Elle n'avait jamais entretenu de bonnes relations avec lui. Sir John n'avait guère apprécié de voir son frère l'épouser. Il haïssait les Beaufort et une alliance avec eux lui avait paru inopportune.

Margaret savait que le pouvoir qu'elle avait tiré du nom de Stafford serait désormais limité. Elle devenait vulnérable. Certes, elle avait ses deux hommes de confiance et de fidèles domestiques à ses côtés, mais elle ne pouvait réunir des troupes avec la même facilité qu'un autre grand seigneur.

— Allons, tout passe… fit-elle en s'adressant au triptyque. Rien ne dure, les choses changent.

Elle ferma les yeux et implora le Ciel que lui fût accordé ce qu'elle considérait comme les plus grandes des vertus : l'astuce et la résolution nécessaires pour affronter ses ennemis.

Elle se leva, ouvrit son psautier et saisit une lettre, qu'elle tint avec vénération, à la manière d'un prêtre élevant son ciboire. Elle n'en doutait pas, cette missive représentait sa meilleure protection. Un déplacement habile sur l'échiquier des intrigues de cour auquel ni ses amis ni ses ennemis ne s'attendaient. Seules elle-même et la personne à laquelle elle était destinée savaient quelle grande surprise se préparait. Même ses deux confidents, Christopher Urswicke et Reginald Bray, en ignoraient tout, pour le moment du moins. Elle leur expliquerait les choses en temps et en heure, mais là, ils étaient occupés à d'autres phases de la danse meurtrière. Une sanglante mascarade qui ne s'achèverait que le jour où Henri, son fils, recevrait la couronne du Confesseur en l'abbaye de Westminster. Entre-temps, elle continuerait à jouer le rôle de la veuve désorientée, de la comtesse solitaire qui chérissait en secret un rêve qu'elle était seule à ne pas avoir abandonné. Elle avancerait sans bruit, attendrait et observerait, patiente, en se répétant l'une de ses formules favorites : « Inutile de pendre ton ennemi, il finira par le faire tout seul. » Ainsi en serait-il. Les frères York jouissaient pour l'heure du pouvoir suprême, mais ils étaient en train de planter les graines de leur propre destruction. Ces graines-là germeraient un jour. Margaret et sa maisonnée devaient simplement prendre soin de subsister jusqu'au temps de la moisson.

Elle retourna s'agenouiller sur le *prie-Dieu** et reprit son rosaire. Chaque perle figurait une difficulté ou un défi. Tout d'abord, elle devait voir son fils bien-aimé. La rencontre aurait lieu sous peu. Cette femme admirable qu'était Lady Katarina et le loyal oncle de Henri, Jasper Tudor, se chargeraient d'acheminer le jeune prince jusqu'à elle en toute sécurité. Deuxièmement, il y avait la pression que lui imposait Sir John Stafford, son bienveillant beau-frère. Il lui avait demandé l'hospitalité en arrivant en Angleterre avec son écuyer Lambert et le docteur Guido, son médecin, qui était aussi un ami très cher. Tous trois soutenaient avec insistance qu'elle devait quitter le royaume. En réalité – Margaret pouvait se l'avouer en son for intérieur –, elle n'avait jamais beaucoup apprécié Sir John, et elle n'aimait guère ses compagnons non plus. Toutefois – elle laissa les perles tomber entre ses doigts –, de telles considérations représentaient de bien pâles problèmes, comparés au nouveau danger qui venait d'émerger et auquel elle se trouvait à présent confrontée.

Elle prit une inspiration. Elle était inquiète, très inquiète, à cause des hideux libelles placardés à la croix du cimetière de St Paul et au Standard de Cheapside. Ces proclamations n'étaient rien d'autre qu'une ignoble litanie d'allégations grossières dirigées contre elle. Toujours anonymes, elles se multipliaient à travers la ville. Peu de temps auparavant, son clerc personnel, Christopher Urswicke, avait assisté à l'exécution de Simon Chilen, un ardent partisan des Lancastre qui avait été clerc à la chancellerie de Lord Faucomburg. Chilen avait placardé de haineuses allégations au sujet de l'épouse du roi Édouard, Elizabeth Woodville. Il l'avait dépeinte comme une putain, une haquenée que beaucoup avaient chevauchée. On avait fini par arrêter cet homme, qui avait écopé de la sanction suprême : traîné de Newgate au gibet de Tyburn sur une planche, puis à demi pendu, et on lui avait ensuite ouvert le ventre pour en prélever les entrailles, que l'on avait brûlées devant lui.

Margaret chuchota une prière. Qui poursuivrait et arrêterait l'auteur des libelles qui la calomniaient, elle ? Ils étaient publiés avec la signature de « Merlin le Prophète », mais leur véritable auteur prenait soin de ne pas se dévoiler, de manière à pouvoir continuer à déverser son fiel sur elle, encore et encore. Elle avait sollicité les autorités, mais les frères York s'en lavaient les mains. Ils n'étaient que trop heureux de sa déconfiture ! Ils versaient de fausses larmes tout en riant sous cape. Margaret n'avait aucune confiance en la justice, et moins encore en Sir Thomas Urswicke, Grand Juge de Londres, perfide suppôt des York, et le propre père de Christopher.

Malgré ses soucis, elle sourit. La roue de la Fortune tournerait sans nul doute et elle-même utiliserait un Urswicke pour affronter et résoudre les effroyables problèmes que posait le second.

Elle se souvint soudain qu'un visiteur l'attendait au rez-de-chaussée. Il convenait d'aller lui parler sans plus tarder, car ses hommes de confiance arriveraient sous peu.

— Il faut faire les choses dans l'ordre, souffla-t-elle.

Elle se signa et quitta la pièce pour s'engager dans l'escalier. Hardyng, son majordome, l'accueillit dans le vaste vestibule. Il se courba devant elle en murmurant un mot de salutation, puis alla ouvrir la porte du salon dans lequel il avait introduit le visiteur. Margaret entra. L'homme tout de noir vêtu qui se tenait engoncé dans un fauteuil fit mine de se lever, mais elle l'arrêta d'un geste.

— Non, non, mon père, je vous en prie.

Elle s'assit en face de lui, se pencha au-dessus de la table et lui sourit. L'austère John May, moine bénédictin et père abbé de l'abbaye de Chertsey, était l'un de ses plus précieux confidents.

— Vous semblez fatigué, mon ami, déclara-t-elle en considérant son visage osseux. C'est un grand honneur que vous me faites en venant en personne jusqu'ici. Voudriez-vous un rafraîchissement ?

— Non, non…

La figure ascétique du moine se fendit d'un sourire. Les yeux vifs et clairs de ce vieil homme depuis longtemps à l'automne de sa vie brillaient d'amusement.

— Je prends du poids, Margaret, même si nous ne festoyons plus comme jadis dans votre maison familiale.

— On ne peut pas dire que vous soyez gros, répondit-elle. Et vous devez avoir faim.

— Rassurez-vous, Lady Margaret, j'ai mangé et bu tout mon soûl. Venons-en à l'affaire qui nous occupe.

— Mon père, je vous suis très reconnaissante de votre discrétion. Personne ne vous a vu, n'est-ce pas ?

— Personne, sauf Hardyng, mais il n'a vu qu'un moine bénédictin dissimulé sous sa capuche.

L'abbé John tapota son cache-nez, qu'il avait descendu sous le menton.

— Et derrière cela…

Lady Margaret lui tendit les deux mains et il les prit dans les siennes avant de lui administrer une bénédiction. Margaret se signa et rapprocha sa chaise de la table.

— Je ne suis pas descendue tout de suite, mon père, pour que mon empressement à vous rencontrer ne soit pas remarqué par certaines personnes…

— Les yorkistes vous espionnent jusqu'en votre demeure ? s'étonna l'ecclésiastique. Allons, ce n'est pas possible !

— C'est possible, et c'est même certain, mon père. Ils sont partout et je suis convaincue que les York ont bien graissé la patte à ceux de mes serviteurs assez avides pour mordre à l'hameçon. Je vous connais depuis des années, mon père, depuis des décennies, même. Mon château de Woking est voisin de votre abbaye. Vous connaissez la façon d'agir des York. À l'évidence, ils surveillent aussi de très près la personne que vous êtes.

— Certes, certes, acquiesça l'abbé. Pour venir de Chertsey, j'ai dû déployer des trésors de prudence. Bien des gens ont pu se demander pourquoi je voyageais ainsi au plus froid de l'hiver. J'ai indiqué haut et fort que je devais m'entretenir avec mes bons frères, le père supérieur et le prieur de Westminster.

Il haussa les épaules.

— Je n'ai pas rencontré de difficulté : nous autres ecclésiastiques adorons parler. On me mande sans cesse ici et là et, à dire vrai, c'est une chose que j'apprécie. J'ai donc utilisé cette excuse pour répondre à votre appel et venir à Londres.

Il marqua un temps d'arrêt.

— Madame, qu'attendez-vous de moi ? interrogea-t-il.

— Henri, mon fils bien-aimé, et ses protecteurs, Jasper Tudor et Lady Katarina Fitzherbert, naviguent en ce moment même à bord d'une cogghe du Hainaut. Ils accosteront...

Lady Margaret leva la main pour faire taire les exclamations de surprise de l'abbé.

— ... ils débarqueront bientôt et, déguisés en pèlerins, gagneront l'abbaye de Chertsey, où mes loyaux hommes de confiance et moi-même les rencontrerons.

— Au nom du Ciel, madame, pourquoi ?

Le père John leva les mains devant lui comme s'il priait.

— Traverser la ville, puis la forêt, est extrêmement risqué. Je ne pourrais dire laquelle de ces deux entreprises est la plus périlleuse !

Il abaissa les mains.

— Et mon abbaye aussi est dangereuse ! Vous dites que les York espionnent votre maison, qu'ils ont certainement des mouchards à Chertsey également. Je suis prêt à vous croire ! Cela semble logique. Écoutez...

Il entreprit de compter sur ses doigts pour bien appuyer ses propos.

— Premièrement, nous sommes des amis de longue date, vous et moi, de bons camarades. Les York le savent bien, tout comme ils n'ignorent pas que je suis l'un de vos fervents partisans, que j'ai soutenu votre père et la maison de Lancastre. Deuxièmement, mon abbaye abrite – ou disons qu'elle est *censée* abriter, je le concède – la dépouille mortelle du dernier roi des Lancastre, le saint Henri. Au fil des ans, son tombeau pourrait devenir un lieu sacré, un point de ralliement pour les Lancastre, une façon pour eux de ne jamais oublier comment le pauvre Henri a été assassiné, ou supplicié, par des yorkistes, ce qui restera pour l'éternité une tache sur les âmes immortelles de ceux-ci.

L'ecclésiastique joignit les mains.

— Ils savent que vous me rendez visite. Ils savent que vous honorez le sanctuaire et, surtout, ils savent que vous prenez conseil auprès de moi. Ils donneraient cher et seraient prêts à verser beaucoup de sang pour connaître les paroles que nous échangeons.

— C'est un grand danger, je le concède, mon père…

Margaret se pencha en avant et saisit la main droite du bénédictin.

— Tout ce que vous me dites là est vrai, mais j'ai impérativement besoin de voir Henri. C'est urgent. Il viendra donc à Chertsey. Le recevrez-vous ? Prendrez-vous soin de lui ?

— Comme de moi-même, madame ! Mais son périple sera semé de dangers…

— Je vis cernée par le danger depuis ma naissance, mon père, rétorqua Lady Margaret. J'avais douze ans à peine quand mon bien-aimé Edmond m'a épousée et treize quand je suis tombée enceinte de Henri, notre futur roi. Le danger est partout autour de moi, il prend une multitude de formes, que ce soient ces ignobles allégations qui circulent sur mon compte, ou ces assassins aux longs couteaux tapis derrière mes tapisseries ou au coin de ruelles obscures. Je sais fort bien, soyez-en assuré, que le chemin que j'ai emprunté est semé d'embûches. Toutes sortes de monstres se profilent dans l'ombre, d'un côté et de l'autre. Ils me décochent leurs regards noirs mais, croyez-moi, je ne crains pas de les leur rendre.

PREMIÈRE PARTIE

« La Garduna était libre d'organiser des massacres et de commettre toutes sortes de trahisons. »

Construite à proximité d'un carrefour forestier, *La Chasuble* était, à en croire les bûcherons, une bâtisse très ancienne. Au départ, pensaient-ils savoir, il s'agissait d'une résidence royale où séjournaient le souverain et sa cour lorsqu'ils allaient chasser le cerf, le sanglier ou même, en des temps plus reculés encore, le loup. On lâchait pour eux des faucons qui obligeaient les oiseaux à voler plus bas ou tiraient les gros lièvres de l'ombre des sous-bois. À la fin de la journée, le roi et ses invités ne regagnaient pas Woking ou Londres : ils demeuraient à *La Chasuble*, où ils dégustaient leurs proies arrosées des meilleurs bordeaux ou d'une bière mousseuse très forte fabriquée par un brasseur local, qui la mettait en fûts au seul profit de la somptueuse auberge royale.

Mais les temps avaient changé. Le magnifique manoir de trois étages s'était vu délaissé. On n'y avait plus fait de parties de chasse et, peu à peu, il s'était délabré. *La Chasuble* était alors passée de main en main, rachetée par une succession d'aubergistes désireux d'en ressusciter la gloire.

Maître Henri Islip était le dernier d'entre eux à ce jour. Avant de s'y installer, il tenait une taverne dans Mile End Road, près de Londres. Convaincu qu'il pouvait faire mieux que ses prédécesseurs, il avait acquis *La Chasuble* et, avec sa nombreuse famille et quelques domestiques, avait tenté de la faire revivre. Or les choses ne s'étaient pas bien passées et il avait dû se rendre à l'évidence : la légende locale disait vrai. L'ancien pavillon de chasse était peut-être l'objet d'une sorte de malédiction.

Aussi Islip eut-il peine à en croire ses yeux lorsque, le deux novembre de l'an de grâce 1471, fête de tous les saints, il ouvrit la porte de son auberge et découvrit dans la cour pavée des écuries une nombreuse compagnie qui venait d'arriver, hommes et femmes cagoulés à cheval ou installés dans des charrettes couvertes. Il ouvrit les bras en signe de bienvenue sans s'aviser – du moins, pas encore – que c'était la mort qui s'apprêtait à élire domicile dans son auberge centenaire. Islip ignorait tout de la Garduna. Il frappa dans ses mains et accueillit ses hôtes avec chaleur, avant d'inviter celui qui semblait être leur chef, un homme masqué et cagoulé qui s'avançait vers lui, à le suivre à l'intérieur.

L'étranger entra et resta quelques instants à contempler les jambons, oignons et sacs de légumes divers qui pendaient aux poutres noircies du plafond. Enfin, il repoussa sa capuche et abaissa la visière, dévoilant un visage au teint olivâtre, des cheveux et une barbe noirs fournis et parsemés de fils argentés. Une longue cicatrice marquait son cou derrière l'oreille droite. Ses yeux sombres se déplaçaient sans cesse, comme s'il se tenait à l'affût d'ennemis susceptibles de surgir à tout instant. Lorsqu'il repoussa les pans de son manteau, Islip découvrit un large ceinturon de cuir portant, de chaque côté, plusieurs fourreaux avec épées et dagues. La main de l'homme tomba sur le pommeau sculpté d'un poignard, qu'il tapota de ses doigts comme s'il hésitait à le tirer. L'aubergiste sentit la terreur l'étreindre et regarda au-dehors. Plusieurs membres de la troupe s'étaient rapprochés de la porte, chapes et capuchons repoussés, tous armés jusqu'aux dents. Un silence inconfortable plana quelques instants, mais le chef esquissa soudain un large sourire qui illumina son visage et adoucit ses traits.

— Mon ami, je suis le maître, le chef de la Garduna.

Son anglais était teinté d'un léger accent. Il se retourna alors pour parler d'une voix gutturale dans une langue étrangère à l'un de ses compagnons, qui se tenait sur le seuil et s'empressa de s'éloigner.

— Ma langue est le castillan, expliqua-t-il ensuite à Islip. Ma troupe et moi venons d'Espagne. Nous cherchons un logement confortable où nous installer pour une longue période, ou au moins pour quelque temps. Soyez sûr que nous payons en espèces sonnantes et trébuchantes. Venez voir…

Il entraîna l'aubergiste vers l'une des tables et, d'un mouvement habile, tira une bourse des replis de sa chape. Il la posa sur la table pour faire voir les pièces d'argent qu'elle contenait. Celles-ci étincelèrent dans la lumière. Islip retint son souffle et se passa la langue sur les lèvres tout en essuyant ses mains moites sur son tablier sale.

— Mais avant tout, poursuivit le maître en se

penchant pour lui décocher une bourrade amicale sur l'épaule, avant tout, j'aimerais rencontrer votre famille et toute la maisonnée. Il faut bien que je sache avec qui nous allons loger, que diable ! Appelez tout le monde, voulez-vous, maître Islip ?

Il se frotta les mains et désigna encore sa bourse, avec les pièces d'argent qui scintillaient sous les flammes dansantes des torches et des lanternes.

— Et tout cela sera bientôt pour vous, ajouta-t-il.

Il prononça ensuite quelques mots en espagnol, jetant par-dessus son épaule un coup d'œil aux trois *floreadores* qui s'étaient approchés, des escarmoucheurs arrivés en Angleterre deux mois plus tôt pour préparer le terrain en étudiant toutes les possibilités d'hébergement.

— Vous avez fait du beau travail. Bravo !

Les trois hommes s'étaient par ailleurs occupés de procurer aux arrivants des bêtes, des charrettes et des provisions, qui les attendaient lorsqu'ils avaient débarqué sur une bande de grève déserte de l'Essex. La troupe avait paisiblement mis pied à terre au terme de la traversée depuis La Corogne à bord de *L'Hidalgo*, un navire pirate. Elle avait ensuite parcouru très vite et en toute discrétion la campagne anglaise jusqu'à cette auberge certes délabrée, mais qui avait gardé un peu de sa majesté. Un refuge idéal au milieu des bois, à portée de flèche de Woking tout en étant proche des voies de circulation terrestres et fluviales qui menaient à Londres.

— Je vous félicite !

Les trois *floreadores* s'inclinèrent devant lui sans se départir de leur mine sombre.

— Eh bien, maître aubergiste, mon ami ! reprit le maître en anglais, accompagnant ses paroles d'une nouvelle accolade. Faisons connaissance avec vos proches !

Il agita un index sévère.

— Amenez tout le monde sans exception, hein ! Allons, dépêchons, dépêchons !

Islip s'empressa de disparaître. Le maître récupéra son argent et sa bourse et sortit dans la cour, où les autres patientaient.

— Maintenant ! commanda-t-il en espagnol. Maintenant, mes chers amis, les *ponteadores* et les *floreadores* vont entrer là-dedans. (Il désigna l'auberge derrière lui.) Allez-y, allez rejoindre vos frères et sœurs.

Aussitôt, des hommes et des femmes masqués et cagoulés descendirent de leurs montures ou charrettes. Ils en confièrent les rênes à leurs acolytes et, repoussant les pans de leurs chapes, pénétrèrent dans la grande salle de *La Chasuble*. Le maître se posta quant à lui à l'entrée. La bise glacée qui soufflait de la forêt voisine faisait bruisser les branches noirâtres des arbres et fouettait les tas de feuilles mortes et d'ajoncs gelés. Il frissonna et leva les yeux vers le ciel gris et bas.

— On dirait qu'il va neiger, murmura-t-il en resserrant sa chape autour de lui. C'est tant mieux, mais j'ai tout de même la nostalgie des orangeraies de Séville. Ah ! voyons un peu…

Il se retourna et se félicita de la bonne odeur de cuisine qui emplissait l'atmosphère. Ses gens et lui allaient bientôt ripailler comme des rois, mais il y avait au préalable une tâche à accomplir. Il s'avança dans la salle désormais pleine de monde. Islip avait amené son épouse, ses fils et ses filles, ainsi que tous les serviteurs de l'auberge. Le maître, souriant et courtois, se présenta à eux, puis se tourna vers Islip.

— Tout le monde est là ? interrogea-t-il. Il ne manque personne ?

— Non, messire, nous sommes au complet.

— Très bien.

Le maître repartit vers la porte et s'arrêta, une main sur la poignée.

— Alfonso ! appela-t-il.

— Oui, maître ?

— Tuez-les tous !

Il ressortit dans la cour en claquant la porte derrière lui. On entendit alors la serrure que l'on verrouillait et les barres que l'on fixait, puis le massacre commença dans une confusion de sons déchirants : cris horrifiés, hurlements, vociférations... Une femme qui implorait la pitié fut d'un coup réduite au silence. Un volet de bois s'ouvrit sur un jeune homme qui voulait fuir, mais qui fut brutalement tiré en arrière. Ceux qui étaient restés dans la cour ne bougeaient pas, impassibles malgré le froid mordant et les crimes hideux qui se commettaient à quelques pas. Le massacre se poursuivit un certain temps, puis le silence retomba. Le maître regarda la porte et baissa les yeux sur le sang qui s'écoulait par-dessous et venait imprégner les pavés de la cour, formant des ruisselets qui refroidissaient vite dans l'air glacial. La tête un peu penchée, il écouta encore, attentif. Il n'y avait plus un bruit, pas même un gémissement ni un râle. Alors il frappa à la porte, qui s'ouvrit en grand. Alfonso se tenait là, son épée ensanglantée de la pointe à la garde.

— C'est fait, souffla-t-il. Nous avons fini.

Le maître le poussa pour passer. La grande salle

semblait figée. Les corps des suppliciés, que l'on avait déjà alignés, formaient un tableau atroce. Tous portaient des blessures sanglantes au cou, à la poitrine ou au ventre. Ce n'étaient plus les délicieuses odeurs de cuisine qui imprégnaient l'air, mais celles, répugnantes, d'une cour de charcutier ou d'un abattoir de Newgate.

— Bien, bien…

Le maître étendit les bras pour englober toutes les personnes présentes dans la salle.

— Beau travail, mes enfants ! Mais vos compagnons attendent dehors dans le froid. Alors hâtez-vous de dépouiller ces cadavres et de les sortir d'ici ! Il doit bien y avoir un point d'eau assez profond dans cette forêt, non ?

Il désigna d'un geste les trois *floreadores* qui avaient sélectionné l'endroit.

— Oui, maître, un étang large et profond, murmura l'un d'eux.

— Emportez-y ces corps et qu'on ne les voie plus ! Nous allons nous installer ici. Nous sommes désormais devenus aubergistes !

Il éclata de rire et tous les autres s'esclaffèrent pour l'imiter.

— Si l'on vous interroge, dites que maître Islip…

Il s'approcha du corps de ce dernier, qu'il tapa du bout de sa botte.

— … m'a vendu son auberge, à moi et à ma large famille, parce qu'il a préféré s'en aller vers de riants pâturages !

Il rit de nouveau.

— C'est la vérité, oui ou non ? Alors envoyons ces bonnes gens suivre leur chemin, puis prenons le temps de festoyer et de nous réjouir ! Plus tard, nous irons présenter nos compliments à Lady Margaret dans son château de Woking et dans son hôtel de Londres. Et nous en profiterons pour ravitailler nos camarades qui sont déjà là-bas et leur fournir du renfort.

Son sourire s'évanouit soudain et il leva la main.

— N'oubliez pas, mes chers enfants, que des chasseurs peuvent très vite devenir des proies. Certes, nous sommes à l'abri en ce lieu, mais les Luciferi sont à l'œuvre eux aussi, et ils ne demandent qu'à interférer dans nos affaires.

Il s'arrêta tandis qu'un brouhaha de malédictions parcourait la salle.

— Ce sont nos ennemis mortels, poursuivit-il. Nous devons nous montrer vigilants, user d'une extrême prudence. Souvenez-vous que le danger peut surgir en plein jour comme au cœur de la nuit ! Pour l'heure, mes très chers, nous allons ripailler et célébrer nos succès, mais nous n'oublierons pas que l'obscurité nous entoure !

Il fit signe à son second d'approcher et ils se tinrent tous deux immobiles pour regarder leurs hommes s'affairer à déplacer les cadavres, non sans empocher au passage les maigres possessions de ceux qu'ils avaient passés au fil de l'épée, puis nettoyer à grande eau le sang qui maculait le sol. Au bout d'un moment, le maître et Alfonso allèrent s'asseoir à une table dans un coin de la salle. On leur servit du vin et ils levèrent leur coupe à leur propre santé et burent en silence.

— Alfonso, déclara alors le maître, une escouade de notre groupe a pris de l'avance sur nous et se cache déjà à Londres.

— Où exactement ?

— Nous sommes la Garduna, mon ami, nous nous accommodons des occasions qui se présentent. Ce ne sont pas les maisons abandonnées qui manquent dans cette ville, sans doute. Rafael aura su trouver un lieu adéquat, comme nous avons nous-mêmes trouvé cette auberge. Il en aura fait sa base. Ses compagnons et lui sont bien armés, ils ont plus d'argent qu'il ne leur en faut pour se procurer vivres et matériel. Rafael avait une mère anglaise, de sorte qu'il manie bien la langue de ce pays. Il s'est procuré des plans pour étudier la ville, repérer les différents quartiers et les grandes voies de circulation. Nous communiquerons avec lui et nous nous assurerons qu'il ne manque de rien.

— Et ici ?

— Ah oui ! que ferons-nous ici, mon ami ? Cette nuit, entre la sixième et la septième heure, tu tireras trois flèches enflammées par-dessus les arbres. Nos camarades les attendent. Ils l'ont fait eux-mêmes la nuit dernière et ils l'auraient refait demain soir. Je leur ai signalé que nous nous installerions à *La Chasuble* à un moment ou à un autre au cours de ces trois jours. Nous y sommes maintenant ! Trois flèches enflammées te répondront. Lorsque tu les verras, avertis-moi sur-le-champ !

— Et ensuite ?

— Ensuite, Alfonso, demain dans la journée, un compagnon, un voyageur, un rétameur peut-être entrera dans notre auberge, masqué et cagoulé, et réclamera du vin doux d'Espagne. Vous l'installerez à cette table et m'appellerez aussitôt. Aucun autre que moi ne devra traiter avec lui, est-ce bien clair ?

— Oui, maître.

— Je veux par ailleurs que l'on envoie des hommes en éclaireurs dans la forêt. Mais qu'ils ne s'approchent pas de l'abbaye de Chertsey pour le moment, surtout ! Nous en avons assez appris à son sujet. Nous nous y rendrons le moment venu, quand nous serons prêts à prendre ce qui nous a été demandé. C'est compris ?

Il fit tinter sa coupe contre celle de son compagnon.

— Les Anglais ne sont pas à craindre, ils ne constitueront aucun danger. En revanche, Alfonso, restez à l'affût des Luciferi, bon sang ! Ils nous traquent autant que nous les traquons.

Margaret, comtesse de Richmond, était installée dans un fauteuil à haut dossier de sa chambre à coucher, sise à l'extrémité de la galerie, au premier étage de son élégant hôtel au bord de la Tamise. La pièce, comme tout ce qu'abritait cette opulente demeure, était d'un raffinement exquis, des tentures bleu et or suspendues aux murs vieux rose jusqu'aux épais tapis turcs dans les tons grenat qui recouvraient un parquet en bois d'orme bien ciré. Le lit à baldaquin aux montants à liseré d'or, les tables, les lambris, les armoires et les coffres étaient en chêne brun sombre. Tous ces meubles artistement ciselés reluisaient dans la lumière vacillante de chandelles en cire d'abeille enchâssées dans des bougeoirs d'argent et judicieusement disposées à travers la pièce. Leur doux parfum se mêlait aux exhalaisons légères qui se dégageaient de petits pots d'herbes aromatiques. D'autres senteurs émanaient des braisiers, leurs charbons ardents saupoudrés d'une poussière de fleurs séchées cueillies et préparées l'été précédent.

Vêtue d'une longue robe et d'un voile bleu ciel, son visage énergique cerné par une guimpe blanche amidonnée, Margaret affichait le recueillement d'une nonne en prière. Si, de fait, elle dévidait un rosaire de perles entre ses doigts fins, sa concentration était surtout due à la réflexion intense à laquelle elle se livrait. Les deux hommes présents avec elle dans la pièce étaient ses confidents, les seuls êtres auxquels elle se fiât. En cet instant, alors qu'elle avait reçu des rapports fractionnés sur ceci et cela, leur loyauté à toute épreuve lui était plus que précieuse. Néanmoins, elle n'avait pas partagé ses appréhensions avec eux, ne les avait pas informés de ce qui se tramait. Cela devrait attendre.

Margaret jouait avec les perles de son rosaire. Elle venait de recevoir des nouvelles fraîches de Bretagne : Henri, son fils bien-aimé, avait entamé la traversée, farouchement protégé par son beau-frère Jasper, ancien comte de Pembroke, et Katarina, une femme sagace et pleine de ressources. Margaret devait encore décider ce qu'il conviendrait de faire quand tous trois arriveraient en Angleterre. Son entretien avec l'abbé John l'avait un peu rassurée sur ce point : Henri serait en sécurité à Chertsey.

Pour ce qui était de la suite, elle ne savait rien. Elle n'avait pas évoqué ses craintes devant le bénédictin et n'en dirait rien non plus à ses deux confidents. Car, sans douter un instant de la loyauté de ces derniers, elle se demandait ce qui se passerait s'ils étaient soumis à la torture. Parfois, les hommes les plus braves, les plus loyaux et les plus dévoués se révélaient incapables de résister à la douleur. Margaret ne se plaindrait à personne de la surveillance dont elle était l'objet. Elle attendrait et observerait.

Elle battit des paupières et pencha la tête. Au même instant, une bûche tomba dans l'âtre et rebondit par-dessus le pare-feu en expédiant une pluie d'étincelles. Bray se leva aussitôt pour y remédier. Margaret reporta son regard sur Christopher Urswicke. Son clerc de chancellerie ressemblait en tout point à un scribe, avec son col de chemise qui montait très haut sous un menton rasé de près. Un jeune homme de belle prestance, plutôt beau, qu'un visage lisse et juvénile, des yeux bleus et des lèvres pleines faisaient paraître bien moins que ses vingt-six ans. Cette impression était encore renforcée par son épaisse chevelure auburn. À demi affalé sur son siège, il avait jeté sa chape et son ceinturon sur un coffre et posé ses bottes d'équitation munies d'éperons sur le rebord carrelé d'une meurtrière, près de celles de son compagnon. Reginald Bray avait quant à lui un visage étroit, des yeux enfoncés sous des paupières tombantes, un teint très mat, voire bistre, et une barbe et une moustache soigneusement taillées. Ses cheveux noirs étaient tirés en arrière en un élégant catogan.

Toujours immobile, Margaret se mit à fixer un point vague devant elle sans cesser de réfléchir intensément. Cette chambre était sûre, elle le savait. Nul ne surprendrait leurs propos, aucun domestique avide de récompense ne pourrait quitter la maison porteur d'informations juteuses à communiquer à d'autres maîtres. Or Dieu lui en était témoin, il y en aurait eu bon nombre à monnayer ! Comme elle l'avait confié à ses deux loyaux serviteurs, elle était exposée à la trahison et courait à tout moment le risque de voir ses manœuvres démasquées. L'arrestation et les sanctions planaient au-dessus d'elle comme la hache du bourreau. Et néanmoins, rien ne pouvait la faire dévier de son chemin. La victoire viendrait, elle n'en doutait pas un instant. Attentive, elle avait conscience des principes qui prévalaient autour d'elle. Les conflits ne se résolvaient plus à la pointe de l'épée désormais, les grands épanchements de sang n'étaient plus de mise. Le royaume était las des guerres, des invasions, des bouleversements. Non, on privilégiait plutôt les intrigues, les complots et contre-complots, la tromperie et la ruse. Elle porterait donc un masque pour affronter d'autres masques, avancerait avec mille précautions dans ces dédales meurtriers et finirait ainsi par célébrer sa vision, exaucer son rêve de voir un Tudor, son cher fils Henri, couronné roi à Westminster et porteur de la couronne du Confesseur, qui lui revenait de droit.

— Maîtresse…

Urswicke s'éclaircit la gorge.

— Maîtresse, nous attendons…

— Oui, oui, en effet. Nous attendons tous. Et nous observons, Christopher !

Elle prit une profonde inspiration.

— Mes amis, les propos que nous échangeons ici peuvent être considérés comme relevant de la haute trahison et nous valoir les plus abominables sanctions prévues par la loi. Bien sûr (sa voix se fit sarcastique), si ce que nous manigançons remporte le succès escompté, il ne s'agira plus de trahison. Pensez-y, mes amis : si nous échouons, certains nous condamneront, mais, si nous réussissons, ces mêmes personnes applaudiront. Alors commençons ! Récapitulons la situation dans laquelle nous nous trouvons. Nous sommes aujourd'hui le quatre novembre de l'an de grâce 1471, fête d'un saint quelconque, j'avoue avoir oublié lequel… L'automne est venu et il est reparti, emportant avec lui les horreurs de l'été dernier. Ici, dans notre royaume, les frères York règnent en maîtres absolus. Édouard, notre noble roi guerrier, est soutenu par la Woodville, son épouse, et par une myriade de partisans, que ce soit la meute de loups de sa femme ou des individus comme Hastings, Howard de Norfolk et d'autres. Jusqu'à ce jour, il bénéficie du soutien de la ville, du royaume et, le plus important, de notre sainte mère l'Église, pour laquelle son pouvoir est légitime parce qu'il est l'oint du Seigneur, comme l'ont prouvé ses victoires sur les champs de bataille. Dès lors…

Margaret s'efforça de chasser de sa voix l'amertume, voire la rage violente, qu'elle éprouvait contre ce qu'elle ne pouvait nier, mais qui eût dû être très différent.

— Dès lors, nous, maison de Lancastre, consommons maintenant le pain dur de la disgrâce, nous buvons le vin aigre de la défaite. Notre maison a été dévastée. Mon parent Henri Beaufort et les siens ne sont plus de ce monde. La sanglante défaite de Tewkesbury a eu cet effet-là. La même chose est vraie de nos alliés potentiels comme Neville, le comte de Warwick, faiseur de rois, qui est tombé à Barnet. Le monarque légitime, mon fils Henri, se cache maintenant en Bretagne, où l'accueille le duc François qui, je prie pour cela, se fait fort de le protéger. Or le danger le guette en permanence…

Elle poussa un soupir avant de conclure :

— Tout ce que je dis là est vrai, n'est-ce pas ?

— Sans aucun doute, maîtresse, répondit Bray. Nos ennemis sont devenus puissants.

— Néanmoins, la maison d'York n'est pas si forte, objecta Urswicke. Édouard est certes soutenu par une horde de fidèles, et en particulier par Richard de Gloucester, mais son autre frère, George de Clarence, est le pire des traîtres, affirma-t-il avec un petit sourire.

— C'est juste, c'est juste. Il convient de le surveiller comme nous surveillons les autres.

— Avez-vous des nouvelles de votre fils, maîtresse ?

— Oui, la Bretagne le protège toujours, mais mon parent Jasper et sa demi-sœur craignent pour lui. Ils se demandent combien de temps encore la Bretagne le soutiendra.

Margaret porta une main délicate à sa tête.

— J'ai besoin de le voir, murmura-t-elle. Je sens des dangers se profiler. Des difficultés et des menaces nouvelles. Maintenant que j'ai perdu mon époux, mes liens avec le duc de Buckingham et la lignée des Stafford se sont cruellement affaiblis. Je suis depuis peu la cible d'immondes libelles qui sont affichés dans tout Londres. Sir John Stafford, mon beau-frère, que j'héberge en ce moment, a eu vent de ces placards et il se fait beaucoup de souci.

Elle s'interrompit en entendant frapper à la porte.

— Ce doit être eux, justement, dit-elle.

La porte s'ouvrit et les hôtes de la comtesse, accompagnés de leur écuyer, pénétrèrent d'un pas assuré dans la pièce. Lorsqu'ils eurent gagné les sièges qu'on leur désignait, à l'extrémité de la table, Margaret posa le regard sur eux. Sir John Stafford avait un visage jovial, rond et rubicond. Ses cheveux étaient blancs, tout comme sa barbe et sa moustache bien nettes. Ce bon vivant qui avait su profiter des plaisirs de la vie paraissait mal à l'aise en cet instant, voire anxieux. Lambert, l'écuyer qui faisait également office de valet de chambre, avait pris place à sa gauche. Tout blond, le visage lisse, il se tenait très droit sur sa chaise. Son pourpoint bleu et or au col haut incrusté d'argent et aux manches bouffantes était d'une extrême élégance. Margaret remarqua aussi ses bagues et ses bracelets, qui lançaient leur éclat chaque fois qu'il bougeait les mains, ce qu'il faisait souvent. Un jeune homme qui peinait à rester immobile, remarqua-t-elle. En observant son beau visage sans défaut, elle se demanda pour la nième fois quelle était la véritable nature de sa relation avec Sir John.

Le troisième invité était le médecin personnel de Sir John. Diplômé de la prestigieuse faculté de médecine de Montpellier, il portait le nom de Guido Verres et était devenu l'ami intime de Sir John après s'être tenu à ses côtés dans les murs de boucliers durant plusieurs batailles, ici et là. Guido était rasé de près et même son crâne était glabre, pour la bonne raison qu'il estimait que cheveux et poils engrangeaient et véhiculaient une myriade d'infections. D'aspect agréable, le regard doux, il ne s'habillait qu'en noir, à la manière d'un maître de cérémonie de pompes funèbres. Par manière de plaisanterie, il nommait son accoutrement « le costume de Castille », royaume où il était né.

Margaret leva les yeux vers le plafond. Elle avait accompli l'ensemble des rites de deuil pour son défunt époux, Sir Henri Stafford. Sir John et ses amis avaient été ses principaux hôtes, séjournant jusque récemment dans son magnifique château de Woking. Chroniqueur autoproclamé, Sir John entendait poursuivre ce qu'il appelait son *magnum opus*, son grand œuvre, sur l'histoire de la famille Stafford et il mettait à profit son séjour en Angleterre pour étudier toutes les archives qu'il pouvait trouver. Des invités parfaits, et tout se passait pour le mieux, jusqu'à ce que les événements prissent un tour mauvais.

— Maîtresse, murmura Urswicke d'une voix rauque, tirant la comtesse de sa rêverie, souhaitez-vous que je relise le texte du placard ?

— Non !

Margaret esquissa un sourire pour compenser la dureté du ton.

— Je vais le relire moi-même à haute voix, annonça-t-elle. Ainsi vous pourrez tous l'entendre.

— Non, maîtresse ! protesta Bray. Ce texte est vraiment trop…

— Outrageant ? Je vous l'accorde. Mais nous relirons malgré tout ces odieuses ignominies.

Elle saisit le parchemin posé devant elle, ferma un instant les yeux et prit une inspiration. Puis elle se signa et commença :

— « Sachez, citoyens de Londres, lança-t-elle d'une voix claire, que la veuve Margaret Beaufort, qui se fait appeler comtesse de Richmond, mère du rebelle et traître Henri Tudor qui se morfond désormais à Rennes, en Bretagne, en tremblant de frayeur comme il se doit, oui, cette femme, avec tous ses titres et ses prétentions, n'est rien d'autre qu'une traînée et une meurtrière. Elle a causé la mort prématurée de son époux, le chevalier Sir Henri Stafford. La putain Beaufort a tenu cet homme d'honneur prisonnier dans son château de Woking certes somptueux, mais isolé au fin fond du Surrey, tandis qu'elle s'ébattait lascivement à Londres avec ses deux mignons, Reginald Bray et Christopher Urswicke pour ne pas les nommer. Sachez aussi… »

Margaret s'interrompit un instant, puis reprit en renforçant sa voix :

— « Sachez aussi, répéta-t-elle, que la putain Beaufort conçoit de meurtriers desseins concernant le frère de son défunt mari, Sir John. C'est, du moins, un bruit qui court en ville. Traîtresse elle-même, mais aussi ancienne épouse du défunt traître Edmond Tudor, mère du traître Henri Tudor et fille du traître Beaufort, qui a choisi une mort de pleutre. Cette traînée perfide nourrit d'odieux projets contre notre glorieux souverain, sa famille et sa cour. Soyez conscients, bons citoyens, de la vraie nature de cette femme que vous accueillez si près de vos cœurs loyaux ! Souvenez-vous, demeurez sur vos gardes ! Je continuerai à vous tenir informés à son sujet mais, pour l'heure, *pax et bonum* à vous tous ! Porté et scellé à la maison de Vérité, Merlin le Prophète, l'Ancien des jours. »

Margaret laissa la proclamation lui échapper des mains et demeura immobile à contempler la table. Urswicke, son clerc de chancellerie, se pencha pour saisir le parchemin. Il comprenait que, pour sa maîtresse, chaque mot de cet écœurant pamphlet était comme une flèche empoisonnée reçue en plein cœur. Selon cet abominable libelle, tous les hommes que la comtesse avait aimés étaient damnés et méprisés, tandis qu'elle-même, qui avait toujours mené une vie exempte de tout reproche, était dépeinte comme une meurtrière, un assassin, une prostituée des rues. Même la signature au bas du texte était une insulte haineuse, une allusion railleuse au fait que les Tudor se déclaraient descendants directs du roi Arthur, à la cour duquel Merlin l'Enchanteur s'était rendu célèbre.

— Où ces venimeux brocards ont-ils été placardés ? interrogea Bray.

— À la croix du cimetière de St Paul et au Standard de Cheapside, répondit Urswicke. Je les ai décrochés tous les deux, mais des copies en ont été réalisées et affichées aux quatre coins de la ville. Je suis sûr, ajouta-t-il avec amertume, que le roi et ses…

Il s'interrompit net en sentant qu'on lui décochait un léger coup de pied sous la table. Il regarda aussitôt sa maîtresse. Margaret le mettait en garde de ses yeux gris pâle. Il esquissa un imperceptible hochement de tête. Il ne fallait commettre aucune imprudence, ne rien dire qui pût être utilisé contre eux. Car, en réalité, dans cette pièce, seules deux personnes étaient tout à fait dignes de foi : sa maîtresse et son ami et allié, Reginald Bray.

— Vous disiez ? aboya Sir John. Allons, continuez, Urswicke ! Qui d'autre a eu vent de cela ? En fait, ajouta-t-il en respirant bruyamment, je pense que la réponse à cette question est : tout le monde. En tout cas, pour le roi et ses conseillers, cela ne fait aucun doute ! Je crois savoir que ce placard a aussi été vu à Lambeth, sur la porte de l'archevêque, et également devant la chapelle Saint-Étienne, à Westminster. Diantre, qui a bien pu faire cela ?

— Ce n'est guère difficile à organiser, estima Urswicke. L'auteur de ce texte a sans doute engagé un scribe, qui lui aura procuré du bon parchemin et une encre bien noire. Les lettres sont élégamment formées, elles sont rondes et nettes. En vérité, ce sinistre Merlin a préparé une potion empoisonnée, et il a confié à d'autres le soin de la mélanger !

— Mais qui est-il ? souffla Margaret.

— Maîtresse, les responsables potentiels sont légion. Ce peut être Clarence, mais aussi tout autre personnage de la cour qui ne vous porte pas dans son cœur.

— Mais enfin, pour quelle raison faire une chose pareille ?

— Pour entacher votre nom, maîtresse, pour dresser un mur entre vous et la puissante famille Stafford. Sir Henri n'est plus là et, dès lors, vos liens avec Buckingham et les autres membres de la famille Stafford se sont distendus. N'est-ce pas vrai, Sir John ?

— Tout à fait, tout à fait, acquiesça le chevalier. Mais ces gens n'atteindront pas leur objectif, car le chef de notre maison, le duc de Buckingham, connaît fort bien la vraie valeur de Lady Margaret. Il verra ces proclamations pour ce qu'elles sont : d'ignobles calomnies dénuées de fondement.

— Et pourquoi cela se produit-il maintenant ?

— Parce que l'on vous sent affaiblie, expliqua Urswicke. Vous êtes une femme seule, une veuve. Vous souhaiterez peut-être vous remarier, aussi dénigrent-ils vos mariages successifs autant que votre personne même. L'on vous dépeint comme une araignée guettant dans l'ombre sa prochaine proie. L'on vous accuse d'être à la fois une débauchée et une criminelle. Pour l'amour du Ciel, madame, ils vous imputent toutes les mauvaises actions qui puissent exister !

— Lady Margaret, déclara Sir John en se penchant par-dessus la table, les mains tendues vers la comtesse, l'écuyer Lambert, Guido et moi-même sommes prêts à clamer sous serment votre innocence devant n'importe quel prince ou prélat ! Votre époux, mon regretté frère, était déjà souffrant lorsqu'il a été grièvement blessé au combat à Barnet. Après cette bataille, vous l'avez installé dans votre superbe château de Woking. Il ne pouvait rêver lieu de convalescence plus confortable ! Sans parler des médecins que vous avez fait venir à son chevet, les meilleurs qui soient ! N'est-ce pas, Guido ? conclut-il en se tournant vers son compagnon.

L'intéressé hocha vigoureusement la tête.

— Et en fin de compte, poursuivit Sir John, en dépit de tout cela, mon bon frère est mort de sa maladie, fortifié par les rites de notre sainte mère l'Église. Sir Henri s'est éteint en bon chrétien, si l'on peut dire. Nous en sommes témoins, tout comme les prêtres qui sont venus le confesser et lui rendre les derniers sacrements.

Lady Margaret tapota la table en souriant.

— Sir John, je vous remercie pour ces paroles de réconfort, mais les problèmes que nous rencontrons présentement… ?

— Il se pourrait bien que tout soit lié, madame, y compris ce qui s'est passé à Woking.

— À Woking ? s'étonna Urswicke. Votre séjour au château aurait-il été perturbé, messires ? Après les funérailles, nous vous avons laissés tous trois là-bas… Qu'est-il arrivé ?

Sir John secoua la tête.

— Comme je l'ai déjà raconté à Lady Margaret, tout d'abord, rien du tout. Lorsque vous irez à Woking, vous pourrez interroger vos domestiques, qui se sont si bien occupés de nous. Dans un premier temps, donc, tout a été paisible, puis le mystère et l'angoisse ont fait leur apparition. Des flèches enflammées ont survolé le château au plus profond de la nuit. Une tête de cerf a été empalée sur une colonne de la grande grille d'entrée. Il s'agit là, dit-on, d'un symbole de mort et de destruction, cela représente l'émergence de forces obscures, la présence de puissants démons dans l'atmosphère. L'avertissement s'est révélé pertinent : la pluie de flèches a continué. Les domestiques ont trouvé des cadavres d'animaux tout autour du château. Autant de visions abominables : un chien décapité, une biche au ventre ouvert… Ensuite, ce fut pire encore. Alors que nous avions quitté le château pour aller chasser alentour, escortés de deux verdiers et de notre veneur principal, nous nous sommes enfoncés dans la forêt pour atteindre la prairie d'Elfin…

— Oui, je la connais bien, murmura Margaret. C'est de là que partent les chasses à courre.

— Eh bien ! nous venions tout juste de l'atteindre lorsque nous avons été attaqués. Une pluie de flèches, qui ont fusé entre les arbres. Par chance, nos blessures n'ont été que superficielles.

— Des brigands ? s'enquit Bray.

— Nous n'en savons rien, parce qu'il ne s'est rien passé d'autre.

— Comment cela ?

— Comme je vous le dis : une pluie de flèches, puis le silence. Bien sûr, à ce moment-là, nous avions tous mis pied à terre et utilisions nos montures comme boucliers. Nous nous préparions à une agression, mais il n'y en a pas eu. Les chasseurs qui nous accompagnaient, dont certains ont été légèrement blessés, ont conclu avec les veneurs que le danger était passé. Les oiseaux se sont remis à chanter, les bruits de la forêt ont repris. Nous sommes rentrés au château.

— Est-ce tout ? Ou y a-t-il eu autre chose ensuite ? s'enquit Bray.

— Quatre jours plus tard, nous avons quitté Woking. Il faisait un froid glacial, mais le sol bien dur était idéal pour les chevaux. Nous avons pris la route et c'est là que deux de nos bêtes se sont fait prendre dans des chausse-trappes.

— Dans des chausse-trappes ?

— Oui, maître Christopher. Quelqu'un avait semé des pièges en fer barbelé sur notre chemin. Deux montures ont chuté. J'ai été jeté au sol, de même que mon écuyer Lambert. Guido, qui venait derrière nous, a pu éviter le piège. Nous n'avons pas été blessés, mais nos chevaux ont dû être achevés. Je suis navré pour cette perte, madame. C'étaient deux bêtes superbes qui provenaient de vos écuries.

Margaret secoua la tête.

— Peu importe, commenta-t-elle. Mais comment, en ces deux occasions, vos assaillants ont-ils su que vous alliez quitter le château, et quelle direction vous alliez prendre ?

— Lady Margaret, nous nous sommes posé la même question. Il est probable qu'ils avaient un mouchard dans votre maisonnée, une personne qu'ils ont sans doute soudoyée. À moins qu'ils n'aient posté des veilleurs à l'entrée du château… À la vérité, madame, nous n'en savons rien.

— Et pourtant, fit remarquer Urswicke, malgré toutes ces importunités, les flèches, les chausse-trappes, les animaux morts, vous n'avez pas subi de vrais dommages…

— Non, reconnut Sir John en se grattant la tête. Et c'est ce qui m'étonne. Il s'est passé des choses étranges, mais rien de réellement funeste.

— Oui, reprit Christopher, pensif. C'est comme si quelqu'un avait cherché à vous effrayer, rien de plus, rien de moins. En revanche, ce qui est bel et bien funeste, ce sont ces placards anonymes, les élucubrations fielleuses de ce Merlin !

Il marqua un temps d'arrêt.

— Quelqu'un cherche à établir un lien entre la mort de Henri et vous, Sir John, poursuivit-il. Le texte sous-entend que vous seriez menacé, ce que les attaques que vous avez subies à Woking tendent à confirmer.

— En effet, en effet, acquiesça Sir John. Néanmoins, par chance, mes deux compagnons et moi-même sommes de santé robuste !

— Et vous avez l'intention de demeurer ici.

— Oui, maître Bray, au moins quelque temps encore. Comme vous le savez, je vis en Bourgogne. Dans mon jeune âge, j'ai combattu en France. C'est là que j'ai rencontré Guido, qui venait de Castille…

Sir John eut un large sourire, que le médecin lui rendit.

— Nous sommes venus ici pour assister aux obsèques de mon cher frère, mais nous espérions également – et nos souhaits n'ont pas été déçus – être invités par ma lady dans sa splendide résidence londonienne et son non moins somptueux château de Woking. Quels merveilleux endroits pour célébrer l'Avent, la fête de Yule[1], Noël et l'Épiphanie !

— Sachez que nous avons été conviés à la cour pour chacune de ces occasions, annonça la comtesse. L'invitation vous inclut également, Sir John, avec vos compagnons. Sa Grâce le roi, mais également la reine Elizabeth et tous les princes yorkistes ont insisté sur ce point.

1. Le solstice d'hiver.

— Fort bien, fort bien… acquiesça Sir John en se frottant la joue.

— Mais il y a davantage, n'est-il pas vrai ? fit la comtesse d'un ton plus léger. Nous en avons parlé…

— En effet, ma chère sœur, vous le savez !

— Et de quoi s'agit-il ? interrogea Urswicke.

— Maître Christopher, maître Bray…

Sir John prit une inspiration.

— Je suis un descendant de la lignée rouge et or des Stafford. J'appartiens à une famille très puissante. Durant ma période héroïque, j'ai été un chevalier banneret et je me suis tenu dans la même ligne de bataille que l'armée royale. Et désormais, enchaîna-t-il en s'enflammant à mesure qu'il parlait, je me targue d'être chroniqueur. J'ai lu, je dirais même dévoré, toutes les grandes chroniques qui ont été copiées et recopiées maintes et maintes fois à l'intention de ceux qui souhaitent comprendre le passé. Vous n'êtes pas sans connaître ces manuscrits : *Lanercost*, *Scalacronica*, les *Chroniques* de Jean Froissart, *La Grande Chronique d'Angleterre*…

Il secoua la main.

— Et ainsi de suite…

— Mais à quelle fin au juste ? s'étonna Urswicke, intrigué.

— Voyez-vous, maître Christopher, j'ai l'intention d'écrire ma propre chronique : une histoire détaillée des Stafford, avec leurs gloires et, bien sûr, ajouta-t-il avec un haussement d'épaules, leurs échecs. Londres est une mine d'or pour qui s'intéresse à l'histoire. J'ai déposé une demande de licence afin d'être autorisé à consulter les dossiers et archives des principaux offices de l'État : la chancellerie, l'Échiquier et le banc du roi.

Il inclina la tête en direction de Lady Margaret.

— Et grâce à vous, ma douce sœur, j'ai également obtenu le droit de déambuler dans Westminster ! Mon écuyer Lambert et le docteur Guido m'assisteront dans mes recherches. Je pense que…

Il s'interrompit. Depuis quelques instants, on entendait du bruit dans la maison et, à présent, c'étaient des coups, des cris et des exclamations qui leur parvenaient. Urswicke et Bray se levèrent d'un bond pour saisir leurs ceinturons et les fixer à leur taille. Il y eut des pas précipités dans le couloir et, après un bref coup frappé à la porte, Prestepied, le messager de Lady Margaret, fit irruption dans la pièce, escorté du nouvel intendant, Hardyng.

— Madame, dit ce dernier, essoufflé, il faut que vous veniez ! Le Français… l'étranger qui était arrivé…

— Allons, calmez-vous, mon garçon ! s'agaça Urswicke en rangeant sa dague dans son fourreau.

Il tapota le visage rond de l'intendant, d'ordinaire rieur et maintenant couvert de sueur et tendu par l'angoisse.

— Reprenez votre souffle, ajouta-t-il, avant de désigner deux sièges libres autour de la table. Asseyez-vous et expliquez-nous ce qui se passe.

L'intendant tira un mouchoir de sa manchette pour s'essuyer le visage.

— Oui, oui… souffla-t-il. Eh bien, Prestepied et moi étions en train de boire notre bière matinale dans la dépense. Votre réunion, Madame, avait débuté depuis un peu moins d'une heure. Un domestique est venu m'avertir qu'un étranger – un Français, d'après son accent – se trouvait à l'entrée. Prestepied et moi sommes allés l'accueillir. Nous l'avons introduit dans la maison. Il avait l'air sobre, il maniait bien la langue anglaise quoiqu'il eût parfois recours à des termes français ici et là. Il a demandé à s'entretenir avec vous, Madame, pour une affaire urgente. Je lui ai demandé son nom, il s'appelait Bernard. J'ai voulu savoir quel était l'objet de sa visite, mais il n'a rien voulu me dire. Il devait voir la comtesse, et elle seule. Vous m'aviez indiqué, Madame, que vous aviez d'importantes affaires à traiter ce matin ; je l'ai donc prié de patienter. Il n'a pas protesté et je l'ai installé dans l'un des petits salons du rez-de-chaussée. Par courtoisie, je lui ai apporté un gobelet de vin et je l'ai laissé là. Cet homme m'a paru très honorable, honnête et respectueux. Il ne représentait manifestement aucun danger. Néanmoins, comme vous le savez, Madame, nos petits salons peuvent être verrouillés et bloqués de l'extérieur comme de l'intérieur. Je l'ai expliqué à Bernard en ajoutant que, par mesure de sécurité, j'allais l'enfermer dans la pièce. Il a approuvé et m'a répondu qu'étant donné les circonstances il verrouillerait également la porte de l'intérieur. Je suis parti et j'avoue l'avoir presque oublié… Mais tout à coup, je me suis souvenu de lui et j'ai voulu vérifier que tout allait bien. J'ai frappé à la porte sans obtenir de réponse. J'ai retiré les verrous, tourné la clé dans la serrure, mais Bernard s'était enfermé, comme il l'avait annoncé. J'ai appelé Prestepied à la rescousse…

Hardyng esquissa un geste en direction du courrier dégingandé qui se tenait près de lui, très pâle.

— Nous avons frappé et frappé encore, enchaîna Prestepied. Nous avons crié et appelé, vous avez dû nous entendre. Mais la porte est restée fermée et aucun son ne nous parvenait de l'intérieur. Madame, quelque chose ne va pas, c'est certain. Nous aimerions avoir votre permission pour forcer cette porte.

— Faites ! acquiesça Urswicke en se relevant. Madame, il vaudrait mieux que vous…

— Non, je vous accompagne !

La comtesse repoussa sa chaise.

— Vous pouvez tous venir, ajouta-t-elle. Christopher, partez en avant avec Reginald et faites ce que vous avez à faire. Nous vous suivons.

Peu de temps après, Bray et Urswicke avaient sollicité deux robustes garçons de cuisine et les avaient munis de marteaux avec instruction de défoncer la porte. Maniant leurs lourds instruments avec énergie, les garçons s'attaquèrent d'abord aux gonds, puis au battant lui-même. Au bout de quelques minutes, le verrou intérieur finit par céder et la porte s'abattit d'un bloc. Équipés de lanternes, Urswicke et Bray pénétrèrent dans la pièce. Bernard gisait affalé sur une chaise. Sur la table, près de lui, se trouvait un gobelet de vin. Les deux hommes s'approchèrent et les cercles de lumière des lanternes éclairèrent le visage de Bernard. L'un et l'autre émirent une exclamation étouffée : à en croire sa grimace de douleur, le Français avait dû connaître une mort cruelle. Son visage était horrible à voir : la peau avait pris une teinte jaunâtre, les yeux sortaient de leurs orbites et sa bouche entrouverte était emplie de mousse d'un blanc sale.

— Je ne ferai que constater l'évidence, murmura le docteur Guido, qui venait d'arriver. Ce malheureux est mort.

— C'est certain, répondit Urswicke. Et il semble avoir connu une fin affreuse.

— Laissez-moi voir…

Guido avança et se pencha sur le défunt pour tâter son poignet et sa gorge.

— Il a rendu l'âme depuis un bon moment déjà, murmura-t-il. J'ignore qui pouvait bien être cet André Bernard, mais il est retourné auprès de Dieu. Il comparaît en ce moment même devant le tribunal du Seigneur…

Il se redressa et, saisissant le verre sur la table, y trempa le bout du doigt, non sans en renverser quelques gouttes.

— À mon humble avis, reprit-il à mi-voix, étant donné le choc qu'affiche le visage de ce pauvre homme, et aussi tous les autres symptômes, dont sa peau glacée, il est mort empoisonné. On lui a fait boire une potion extrêmement nocive.

— Quel type de potion ? s'enquit la comtesse, restée sur le seuil, où Bray et Urswicke l'avaient rejointe.

— Quel type, madame ? Oh ! quelque chose d'assez simple, je pense. Je dirais, une plante que l'on peut trouver dans n'importe quel jardin d'herbes aromatiques.

— Par exemple ? insista Urswicke.

— Mon ami, il ne peut s'agir que de suppositions, mais je suggérerais de la belladone, de l'arum ou un arsenic.

— Mais comment aurait-il été administré ? demanda Bray en revenant dans la pièce.

— La réponse la plus logique serait dans ce verre, répliqua Guido en soulevant le gobelet qu'il tenait toujours à la main.

— Madame, protesta Hardyng d'une voix grinçante, le vin que je lui ai donné provient d'un fût de notre meilleur bordeaux. Je l'ai testé moi-même, j'en ai pris une généreuse lampée. Il m'a réchauffé le ventre et réjoui le cœur. Je n'ai souffert d'aucun effet néfaste.

— Très bien ! déclara Urswicke en faisant signe à Guido de sortir. Mieux vaut que ce petit salon soit surveillé à présent.

— Je me charge d'organiser cela, répondit Bray. Et je ferai également procéder à une fouille approfondie.

Urswicke le remercia et rejoignit les autres dans la galerie. Sir John paraissait agité, l'écuyer Lambert effrayé, tandis que Guido continuait à renifler le verre en secouant la tête. Quant à Hardyng, encore sous le choc, il ne cessait de discourir sur le vin qu'il avait servi au visiteur, au point que la comtesse finit par les congédier, Prestepied et lui.

— Christopher et Reginald, dit-elle. Une fois que vous aurez fouillé ce salon de fond en comble, rejoignez-moi dans mon salon, je vous prie !

— Quant à moi, indiqua Guido, je descends dans la cave. Je vais mélanger le contenu de ce gobelet à un peu de *doucette** et nous verrons comment les rats réagissent, d'accord ?

Urswicke acquiesça d'un air absent tout en se demandant qui pouvait bien être le visiteur et pour quelle raison il avait été assassiné.

La comtesse posa ces mêmes questions lorsque, une heure plus tard, Bray et lui la retrouvèrent dans son salon privé. Elle était assise dans son fauteuil à haut dossier devant la cheminée et les deux hommes s'installèrent à sa droite et à sa gauche. La lumière du dehors avait baissé et une pluie torrentielle s'abattait sur le fleuve. Des grêlons battaient les fenêtres à meneaux comme s'ils avaient décidé de pénétrer dans la pièce.

— C'est un vrai mystère, déclara Margaret. En fait, qu'avons-nous là ? Christopher, vous avez passé au crible tout ce que nous avons vu et entendu, n'est-ce pas ?

— Tout à fait, maîtresse. Mais tout d'abord, j'ai une question évidente à vous poser : vos domestiques sont-ils tous dignes de confiance ?

Margaret eut un petit rire.

— Non, répondit-elle. Bien sûr que non !

— Naturellement ! murmura Bray. Certains d'entre eux sont soudoyés par les frères York, c'est certain. Vous savez comment cela se passe, Christopher : l'un de nos tourneurs de broche se rend dans un bordel, une taverne ou un cabaret et là, quelqu'un lui propose du bon argent en échange de n'importe quel renseignement sur la maison de la comtesse. Certains peuvent refuser, certes, mais quelques-uns se laissent appâter. Eh oui ! on peut acheter un domestique pour une bouchée de pain.

— En effet, approuva Urswicke en regardant danser les flammes dans l'âtre. Mais parlons d'abord du mystérieux Bernard. Nous l'avons fouillé. Ses vêtements sont en futaine, sa chemise et ses sous-vêtements de bonne qualité. Il a des bottes solides et l'on peut en dire autant de son ceinturon, auquel étaient fixées une épée et une dague, toutes deux dans leur fourreau. Il y avait un manteau de laine suspendu à une patère du petit salon d'attente où on l'avait installé, avec des mitaines dans les poches. Notre visiteur était par ailleurs muni de bonnes livres sterling, mais aussi d'argent français : des *livres tournois**. À présent…

Il fouilla dans sa sacoche de cuir.

— Nous n'avons rien trouvé d'autre sur lui, poursuivit-il. Ni bagues, ni bracelets, ni colliers. Rien, à l'exception de ces deux objets…

Il ouvrit les mains et présenta un petit médaillon dont la forme rappelait un insigne de pèlerin. L'une des faces comportait la tête de saint Denis, le saint patron de Paris, tandis que, sur l'autre, apparaissaient les trois lis de la couronne française.

— Et il y avait aussi cela… ajouta Urswicke.

Il défit le cordon d'une petite pochette en cuir souple et fit tomber dans sa main ce qui ressemblait à une bougie peinte en bleu et or.

— J'ai l'impression d'avoir vu ce genre d'objet quelque part, murmura Bray, ou d'en avoir entendu parler. Mais où ? Impossible de me le rappeler ! Enfin, peu importe… Quoi qu'il en soit, nous avons déjà établi que ce Bernard était un courrier habile et expérimenté.

— Comment savez-vous cela, Reginald ?

— Maîtresse, il n'a presque rien sur lui qui soit susceptible de le trahir ou d'indiquer qui peuvent être ses maîtres. Alors certes, il y a l'insigne et les livres françaises, mais il ne porte aucun document qui pourrait lui être dérobé et que l'on soit susceptible d'examiner. Ni mémorandum ni message crypté, pas de mandat, pas de laissez-passer, rien ! Nous savons que cet homme est venu ici pour vous parler, mais de quoi ? D'un péril qui vous guette ? D'un sujet lié aux problèmes que nous connaissons actuellement ? D'après moi, ses intentions étaient bonnes : il s'est montré poli, patient, discret, et il n'a pas rechigné lorsqu'on lui a demandé d'attendre.

— Et nous ne devons pas oublier non plus ce qu'il

a dit à Hardyng, ajouta Urswicke. Qu'« étant donné les circonstances », il était bon de verrouiller la porte de l'intérieur aussi bien que de l'extérieur !

La comtesse et Bray approuvèrent tous deux.

— Donc, reprit Urswicke, ce Bernard…

Il s'interrompit et demeura pensif.

— Oui, Christopher ?

— Oh ! pardonnez-moi, maîtresse ! J'ai cru un instant me rappeler quelque chose, mais cela m'échappe à présent. Peu importe ! Concentrons-nous sur ce que nous savons ou, au moins, sur ce qui paraît logique. Je suggère que Bernard est venu ici pour vous mettre en garde contre un quelconque danger, madame, et qu'il ne souhaitait le faire qu'en tête à tête avec vous. Nous n'avons pas la moindre idée de ce dont il pourrait s'agir. Hardyng l'a installé dans ce petit salon et a verrouillé et bloqué la porte de l'extérieur, ce qui est une pratique assez courante pour empêcher les étrangers de vagabonder dans la maison. Seulement, en plus de cela, Bernard a jugé bon de s'enfermer de l'intérieur ! Cela signifie qu'il se montrait prudent, voire méfiant. Il devait se douter qu'il n'était pas en sécurité.

— Et il ne se trompait pas, murmura la comtesse. Quelqu'un souhaitait sa mort. Mais comment ce meurtre a-t-il été perpétré ?

— Il existe trois possibilités, répondit Urswicke. Toutes trois dictées par la logique, mais sans aucune preuve pour attester l'une ou l'autre. Tout d'abord, Bernard a pu être empoisonné avant d'arriver. Cependant, j'en doute : si le poison est l'un de ceux qu'a évoqués Guido, les effets se manifestent assez vite. Ah ! au fait… notre cher médecin a fait ce qu'il a suggéré : il a mélangé des gouttes du vin du gobelet avec des sucreries écrasées qu'il a déposées dans la cave. Et, quand il est redescendu quelques minutes plus tard, il a constaté que les rats s'en étaient déjà régalés sans paraître en souffrir le moins du monde.

— Donnez-nous donc votre deuxième hypothèse !

— La deuxième hypothèse, c'est qu'une personne venue du dehors ait pénétré dans la maison, qu'elle ait persuadé Bernard d'ouvrir la porte et qu'elle l'ait ensuite empoisonné.

Urswicke secoua la tête.

— C'est, à mon avis, hautement improbable. Passons donc à la troisième possibilité : ce crime est l'œuvre d'une personne de la maisonnée. Mais pour quelle raison quelqu'un d'ici voudrait-il tuer un visiteur inconnu ? Et comment le meurtrier s'y est-il pris pour assassiner le jeune homme vigoureux que ce Bernard m'a paru être ?

— C'est un vrai mystère, soupira Bray. Mais ce n'est pas le seul qui nous soit soumis : il y a aussi les haineux libelles affichés à Cheapside et à St Paul. Ces rumeurs malsaines qui circulent désormais dans la ville, qui sont répétées et amplifiées par les crieurs et les gamins des rues. Qui peut bien en être à l'origine ? J'ai réexaminé ces placards : le parchemin et l'encre sont de grande qualité, les mots sont nets et bien écrits.

— Londres ne manque pas de scribes et de clercs, estima Urswicke. Si le responsable de ces pamphlets a engagé quelqu'un pour les copier, il s'est rendu très vulnérable. Selon moi, c'est l'auteur même du libelle qui l'a copié et recopié.

— De nouveau, soupira Margaret, le qui, le pourquoi et le comment sont nimbés de mystère. Tout comme ces attaques contre mon beau-frère et ses amis. Désormais…

Elle s'interrompit en entendant sonner le tocsin de la maison. Des cris et des exclamations lui firent écho à l'intérieur. Urswicke et Bray s'empressèrent de remettre leurs bottes, leurs ceinturons et leurs chapes pour se précipiter dans le couloir, où ils rencontrèrent un Hardyng en plein émoi.

— C'est la porte d'eau, articula-t-il. Messieurs, nous sommes attaqués !

— Comment ?

— Maître Urswicke, lança Prestepied, qui emboîtait le pas à Hardyng, je n'y ai pas cru moi-même, mais des hommes sont en train de tirer des flèches enflammées sur notre embarcadère et sur la porte d'eau !

Urswicke lui commanda de rester à côté de leur maîtresse et descendit en hâte l'escalier avec Bray. Toute la maisonnée était en proie à l'affolement et bon nombre de domestiques avaient commencé à fuir par l'arrière. Urswicke et Bray, ainsi que Hardyng qui les suivait à contrecœur, atteignirent vite la porte d'eau, dont Urswicke retira tous les verrous. Il ouvrit le battant avec précaution, pour le repousser aussitôt en voyant des flèches enflammées s'abattre sur le bois de l'embarcadère et en entendant le grésillement des flammes au contact de la surface tourmentée de l'eau.

— Vous avez vu ? souffla Bray. Les tirs sont dirigés vers le ciel. En réalité, ils ne sont pas très dangereux.

— Sauf pour l'embarcadère, répliqua Urswicke. Mais parbleu, qu'est-ce donc que cette folie ?

Lorsque l'avalanche de flèches prit fin, Urswicke envoya Hardyng quérir deux longs boucliers normands dans la petite armurerie de la comtesse. L'intendant les rapporta promptement et, après en avoir fixé les sangles de cuir à leur bras gauche, Bray et Urswicke ouvrirent la porte d'eau et sortirent sur l'embarcadère en se protégeant. Çà et là, quelques flammes vacillaient encore, petites taches de lumière dansante dans l'obscurité qui tombait. Ils gagnèrent l'extrémité de l'embarcadère en se protégeant tant bien que mal contre la bise glaciale qui soufflait, tandis que les eaux déferlant au-dessous d'eux projetaient leurs embruns glacés.

— Rien ! cria Urswicke en portant le regard au-delà des flots turbulents.

Il ne distinguait aucun détail inhabituel. On voyait seulement la lumière des lanternes fixées à la proue et à la poupe des embarcations qui sillonnaient le fleuve. Le son de trompes de brume et de cloches par lesquels ces bateaux signalaient leur présence se répercutait sur la surface du fleuve.

— Vous avez raison, approuva Bray. Il n'y a rien d'autre que l'obscurité qui descend.

— Et c'est précisément elle que je crains, répliqua Urswicke. Retournons auprès de la comtesse.

Lady Margaret les attendait dans sa chambre, désormais gardée par des serviteurs en armes. Hardyng leur assura que la maison avait été passée au crible. Toutes les portes, les grilles et les fenêtres étaient fermement verrouillées et bloquées. Assise face à la cheminée, la comtesse affichait cette formidable placidité qu'elle avait déjà manifestée durant la féroce bataille de Tewkesbury et ensuite. Une époque des plus périlleuses, où elle avait dû assister impuissante au massacre des siens, les Beaufort, et de leurs alliés.

En arrivant, Bray et Urswicke la trouvèrent en grande conversation avec Sir John, Guido et l'écuyer Lambert. Ces trois hommes se levèrent à leur arrivée. Urswicke leur assura que tout allait bien, du moins pour le moment, et leur tint courtoisement la porte ouverte pour les inviter à sortir. Quand ils eurent disparu, Margaret leva son rosaire enroulé autour de sa main gantée devant ses deux confidents, qui allèrent s'installer à leur place habituelle. Puis elle baisa la croix d'ivoire et s'adressa à Christopher :

— Eh bien ?

— Rien, madame. Beaucoup de fumée mais, en vérité, fort peu de feu. Je ne comprends pas ce qui se passe. La première fois que j'ai ouvert la porte d'eau, l'espace de quelques instants à peine, je suis sûr d'avoir aperçu à travers la brume au moins deux barges de guerre amarrées de part et d'autre de l'embarcadère et maintenues immobiles.

— Combien d'hommes dans chaque barge ?

— Je ne pourrais le dire, maîtresse. Toutefois, ce genre d'embarcation peut en contenir une douzaine. Six rameurs et, habituellement, six archers. Mais que voulaient-ils ? Quel intérêt peut-on trouver à lancer contre le ciel nocturne un déluge de flèches enflammées ? Tant d'énergie et d'argent dépensés pour ce qui n'était guère plus qu'une démonstration de puissance de feu ! Barges de guerre, rameurs, archers… Tout cela coûte cher, surtout en plein hiver ! Alors pourquoi ?

— Qui que puissent être ces gens, estima Bray, leur intention, pour l'heure, est de nous effrayer, rien d'autre. De nous faire redouter ce qui pourrait suivre. Je suis d'accord avec vous, Christopher : la personne qui a organisé l'attaque de ce soir doit être très fortunée.

Il tapota les accoudoirs de son fauteuil du bout des doigts.

— Je vais mener mon enquête, annonça-t-il.

— Auprès de qui ?

— Auprès du plus célèbre truand de cette ville, ce grand prince des ténèbres qu'est Lord Poison Mortel.

— Quant à moi, j'irai échanger quelques propos avec un autre malfaiteur tout aussi renommé.

— Votre digne père ?

— Exactement, Reginald, mon cher père, Sir Thomas Urswicke, Grand Juge de Londres, et le plus fervent zélateur des York…

Enveloppé dans sa chape, Christopher Urswicke avançait en jouant des coudes au milieu de la cohue de Cheapside. Il marchait vite, une main sur la garde de la dague glissée dans le fourreau de brocart fixé à son ceinturon. Il faisait très froid, mais le ciel était clair et le soleil devenait de plus en plus éclatant à mesure que la ville prenait vie. Les cloches de l'église appelaient les fidèles à la première messe. Les habitants des maisons ouvraient portes et volets. Par prudence, Urswicke cheminait au centre de la rue en se demandant ce qui pouvait être le plus dommageable : le ruisseau qui coulait sur la chaussée en véhiculant la multitude d'ordures qui avaient gelé durant la nuit et ramollissaient à présent avec le soleil, ou la pluie intermittente composée du contenu des seaux d'eau sale et des pots de chambre que les gens vidaient le matin par les fenêtres.

Urswicke ne cessait de regarder autour de lui, sur ses gardes. À Cheapside, la splendeur la plus glorieuse côtoyait la plus abjecte pauvreté. De riches marchands en manteaux de fourrure accompagnés de leurs épouses, tout aussi sophistiquées, coudoyaient les habitants des bas-fonds, nuées de pauvres gens qui s'étaient extraits de leurs taudis répugnants, voire des fosses pestilentielles qui leur tenaient lieu de domiciles, pour aller fouiller les ordures, gueuser ou détrousser ceux qui se souciaient d'eux comme d'une guigne. Des frères mendiants circulaient dans les rues pour plaider en leur faveur. Christopher leur fit l'aumône aussi généreusement qu'il le pouvait.

Il cheminait en veillant à ne pas se laisser distraire par les images et les sons qui l'entouraient ni par la foule agglutinée autour des étals, venue acheter de quoi remplir garde-manger, celliers et dépenses. La période de l'Avent approchait et les marchands de Cheapside avaient hâte d'exploiter la forte demande en nourriture, en boissons et en cadeaux liée aux festivités de Noël. L'air était chargé de l'odeur des parfums, du savon, des encens et de la cire, autant de fragrances qui s'estompaient à mesure qu'Urswicke approchait de la masse lugubre de la prison de Newgate, avec ses grilles immenses et ses hauts remparts. Bientôt, il n'y eut plus que la puanteur des cours dont bouchers et charcutiers avaient fait leurs abattoirs. Ces experts en maniement du couteau et de la massue y égorgeaient volailles et bestiaux dont ils découpaient aussitôt la chair fraîche, de sorte que le vent qui soufflait transportait en permanence une brume teintée de sang. L'odeur était si exécrable qu'Urswicke s'empressa d'acheter une pomandre avant d'atteindre l'esplanade.

Pour lui, Newgate était le lieu le plus déchirant qui existât à la surface de la terre. En dépit du soleil éclatant, ce jour-là n'était pas différent des autres. Trois tombereaux drapés de cuir rouge et noir attendaient de recevoir leur lot de condamnés pour les conduire aux gibets de Tyburn, de Smithfield ou de Tower Hill. Des bourreaux arborant des vêtements des mêmes couleurs, le visage dissimulé sous des masques de cauchemar, y faisaient monter les prisonniers, dont certains priaient avec ferveur ou répondaient fougueusement aux litanies des frères Sacs, de l'ordre de la Pénitence de Jésus-Christ. D'autres, prostrés, n'esquissaient aucun mouvement et contemplaient le ciel. Quelques-uns encore, enivrés à la bière bon marché, tempêtaient et hurlaient des jurons et des insultes. Plus loin sur le parvis, c'étaient d'autres souffrances, avec des baillis qui ligotaient aux piloris noctambules et perturbateurs de l'ordre public. Ils les attachaient par le cou, le poignet ou le pied, avant de les laisser à la merci de la cruauté des spectateurs, qui leur lançaient mille et une immondices.

Urswicke fut soulagé de parvenir sur la place du marché. Là, on vendait de tout, depuis l'ivoire d'une défense d'éléphant jusqu'aux coûteuses étoffes venues de villes proches de la Grande-Tartarie, sur la légendaire route de la Soie. Une population très bigarrée se croisait : rémouleurs et colporteurs cherchant des articles à mettre sur leurs éventaires, fournisseurs de la maison royale dans leurs tabards richement brodés, soldats et archers de la Tour et, bien sûr, citoyens ordinaires, souvent plus désireux de regarder que d'acheter. Munis de leurs badines blanches, baillis et bedeaux patrouillaient entre les étals, à l'affût, prêts à cingler la tête ou les mains de la nuée des chapardeurs, tire-laine et chenapans en tous genres qui hantaient ces lieux. Leur vigilance se concentrait surtout sur les petits voleurs à la tire, gamins crasseux en haillons qui filaient comme des souris une fois leur méfait accompli. En somme, la place du marché était une mer démontée de couleurs, d'odeurs et de bruits. Par moments, un incident soudain faisait amplifier la rumeur. Urswicke vit ainsi un mastiff échappé d'une maison voisine déboucher sur la place et s'en prendre sauvagement à deux autres chiens, puis s'attaquer à l'un des cochons des Antonins qui vagabondaient sur les pavés. Les hurlements de douleur du porc durent se répercuter jusqu'à la Tour, car un archer les fit taire en décochant deux flèches précises qui tuèrent et l'agresseur et sa victime. À peine les deux animaux furent-ils étendus sans vie sur le sol que les ramasseurs de crottin s'empressèrent d'emporter leurs cadavres. Ils pourraient vendre le cochon à un boucher et la peau lisse et brillante du chien aurait elle aussi son prix.

Après avoir suivi le déroulement de ce petit drame, Urswicke reprit sa marche et, du coin de l'œil, avisa soudain un détail qui lui parut suspect. Il prit soin de ne rien changer à son comportement. Il était sûr d'avoir déjà repéré, un peu plus tôt devant Newgate, le frère Sac qui se tenait maintenant devant l'étal qu'il était en train de longer. Le moine mendiant faisait mine de s'intéresser à une série de chapelets dont il triturait les perles entre ses doigts gantés de mitaines.

— Que faites-vous ici, murmura Urswicke pour lui-même, alors qu'à Newgate, des pénitents attendent d'être confessés ?

Il continua néanmoins sa progression jusqu'à l'échevinage, dont la façade élégante se dressa bientôt devant lui, avec ses bas-reliefs et ses vitraux qui scintillaient dans le soleil du matin. Des enfilades de blasons s'alignaient entre les fenêtres, véritable forêt de figures héraldiques sculptées et peintes dans la pierre. Au-dessus du splendide porche de l'entrée, une rangée de piques s'ornait de têtes décapitées en décomposition, que des corbeaux venaient picorer, avec une prédilection pour les yeux ou les parties molles qu'il restait encore. Les hommes en armes qui montaient la garde sous le porche reconnurent Urswicke, mais attendirent de voir son laissez-passer dûment cacheté pour l'autoriser à pénétrer dans la cour pavée. Là, un jeune soldat l'escorta jusqu'à l'escalier qui menait au cabinet de travail de son père.

Sir Thomas Urswicke était absorbé par la lecture d'un manuscrit. Il releva la tête en entendant la porte s'ouvrir et son visage lisse se fendit d'un sourire jovial, que Christopher, en son for intérieur, qualifia de sourire de Judas.

— *Pax et bonum*, mon cher fils !

D'un geste négligent, il désigna un fauteuil confortable.

— Asseyez-vous et reposez-vous ! Voulez-vous du vin ? Une bière légère, peut-être ?

— Non, merci, mon digne père.

Sir Thomas sourit encore et, de sa main chargée de bagues, désigna le manuscrit qu'il consultait.

— Laissez-moi achever cette lecture, voulez-vous ? Ensuite, mon fils bien-aimé, je serai tout à vous.

— Merci, vénéré père, acquiesça Christopher.

Sir Thomas reprit sa lecture et Urswicke en profita pour observer cet homme qui figurait parmi les plus grands scélérats de Londres : un menteur-né, un coureur de jupons, un débauché qui avait poussé sa mère adorée dans la tombe, un escroc capable de vendre père et mère. En peu de temps, Sir Thomas était parvenu à se hisser au niveau du conseil secret des dirigeants yorkistes. Récemment anobli par le roi, il se délectait de la gloire et des honneurs qui lui étaient conférés. Cet individu roué au sympathique regard vert et à l'expression toujours réjouie arborait une moustache et une barbe impeccablement taillées et une belle chevelure auburn ondulée.

Absorbé dans son étude, le juge avait tiré sur lui les pans de fourrure de sa cape d'intérieur. Christopher voyait ses lèvres remuer sans bruit et, pour la première fois, il se demanda si la vue de son père n'avait pas décliné. Mais peut-être le Grand Juge prenait-il tout simplement un malin plaisir à faire attendre son fils. Oui, telle devait plutôt être la raison de cette lecture interminable, aussi Christopher décida-t-il de se détendre et de se concentrer sur les bruits qui montaient de la cour.

— Et voilà !

Le Grand Juge enroula le manuscrit et le repoussa sur la table.

— Une affaire urgente, mon digne père ?

— Absolument ! acquiesça Sir Thomas, avant de poursuivre sur le ton de la confidence : Sachez, mon cher fils, que perfidie et trahison marchent main dans la main dans ce royaume. Sans cesse des complots et des contre-complots… Les intrigues polluent l'air que nous respirons, le danger menace en permanence. Des traîtres guettent à chaque coin de rue, des assassins attendent le moment propice pour frapper, ils avancent comme des loups dans la nuit et moi, j'ai le devoir de leur donner la chasse ! Avez-vous vu ces têtes, à l'entrée ?

— Oui, mon estimé père, mais ne parlons pas de cela. Je me demandais…

— Quoi donc ?

— Ne deviez-vous pas partir diriger une ambassade à Rome ?

— Ah…

Sir Thomas secoua la tête.

— Ce n'est plus d'actualité. Des affaires trop pressantes nous occupent ici. Mais soit, je n'en parlerai pas…

Il s'enfonça dans son siège et, d'un bref regard, consulta la chandelle des heures.

— Le temps file, soupira-t-il. Alors, mon bien-aimé fils, quel bon vent vous amène ?

— Mon vénéré père, j'aimerais que vous m'écoutiez avec attention…

En quelques phrases courtes et incisives, Christopher décrivit alors les étranges incidents survenus à Woking alors que Sir John Stafford y séjournait, puis les récentes attaques dont l'hôtel londonien de la comtesse Margaret avait fait l'objet. Il évoqua le sentiment de danger croissant qu'éprouvait sa maîtresse, ainsi que les calomnieux libelles placardés à travers la ville. Le Grand Juge l'écouta, le visage grave, en tapotant la couverture de cuir d'un registre posé devant lui. Quand son fils eut terminé, il esquissa une moue.

— Tout cela est bien triste, commenta-t-il. Ce doit être extrêmement pénible, j'en conviens. Mais enfin, qu'ai-je à voir là-dedans ?

— Vous êtes le plus haut représentant de la justice dans cette ville, mon digne père, et vous siégez de surcroît au Conseil royal. Vous avez la charge de la sécurité et de la tranquillité des citoyens de Londres.

En l'occurrence, trouvez-vous acceptable, trouvez-vous légitime de tolérer – voire d'autoriser – de tels outrages ?

— Quelques flèches enflammées, rien de plus, rien de moins…

— Et les attaques dirigées contre Sir John ?

— Mon cher fils, Woking se trouve dans le Surrey. Hors de ma juridiction.

— Mais le Conseil royal, lui, ne peut pas s'en laver les mains ! D'autant que la comtesse vit bel et bien à Londres.

— Écoutez…

Le Grand Juge se redressa sur sa chaise.

— Soyons directs, soyons francs ! Et allons au cœur des choses ! Margaret, comtesse de Beaufort, appartient à une lignée séditieuse. Les Beaufort ont combattu les frères York bec et ongles jusqu'à ce que Dieu les livre enfin entre nos mains à Tewkesbury. Ils ont été expédiés dans les ténèbres avec tout leur clan et ils ne reviendront plus. Tout ce qu'il en reste, ce sont la frêle Margaret et son pitoyable fils, Henri, qui tremble de frayeur au fin fond de la Bretagne. Si pathétique cet enfant puisse-t-il être, il n'en déclare pas moins être le dernier descendant légitime des Lancastre et prétend au trône d'Angleterre. Revendication fallacieuse de la part de ce petit blanc-bec et de son oncle malavisé, ce Jasper, qui s'attribue le titre de duc de Pembroke !

Sa voix avait enflé sur les derniers mots. Il s'interrompit et leva la main comme pour prêter serment.

— Mon cher fils, je vous le répète, il faut aller au cœur des choses. Des attaques ont été menées contre le beau-frère de la comtesse, Sir John Stafford, et ses deux compagnons, l'écuyer Lambert et le docteur

Guido. Des agressions similaires ont visé la demeure londonienne de la comtesse. Croyez-vous vraiment que ces provocations aient pu être le fait des York ? Croyez-vous que les York s'en prendraient de la sorte à leur dernière, pathétique adversaire ? Je puis vous assurer qu'il n'en est rien ! Voyez-vous, mon fils bien-aimé, les frères York sont des hommes intelligents, versés dans l'art de la politique. Bien sûr que nous aimerions mettre la main sur le jeune Henri, c'est évident ! Mais cela ne signifie pas pour autant que nous nourrissions de mauvais desseins vis-à-vis de sa mère. En toute franchise, ce n'est pas par bonté d'âme que nous l'épargnons…

Le juge se mit à rire.

— Non, ce n'est pas par bonté d'âme, insista-t-il. C'est une question politique : nous ne souhaitons pas persécuter la Beaufort, ni même paraître le faire, parce qu'elle est aimée et respectée par beaucoup de gens, tant au sein de la noblesse que parmi le peuple. Les évêques aussi la considèrent favorablement, que ce soit ici ou au-delà de nos frontières. Elle a su se montrer généreuse auprès de notre sainte mère l'Église et, bien sûr, elle jouit des faveurs et de la protection du duc de Buckingham et de tous les Stafford. Oh ! je pourrais continuer en disant que Lady Margaret est ardemment soutenue par les universités d'Oxford et de Cambridge, qu'elle a enrichies par des dons abondants. Vous voyez bien, mon cher fils, qu'il n'est nullement dans notre intérêt de lui nuire tant qu'elle réside dans ce royaume. Mais, bien entendu, enchaîna-t-il avec un soupir théâtral, les Beaufort ont eu, et ont toujours, de puissants ennemis. Beaucoup de nos partisans se feraient une joie d'annihiler la cause des Lancastre, d'en détruire les racines et les branches, de la dissoudre complètement.

— Mais vous-même n'êtes pas de ceux-là, n'est-ce pas, mon vénéré père ? Et si les frères York souhaitent apparaître comme tolérants à l'égard de la comtesse, ils peuvent assurément lui venir en aide maintenant, non ?

— Je mènerai mon enquête, soyez-en assuré. Mais, mon fils bien-aimé, je ne peux pas poster des gardes autour de sa maison, vous le comprenez aisément ! Ce serait mal interprété, le public pourrait croire à une arrestation. Et, de toute façon, Sa Majesté le roi ne le tolérerait pas.

Le juge se passa la main sur la joue avec un sourire navré.

— Que de désagréments, hein, quel embrouillamini ! Mais vous savez quoi, Christopher ? Je donnerais cher pour savoir qui vous servez en réalité !

— Mais, mon père bien-aimé, je sers la même personne que vous !

— C'est-à-dire ?

— Moi-même !

Le juge se mit à rire en se balançant d'avant en arrière sur son siège.

— Très bien, mon fils, très bien !

Il s'immobilisa et, reprenant son sérieux, se pencha en avant.

— N'ayez crainte, Christopher, dit-il, je ne resterai pas les bras croisés. Toutefois, il faut que vous me laissiez y réfléchir…

Christopher remarqua la moquerie dans le regard de son père, qui pinça les lèvres et se détourna. Vous mentez, songea-t-il. Tout ce que vous dites n'est que mensonge et je suis en train de perdre mon temps.

— Il est temps que je vous laisse, déclara-t-il. Vous me raillez, vous jouez au chat et à la souris avec moi. Votre haine de la comtesse est plus forte que l'affection que vous portez à votre fils unique. Cette conversation ne mène à rien.

Il se leva sur ces mots et prit congé. Après avoir quitté l'échevinage, il marcha d'un pas pressé dans les ruelles qui descendaient vers le fleuve, puis suivit une petite artère qui, en longeant la rive gauche, le ramènerait à l'hôtel de la comtesse. Repassant dans son esprit son entrevue avec le « seigneur Méphistophélès », comme il nommait son père, il était si profondément plongé dans ses pensées qu'il en oublia de rester vigilant. Ce fut seulement lorsqu'il aperçut deux frères Sacs, avec leur robe brune caractéristique à la capuche rayée de noir et de blanc, qu'il se ressaisit. Les ecclésiastiques arrivaient vers lui dans l'allée étroite, précédés d'un jeune porteur de torche dont la flamme ardente créait des flaques de lumière qui illuminaient le visage de l'enfant et de ses clients. La présence du garçon rassura Urswicke, jusqu'au moment où il perçut du bruit derrière lui. Il fit volte-face en rejetant en arrière les pans de sa chape et vit deux ombres s'éclipser dans l'obscurité. Les moines qui arrivaient en face de lui avaient accéléré le pas. Christopher tira son épée et sa dague de leurs fourreaux. Voyant cela, le jeune garçon se rua vers l'avant et sa torche vint aveugler un instant le clerc. D'un violent coup de botte, Christopher le fit reculer et il alla percuter les deux moines qui le suivaient. Urswicke n'attendit pas et ne se retourna pas non plus pour affronter l'ennemi qu'il savait derrière lui. Brandissant ses armes, il fonça en avant en bousculant les deux moines et courut jusqu'à la première intersection. Au moment où il débouchait sur une grande artère, des cris s'élevèrent derrière lui. Il jeta un coup d'œil par-dessus son épaule, mais la ruelle baignait dans une atmosphère trop sombre et trop trouble pour qu'il pût distinguer autre chose qu'une bousculade, accompagnée de hurlements puis de râles. Quelqu'un avait été mortellement blessé. Peu désireux de s'attarder, il ne chercha pas à en apprendre davantage.

— La coupe est pleine, murmura-t-il pour lui-même. Assez de diableries pour aujourd'hui !

DEUXIÈME PARTIE

« Quiconque était recruté par la Garduna
était absous de tous ses méfaits. »

Au terme de cette même journée, Reginald Bray partagerait à coup sûr l'opinion de son camarade. Laissant sa maîtresse sous bonne garde, il avait pris en charge la mission d'emporter le corps de Bernard, enveloppé dans un linceul et fixé sur une charrette à bras, jusqu'au dépositoire public, le Paradisium, près de St Mary-le-Bow. Il paierait le prix du cercueil au Glaneur des morts en lui prescrivant de faire réciter trois fois le requiem pour l'âme du défunt. Encore fallait-il réussir à fendre la foule compacte qui peuplait le marché de Cheapside, pressée de faire ses courses ou de gagner les piloris pour aller se moquer des infortunés que l'on y avait attachés. L'Avent approchait et l'on commençait à préparer Noël. Échoppes et étals étaient pris d'assaut. Les bouchers égorgeaient avec frénésie moutons, cerfs, cygnes, cochons, poulets, paons, marsouins ou phoques. Les nombreuses boulangeries, elles aussi en pleine effervescence, proposaient toutes sortes de tourtes, pâtisseries et confiseries, ainsi que des gaufres au miel. Une forte odeur de nourriture, tant crue que cuite, flottait dans l'air.

Des saltimbanques avaient en outre afflué dans la ville pour proposer leurs divertissements aux églises et aux chapelles. Ces comédiens ambulants produisaient sur la place des extraits de leurs mascarades dans l'espoir de susciter l'intérêt de clients éventuels. Ainsi voyait-on le roi Hérode fendre la foule, la tête et le visage dissimulés sous une barbe épaisse et une perruque rouge sang. Il lançait des avertissements et des insultes à son épouse, tout aussi gaiement affublée d'une robe rouge vif, qui l'exhortait en retour à aller massacrer le Divin Enfant. Beaucoup s'arrêtaient pour les regarder et suivre l'arrivée des Rois mages, tous trois juchés ensemble sur un vieux cheval fatigué. Quand des soldats aux couleurs des York commencèrent à lancer des moqueries et à railler les histrions, Hérode rappela aussitôt ses partenaires et une rixe s'ensuivit. Bray jura dans sa barbe ; on ne pouvait plus avancer. Jetant un regard autour de lui, il avisa sur sa droite l'entrée de la Catstail Alleyway, une ruelle qui lui fournirait peut-être une porte de sortie. Il orienta sa charrette dans cette direction, heurtant au passage les jambes de passants agglutinés près de lui et écopant d'une litanie d'injures bien senties, mais au moins, il parvint à s'extraire de la cohue. Après avoir parcouru quelques pas dans la ruelle, il cala la charrette contre le mur sale et, indifférent à la boue dans laquelle trempaient ses bottes et à la puanteur que transportait le courant d'air froid, il s'y adossa, le temps de reprendre son souffle. Puis il lança un dernier coup d'œil à la foule trop dense de la place, inspira profondément et agrippa les brancards de la charrette, qu'il poussa sur le sol défoncé. À sa gauche se trouvait une taverne délabrée dont la porte s'ouvrit au moment où il passait. Un ivrogne en sortit en titubant, s'arrêta, les yeux plissés, puis esquissa quelques pas chancelants et vint lui agripper le bras. Il désigna l'extrémité de l'allée que l'on distinguait mal.

— Où est-ce que tu vas ? grincha-t-il. Tu ne vois pas que c'est bloqué, là-bas ?

— Non, lâche-moi !

Bray se dégagea et regarda l'ivrogne s'éloigner vers la place en zigzaguant, puis il reprit sa marche. Il n'avait parcouru qu'une faible distance lorsqu'il étouffa une exclamation contrariée. Le pochard avait raison : une maison qui s'était effondrée avait créé un barrage devant lui. Jurant dans sa barbe, il fit demi-tour avec la charrette et se raidit : l'espace d'un instant, il lui avait semblé distinguer un mouvement furtif à l'entrée de la ruelle, une vague silhouette apparue une fraction de seconde et repartie se dissimuler dans l'ombre. Bray se signa, murmura une prière et se remit à pousser la charrette en pressant le pas. Alors qu'il repassait devant la taverne, deux femmes, des catins à en croire leur allure arrogante, en sortirent. Il voulut poursuivre son chemin, mais les filles n'entendaient pas être ignorées. Bray remarqua qu'elles étaient jeunes et belles, avec leur peau mate et les perruques parfumées qui cernaient de ravissants visages. Elles lui bloquèrent le passage tout en le gratifiant d'un sourire provocateur et en tendant vers lui leur poitrine opulente, qui dépassait de leur corsage.

— *Monsieur** n'a pas envie d'une petite pause pour s'amuser un peu ? dit la première en désignant un recoin sombre. Allez, viens avec nous !

Toutes deux se placèrent de part et d'autre de la charrette. Il fallait reconnaître qu'elles étaient aussi appétissantes l'une que l'autre, à la différence des vieilles prostituées peu amènes qui peuplaient d'ordinaire ce quartier. Il sourit à la première, avant de se figer net lorsque trois silhouettes surgirent dans la ruelle. Au moment où il lâchait les brancards, une voix lui lança un avertissement dans un mauvais anglais et il eut juste le temps d'esquiver le poignard en forme de faucille de la deuxième prostituée, qui fondait sur lui. Il se baissa alors et poussa la charrette de manière à bloquer l'autre fille sur sa droite. Dans la confusion qui s'ensuivit, Bray remarqua que les prostituées elles-mêmes s'étaient affolées. À l'évidence, elles aussi craignaient les trois étrangers qui approchaient mais, comme lui, elles étaient prises au piège. L'instant suivant, dans un cliquetis d'arbalètes, toutes deux s'effondrèrent, la première touchée à la gorge, la seconde, qui s'était retournée pour fuir, en haut du dos. Se ressaisissant enfin, Bray dégaina son épée et sa dague.

— *Pax et bonum !* cria une voix. Maître Bray, nous ne sommes pas des ennemis.

Deux personnages encagoulés vinrent alors s'agenouiller près des femmes, qu'ils attrapèrent par les cheveux pour leur infliger le coup de grâce, une taillade profonde qui leur ouvrit la gorge.

— Il me semble qu'elles sont mortes, commenta Bray, sarcastique.

— Nous préférons nous assurer qu'elles le resteront, fit une voix moqueuse en retour.

Bray regarda les inconnus fouiller les vêtements de leurs victimes et en prélever quelques objets. Il profita de cette trêve pour se carrer contre le mur, épée et dagues brandies devant lui. Les trois hommes se regroupèrent autour de la charrette.

— Qui êtes-vous ? interrogea Bray d'une voix forte.

— Des amis d'André Bernard. Nous vous avons vu sortir de chez la comtesse. Nous avons compris que vous emmeniez le corps d'André au Paradisium pour le faire enterrer de façon honorable.

— De fait. Et ma maîtresse souhaite en outre que soit dit trois fois le requiem pour le salut de son âme.

— La comtesse est très obligeante, mais nous allons prendre en charge la dépouille. C'est à nous de le faire. Comment André est-il mort ?

— Empoisonné ! Empoisonné dans l'hôtel de la comtesse, dans l'un de ses petits salons, sans que nous ayons compris comment, pourquoi et par qui !

L'un des hommes fit un pas en avant et tendit ses mains ensanglantées en un geste de paix. Lorsqu'il baissa ensuite son cache-col, Bray découvrit un visage assez jeune aux traits anguleux qui le fixait d'un regard inquisiteur.

— Est-ce bien la vérité, maître Bray ? Oui ou non ?

— Oui. Mais vous, qui êtes-vous ?

— Prenez patience et vous le saurez.

— Et ces deux-là ? interrogea encore Bray en désignant les cadavres sur le sol.

— Elles sont le diable incarné, maître Bray. La Garduna.

— Comment ?

— Je vous l'ai dit, maître Bray, vous devez être patient.

L'homme qui parlait s'interrompit en voyant deux gamins des rues approcher pour venir contempler les femmes étendues sur le sol. Ils restèrent là quelques instants puis décampèrent.

— Il vaut mieux partir, estima Bray en rengainant

ses armes. Dans peu de temps, la nouvelle se sera répandue dans tout Cheapside.

Il passa devant ses sauveurs, se signa et s'empressa de regagner la Grand-Place, déterminé à mettre le plus de distance possible entre le lieu du massacre et lui.

Sans la charrette, Bray n'eut aucune peine à fendre la cohue bruyante. Il emprunta la rue des Soupirs qui bordait Whitefriars et la place des Tombes, où vivaient des guetteurs et des gens de la nuit qui restaient tapis dans leurs caves misérables jusqu'à la tombée du jour. Alors seulement, ils rampaient hors de leurs tanières, avides de butin. Au cours de la journée, un silence de mort régnait là, mais les observateurs n'en étaient pas moins à l'affût du moindre mouvement, surveillant ces étroites artères bordées de maisons décrépites épaulées les unes aux autres telle une succession d'ivrognes. De gros chiens attachés à des piquets grognaient et montraient les dents. Au passage de Bray, des voix s'élevèrent pour signaler l'arrivée d'un étranger. Il y répondit en criant son nom et en expliquant le motif de sa présence en ce lieu. De nouveau, il avait dégainé ses armes. Le silence revint. Enfin, il atteignit Magpie Lane, une impasse dans laquelle s'élevait une taverne délabrée, *Le Chaudron de poison*. Les deux individus patibulaires qui montaient la garde l'empêchèrent d'entrer.

— Je ne pense pas, leur murmura-t-il d'une voix rauque, que Lord Poison Mortel sera ravi d'apprendre que vous avez barré l'accès à l'homme qui l'a sauvé d'une condamnation à la peine capitale prononcée par le tribunal royal.

À ces mots, les brigands s'effacèrent et il pénétra dans une salle au plafond bas qui embaumait les jambons fumés aux épices que l'on devinait suspendus au plafond dans des filets. Malgré le beau temps, on avait tiré tous les volets et, sans le feu puissant qui brûlait dans une cheminée au fond de la salle, l'obscurité eût été totale. L'un des gardiens se dirigea vers l'âtre pour aller glisser quelques mots à l'oreille d'un homme installé devant, dans un gigantesque fauteuil capitonné. Ce dernier se leva alors en resserrant autour de lui sa houppelande fourrée et en ajustant soigneusement sa calotte. C'était Lord Poison Mortel, le seigneur tout-puissant de la pègre de Londres. Il vint à la rencontre de Bray d'un pas vif et garda un moment sa main tendue dans la sienne avec un chaleureux sourire.

— Reginald, quel plaisir de vous voir !

Son sourire s'élargit encore quand il lâcha Bray et recula pour le détailler de la tête aux pieds.

— Vous n'avez pas changé d'un poil, mon ami ! Venez !

Il désigna d'un geste un fauteuil près du feu et invita Bray à se débarrasser de sa cape et à partager avec lui un verre de son meilleur vin, « dérobé directement à Bordeaux ». Tous deux s'installèrent tandis que Poison Mortel glissait quelques mots à l'oreille de son homme de main. Bray ne le quittait pas des yeux. Son interlocuteur était sans doute le personnage le plus sinistre de la ville. Il était vêtu comme un pauvre vicaire, d'une méchante bure noire dont le col s'agrémentait de bandes de soie soigneusement tendues pour dissimuler les marques de corde à son cou. Car, par trois fois, ce chef de brigands avait réchappé de la pendaison. En chacune de ces occasions, soit la grâce lui avait été accordée au tout dernier instant, soit ses camarades étaient venus le décrocher en prenant d'assaut l'échafaud. Un homme étranglé à trois reprises et néanmoins toujours en vie ne pouvait que se distinguer comme figure légendaire dans les bas-fonds de Londres. D'autant que cet ancien prêtre savait assez de latin pour en appeler au clergé quand, accusé de tel ou tel crime, il lui fallait obtenir gain de cause, bien qu'il peinât parfois à apporter la preuve de son statut d'ecclésiastique. Individu étrange, il avait par ailleurs la réputation d'aimer se déguiser en femme et savait se maquiller aussi bien que n'importe quelle catin de Londres. Il avait en outre l'habitude de teindre ses longs cheveux hirsutes de diverses couleurs. Ils étaient bleus ce jour-là et, malgré le sourire qui ne quittait pas ses lèvres, Poison Mortel avait un aspect plus repoussant que jamais.

— Alors ! lança-t-il. Que vient quérir Reginald Bray aujourd'hui ? Des informations, peut-être ?

— Perspicace, comme toujours ! repartit Bray avec un étonnement moqueur. Des informations, seigneur Poison Mortel, oui, sur certaines choses qui se passent à Londres.

— Eh oui ! il se passe bien des choses à Londres en ce moment…

Poison Mortel avala quelques gorgées de son gobelet façonné en forme de crâne et se lécha les lèvres avec délectation.

— Je viens d'ailleurs d'avoir écho de l'une d'entre elles, reprit-il. Mes galopins, ces enfants que j'adore, m'ont rapporté le meurtre de deux putains à Cheapside. Des Espagnoles, manifestement. Il paraît qu'on ne les avait encore jamais vues chez nous…

Il se pencha en avant.

— Cela s'est passé il y a moins d'une heure,

précisa-t-il. Peut-être en avez-vous eu vent, maître Bray ?

— On dirait que vous nous faites surveiller de près, les miens et moi ! fit Bray en souriant.

— Quoi de plus naturel, mon ami ? Surtout depuis la dernière attaque dont vous avez été la cible. Des flèches enflammées tirées sur la porte d'eau de l'hôtel de votre noble maîtresse !

— Vous savez cela aussi ?

— Ma foi, il est normal qu'un tel événement m'intrigue. Sachez que cela s'est fait sans mon autorisation ni mon soutien. Alors qu'une telle attaque aurait dû m'être soumise au préalable.

— Mais peut-être savez-vous qui l'a perpétrée et pourquoi ?

— Non, pas encore, hélas ! Mais j'ai mis sur l'affaire mes deux hommes les plus fiables, Absinthe et Catacombes. Ils creusent ici et là.

Il but une autre gorgée de son vin.

— Je vous le dis, mon ami, beaucoup de choses se trament dans l'ombre ces temps-ci…

Il remplit de nouveau son gobelet.

— Malheureusement, tout ce que je peux vous livrer pour le moment, ce sont les rumeurs qui circulent sur l'arrivée d'étrangers dans notre ville, des hommes et des femmes qui ne sont pas de notre sang. Vous n'apprendrez rien d'autre de moi aujourd'hui, maître Bray. Toutefois, avant que sonnent les vêpres demain soir, nous en saurons davantage, j'en fais mon affaire…

La comtesse Margaret signa et scella la lettre qu'elle venait de dicter à l'intention de Sir Thomas Urswicke. Amère, elle n'y mâchait pas ses mots, expliquant que ni elle ni sa maisonnée ne se sentaient à l'abri d'une agression, que ce fût sur le fleuve ou dans les rues de Londres. En tant que descendante d'une lignée royale, elle exigeait la protection de la Couronne, pour elle et pour les siens, et attendait que l'on démasquât et traduisît en justice les auteurs de ces actes de malveillance.

Elle s'adossa à son siège. Tandis que Bray demeurait assis à sa gauche, Urswicke partit confier la lettre à Prestepied, avec ordre de la porter sans délai à l'échevinage. Dès que le courrier eut quitté la maison, Christopher revint auprès de la comtesse, restée immobile, les poings serrés sur ses genoux. Le fin visage de la dame était pâle et tendu.

— Sir John, mon beau-frère, me conseille de l'accompagner en Bourgogne, déclara-t-elle d'une voix blanche. C'est selon lui l'endroit le plus sûr pour nous et il estime que notre roi ne devrait pas y trouver à redire. Si, en revanche, nous partons rejoindre mon fils en Bretagne ou que nous choisissions la cour de Louis XI à Paris, cela apparaîtra comme un acte de traîtrise. On nous soupçonnera de pactiser avec l'ennemi et, dès lors, tous mes biens me seront confisqués au profit de la Couronne.

— Le conseil de Sir John n'est pas dénué de logique, approuva Bray. On ne peut continuer ainsi. Avec ces attaques…

Sa voix resta en suspens et Urswicke prit le relais.

— Il y a plusieurs axes à considérer, dit-il. Tout d'abord, les sinistres événements de Woking : ces flèches enflammées au milieu de la nuit, ces autres flèches qui visaient une clairière où se réunissent les chasseurs, ces chausse-trappes placées sur un chemin forestier, ainsi que les quelques autres avertissements macabres… Toutes ces choses apparues de prime abord comme hautement inquiétantes se sont révélées n'être en fin de compte que des mises en scène, certes dramatiques, mais dénuées de réel danger. Le deuxième axe, ce sont les événements survenus ici, à Londres. Là encore, des flèches enflammées, visant cette fois notre porte d'eau, et là encore, beaucoup de bruit pour rien. Le troisième axe est plus pernicieux : meurtre et tentative de meurtre. Bernard, notre visiteur, empoisonné avant même que nous ayons pu le rencontrer. Assassiné, mais pour quelle raison ? Par qui et de quelle façon au juste ? Cela reste un mystère. Quatrième axe : qui a commandité tous ces agissements ? Qui est responsable ? Une personne isolée ou un groupe d'individus ? Ont-ils d'abord planifié les attaques à Woking, puis suivi Sir John Stafford à Londres pour continuer ? Le cinquième axe nous concerne directement : les flèches enflammées, que ce soit ici ou à Woking, n'ont mis personne en danger. Les agressions dont Bray et moi-même avons été victimes, en revanche, devaient être meurtrières. Et quant au sixième axe de réflexion, il est simple : n'y aurait-il pas un ennemi caché parmi nous ?

— Un ennemi dans la maison ?

— Il s'agit seulement d'une hypothèse, mais elle permet d'expliquer le meurtre de Bernard. Et puis, enfin, il y a ces odieux libelles et leurs allégations lamentables…

Il s'interrompit net, car des cris et des exclamations montaient du rez-de-chaussée. Des bruits de pas résonnèrent bientôt dans l'escalier, suivis de coups furieux frappés à la porte, qui s'ouvrit sur un Hardyng essoufflé.

— Madame ! Messieurs ! lança-t-il. Il faut que vous veniez !

— Pourquoi ? Qu'y a-t-il ? interrogea la comtesse en se soulevant à demi.

— Lambert a été empoisonné. Il vomit tout ce qu'il sait !

Urswicke pria la comtesse de rester dans le cabinet de travail, tandis que Bray et lui suivaient Hardyng jusqu'à l'arrière-cuisine. L'intendant dispersa les curieux agglutinés à l'entrée et ils découvrirent l'écuyer Lambert assis sur un tabouret près de la porte ouverte sur le jardin, vomissant dans une écuelle que tenait Sir John. Accroupi de l'autre côté, Guido lui enjoignait d'une voix douce de ne pas s'inquiéter, de se détendre et de laisser son estomac se purger. Le jeune homme leva la tête à l'arrivée d'Urswicke. D'une pâleur effrayante, il avait le menton souillé de vomissures. Il chercha à parler, mais dut aussitôt se pencher en avant pour recommencer à vomir.

— Ça va aller, assura Guido aux nouveaux venus. Je lui ai donné de l'eau salée. En vomissant, il chasse les humeurs nocives de son corps.

— Comment est-ce arrivé ? interrogea Urswicke. Que s'est-il passé ?

— Il semblerait, répondit Bray derrière lui, que la pâtisserie locale a envoyé à Sir John un plateau de confiseries au miel. Est-ce bien cela, Hardyng ?

L'intendant se contenta de hocher la tête.

— Pour l'amour du Ciel, Hardyng, s'emporta Bray, ressaisissez-vous et racontez-nous !

Au prix d'un effort manifeste sur lui-même, l'intéressé recouvra l'usage de la parole :

— Je… J'étais… en train de… de vaquer à mes occupations, bafouilla-t-il, quand j'ai entendu frapper à la porte d'entrée. Étant donné le… enfin, vu ce qui s'est passé la dernière fois…

— Vous préfériez rester prudent, compléta Urswicke d'un ton qui se voulait apaisant. C'est tout à fait naturel, nous le comprenons bien.

— J'ai donc… J'ai donc ouvert la porte, mais en laissant la chaîne pour regarder d'abord. Comme le soir tombait, je… En vérité, il n'y avait rien d'inquiétant : c'était juste un gamin qui venait livrer une boîte de chez Dulcimer, la pâtisserie qui fournit la comtesse. C'était un cadeau de bienvenue pour Sir John. Enfin, c'est ce qu'il m'a dit…

Urswicke secoua la tête tandis que l'intendant concluait :

— J'ai pris la boîte et je l'ai donnée à Lambert.

— Si nous enquêtons, commenta Bray avec humeur, je suis sûr que nous constaterons que Dulcimer n'a jamais envoyé un tel cadeau au manoir ! Ce livreur n'était qu'un galopin auquel on a donné une pièce pour apporter cette boîte, sans doute.

— Parfaitement d'accord avec vous, approuva Urswicke. Mener l'enquête ne serait qu'une perte de temps. Nous parviendrions assurément à cette conclusion.

Avant de quitter l'arrière-cuisine, il jeta un dernier coup d'œil à Lambert. Celui-ci semblait aller mieux, même s'il restait assis, penché sur son écuelle souillée, désormais posée sur ses genoux. Urswicke revint sur ses pas pour s'accroupir auprès de lui.

— Comment cela s'est-il passé exactement ? lui demanda-t-il. Racontez-moi !

— Hardyng m'a donné cette boîte, répondit Lambert, pantelant. Cela m'a semblé être une gentille attention et, comme j'avais faim, j'ai brisé le sceau et j'ai regardé. Les confiseries avaient l'air délicieuses, j'en ai pris une pour goûter. Mais je l'avais à peine avalée que j'ai commencé à sentir des crampes dans le ventre…

— Il va se remettre, assura Sir John.

Toujours agenouillé près de son écuyer, il lui caressait distraitement les cheveux.

Croisant le regard surpris d'Urswicke, il s'empressa de retirer sa main.

Au même instant, un coup lourd frappé à la porte d'entrée leur parvint. Urswicke se redressa et Hardyng s'empressa d'aller répondre tout en maugréant dans sa barbe. Il revint et fit signe à Bray.

— C'est quelqu'un pour vous, messire. Un individu qui répond au nom d'Absinthe.

Bray rencontra le visiteur dans le vestibule. C'était un jeune homme assez petit, souriant et doté d'une crinière de cheveux en désordre. Il lui tendit une sacoche de cuir.

— Mon ami, murmura-t-il d'une voix qui n'était qu'un souffle, Lord Poison Mortel vous envoie ses salutations. Avec mon camarade Catacombes, nous recherchons activement les informations qui vous intéressent. Pour le moment, nous avons juste récolté cela pour vous. C'était au Standard de Cheapside. Un exemplaire parmi beaucoup d'autres…

Il s'inclina en reculant d'un pas.

— Maître Reginald, il faut que je reparte…

Après avoir refermé la porte d'entrée, Bray inspecta le contenu de la sacoche. Il s'y trouvait un large parchemin, qu'il déroula en bougonnant. Urswicke était arrivé derrière lui.

— Toujours la même chose, mon ami, toujours la même chose…

— Relisez-nous cela, Christopher, s'il vous plaît.

La comtesse s'efforçait manifestement de garder son calme. Elle se trouvait avec ses deux clercs dans le cabinet de travail du rez-de-chaussée, où Guido et Sir John les avaient rejoints.

Urswicke saisit la proclamation. Le parchemin et l'encre noire étaient identiques à ceux du premier placard.

— Maîtresse, protesta-t-il, ce sont des calomnies ! Il n'y a là rien d'autre que des mensonges aussi malveillants qu'outrageants.

— Lisez ! persista la comtesse.

Il acquiesça et s'exécuta à contrecœur en détachant chaque mot :

— « Sachez, bonnes gens, que la femme qui ose se proclamer comtesse de Richmond, mère du faux prétendant au trône Henri Tudor, parente de Jasper Tudor et d'autres traîtres de la maison Beaufort, est une diablesse qui a du sang innocent sur les mains. Le meurtre a élu domicile dans son hôtel. Des étrangers y périssent et ceux qui, à juste titre, la jugent nuisible ciblent son manoir de flèches enflammées. Ce ne sont que des avertissements. Sachez aussi que… »

Urswicke lâcha le parchemin.

— Madame, dit-il, je refuse de poursuivre la lecture de cet abject torchon.

— Il a raison, maîtresse, renchérit Bray. Cela ne sert à rien.

La comtesse hocha la tête en silence et demeura un moment les yeux fermés. Puis, avec une profonde inspiration, elle promena le regard autour d'elle. Urswicke reprit la parole :

— Vous avez sollicité l'aide de mon père, le Grand

Juge, annonça-t-il, mais j'ai envoyé tout à l'heure Prestepied avec une seconde demande d'assistance dans laquelle je signale l'empoisonnement de l'écuyer Lambert. À propos, ce pauvre garçon commence-t-il à se remettre ?

— Oui, tout à fait, affirma Sir John. Grâce à la purge que Guido lui a fait boire d'emblée, ses entrailles se sont apaisées. On vient de lui administrer une potion soporifique et il s'est endormi.

Il leva vers Margaret un regard implorant.

— Ma douce sœur, enchaîna-t-il avec ferveur, je vous en conjure, venez avec nous en Bourgogne !

Il baissa la voix.

— Le duc Charles n'est pas dans les meilleurs termes avec la maison d'York, c'est le moins que l'on puisse dire… Il vous offrira, à vous et aux vôtres, et en particulier à votre fils en exil, un accueil chaleureux et le plus sûr des refuges. Vous bénéficierez de sa protection directe et serez entourée de toutes les attentions. N'est-ce pas, Guido ?

— Tout à fait, acquiesça le médecin. Tout à fait.

Urswicke observa sa maîtresse. Elle semblait favorable à cette suggestion. D'ailleurs, lui-même était également tenté de l'agréer. Toutes les provocations qu'endurait sa maîtresse étaient liées à ce qu'elle était et incarnait. Jamais elle n'aurait la faveur des frères York, aussi était-elle guettée par une infinité de périls : l'assassin silencieux portant dague ou poison, la flèche décochée dans l'ombre d'une ruelle, l'accident malheureux sur terre ou sur mer, les yorkistes trop zélés, tel l'auteur perfide du libelle placardé à travers la ville, toujours prêts à tendre une embuscade au détour d'un chemin des morts désolé…

Il jeta un coup d'œil à Bray. Celui-ci réfléchissait, les yeux mi-clos.

— Il se peut que j'opte pour la Bourgogne, annonça la comtesse. Cela est même fort probable.

Urswicke vit Sir John et Guido accueillir ces paroles avec allégresse.

— Toutefois, enchaîna Margaret, nous n'y sommes pas encore et, pour l'heure, nous devons nous entourer de précautions.

— L'une de ces précautions, intervint Sir John, pourrait être de vous hâter de faire vos bagages pour embarquer à bord du *Pégase*, une cogghe de combat bourguignonne qui est amarrée en ce moment même à Queenhithe.

— Une cogghe très puissante, approuva Guido.

Il se leva, s'inclina devant la comtesse et poursuivit, désignant Sir John :

— S'il n'y a rien d'autre, madame, permettez-nous de retourner au chevet de l'écuyer Lambert.

Margaret acquiesça et la réunion prit fin.

Urswicke et Bray menèrent alors une inspection complète du manoir. Lorsqu'ils se furent assurés que portes, grilles, poternes, fenêtres et volets étaient tous fermés, Bray annonça qu'il était fatigué et se retira. Urswicke retourna chez la comtesse et, à sa requête, se joignit à elle pour complies, prononçant les répons avec ferveur quand Margaret murmurait le psaume. La prière comparait Dieu à une forteresse, un rempart, un rocher protecteur.

Après ces dévotions, Urswicke tenta d'interroger la comtesse sur ce que pourrait être ce rocher susceptible de les protéger, elle et sa maisonnée. Elle sourit, lui caressa le bras et répondit qu'elle devait y réfléchir.

Dès qu'il l'eut quittée, refermant la porte derrière lui, elle se prit le visage dans les mains et se mit à pleurer amèrement sans chercher à réprimer ses sanglots. Puis, peu à peu, elle s'apaisa et put se reprendre. Avec un linge posé près du *lavarium*, elle se tamponna le visage. Ensuite seulement, elle s'avança vers le triptyque qui célébrait la victoire de saint Georges sur le dragon, le démon, le plus féroce de tous les serpents, nimbé, selon la légende, d'une clarté ardente tel un ange lumineux. Le peintre l'avait représenté prêt à déployer les anneaux du péché pour piéger les âmes qui montaient vers les cieux. Le monstre attendait de voir celles-ci étouffer sous le poids des péchés commis, se retrouver enserrées dans les griffes de la culpabilité et se consumer en conséquence. Avec intelligence, l'artiste avait mis l'accent sur cette partie de l'action, dérivant à son escient l'attention du spectateur de saint Georges, dont le tabard et l'écu arboraient fièrement les armes des Beaufort.

Margaret sourit. C'était là son mémorial personnel, dédié aux Beaufort massacrés sur les champs de bataille ou mis à mort sur les échafauds de petites villes de campagne. Elle se signa, murmura un requiem et retourna s'asseoir devant le feu.

— Que puis-je faire ? demanda-t-elle dans un souffle aux flammes dansantes. Où dois-je aller ?

Elle passa en revue les possibilités qui s'offraient à elle. Les frères York considéraient l'Écosse comme hostile. La France ? Si elle s'y rendait, on la croirait prête à pactiser avec l'ennemi. La Bretagne ? On l'accuserait de se rapprocher de traîtres frappés d'un décret de mort civile : Henri, son fils bien-aimé, et le prodigieux Jasper Tudor. L'Espagne était en plein tumulte, les États catholiques de Castille, d'Aragon et de León essayant désespérément de s'unir pour lutter contre les forces de l'Islam. En réalité, la Bourgogne apparaissait comme la solution la plus appropriée. Comme disait Sir John, il était clair que le duc Charles avait cessé d'être un ami des York…

La comtesse en était là de ses réflexions lorsqu'une pensée inattendue la saisit. Elle devrait la partager avec Urswicke, songea-t-elle, mais entre-temps, elle allait suivre une autre voie, qui lui épargnerait à l'avenir la moindre attaque contre sa propre personne ou sa maison. De cette option-là, Urswicke lui-même devait tout ignorer. Pour le moment, du moins.

La basilique s'élevait à l'angle de Snake Alley, le bien-nommé passage du Serpent, allée sinueuse aussi étroite qu'un chemin des morts. En fort piteux état, l'édifice était devenu le royaume des rats et de toutes sortes d'animaux nuisibles. Pourtant, en cette nuit particulière, de la lumière brillait dans ses sous-sols humides. Là, étendu dans la saleté, gisait un homme auquel on avait laissé son seul pagne, bras et jambes écartés, chevilles et poignets ligotés à des pieux enfoncés dans le sol. Autour de lui se tenaient des hommes masqués et cagoulés. L'un d'eux, leur chef sans doute, s'agenouilla près de lui et le piqua légèrement sous le menton de la pointe d'un long poignard.

— Donc, déclara-t-il en espagnol, parlant à mi-voix, tu es Rafael et tu viens de Galice. De Gijón, très exactement. C'est du moins ce qui est écrit sur ce parchemin, qui est une facture d'auberge. C'est bien ça, Rafael, tu es bien espagnol ?

Le prisonnier éructa quelques mots dans une langue qu'aucun de ses ravisseurs ne connaissait.

— Bien, reprit le chef. Je sais qui tu es, je vais te dire qui je suis. Je m'appelle François et je suis le capitaine et le guide des Luciferi. Notre chancellerie est la chambre secrète que l'on nomme *Cabinet noir**, sis au fin fond du Louvre, le palais de notre très chrétien roi de France Louis XI. Toi, mon ami, enchaîna-t-il en le piquant de nouveau de sa dague, tu appartiens à la Garduna, cette légion de démons qui se terrent dans des repaires secrets autour de Tolède. Tu es un garduna, mais tu n'es pas un maître, n'est-ce pas ? Alors quoi ? Un *chivato* ? Un *capataz* ? Ou un membre des *floreadores* ou des *punteadores* ?

Avec son poignard, il titilla encore la gorge du prisonnier et celui-ci se contorsionna en une vaine tentative de se libérer de ses liens. Son regard brillait d'une lueur mauvaise.

— Qu'est-ce que tu fais ici ? le questionna François. Où est le reste de ta horde de rats ? Où vous terrez-vous ?

Le captif se remit à déblatérer des paroles incompréhensibles.

— Parfait ! déclara le chef en se relevant pour se tourner vers l'un de ses compagnons. As-tu l'entonnoir, Armand ?

— Oui.

L'homme qui s'était approché présenta le tuyau de cuir qu'il tenait à la main et dont l'une des extrémités s'ornait de longues sangles.

— Alors prépare notre invité !

Avec l'aide de deux camarades, Armand obéit. Il fixa les sangles autour du torse du captif en plaçant l'une des ouvertures du tuyau contre son flanc droit, juste au-dessous de sa poitrine.

— Et le rat ?

Armand s'éloigna vers un coin sombre de la cave, dont il revint porteur d'une cage rouillée contenant le rongeur. Affamée et désorientée, l'énorme bête ne cessait de cogner le grillage de son museau et grattait avec acharnement le plancher de ses griffes. François prit la cage et força le prisonnier à regarder l'animal déchaîné.

— Vois-tu, mon ami, lui murmura-t-il à l'oreille, c'est là une méthode que nous ont enseignée nos hôtes anglais. Elle est très efficace face à des individus récalcitrants comme toi. Elle les rend beaucoup mieux disposés. Regarde donc cette petite bête !

Derrière lui, Armand se penchait, une torche à la main.

— Maintenant, laisse-moi t'expliquer ce qui va se passer, poursuivit le chef. Tu vois cette cave répugnante dans laquelle nous nous trouvons ? Personne ne se doute que nous sommes là et, de toute façon, tout le monde s'en fiche. Nul ne verra ni n'entendra rien, nous sommes seuls. Pour ce qui est de notre frère le rat, il n'a qu'une idée en tête : s'extraire de cette cage. Ah ! j'allais oublier de préciser qu'il est affamé. Nous allons donc le glisser dans ce tuyau dont l'autre extrémité est collée à ta poitrine et Armand va approcher la flamme de sa torche de l'embouchure. Ce brave animal n'aura qu'une solution : fuir et, donc, aller vers toi. Comme il sera terrifié, il lui faudra ronger l'obstacle qui lui barre le passage, c'est-à-dire ta peau, et il finira par pénétrer à l'intérieur de ton corps. Je te garantis que ce sera une mort très douloureuse pour toi, très cruelle.

Tu mourras en hurlant, tu auras une fin épouvantable, tout à fait méritée après la vie malfaisante que tu as menée.

François marqua une pause en considérant son prisonnier.

— Nous savons que tu fais partie de la Garduna, reprit-il. Tu accompagnais les deux *coberteras* qui ont attaqué les hommes de la comtesse. Tu montais la garde et tu les protégeais, n'est-ce pas ? Vous étiez tous les trois de la Garduna, hein ?

Une fois de plus, le prisonnier débita des paroles dans une langue inconnue.

— Très bien, conclut François en se redressant. À toi de jouer, Armand !

Son second colla la cage à l'entrée de l'entonnoir et dégagea les verrous qui maintenaient en place la porte grillagée. Dès que celle-ci s'ouvrit, le rat se précipita dans le tuyau et, quelques instants plus tard, il commençait à gratter de son museau et de ses griffes la chair nue qui s'offrait à lui. Armand alluma un petit tas de copeaux imbibés d'huile, qu'il poussa de son poignard vers l'entrée de l'entonnoir. Affolé, le rat redoubla d'activité et, cette fois, mordit. Le prisonnier poussa un hurlement.

— D'accord, d'accord ! cria-t-il.

— Ah ! mais voilà qu'il sait tout à coup se faire comprendre, notre ami ! s'exclama François.

— Libérez-moi, arrêtez ça ! plaida le captif. Je vais parler. Je suis un *capataz*, comme vous l'avez dit…

Il s'interrompit avec un nouveau hurlement de douleur.

À l'aide de leurs dagues, François et Armand firent reculer le rat, qui réintégra sa cage. La petite porte fut refermée, on détacha l'entonnoir et l'on ôta les sangles. François fit jeter du vin sur les morsures, puis s'agenouilla près du captif, qui se massait les bras en tirant sur le bord de son pagne. François comprit que quelque chose n'allait pas, mais trop tard. Déjà, le prisonnier avait sorti plusieurs petites boulettes de l'ourlet du vêtement et s'empressait de les avaler. François s'élança pour l'en empêcher et ses camarades vinrent à la rescousse, mais il n'y avait plus rien à faire : le prisonnier les contemplait en souriant de toutes ses dents jaunes.

— La Garduna me vengera, souffla-t-il.

Alors il se mit à trembler et tomba en arrière. Animé de mouvements saccadés, il se débattit pendant de longues minutes, en proie à des convulsions fatales. François ne put que le regarder mourir. Enfin, Rafael s'immobilisa, les yeux exorbités, tandis qu'une mousse jaunâtre s'échappait de ses lèvres.

— Aucun doute, c'était un garduna… soupira François.

Il se signa et se releva.

— Il ne nous a rien appris. Nous en sommes toujours au même point : nous savons que la Garduna a dépêché des hommes à Londres. Nous avons compris que ce sont des ennemis implacables de notre saint roi et de la comtesse de Richmond. Mais qui les a engagés, cela reste un mystère ! Et où cette vermine se terre-t-elle en ce moment ? Dieu seul le sait…

D'un geste, il invita ses compagnons à se rapprocher.

— J'ai l'impression que nous sommes face à une escouade complète réunie sous un capitaine de haut rang. Des gens très bien formés et très bien armés. Mais comment sont-ils arrivés jusqu'ici ?

Où se sont-ils installés ? Quelles sont leurs intentions ? Nous les soupçonnons d'ourdir des complots pour nuire à la comtesse Margaret et à sa maisonnée. Les camarades que j'ai envoyés à Woking m'ont rapporté des événements étranges, et des choses similaires se sont produites ici, à Londres.

Il saisit une outre de vin, en but une généreuse lampée et la fit passer.

— Nous avons envoyé André rencontrer la comtesse, mais le malheureux a été empoisonné chez elle. Il semble donc que la Garduna ait ses entrées dans son hôtel. Dès lors, nous ne pouvons nous fier à aucun membre de son entourage.

— Mais Bray et Urswicke ont été agressés, fit remarquer Armand. On a voulu les tuer. Et on les dit extrêmement loyaux à la comtesse.

— Mais comment être sûr qu'ils le sont bel et bien ? Le père d'Urswicke est un ardent yorkiste, membre du Conseil royal, qui a été nommé Grand Juge de Londres. Il fait partie du clan qui exhorte le roi Édouard à attaquer la France. Oh ! nous tâtonnons toujours dans l'obscurité, en quête d'une porte qui voudrait bien s'ouvrir. Et nous ne pouvons faire confiance à personne.

François se mit à arpenter la cave de long en large.

— J'aimerais bien savoir ce que notre camarade Lucien a bien pu vouloir dire avant de se faire trancher la gorge dans cette auberge près de Paris… reprit-il.

— Comment ça ?

— Lucien m'avait envoyé un message codé pour m'avertir qu'il allait rencontrer l'un de ses informateurs à *La Salamandre*, une auberge entre Paris et Provins. Nous ignorons de qui il s'agissait, mais

Lucien expliquait dans sa missive que cet homme détenait des renseignements sur une chose susceptible de nuire grandement au royaume de France et à la maison de Lancastre. Hélas ! nous n'en savons pas plus, car Lucien et l'homme qu'il a rencontré sont morts tous les deux. Un avant-goût, en quelque sorte, du mal qui se prépare…

Il fit claquer sa langue.

— Ces deux hommes ont été tués et l'auberge dans laquelle le crime a eu lieu n'est plus qu'un tas de cendres aujourd'hui.

— C'est la Garduna qui l'a incendiée ?

— Sans aucun doute !

François ramassa son ceinturon, le fixa à sa taille et désigna le corps.

— Un garduna jusqu'au bout des ongles, celui-ci ! Loyal et déterminé. Je n'aurais pas dû céder aussi vite.

— Il n'aurait jamais rien confessé, François.

— Ma foi, son âme passe en jugement à l'heure qu'il est. Allez, enterrez son corps !

— Où donc ?

— Eh bien, ici ! Il est temps de partir. Nous avons déjà tué au moins cinq de ses comparses dans les rues de Londres. Dès que la Garduna s'en apercevra, elle nous déclarera la guerre. Si seulement nous pouvions savoir où elle se cache…

— Avons-nous des nouvelles de Baptiste et de Corneille ?

— Non, Armand, pas encore. Ce sont deux anciens verdiers pour qui les forêts n'ont aucun secret ou, du moins, qui les connaissaient très bien avant de rejoindre le *Cabinet noir**. Je les ai envoyés à Woking explorer les environs du château de la comtesse, se mêler aux gens de la région et découvrir tout ce qu'ils peuvent. Qui sait quelles informations ils vont récolter !

Dans la salle à manger de *La Chasuble*, sise dans les vertes forêts de Woking, le maître avait réuni son escouade – ou sa phalange, comme on la nommait parfois. Avalés par l'obscurité de la spacieuse auberge dont ils s'étaient emparés, ses fidèles avaient pris là leurs quartiers et se trouvaient assez confortablement installés, tandis que les précédents occupants reposaient dans les profondeurs d'une fondrière voisine. Avec le froid glacial qui régnait, les pluies et la bise, les chemins forestiers demeuraient inusités, mais il arrivait parfois que l'auberge accueillît un colporteur ou un rétameur de passage, voire un prêtre itinérant. En ces occasions, les membres de la Garduna se dispersaient dans les chambres et les voyageurs ne se doutaient de rien. Lorsqu'ils repartaient, repus et reposés, la vie reprenait son cours à l'auberge.

Ce jour-là, le maître entendait rassurer son escouade, afin que les choses restent aussi simples et discrètes qu'elles l'avaient été jusque-là. Dès qu'il se hissa sur un tonneau, le silence se fit. Car le pouvoir du maître était absolu. Au sein de la Garduna, sa volonté avait force de loi ; cet axiome s'appliquait sans conteste.

— J'ai reçu des nouvelles de nos camarades, commença-t-il. Certaines bonnes, d'autres mauvaises. Tout d'abord, Béatrice et Julia ont été tuées.

Il secoua la tête, main levée.

— Non, pas de questions ! Rafael, lui, a été fait prisonnier et il est certainement mort à l'heure qu'il est, tué sinon par les mains de nos ennemis, au moins, et c'est le plus probable, de son propre chef. Rafael n'aurait jamais parlé. Il est possible aussi que nous ayons perdu deux autres hommes…

Il s'interrompit, le temps de laisser ses troupes réagir.

— Toutefois, reprit-il en imposant le silence d'un geste, nous et nos alliés, ou plutôt, devrais-je dire, ceux qui nous veulent du bien, nous avons nos victoires. Nous avons attaqué l'hôtel de la comtesse à Londres. Nous avons créé le chaos alentour et terrorisé les deux fidèles de la comtesse, Urswicke et Bray, même s'ils semblent difficiles à supprimer. Nous savons que les Luciferi ont perdu un homme chez elle. Nous ne relâcherons pas nos intimidations. Il se peut même que nous attaquions le château de Woking. Dans ce cas, croyez-moi, le butin sera fabuleux ! Quoi qu'il en soit, soyez valeureux ! Je sais que nous sommes sur une terre inconnue, entourés d'étrangers et visés par de multiples ennemis, mais nous sommes la Garduna. Nous ne craignons personne, nous allons où nous voulons et faisons ce que nous voulons !

Il étendit les mains devant lui.

— N'ayez pas d'inquiétude, nous ne sommes ni piégés en ce lieu ni coupés du monde. Vous savez comment nous sommes arrivés ici, nous rentrerons chez nous sans peine, de la même façon.

Il se tut au moment où la porte de la taverne s'ouvrait, livrant le passage à deux guetteurs à bout de souffle qui s'empressèrent de venir se prosterner devant lui.

— Maître, dit le premier, nous avons couru aussi vite que possible pour vous avertir.

— Qu'y a-t-il ?

— Des étrangers, des voyageurs, expliqua le deuxième. Ils avaient l'air de verdiers, mais nous les avons tout de même suivis depuis la lisière de la forêt. À première vue, rien de suspect, ils s'entretenaient en anglais… et puis, l'un des deux a glissé et l'autre l'a rattrapé en disant quelques mots en français. Ensuite, ils ont continué à parler français, très vite et sans difficulté, avant de repasser à l'anglais. Ils viennent ici !

— Des Luciferi ! conclut Alfonso. Dépêchés pour nous débusquer. Maître, que devons-nous faire ?

— Réservez-leur bon accueil, répondit le chef en sautant du tonneau. Soyez cordiaux tout d'abord et ensuite, tranchez-leur la gorge !

— La comtesse m'a posé la même question, murmura Urswicke en s'engageant avec Bray dans le dédale d'étroites ruelles et de chemins des morts qui formaient le quartier de Whitefriars.

Chacun des deux hommes cheminait dague et épée dégainées, soucieux de dissuader les ombres menaçantes qu'ils discernaient parfois d'un côté ou de l'autre. Bray s'immobilisa en saisissant le bras de son ami.

— Est-ce vrai ? interrogea-t-il. La comtesse t'a demandé ce que nos ennemis voudraient la voir faire ? C'est un peu comme chercher à savoir combien d'anges peuvent tenir sur la pointe d'une aiguille…

— C'était néanmoins son interrogation, répondit Urswicke. Et pour ma part, je commence à réfléchir de la même façon. Il y a dans cette histoire quelque chose qui ne sent pas bon, mon ami, mais j'ai beau me creuser la cervelle, je n'arrive pas à déterminer d'où provient l'odeur… Bon, voyons à présent ce que Lord Poison Mortel a découvert pour nous, Reginald…

Ils venaient d'atteindre la venelle où se trouvait *Le Chaudron de poison*. En s'y engageant, ils découvrirent avec surprise que l'entrée de la taverne était vivement éclairée. On avait allumé tant de torches qu'on eût dit qu'un grand feu de camp brûlait. Des hommes harnachés pour le combat se pressaient sur les pavés, montant la garde devant chaque porte et chaque fenêtre.

Tout en maugréant, Bray entraîna Urswicke à travers cette foule de combattants armés, qui leur eussent bloqué le passage sans la voix impérieuse qui, de loin, beugla que les visiteurs étaient Bray et Urswicke et que Lord Poison Mortel les attendait. Arrivé dans la salle, Bray tressaillit, interloqué. Là encore, il y avait une multitude d'hommes en tenue de combat, installés à des tables ou autour de tonneaux retournés. Au fond, devant la cheminée, Lord Poison Mortel était occupé à faire griller un gros morceau de volaille sur les flammes. Il posa la viande sur un plateau, se redressa et s'inclina devant les nouveaux venus, avant de les conduire vers un renfoncement doté de sièges confortables, d'une table dressée et de braisiers rougeoyants qui dispensaient une bonne chaleur accompagnée de petits nuages de fumée parfumée. Quand ils furent installés, Poison Mortel poussa un profond soupir et prit la parole à voix basse.

— Je ne vais pas vous offrir à boire, déclara-t-il en tapotant ses cheveux, jaunes ce jour-là. Vous comprendrez pourquoi tout à l'heure…

Il désigna Urswicke.

— Ah ! au fait, maître Christopher, je sais qui vous êtes. À ce qu'on m'a dit, vous partagez le nom de votre père, mais non sa nature, ce qui est très bien, sinon, je ne vous aurais pas invité à entrer, soyez-en sûr ! Maintenant, messires, venons-en à nos affaires ! Digitale ! cria-t-il à travers la salle. Apporte la barrique !

Un instant plus tard, un jeune homme frêle à la mine morose se présentait, porteur d'un tonneau qu'il posa sur la table. Poison Mortel se leva, en retira le couvercle pour se pencher au-dessus et, plissant le nez sous l'effet de l'odeur acide qui s'en dégageait, en sortit deux têtes tranchées. Bray ne reconnut pas la première, un visage étroit masqué par de longs cheveux bruns et aux paupières lourdes mi-closes, mais il identifia sans peine la seconde : c'était Absinthe, avec sa face ronde enjouée désormais crispée dans la mort. Les deux têtes avaient été cautérisées et les cous tranchés recouverts de goudron. Poison Mortel versa sur elles le contenu de son verre, les remit dans la barrique et, d'un geste, commanda à Digitale de remporter le tout.

— Je n'irai pas par quatre chemins, chuchota-t-il. Ces têtes sont un avertissement que l'on m'envoie. Et je sais qui a fait ça. Je ne connais pas grand-chose de ces gens-là, mais ce qui est sûr, c'est qu'ils ont élu domicile à Londres. La Garduna… Elle est en chasse et moi et mes semblables, nous préférons la laisser tranquille…

— La Garduna ?

— Oui, maître Bray, la Garduna. Comme je vous l'ai dit, je ne connais pas ces gens, mais ce que je sais…

Il désigna d'un geste large les hommes qui dînaient dans la grande salle de la taverne.

— Ce que je sais, c'est que nous sommes tous des enfants de chœur, comparés à eux !

Il se pencha au-dessus de la table et Bray et Urswicke lurent dans ses yeux cernés de khôl noir toute la peur qui l'habitait.

— La Garduna, siffla-t-il, est une horde de spadassins expérimentés, des hommes cruels et sans pitié qui ne vivent que pour tuer. Il y en a, paraît-il, une escouade entière en ce moment dans la ville.

— Après qui en ont-ils ?

— Votre maîtresse, la comtesse, apparemment.

— Et pour quelle raison ? s'indigna Bray.

— Dieu seul le sait… À présent, je préfère que vous partiez…

Il ajouta, dans un chuchotement à peine audible :

— Je vais me mettre à crier. Je dois leurrer les espions, les mouchards que la Garduna a sans aucun doute postés dans ma taverne et autour.

Sur ces mots, il se leva d'un bond.

— Digitale ! hurla-t-il en désignant Bray et Urswicke. Raccompagne ces messires à la sortie, veux-tu ! Je ne peux rien faire pour eux et il n'y a donc aucune raison pour qu'ils remettent les pieds ici !

Absorbés dans leurs pensées, Urswicke et Bray se hâtèrent de rentrer chez la comtesse. Ils y trouvèrent un Hardyng qui les attendait avec impatience. L'intendant leur expliqua qu'un moine bénédictin s'était présenté juste après leur départ en demandant une audience à la comtesse. Il avait rabattu sa cagoule sur ses yeux, Hardyng n'avait pu distinguer son visage.

La comtesse l'avait pourtant reçu sans l'ombre d'une hésitation. Elle s'entretenait maintenant avec deux autres visiteurs et souhaitait avoir ses fidèles clercs à ses côtés aussi vite que possible. Hardyng les conduisit jusqu'au cabinet de travail du rez-de-chaussée, frappa à la porte et les introduisit. La comtesse se trouvait là en compagnie de deux hommes, qui se levèrent pour les saluer.

— Je me dénomme Églantine, annonça le plus jeune. Je suis clerc à la chancellerie du Sceau secret. Quant à mon compagnon, ajouta-t-il en désignant le second individu, il s'appelle Clairvaux et c'est mon secrétaire.

Urswicke et Bray échangèrent des poignées de main avec eux et Christopher en profita pour les examiner. Églantine avait un visage long et fin et, hormis des cheveux blonds et brillants qui occupaient le sommet de son crâne, il était rasé sur les trois côtés. Plus petit et plus gras, Clairvaux arborait une épaisse chevelure d'un noir de jais, une moustache et une barbe élégamment taillées. Les deux hommes étaient vêtus de la robe sobre, mais coûteuse, des clercs de haut rang, d'un pourpoint et de braies épaisses en belle laine. Ils avaient suspendu leurs chapes à capuche avec leurs ceinturons et leurs armes au portemanteau, près de la porte. Chacun d'eux portait une escarcelle à sa ceinture et arborait la bague de la chancellerie secrète à l'auriculaire de la main droite. Les présentations faites, ils se rassirent et la comtesse poussa vers Bray et Urswicke un document posé sur la table. Il s'agissait d'une lettre signée de la main de Sir Thomas. Elle stipulait que les deux clercs étaient envoyés par lui « en vue d'assurer la protection de la comtesse Margaret et de résoudre tous les problèmes et difficultés auxquels elle est confrontée ». Le Grand Juge assurait qu'il avait toute confiance en ces deux fonctionnaires, qui emploieraient leurs talents à mener leur mission à une conclusion satisfaisante. Le sceau royal que portait la lettre attestait en outre que les envoyés jouissaient du soutien total du roi.

— Voilà qui est très généreux de la part de mon père, commenta Urswicke avec un sourire en repoussant le parchemin sur la table. Et merci à vous deux également ! Nous avons en effet grand besoin de tout le réconfort et le soutien que nous pourrons trouver. Mais dites-moi, de quelle façon entendez-vous nous porter secours ?

— Eh bien ! comme je viens d'en informer la comtesse, répondit Églantine, nous aimerions pouvoir occuper une chambre ici, dans cet hôtel et, si la comtesse nous y autorise, interroger toute la maisonnée, y compris vous-mêmes, messires.

Le jour touchait à sa fin. La brume du soir qui montait évoquait une armée de fantômes venus hanter le chemin des morts à l'extrémité duquel se profilait la masse sombre de l'abbaye de Chertsey. C'était l'heure de la chauve-souris, cette fine tranche de temps entre chien et loup. La grande cloche de Chertsey venait de sonner la fin des vêpres. Dans les tours de l'abbaye, on avait allumé les feux de signalement, gigantesques lanternes destinées à briller dans la nuit à venir. Les trois pèlerins qui cheminaient s'étaient réjouis en les apercevant. Ils avaient quitté Londres le matin aux premières lueurs du jour et parvenaient enfin à destination. Jasper Biscop, son épouse Katarina et leur fils Henri, ainsi qu'ils se présenteraient, chevauchaient à demi affalés sur les chevaux fatigués dont ils avaient fait l'acquisition aux abords du quai de Queenhithe. C'était sur ce même quai que les avait déposés la cogghe du Hainaut à bord de laquelle ils avaient voyagé. Le trajet parcouru depuis lors s'était révélé épuisant, mais voilà qu'ils arrivaient sains et saufs dans cette vieille maison bénédictine pleine de secrets. Katarina, qui avançait la première, amena sa monture près d'une petite poterne et se pencha pour secouer la corde. La cloche émit un son rauque et creux et, quelques instants plus tard, la porte s'ouvrit en grinçant. Un frère lai muni d'une lanterne sourit aux nouveaux venus, dévoilant des gencives dont émergeait une dent solitaire.

— Je m'appelle Katarina Biscop, annonça la femme. J'arrive avec mon époux, Jasper, et notre fils, Henri. Nous avons des lettres signées et scellées qui attestent de notre valeur. Nous aimerions trouver refuge chez vous et y prendre du repos.

Sans se départir de son sourire égrillard, le frère lai hocha la tête et ouvrit la grille plus largement. Les trois cavaliers pénétrèrent dans une vaste cour pavée, où des valets d'écurie vinrent prendre leurs montures, moquant sous cape l'état pitoyable des vieux canassons à bout de forces. Katarina passa entre eux avec la dignité d'une reine, suivie de Jasper et de Henri, et tous trois emboîtèrent le pas au portier. Celui-ci les entraîna vers la confortable maison d'hôtes, les installa dans une chambre, alluma des bougies et un braisier sans cesser de sucer bruyamment ses gencives, puis s'éclipsa en annonçant qu'il allait informer le père supérieur, l'abbé John May, de leur arrivée.

— Détendez-vous un peu, conseilla Katarina à ses deux compagnons lorsqu'ils furent seuls.

Elle regarda Jasper, avec sa mâchoire allongée, ses yeux enfoncés dans leurs orbites et son épaisse chevelure. Sa moustache et sa barbe grises avaient désespérément besoin d'être taillées. Il sourit.

— Je dois être dans un état épouvantable, dit-il d'une voix râpeuse dont il tentait d'atténuer l'accent gallois. Mais mieux vaut ne rien changer à mon apparence, du moins pour ce soir. Et la même chose est valable pour vous, mon garçon, ajouta-t-il en désignant Henri, qui s'était étendu sur une banquette. L'essentiel est de ne rien oublier, surtout !

— Il n'oubliera rien, assura Katarina.

Elle s'approcha pour caresser les cheveux du garçon et un sourire se dessina sur son ravissant visage.

— Rappelez-vous, Henri Tudor, résuma-t-elle, que vous n'êtes plus ni un prince ni un roi en attente de couronnement, mais un simple pèlerin. Vous souffrez d'un défaut d'élocution, d'un embarras de la langue, et nous vous avons amené à Chertsey pour implorer l'aide du saint roi Henri, le dernier monarque légitime des Lancastre, le glorieux martyr de notre maison, vilement assassiné par des seigneurs yorkistes. Nous sommes en pèlerinage pour prier sur son tombeau, qui se trouve dans l'abbatiale de Chertsey. Non…

Elle pressa un doigt contre les lèvres du garçon.

— Pas un mot ! Pas maintenant. Pas ici ! Je vous l'ai dit, il faut se comporter comme si tous les murs, même ceux de cette maison, avaient des yeux et des oreilles. Nous avançons dans la lumière, mais tout autour de nous, il y a l'obscurité et là, rôdent des monstres qui nous surveillent.

À peine eut-elle prononcé ces paroles qu'un bruit de pas se fit entendre, suivi d'un petit coup frappé à la porte. Jasper ouvrit et l'abbé John May entra, referma aussitôt le battant et poussa le verrou. Pendant un bref instant, il resta adossé au mur, les yeux clos, puis il sourit à ses trois visiteurs, qui s'agenouillèrent devant lui afin de recevoir sa bénédiction. Il la leur donna rapidement avant d'échanger avec chacun d'eux le baiser de paix. Ensuite, quand tous se furent rassis, il prit place sur un tabouret bas et se pencha en avant en grattant son crâne presque chauve. Son visage maigre avait repris son expression grave. Ses yeux perçants qui s'étrécissaient trahissaient une forte inquiétude.

— Je vous attendais plus tôt, je m'inquiétais, murmura-t-il.

— Mon père, les eaux des Détroits étaient déchaînées. Entendez-vous prévenir la comtesse à présent ?

— Bien sûr. Aux premières lueurs du jour, je dépêcherai un frère pour l'avertir de votre arrivée. Je connais maintenant la raison de votre présence ici ! Vous êtes tous trois impliqués dans un secret que la comtesse est seule à connaître, avec, peut-être, ses deux loyaux compagnons, maître Urswicke et maître Bray. Ce qui ne signifie pas que ce secret soit en sécurité, loin de là ! Chertsey suscite bien des curiosités en ce moment.

— Vraiment ? Et qui s'y intéresse ?

— Les seigneurs de la nuit, ceux qui naviguent dans les sphères du pouvoir.

— Par exemple ?

— Voyez-vous, le saint Henri est censé reposer sous une dalle tumulaire dans notre chapelle de la Vierge : sa dépouille a été apportée ici pour y être inhumée avec tous les honneurs qui lui étaient dus. Peu après, le roi Édouard nous a dépêché un messager pour nous annoncer qu'un ermite du nom de Cornelius arriverait bientôt et qu'il devrait occuper la cellule d'anachorète située dans l'aile nord du transept de notre abbatiale. C'est une petite cabine assez confortable, d'où l'on jouit d'une vue dégagée sur la chapelle de la Vierge et le tombeau du saint roi Henri.

— Et vous pensez donc que ce Cornelius est un espion des York…

— C'est une hypothèse très plausible, Lady Katarina. D'autant que le roi a fait savoir que, si ce Cornelius venait à mourir ou à quitter les lieux, la Couronne se réservait le droit de dépêcher un autre anachorète.

— Ainsi, déclara Katarina, le tombeau et tous ceux qui viennent l'honorer sont placés sous surveillance ? Je ne doute pas que l'anachorète en recense soigneusement les visiteurs, qu'il note qui sont ces personnes et quels dangers elles peuvent représenter. Car il est évident que, pour se recueillir sur ce tombeau, il faut avoir des sympathies pour la maison de Lancastre !

— Précisément, et c'est pourquoi je vais vous y conduire maintenant. Ainsi vous pourrez le voir et vous comporter comme de simples pèlerins, puisque ce sont les rôles que vous vous êtes attribués. Ah ! il y a autre chose…

L'abbé John secoua la tête.

— Il y a un mois environ, nous avons reçu un visiteur espagnol, un jeune homme qui disait se préparer à la prêtrise, avec une dévotion particulière pour l'ordre des Bénédictins. Il est resté chez nous quelque temps et a pris part avec enthousiasme à la liturgie des heures de l'abbaye. Il participait à toutes les prières et aux chants. Il est reparti un matin après la première messe et je n'ai plus repensé à lui. Cependant, la semaine dernière, deux autres Espagnols sont arrivés. Ils se disaient mari et femme et affirmaient venir de Tolède. Ils prétendaient être des pèlerins qui imploraient le Ciel pour que la dame pût concevoir. Ils étaient élégamment vêtus et semblaient prospères, ils parlaient bien l'anglais. Ils m'ont dit qu'ils étaient déjà allés à Saint-Jacques-de-Compostelle et qu'ils comptaient aussi visiter St Edmund, Cantorbéry et, surtout, le sanctuaire Notre-Dame de Walsingham.

— Et eux aussi étaient là pour solliciter l'aide du saint Henri ?

— Oui.

L'abbé poussa un profond soupir.

— Ils sont repartis, déclara-t-il. Mais je puis vous assurer, mes amis, que je n'avais jamais vu de visiteurs aussi intéressés par notre abbaye. Ils n'ont cessé d'y déambuler, comme pour s'imprégner de chaque détail, compter le nombre de bâtiments, constater l'épaisseur des murs, la solidité des grilles… Ils se disaient fascinés par la beauté du lieu et leur comportement le confirmait !

— Alors que, selon vous, ils étaient là pour autre chose…

— Certes, Katarina. Je n'en ai pas la preuve, mais ce jeune homme d'Espagne, puis ce couple de Tolède… Est-il possible qu'il s'agisse d'une coïncidence ? Je soupçonne certaines personnes d'envoyer des espions dans notre abbaye, mais à quelle fin, je ne saurais le dire. Quoi qu'il en soit, conclut l'abbé avec un fin sourire, en ce qui concerne votre séjour chez nous, vous devez être repartis demain matin avant l'aurore.

— Demain matin ? Que dites-vous ?

— Écoutez-moi, Katarina, et suivez bien mes instructions. Ce soir, je vous emmènerai au sanctuaire, sur le tombeau du saint Henri. L'église de notre abbaye sera déserte et plongée dans la pénombre. Toutefois, souvenez-vous de notre fameux anachorète. Il sera là et, à coup sûr, vous éveillerez sa curiosité. Que chacun de vous joue son rôle : priez, agenouillez-vous, signez-vous… Mais demain, au lever du jour, vous quitterez l'abbaye à pied. N'ayez crainte, nous nous occuperons bien de vos malheureuses montures. Ensuite, vous reviendrez au moment où les cloches sonneront la grand-messe sous un autre travestissement. Vous vous présenterez à la poterne par laquelle je vous aurai fait sortir. Je vous installerai dans un petit entrepôt désaffecté afin de procéder aux préparatifs. Jasper, vous vous raserez la tête, la moustache et la barbe et réapparaîtrez sous les traits d'un nouveau frère lai du nom de Simon. Katarina, nous avons besoin de femmes pour lessiver les sols et laver le linge. On vous attribuera une alcôve avec un lit dans une écurie.

Il sourit.

— Rassurez-vous, ce sera confortable et vous ne souffrirez pas du froid. Vous devrez prendre le nom de Myriam. Henri, mon garçon, vous serez Bodkin, un commis de cuisine toujours couvert de graisse, un tournebroche affecté d'un grave défaut d'élocution. Vous logerez tous les trois dans des lieux propres et chauds et mangerez à votre faim.

— Mais pourquoi tout cela ? s'étonna Katarina. La comtesse souhaitait que nous demeurions ici comme pèlerins…

Elle eut un petit rire.

— … pas que nous devenions membres de votre communauté !

— C'est elle-même qui l'a ordonné. Je communique avec elle, non par lettres ni par l'intermédiaire de son courrier Prestepied, mais grâce à un membre de notre communauté, un frère que je juge très fiable. Les messages qu'il transmet sont rédigés dans un langage codé. Je rencontre par ailleurs Lady Margaret en personne chaque fois que cela m'est possible. Elle m'a confié qu'elle était actuellement la cible de hideuses menaces. Elle entend venir ici, à Chertsey, mais elle redoute de susciter les soupçons. Bien sûr, elle a hâte de vous rencontrer tous les trois…

— Quelles sont donc ces menaces ? s'enquit Jasper d'une voix rauque. La comtesse est-elle en danger ?

— Je l'ignore. Je ne suis pas dans le secret pour ce qui concerne ces inquiétudes-là. Donc, vous ferez bien ce que je vous ai prescrit, n'est-ce pas ? J'ai besoin de votre promesse solennelle. C'est préférable pour vous, pour la comtesse et pour moi-même.

— Vous avez notre parole, assura Katarina.

— Parfait ! s'exclama l'abbé en se levant. À présent, vous êtes venus ici pour voir le tombeau du saint roi Henri et je vais vous y conduire. Mais restez vigilants, soyez prudents et avisés. Suivez-moi !

Il les guida le long de galeries glaciales et de corridors déserts. Des ombres mouvantes surgissaient selon le bon vouloir des torches murales, dont les flammes dansaient et crachotaient dans l'obscurité balayée par les vents. De temps à autre, des moines les croisaient d'un pas pressé, invisibles sous leurs capuches, les mains plongées au fond de leurs larges manches. Les langues de feu des chandelles qui mordaient l'obscurité jetaient une lueur dorée sur les visages sculptés des saints et des anges, mais aussi sur les silhouettes grotesques de singes, de démons et de diables qui les regardaient passer, comme impatients de se libérer de la pierre pour ramper au milieu des spectres qui peuplaient déjà les couloirs. L'abbé et ses visiteurs sortirent des bâtiments pour traverser les cloîtres. Avec le froid saisissant qui régnait, le givre avait blanchi l'herbe sous leurs pas.

Le clocher de l'abbatiale pointait vers le ciel tel un index menaçant. L'abbé les fit entrer par la porte du diable, qui donnait dans le bras nord du transept. Des torches dispersées çà et là créaient autant d'ombre que de lumière. Elles donnaient vie aux peintures murales illustrant les Saintes Écritures, scènes toujours spectaculaires, comme David brandissant la tête de Goliath ou Jésus faisant sortir une légion de démons orange à faces de singes du possédé de Gérasa. L'abbé John leva la main et commanda à mi-voix à ses trois hôtes de s'arrêter, désignant du doigt une large flaque de lumière qu'envoyait un cercle de chandelles piquées sur des broches.

— Notre anachorète adore faire cela, chuchota-t-il. Il allume des cierges autour du tombeau pour bien distinguer ceux qui viennent la visiter, même de nuit. À présent, allons-y, mais ne nous laissons pas distraire par lui ! Veillez à toujours lui tourner le dos.

Ils avancèrent, mais soudain, l'abbé s'immobilisa, pensif, avant de pousser un bruyant soupir.

— Pourquoi faut-il que je fasse cela ? murmura-t-il. Pourquoi toute cette mascarade, ce simulacre ?

— Frère abbé ! souffla Katarina, alarmée. De quoi parlez-vous ?

— Sortons d'ici ! Il est inutile de vous mettre en danger pour une duperie, une imposture.

— Que voulez-vous dire ?

— Henri n'est pas enseveli dans cette chapelle, il est quelque part dans le cimetière.

— Comment ? Mais c'est impossible !

— C'est un secret, rétorqua l'abbé dans un souffle. Un secret que connaissent aussi la comtesse et ses deux hommes de confiance, messires Urswicke et Bray.

Durant les jours qui suivirent, Églantine et Clairvaux prirent leurs aises dans l'hôtel de la comtesse. On leur avait attribué une magnifique chambre, spacieuse et confortable, et ils étaient invités à prendre leurs repas avec les domestiques, à l'office ou dans les cuisines. Pour le reste, Urswicke et Bray les avaient laissés aux bons soins de Hardyng. Très inquiet de ce qui s'était passé dans la maison, celui-ci s'était empressé de leur raconter par le menu le meurtre mystérieux de Bernard. Urswicke et Bray avaient préféré ne pas intervenir. Ils n'avaient guère de temps à eux : à l'approche de l'Avent, ils se trouvaient contraints de participer à la tournée – que la comtesse jugeait infiniment fastidieuse – des célébrations de la cour, exploitées par Édouard et son clan pour affirmer et renforcer le pouvoir des York. Le palais de Westminster était devenu le cœur d'une grande mascarade : on y présentait des spectacles qui illustraient la vénération de la sainte ceinture et de la bague de la Vierge Marie, deux des plus précieuses reliques de l'abbaye. Charpentiers et artisans avaient travaillé d'arrache-pied pour créer de splendides décors aux différentes scènes, dans une profusion de couleurs et de costumes somptueux où prédominaient les roses et les vermillons étincelants. Des effigies grandeur nature des personnages mentionnés dans l'histoire de la Nativité étaient disposées tout autour du palais. On entendait les chœurs qui répétaient tandis que des musiciens avaient installé leurs instruments sous les cintres de l'édifice et dans ses galeries. Quel que fût le thème illustré, il avait pour objectif de chanter les louanges des York et de célébrer leur puissance. Les superbes étoffes, tentures, tapis, rideaux, tapisseries et livrées reprenaient les glorieux soleils et les roses de la maison dominante. Invités à ces festivités, la comtesse et ses deux compagnons n'avaient d'autre choix que d'y assister, tout comme ils avaient dû écouter la liste des cadeaux précieux échangés entre les lords et les ladies yorkistes, reliquaires précieux ou croix d'or et d'argent accrochées à des rubans en pure soie. Néanmoins, ils s'éclipsaient chaque jour dès que l'étiquette le leur permettait.

Le reste du temps, la comtesse demeurait dans son hôtel, où elle s'occupait de ses hôtes. Urswicke et Bray les rejoignaient souvent et, ensemble, ils se remémoraient le passé, organisaient le prochain départ pour le château de Woking ou envisageaient la possibilité de franchir les Détroits pour gagner la Bourgogne. Cinq jours après l'arrivée d'Églantine et de Clairvaux, ils s'entretenaient ainsi lorsqu'un Hardyng au comble de l'agitation vint les interrompre.

— Qu'y a-t-il encore ? soupira Urswicke, que l'état de nervosité permanent de l'intendant commençait à lasser. Pour l'amour du Ciel, mon garçon, on dirait que vous avez vu un fantôme !

— C'est peut-être bien le cas, messire ! gémit Hardyng. J'étais avec le reste de la maisonnée à l'avant du manoir pour regarder une mascarade… Une troupe de saltimbanques, les Clercs d'Oxford, a posé ses tréteaux juste là, devant la maison. Bref, j'ai eu envie d'aller aux latrines et je suis monté à l'étage…

Du pouce, il désigna un point derrière lui.

— Oh, messires, il faut que vous veniez voir !

Les deux clercs se levèrent, mais Bray pria la comtesse et ses hôtes de ne pas les suivre. Urswicke attrapa l'intendant par l'épaule et l'obligea à le regarder.

— Je suis désolé, geignit Hardyng, je sais que je vous apporte encore une mauvaise nouvelle ! Mais venez avec moi, messires, je vais vous montrer.

Urswicke et Bray le suivirent dans l'escalier et jusqu'à la galerie du premier étage, où logeaient Églantine et Clairvaux.

— Je suis ressorti pour regarder de dehors, reprit Hardyng. Les volets sont tirés, ce qui signifie que la fenêtre doit être fermée. J'ai frappé à la porte dès que j'ai vu ça…

— Vu quoi ?

— Regardez, maître Bray !

Urswicke et Bray baissèrent les yeux vers le sol devant la porte des deux clercs.

— Doux Jésus ! souffla Urswicke.

Il s'accroupit. Un mince filet de sang s'échappait de la chambre.

— Avez-vous un double de la clé ? demanda-t-il.

Hardyng défit de sa ceinture le lourd trousseau qui comportait l'ensemble des clés du manoir.

— Oui, répondit-il. Mais cela ne sert à rien, parce que la clé est dans la serrure à l'intérieur, et je pense de surcroît que les verrous sont tirés.

Urswicke se mit aussitôt à frapper avec vigueur contre le battant tout en criant les noms des deux envoyés royaux. Alertés par le bruit, Sir John et ses deux compagnons les rejoignirent bientôt avec un groupe de domestiques affolés et terrorisés. Urswicke étouffa un juron. S'ils n'y prenaient garde, l'hôtel de la comtesse finirait par acquérir une sinistre réputation et les serviteurs trouveraient vite des excuses pour le quitter… Toutefois, cette réflexion devrait attendre. Il claqua des doigts.

— Hardyng, choisissez cinq hommes et défoncez-moi cette porte !

L'intendant obéit et, quelques minutes plus tard, tout le manoir résonnait des coups sourds frappés contre le battant. La comtesse accourut à son tour, pâle comme un linge, enveloppée dans une épaisse cape d'hiver. Elle dut regarder, impuissante, ses domestiques briser la magnifique porte ouvragée de l'une des plus belles chambres de son hôtel. Lorsque le battant s'abattit sur le sol, Urswicke prit une lanterne et demanda à Bray d'empêcher quiconque d'approcher.

Une agréable odeur régnait dans la pièce. Les flammes d'une nuée de bougies en cire d'abeille ajoutaient leur lueur au feu de la cheminée, dont les bûches crépitaient gaiement. Tout semblait en ordre : la table de travail était couverte de feuilles de parchemin, de plumes d'oie et autre matériel d'écriture, les deux lits étaient faits, les rideaux de la large fenêtre tirés. Chaque objet semblait à sa place, y compris le *lavarium*, les coffres et les tables d'appoint. On eût dit que rien n'avait été touché. S'agenouillant près du seuil, Urswicke éclaira le sol : il y avait là deux petits doigts portant l'un et l'autre une bague de la chancellerie secrète et d'où s'échappaient les traînées de sang séché qu'ils avaient vues dans le couloir.

— Bray, siffla-t-il, donnez-moi une feuille de vélin.

Son compagnon entra dans la chambre pour prendre ce qu'il lui demandait sur la table de travail. Avec délicatesse, Urswicke y fit glisser les deux doigts coupés et replia le parchemin pour en faire un petit paquet, qu'il alla poser sur la table. Puis il ordonna à tout le monde de partir et pressa Bray de convaincre la comtesse et ses invités de regagner leurs chambres.

Quand tous se furent retirés, il s'attacha à inspecter scrupuleusement le sol de la pièce, son plafond et sa fenêtre, mais il ne remarqua rien d'anormal : ni trappe, ni porte cachée, ni alcôve. La fenêtre, quant à elle, était fermée par un loquet intérieur, de même que les volets, dont la traverse était correctement passée dans les étriers de part et d'autre. Revenant à la porte, Urswicke examina la serrure fracturée, dans laquelle la clé était restée enfoncée, ainsi que les verrous brisés, en haut et en bas. Puis il passa en revue tous les documents empilés sur la table. Il lut attentivement le registre dans lequel Églantine avait consigné les informations recueillies auprès de tous ceux qu'il avait interrogés. Il n'eut aucune peine à déchiffrer l'écriture cursive nette et soignée mais, lorsqu'il eut parcouru l'ensemble des notes, il conclut qu'elles ne contenaient rien qu'il ne sût déjà.

— La comtesse vous attend, Christopher.

Bray se tenait de nouveau à la porte. Il avait bouclé son ceinturon et portait ses armes.

— Par le Ciel, ajouta-t-il, que se passe-t-il dans cette maison ?

— Dieu seul le sait… soupira Urswicke en se relevant.

Il saisit une sacoche de cuir pour y glisser l'ensemble des documents d'Églantine et le petit paquet contenant les doigts coupés. Escorté de Bray, il alla ensuite rejoindre la comtesse et ses hôtes, retournés dans le cabinet de travail. Là, il s'assit et garda le silence un moment, les yeux posés sur la table dont il tapotait la surface brillante.

— Christopher ? lança la comtesse.

Il releva la tête.

— Maîtresse, je ne sais que dire. J'ai beau réfléchir, je ne comprends absolument pas ce qui s'est passé. Nous avons une chambre verrouillée, rien n'indique l'existence d'une deuxième entrée ni d'une trappe secrète. Il n'y a que cette porte épaisse, fermée à clé de l'intérieur, avec les deux verrous tirés. N'est-ce pas, maître Bray ?

Son compagnon acquiesça.

— Et, dans cette chambre, poursuivit Urswicke, se trouvaient deux clercs, deux jeunes hommes très instruits en matière de chancellerie, j'en suis sûr, très habiles aussi au maniement de la dague et de l'épée. Tous deux étaient bien logés, en sécurité, protégés et pourtant, dans le plus grand silence et sans aucun signe qu'ils eussent résisté ou se soient défendus, quelqu'un ou quelque chose a pénétré dans leur chambre. On les a assassinés, on leur a tranché l'auriculaire portant la bague symbole de leur situation et on a emporté leurs corps.

— Vous avez dit « assassinés » ? releva Guido.

— C'est le plus probable, acquiesça Bray.

— Deux clercs de ce genre ne tendraient pas simplement la main pour se faire mutiler, expliqua

Urswicke. Ces hommes ont été tués, mais pourquoi et comment, cela demeure un mystère, tout comme reste un mystère ce qu'il est advenu de leurs cadavres. Ma foi, qu'a-t-il pu leur arriver ? On ne les a pas jetés par la fenêtre, on ne les a pas transportés à travers le manoir. Pour quelle raison les a-t-on sortis de la chambre ? Il est rare que l'on assassine des gens, puis que l'on mutile leurs corps et qu'on les fasse ensuite disparaître ! Pourquoi ne pas les avoir laissés sur place, de manière que nous puissions les voir ?

— Quant à ces doigts porteurs de bagues que l'on a tranchés… murmura Guido en balayant l'espace de son bras. Pour quelle raison faire une chose pareille ?

— Un signe de mépris, peut-être ? hasarda Urswicke. C'est en tout cas un acte hideux empreint d'une haine malsaine. Le message est assez clair : deux clercs royaux assassinés et leurs doigts bagués laissés là ! C'est une façon de souligner qu'ils ont échoué de façon lamentable dans la mission qu'ils s'étaient vu assigner !

— Le roi ne va guère apprécier, estima la comtesse Margaret. Deux de ses clercs, hauts fonctionnaires de sa chancellerie secrète, qui disparaissent ainsi ? Et même si, contre toute vraisemblance, ils sont encore en vie, il n'en reste pas moins qu'ils ont été agressés de façon cruelle, alors qu'ils se trouvaient sous ma protection, dans ma maison…

Elle poussa un soupir accablé.

— Reginald, Christopher, interrogez tous les domestiques, demandez-leur s'ils n'ont rien vu ou entendu de fâcheux.

Au moment où elle prononçait ces mots, le tocsin se mit à retentir à l'extérieur. Urswicke bondit de son siège avec un juron qu'il ne chercha pas à étouffer.

Il boucla son ceinturon et, ainsi armé, s'élança dans le couloir avec Bray. Hardyng pleurait sans plus chercher à se retenir. Sans un mot, il leur désigna le portail d'entrée du manoir, tandis qu'une nuée de domestiques manifestement désireux de s'enfuir couraient en tous sens. Urswicke ordonna à l'intendant de l'accompagner. La plupart des volets des fenêtres donnant sur la façade avant étaient fermés, mais les crépitements qui se faisaient entendre ne laissaient pas place au doute : c'étaient de nouveau des flèches qui frappaient le bois. L'une d'entre elles, enflammée, traversa soudain le haut d'une fenêtre non barrée près de la porte d'entrée et atterrit sur le parquet ciré. Bray se précipita pour étouffer le feu, puis courut à l'armurerie, dont il revint avec deux longs boucliers normands. Urswicke en prit un et le colla à celui de son compagnon pour avancer avec lui. Un garçon de cuisine plus courageux que les autres domestiques se chargea de leur ouvrir la porte et, boucliers levés, les deux clercs de la comtesse sortirent sur le perron. La grande allée menant à la grille était jalonnée de torches fixées sur des piquets qui l'éclairaient et, plus loin, six archers agenouillés, un petit pot enflammé devant chacun d'eux. Leurs arcs se dressèrent tous ensemble.

— En arrière ! cria Urswicke.

Ils eurent tout juste le temps de rentrer : les flèches percutèrent la porte dès qu'ils l'eurent claquée derrière eux. Affalés sur le sol, essoufflés, ils tendirent l'oreille, mais le silence s'était fait. Sir John, Guido et l'écuyer Lambert arrivèrent en compagnie de quelques serviteurs. Lambert, dont le récent malaise semblait oublié, voulut aller vérifier ce qui se passait à l'extérieur. Non sans réticence, Urswicke l'y autorisa. L'écuyer se glissa par la porte d'entrée en rampant. Après être demeuré un moment à scruter les alentours, il se retourna vers Urswicke, qui le surveillait par l'embrasure, prêt à rouvrir la porte au premier soupçon de danger.

— Rien, déclara-t-il en se relevant. Rien du tout, maître Christopher.

Rassuré, Urswicke ouvrit grand la porte et sortit à son tour, suivi de Bray et d'un petit groupe de domestiques. Les archers avaient disparu.

— Bon, déclara-t-il à Hardyng. Envoyez des gens vérifier, mais je doute qu'ils découvrent quoi que ce soit.

Il retourna ensuite auprès de la comtesse pour lui livrer un bref compte rendu des événements. Après l'avoir écouté avec attention, Margaret saisit son rosaire et fit glisser rapidement les perles d'ivoire l'une derrière l'autre, réflexe qui trahissait son état d'agitation extrême. Urswicke connaissait néanmoins sa volonté de fer. Il savait que sa maîtresse surmonterait vite sa peur. Soucieux de détourner son attention, il vida la sacoche d'Églantine et ouvrit le macabre petit paquet pour examiner de nouveau les doigts maculés de sang. Sous les yeux de la comtesse, il les tourna et les retourna un long moment et observa les bagues. Il ne faisait aucun doute qu'ils avaient été coupés aux deux clercs, quoique tout ce qui entourait ces morts restât une énigme.

— Christopher, ordonna Margaret, apportez ces restes lamentables à votre père et revenez ! Mais tout d'abord, il faut que Bray et vous alliez rassurer la maisonnée. Je m'en vais, de mon côté, m'entretenir avec nos hôtes.

Urswicke acquiesça et sortit avec son ami. Chercher

à rassurer les domestiques fut cependant peine perdue, d'autant que la plupart avaient déjà fui. Hardyng reconnut que la maison s'était presque vidée et qu'à la même heure le lendemain il n'y subsisterait que très peu de monde. Urswicke et Bray l'exhortèrent à s'efforcer de dissimuler son effroi. Puis Christopher prit le chemin de l'échevinage.

On l'informa à son arrivée que son père tenait conseil avec le roi et ses frères. Peu désireux d'attendre, il confia à l'un des clercs le petit paquet, accompagné d'une lettre relatant les circonstances du macabre incident. Il ne doutait pas qu'une réponse arriverait sous peu.

Il ne se trompait pas. Le lendemain matin, juste après que les cornes du marché eurent retenti en réponse au tintement des cloches de la première messe, un courrier vêtu de la glorieuse livrée royale délivra avec un maniérisme hautain une convocation à la comtesse : elle devait se présenter à midi sonnant à la salle du conseil de l'échevinage, accompagnée de ses deux clercs et des hôtes qu'elle recevait.

TROISIÈME PARTIE

« À la tête de la Garduna, trônait le Frère majeur, l'*Hermano Mayor*, dit aussi le Grand Maître. »

Katarina essuya d'un revers la sueur qui lui perlait au front et se remit à récurer les plateaux de bois. Il régnait une bonne chaleur dans la spacieuse cuisine de l'abbaye, avec la vapeur des cuissons qui montait jusqu'au haut plafond et s'accrochait aux longues et étroites fenêtres. Plusieurs jours s'étaient écoulés depuis leur arrivée. Ses compagnons et elle avaient exécuté sans encombre le plan de l'abbé John : ils avaient quitté l'abbaye au petit matin, pour revenir en toute discrétion se mêler à la communauté. Katarina avait été affectée au ménage et à la buanderie et Jasper, entièrement rasé, avait endossé avec succès le rôle de frère lai chargé des écuries, dans lesquelles étaient restés leurs chevaux.

À l'abbaye, Katarina se sentait protégée des menaces extérieures. L'édifice, fortifié, semblait un endroit des plus sûrs. Deux fois mise à sac par les Nordiques, l'abbaye s'était développée depuis lors en prenant des allures de forteresse, avec douves profondes et larges fossés, mais aussi écluses et portes d'eau, puisque le bâtiment s'élevait au bord de l'Abbey River, petit affluent de la Tamise qui sortait régulièrement de son lit et inondait les champs à l'est. En outre, et plus important encore, le château de la comtesse ne se trouvait qu'à sept miles de là.

Au départ, Katarina s'était donc estimée à l'abri du danger. Néanmoins, cette tranquillité d'esprit avait peu à peu laissé place à un malaise croissant qu'elle ne s'expliquait pas. Elle était sûre qu'il se passait des choses au-dehors. Chaque fois que des visiteurs se présentaient à Chertsey, elle tendait l'oreille. En dépit de la température glaciale propre à décourager les sorties, verdiers et gens de la forêt venaient souvent troquer de la nourriture ou vendre des articles aux bons frères. Tous faisaient état, en catimini, d'une présence de nature malveillante aux alentours de l'abbaye. Rien qui fût certain, défini ni attesté, mais on voyait des ombres voltiger parmi les arbres, des cavaliers surgir du brouillard ici ou là, des animaux détaler sans raison. À plusieurs reprises, des bûcherons racontèrent avoir entendu des appels étranges s'élevant dans la brume, auxquels répondaient d'autres appels similaires. Katarina n'avait pas oublié les paroles de l'abbé qui, dès le premier soir, leur avait confié que la comtesse s'estimait exposée à un danger. Celui-ci menaçait-il uniquement à Londres, ou concernait-il Woking également ? Elle eût aimé pouvoir partager ses interrogations avec Jasper, mais lui parler eût été trop risqué. Nul ne devait soupçonner leur lien, et encore moins sa relation avec la mère du jeune Henri. La proximité de Chertsey et de Woking faisait que tout ce qui concernait Margaret suscitait l'intérêt. Car l'abbaye devait avoir ses espions de l'intérieur et les gens, dans leur

— Ce que je veux, maîtresse ? Je veux m'amuser avec toi…

Cornelius repoussa les pans de son vêtement déchiré et tapota sa brayette.

— Viens dans ma cellule, je jouerai avec tes gros seins et je me faufilerai entre tes jolies jambes !

Katarina demeura un instant sans voix, le cœur battant. Il importait de ne pas commettre d'erreur. L'anachorète était dangereux.

— Non, murmura-t-elle, pas dans l'abbaye. Pas dans un lieu saint. Ailleurs, d'accord, dans un endroit où nous ne serons pas dérangés. La vieille resserre, à côté du puits désaffecté, derrière la cour de la cuisine. Vas-y et je te rejoindrai ! Je suis d'accord pour t'y retrouver. Mais après, une fois que tu auras joué avec moi, ce sera fini, compris ?

— Oui, oui, ce sera fini !

Cornelius articula ensuite quelques mots inintelligibles. Il était si excité qu'il passait d'un pied sur l'autre en agrippant sa brayette.

— Mais tu vas venir, hein ? reprit-il. Ne cherche pas à me berner, attention !

Il tira sur la robe de Katarina.

— Tu vas voir, je vais te débarrasser de ça en un rien de temps ! On va bien s'amuser, tous les deux ! Ça fait tellement longtemps !

— Je viendrai, c'est promis, assura Katarina. Mais d'abord, j'ai une question !

— Quoi ? Qu'est-ce que ça veut dire ?

— En fait, tu n'es pas un vrai anachorète, hein ? Tu n'es pas un saint homme ! Tu crois au monde, à la chair et au diable ! Alors que fais-tu dans cette cellule du transept ?

Katarina s'arrêta avant de mentionner le tombeau

royal. C'eût été une erreur. Mieux valait laisser ce malotrus tout révéler lui-même. En scrutant le visage de Cornelius, elle vit son regard entendu. Il se rapprocha d'elle, lui envoyant aux narines son haleine fétide.

— Qu'est-ce que c'est que tu veux, maîtresse ?

— C'est simple, j'ai envie de savoir qui tu es ! C'est normal, non ?

Elle prit ses seins en coupe dans ses mains.

— Et ensuite, tout ça, ce sera pour toi ! Mais si tu ne réponds pas à ma question, tu crois que je te laisserai venir à moi ? J'ai besoin de savoir à qui j'ai affaire, c'est tout !

— Mon vrai métier, c'est palefrenier, soupira-t-il. Je travaillais dans les écuries de la chancellerie secrète. Seulement, on m'a accusé d'avoir volé des vêtements chez un marchand de Cheapside et je devais être pendu, mais au dernier moment, je ne sais pas pourquoi, j'ai reçu la grâce royale et on m'a repris à la chancellerie.

— Mais il y avait une condition ?

— Pour sûr, maîtresse, il y a toujours une condition ! s'esclaffa-t-il. Même pour m'amuser avec toi, il y a une condition ! La condition, c'est qu'on m'a envoyé comme anachorète ici, à Chertsey. On m'a demandé de surveiller tous ceux qui venaient voir la tombe de ce soi-disant saint… Alors c'est ce que je fais. Mais la plupart des pèlerins sont juste des imbéciles de paysans. Mon maître à Londres…

— Quel maître ?

— Rien de moins que Sir Thomas Urswicke, figure-toi ! Le Grand Juge, qui siège au Conseil royal ! Ce qu'il veut, c'est que je regarde s'il n'y a pas des notables, des partisans importants des Lancastre qui viennent prier près du tombeau.

— Et y en a-t-il eu ?

— Pas encore, mais l'espoir fait vivre ! Bon, assez palabré, maîtresse ! J'ai envie de te culbuter maintenant !

— Dans ce cas, tu dois y aller.

— Et toi, tu dois me suivre ! Sinon, ça va mal se passer pour toi, je te préviens !

Il tourna les talons et Katarina le regarda s'éloigner. Elle savait ce qu'elle avait à faire. Elle alla prendre un long couteau à viande, le cacha sous son manteau et sortit à son tour pour traverser les jardins nimbés de brume de l'abbaye. La ligne des édifices aux belles pierres finement taillées céda vite la place à une étendue d'herbe que limitait le mur d'enceinte de l'abbaye. Au-delà se trouvaient des fossés, des fondrières et une haie d'ajoncs touffue et hérissée de pointes, à l'orée de la forêt. La resserre délabrée était la première d'une enfilade de vieux bâtiments délaissés. Cornelius la guettait à l'entrée. Katarina s'arrêta pour prendre une profonde inspiration en resserrant les doigts autour du couteau. Elle allait se remettre en marche lorsqu'elle entendit du bruit, comme un pied glissant sur une motte de terre gelée. Elle regarda autour d'elle, mais ne vit rien d'autre que des volutes de brume tourbillonnantes.

— J'attends, femme !

Katarina se retourna, sourit à l'anachorète et avança vers lui. À peine l'eut-elle rejoint que Cornelius la saisit par les épaules et l'attira à l'intérieur. Il chercha aussitôt à soulever son corsage et, n'y parvenant pas, entreprit de le déboutonner en gestes fiévreux. Il respirait fort et marmonnait pour lui-même en bataillant contre les boutons. Puis, trop impatient, il s'arrêta et saisit à pleines mains les seins généreux.

— Ma parole, comme tout ça est souple et doux... Viens, tout contre moi, on va faire la cabriole...

Katarina peinait à dissimuler son dégoût. Cornelius avait une haleine fétide et ses vêtements empestaient la sueur et l'urine. Elle lui sourit de nouveau.

— Je t'ai apporté une surprise !

Il s'immobilisa, bouche bée, et elle en profita pour frapper : un coup fatal porté au côté gauche. Le couteau s'enfonça dans la poitrine de Cornelius, qui recula en chancelant tandis qu'un filet de sang s'échappait de sa bouche. Il parut sur le point de parler, mais ses yeux se révulsèrent et il s'effondra sur le sol, agité de soubresauts. Lorsqu'il se fut immobilisé, Katarina s'agenouilla près de lui et posa son couteau à terre pour fouiller ses poches et son aumônière, mais sans rien y découvrir d'intéressant.

— Vous l'avez tué, c'est parfait !

Katarina se retourna violemment et voulut saisir le couteau, mais l'un des deux hommes qui venaient de surgir dans la resserre le poussa d'un coup de pied hors de sa portée.

— Vous n'en avez plus besoin, maîtresse, affirma-t-il.

Son compagnon et lui vinrent s'accroupir à côté d'elle en ôtant leurs capuches. Tous deux souriaient. Katarina posa sur eux son regard dur et remarqua soudain la couleur de leurs robes.

— Vous êtes des dominicains ! souffla-t-elle. Vous portez la robe noir et blanc.

Elle prit une profonde inspiration. Depuis la confrontation avec Cornelius, la nervosité ne l'avait pas quittée.

— Vous me voulez peut-être du bien, mais vous apportez la preuve de la véracité du vieil adage qui dit que l'habit ne fait pas le moine !

Les étrangers se mirent à rire.

— Vous pourriez en dire autant de votre ami qui est là… murmura le premier.

— Ça n'a jamais été mon ami.

— Je veux bien vous croire.

Katarina avait reconnu un accent français chez son interlocuteur, qui s'adressait néanmoins à elle dans un anglais parfait.

— Vous n'êtes pas dominicains ?

— À l'évidence, non !

— Alors qui êtes-vous ?

L'homme se désigna d'un geste.

— Je m'appelle François, répondit-il, et mon compagnon qui est ici est mon fidèle Armand.

Puisant dans les poches de sa soutane, il en tira une petite bougie colorée en bleu roi et or.

— Nous sommes les Luciferi, déclara-t-il. Nous appartenons au *Cabinet noir** et nous sommes envoyés par notre auguste prince, le roi Louis de France. Nous œuvrons dans ce que vous pourriez appeler la chancellerie secrète, le cabinet privé de notre monarque. Les Luciferi ont fait vœu de loyauté envers le roi et lui seul. Ses volontés, quelles qu'elles soient, ont force de loi pour nous.

— Et pourquoi êtes-vous là ?

François regarda son camarade, qui esquissa un hochement de tête à peine perceptible.

— En bref, reprit-il, nous pourchassons la Garduna. Je ne peux pas tout vous expliquer car le temps file. La chandelle des heures se consume, les volutes du temps disparaissent rapidement ! Tout ce que je puis vous révéler, maîtresse, c'est que la Garduna est une émanation de l'enfer. Ces gens-là n'aiment ni la France, ni, nous l'avons récemment constaté, la maison de Lancastre. En vérité, tous ceux qu'ils ont pour ennemis sont pour nous des amis et des alliés.

Un sourire amusé illumina son beau visage.

— Maîtresse, je puis de nouveau vous assurer, vous jurer même sur le saint sacrement, que nous, les Luciferi, ne nourrissons aucune hostilité envers la maison de Lancastre, loin de là ! C'est la Garduna que nous combattons, ainsi que certains membres du Conseil royal d'Angleterre. Nous pensons – je dirais même que c'est une certitude – que la Garduna a fait venir tout un régiment ici, en Angleterre. Des hommes qui n'ont qu'une idée à l'esprit : commettre le plus possible de méfaits et de meurtres. Cependant, nous ignorons encore de quoi il retourne, comment le groupe va se manifester, quel est son but et quelles seront les conséquences de ses agissements. Nous tâtonnons. Nous savons que la Garduna est déjà active à Londres. L'hôtel de la comtesse de Richmond et ses hommes de confiance ont subi des attaques récemment, et c'est sans doute cette société secrète la responsable.

François se tut en entendant le criaillement de corbeaux qui, depuis peu, volaient en cercles au-dessus de la vieille resserre.

— Ce qui est sûr, reprit-il, c'est qu'un plan meurtrier se trame en ce moment contre la comtesse. Nous avons mis sa demeure sous surveillance et vu des choses étranges s'y produire.

— Quelles choses ?

— Eh bien, le meurtre d'un de nos hommes, pour

commencer… Mais veuillez m'excuser, je n'ai pas le temps de vous en dire davantage.

— Expliquez-moi au moins pourquoi vous êtes là et pourquoi vous m'avez suivie !

— C'est une question de logique, répondit François. La comtesse vit dans son hôtel de Londres, mais elle possède également un château à Woking, à sept miles d'ici à peine. Nous savons en outre que le père abbé, John May, a été et reste l'un de ses amis très proches, l'un de ses plus fervents alliés et confidents. Il est aussi le gardien du sépulcre qui contient la dépouille de saint Henri, que les York ont maltraité et assassiné. À présent, étant donné que la Garduna a pour objectif de causer du tort à Margaret de Richmond et à toute la maison de Lancastre, il est évident qu'en plus de se manifester à Londres, ce qu'elle a fait, elle a aussi prévu d'agir à Woking et…

— Et, pour finir, à Chertsey ?

— Oui, maîtresse, ces soldats du diable seront bientôt là. Nous pensons qu'ils sont déjà proches, peut-être même plus proches encore que nous ne l'imaginons.

— Et où seraient-ils, alors ?

— Les forêts sont denses et peu fréquentées entre Chertsey et Woking. Une armée entière peut s'y dissimuler des mois durant ! Oui, malgré l'hiver très rude qui impose sa loi, il est probable que la Garduna s'y cache. Des choses étranges se sont déroulées autour du château, des attaques insolites. Et, plus important encore, conclut François en se levant, deux de nos frères ont disparu.

— Et moi ? Pourquoi vous intéressez-vous à moi ?

— Ah çà… fit-il avec un nouveau sourire en se passant la main dans son abondante chevelure brune. Nous avons placé Chertsey sous étroite surveillance et avons vu un homme, une femme et un enfant y arriver et en repartir, pour revenir ensuite clandestinement.

— Dieu fasse que la Garduna n'ait pas été témoin des mêmes événements !

— Non, maîtresse, elle n'a pas encore étendu ses filets aussi loin.

— Mais ne savez-vous pas ce qu'elle cherche, ce qu'elle combat ?

— Je vous l'ai dit, maîtresse, nous ne pouvons que spéculer. Elle en a apparemment contre la maison de Lancastre et contre la couronne de France.

Katarina ferma les yeux en inspirant une longue bouffée d'air froid, puis posa une main légère sur le poignet de François.

— Je sais que vous ne me voulez pas de mal, *monsieur**, mais vous devez vous douter de qui nous sommes : l'homme, l'enfant et moi ?

— Oui, maîtresse, mais laissez-moi vous assurer que ce n'est pas notre affaire. Cela n'entre pas dans le cadre de notre mission. Nous n'avons aucun grief contre la maison de Lancastre. Pourquoi en aurions-nous ? À la vérité, c'est tout le contraire, justement. Les frères York sont belliqueux, ils ont écrasé l'opposition à l'intérieur de leur pays et Édouard se voit en grand conquérant, en général victorieux. Nous redoutons qu'il ne lève une armée à Calais et ne pénètre en Normandie. Nous préférons voir les Anglais rester là où ils se trouvent, au-delà des Détroits. Et nous soutiendrons, nous chérirons même, tous ceux qui s'opposent aux York. Ne comprenez-vous pas, maîtresse ? Si la maison de Lancastre disparaissait, qui resterait-il pour résister à Édouard et à ses guerriers agressifs ? Non, soyez assurée que nous ne vous voulons aucun mal, ni à vous ni aux vôtres. Bien au contraire.

— Mais vous devez tout de même soupçonner quels sont les objectifs de la Garduna ?

François secoua la tête.

— C'est un mystère, maîtresse, que nous comptons bien éclaircir. À présent, ajouta-t-il en décochant un léger coup de pied au cadavre qui gisait devant eux, ne vous souciez pas de lui, nous nous en chargerons.

Il haussa les épaules.

— Ce ne sont pas les marécages et les fondrières qui manquent par ici pour cacher un corps en attendant le Jugement !

Il leva la main en signe de paix.

— Mieux vaut rentrer maintenant, maîtresse, conclut-il. Mais n'oubliez pas que la Garduna rôde. Ces hommes viendront au moment où vous vous y attendrez le moins. Je les soupçonne… non, en fait, c'est une certitude… d'avoir une mission à accomplir à Chertsey. Prions le Ciel pour que nous soyons prêts lorsqu'ils surgiront. Allez, au revoir, maîtresse, soyez prudente. Et sachez que nous reviendrons.

La comtesse, ses trois invités, Urswicke et Bray s'alignèrent d'un côté de la longue table qui faisait face aux trônes des juges, dans la somptueuse salle du conseil de l'échevinage. Le roi Édouard siégeait au centre. Ses cheveux blonds, séparés en leur milieu par une raie, lui arrivaient désormais aux épaules. Celui que l'on qualifiait de plus bel homme d'Angleterre, avec sa barbe et sa moustache dorées et son teint mat, arborait une belle pierre précieuse à l'oreille droite et les bagues qu'il avait aux doigts étincelaient dans la lumière. Vêtu de son tabard bleu et or, il apparaissait sans conteste comme un prince puissant, qui était – Urswicke l'avait perçu au premier regard – très en colère en cet instant. Une colère manifeste dans sa posture et dans la façon dont il contemplait ceux qu'il avait convoqués. Ses frères, pour leur part, affichaient un visage de marbre. Richard de Gloucester, assis à sa droite, fixait un point au fond de la salle, comme s'il avait repéré sur le mur un détail qui l'intéressait passionnément. De temps à autre, il frottait sa joue maigre ou tapotait ses longs cheveux auburn. Il clignait souvent des yeux et ses lèvres remuaient sans bruit, comme s'il était perdu dans un monde qui n'appartenait qu'à lui. À la gauche du roi, George de Clarence, son frère aîné, arborait son habituelle arrogance, avec sa tignasse blonde en désordre et son visage non dénué de beauté, mais rouge et bouffi par l'abus de bordeaux. Près de lui siégeaient les deux individus que Christopher considérait comme les plus dangereux du royaume : son propre père, Sir Thomas Urswicke, et l'homme de confiance de Clarence, Mauclerc, un loup en habits de loup : crâne rasé, joues glabres, une peau grenue et de petits yeux perçants. Mauclerc était un meurtrier jusqu'au bout des ongles, un buveur de sang qui vouait à la comtesse une haine si féroce qu'elle en était incompréhensible. Clarence lui ressemblait : il avait trahi sa propre famille et sa cause. À une époque, il avait rallié les Lancastre, allant jusqu'à prêter un serment d'allégeance à feu le regretté Henri. Surtout, Clarence avait pactisé avec les Beaufort, qui l'avaient accueilli comme l'un des leurs. Tout cela s'était achevé avec la défaite écrasante de Tewkesbury et Christopher était convaincu que Clarence ne trouverait pas le sommeil tant que les Beaufort, qui lui rappelaient son ancienne vie, n'auraient pas péri jusqu'au dernier.

La comtesse fut la première à rompre le sinistre silence.

— Votre Grâce, commença-t-elle, pour quelle raison avons-nous été convoqués en ce lieu ?

— Madame, aboya Sir Thomas Urswicke en tapant du poing sur la table, croyez-vous que ce soit à vous de questionner Sa Majesté ? Vous êtes là pour répondre aux questions. À *nos* questions !

— Allons, du calme ! intervint le roi avec un sombre sourire. Sir John, maître Guido, j'ai appris que vous et votre écuyer (il désigna Lambert d'un geste négligent) avez grièvement souffert. Et qu'il en est de même pour vous, madame, qui avez été visée tant à Londres qu'à Woking. Ici, dans notre ville, on a attaqué votre maison, un visiteur est mort empoisonné et, à présent, voilà que deux clercs qui officiaient à mon service ont disparu ! Des hommes de haute lignée, éduqués et compétents.

Ces paroles demeurèrent en suspens. Jetant un coup d'œil à son père, Urswicke tressaillit. L'espace d'un instant, il avait cru déceler sur son visage l'amorce d'un sourire narquois, comme si le Grand Juge appréciait infiniment ce qui se passait, comme s'il savourait ce moment tel un loup se régalant d'un festin gorgé de sang. Quelque chose clochait : se pouvait-il que cet entretien ne fût qu'une mascarade ?

— Madame, lança Richard de Gloucester en posant son regard triste sur la comtesse, mon frère le roi et moi-même…

— Ainsi que moi, ne m'oubliez pas ! marmonna Clarence, à l'évidence déjà ivre.

— Nous pensons, poursuivit Richard sans se soucier de l'intervention, que Londres est devenue dangereuse pour vous. Je répète : tant que vous vivrez ici, dans cette ville, ou même n'importe où dans ce royaume, vous ne serez pas en sécurité.

— Et je ne puis affirmer le contraire, renchérit Édouard. Il m'est impossible de vous promettre qu'il ne vous arrivera rien. Si je poste des gardes devant votre maison, cela fera-t-il cesser les proclamations qui ont été affichées au Standard de Cheapside ou à la croix du cimetière de St Paul ? Non !

Le roi secoua ses boucles blondes.

— Madame, il n'est pas question que les gens pensent que je suis votre geôlier, ni que je permette qu'il vous arrive quelque chose, pour la raison très égoïste que je risquerais d'être mal jugé. Vous savez cela aussi bien que moi, alors cessons de nous chicaner ou de jouer avec les mots. Je ne peux pas vous garder prisonnière, mais j'ai le devoir de protéger la dame de haut lignage que vous êtes.

— Votre Grâce a raison, acquiesça la comtesse. Sir Thomas, ajouta-t-elle en se tournant vers l'intéressé, que suggérez-vous ?

Le roi répondit avec mauvaise humeur.

— Ce que je suggère, madame… rétorqua-t-il. Ce que je suggère, répéta-t-il en détachant bien chaque mot, c'est que vous quittiez Londres, tout au moins pour cette saison, et alliez loger dans votre château de Woking. Une fois que vous y serez installée, je vous conjure de réfléchir et de vous demander si vous ne seriez pas mieux à l'étranger.

— Et où donc serais-je le plus à l'abri ? interrogea Margaret d'un ton chargé de sous-entendus.

— La Bretagne, bien sûr, est inacceptable ! s'enflamma Clarence. Vous le savez très bien ! Il n'est pas question que nous vous laissions vous réfugier auprès de traîtres !

— Vous voulez dire, auprès de mon fils et de mon bon beau-frère, Lord Jasper Tudor ?

— Ceux-là, il peut tout leur arriver, je m'en contrefiche !

Penché en avant, Clarence posa sur la comtesse un regard noir sans cesser de mâchonner le coin de sa lèvre.

— Allons, allons, calmons-nous ! intervint Richard de Gloucester. Madame, vous ne pouvez choisir la Bretagne… ou, du moins, vous pourriez y aller, mais cela entraînerait des conséquences.

— Être proclamée traîtresse, précisa Christopher, ou accusée de pactiser avec des traîtres. Si cela se produisait, toutes les possessions de la comtesse seraient confisquées par la Couronne.

— Bien sûr, il y a nécessairement des conséquences ! clama son père, hurlant presque.

— Dans ces conditions, où nous suggérez-vous d'aller ? reprit Christopher.

— La France est notre ennemi, déclara le roi. Et, sachant que votre beau-frère, Sir John, et maître Guido résident en Bourgogne, maîtresse, ma chère comtesse, je vous accorderai ma permission, mes lettres et mes licences pour les rejoindre là-bas et vous y installer en toute quiétude. Voilà, je vous ai fait connaître mon souhait, madame, conclut-il avec un haussement d'épaules, mais c'est bien sûr à vous que revient le choix. Nous en avons terminé…

Installé à la table d'écriture dans le petit salon privé de la comtesse, Urswicke s'adossa à son confortable fauteuil pour tailler la belle plume d'oie qu'il avait à la main. Sa maîtresse se réchauffait au coin du feu et Bray était lui aussi présent. Ils étaient rentrés sans encombre de l'échevinage et, dès leur arrivée au manoir, Sir John et Guido avaient fait entendre leur point de vue. Les frères York avaient raison : on n'était pas en sécurité à Londres, mieux valait partir sans tarder pour Woking.

— De là, avait ajouté Sir John, nous pourrons planifier notre départ de ce royaume de malheur et aller nous réfugier à la cour du duc Charles.

— Madame, avait renchéri Guido, une fois là-bas, soyez sûre que vous vous verrez accorder tous les honneurs et privilèges. Vous serez logée dans les plus riches appartements du palais. Les temps ont changé, les alliances aussi ! La Bourgogne n'apprécie guère Édouard d'Angleterre et sa clique. Le duc Charles et ses courtisans vous accueilleront à bras ouverts et vous offriront un soutien sans faille, à vous et à la maison de Lancastre dans son ensemble ! D'ailleurs, une fois que vous serez là-bas, votre fils bien-aimé pourra vous rejoindre. La cour du duc Charles deviendra ainsi le lieu de ralliement des Lancastre. Cela marquera l'émergence d'une forte opposition aux York et à leur pouvoir.

La comtesse l'arrêta d'un geste avant qu'il ait eu le temps de se lancer dans une description détaillée de la cour de Bourgogne.

— Mes amis, nous y songerons, promit-elle en souriant. Nous allons réfléchir et la solution que vous suggérez sera peut-être celle que nous adopterons. Pour l'heure cependant, j'ai besoin de m'entretenir en conseil restreint avec mes deux clercs. Je souhaite avoir leur avis.

Lorsque ses hôtes se furent retirés, elle retourna s'asseoir dans son fauteuil et parut s'y recroqueviller.

— La Bourgogne… murmura-t-elle. En sommes-nous vraiment arrivés là ? Et pourtant, mon bon frère et le docteur Guido n'ont pas tout à fait tort.

Elle releva les yeux et tendit la main vers Urswicke.

— Rapprochez-vous, mon ami ! Que me conseilleriez-vous ?

— Ne pas sombrer, ne pas céder, ne pas lâcher ni renoncer : il faut intriguer, maîtresse ! Rester sur le qui-vive, garder l'esprit vif ! J'ai décelé dans cette séance à l'échevinage quelque chose d'éminemment suspect. Il y planait une atmosphère pernicieuse, au point qu'une sensation de réel péril m'a saisi. Il m'a semblé que l'on nous tendait un piège sinistre, que l'on nous abusait.

— Que voulez-vous dire ?

— J'ai surpris chez mon père un sourire sardonique.

— Cette expression lui est coutumière.

Urswicke hocha la tête, soucieux.

— Voyez-vous, déclara-t-il, nous avons été convoqués pour un entretien d'une extrême importance avec le roi et ses nobles frères, auquel assistaient même mon auguste père et l'affidé de Clarence, Mauclerc.

— Oui, Christopher, c'est un fait.

— Mais pour quelle raison ?

La question parut surprendre ses deux interlocuteurs et il enchaîna donc :

— Parce que, selon toute vraisemblance, deux clercs royaux, membres haut placés de la chancellerie secrète, ont été kidnappés et sans doute assassinés, qu'on leur a coupé le petit doigt à chacun en laissant les deux auriculaires bagués sur place en signe de mépris, voire de défi !

— Comme c'est étrange… murmura Reginald.

— Ah ! acquiesça la comtesse. Je vois maintenant où vous voulez en venir…

Son expression avait changé. Elle semblait plus détendue, débarrassée de son angoisse, et souriait presque.

— Allons, Christopher, lui enjoignit-elle, livrez-nous enfin le fond de votre pensée !

— Eh bien ! le fait est qu'on ne nous a pas questionnés un seul instant sur ce qui s'est passé. On ne nous a pas demandé d'enquêter, de chercher nous-mêmes à comprendre, mais admettons… En revanche, n'eût-il pas été logique que des envoyés de la chancellerie secrète vinssent nous poser des questions, chercher des explications ? Reginald, vous qui avez des yeux et des oreilles dans toute la ville, renseignez-vous sur ce que l'on sait de la disparition de ces deux clercs. Menez des recherches diligentes pour retrouver leur cadavre. Églantine et Clairvaux avaient été envoyés chez la comtesse pour lever le voile sur les événements singuliers que nous avons connus. Je pense que nous devrions leur retourner la politesse, pour la bonne raison que…

Urswicke s'interrompit un instant, tambourinant du bout des doigts sur la surface de la table.

— … pour la bonne raison qu'il y a quelque chose de malsain dans cette affaire, des relents de profonde malveillance. Et je suis convaincu que mon père est impliqué au plus haut point dans cette mascarade meurtrière. Il a commis une grave erreur en n'envoyant personne enquêter pour retrouver les deux disparus !

— Dès lors, que devons-nous faire ? interrogea Bray.

— Allons, laissons cette question de côté pour le moment et rapprochez-vous ! murmura la comtesse. Venez près de moi ! Reginald, êtes-vous bien certain qu'il n'y a ici ni oculi ni ouvertures par lesquels on pourrait nous écouter ?

— Je vous l'ai déjà assuré, maîtresse. Chaque pouce de cette pièce a été examiné à la loupe.

— Vérifiez tout de même qu'il n'y ait personne dans la galerie à l'extérieur, chuchota-t-elle.

Bray s'exécuta, puis referma la porte et revint s'asseoir sur l'une des chaises qu'Urswicke avait approchées de la comtesse.

— J'ai une nouvelle à vous apprendre, chuchota Margaret. Seul l'abbé de Chertsey, le père John May, est dans le secret. Mon fils Henri, son oncle Jasper et la demi-sœur de celui-ci, Katarina, sont arrivés en Angleterre. Ils se dissimulent à l'abbaye sous des déguisements.

— Maîtresse… !

— Écoutez-moi, Christopher ! Je n'ai pris le risque d'en parler à personne – pas même à vous. Tous trois se trouvent à présent en sécurité sous la protection de l'abbé John.

— Mais pourquoi sont-ils venus ?

— Christopher, vous aimiez votre mère, n'est-ce pas ? Vous l'avez vue mourir. J'étais là, avec vous, parce que votre sinistre père, lui, n'avait que faire de son épouse, ni de quiconque, d'ailleurs. Avec tout le respect que je lui dois, votre père est dénué d'âme ! Rien ne l'intéresse en dehors de lui-même. Vous, Christopher, vous êtes différent, tout comme moi : j'aime mon fils unique passionnément.

La voix de la comtesse se brisa et ses yeux s'emplirent de larmes. Christopher lui prit la main, la pressa et la relâcha. Margaret se ressaisit.

— Donc, déclara-t-elle, l'information que je vous confie là est du ressort du confessionnal. Je vous en ai parlé sous le sceau du secret et elle ne doit en aucun cas sortir de cette pièce. Henri m'aime comme je l'aime, mais il ne s'agit pas seulement de cela. Certes, mon fils n'est encore qu'un enfant, un garçon plein d'innocence, mais il est aussi le vrai prétendant au trône d'Angleterre. Pour qu'il soit un jour enfin couronné, cet être doux comme un agneau doit survivre à la saison du loup. J'ai donc besoin de le voir et de lui parler.

— Mais pourquoi ? Je veux dire, pourquoi maintenant ?

— C'est une nécessité pour moi, Christopher. Parce qu'il est mon fils et que je suis sa mère. Il se trouve aussi que Jasper a évoqué l'idée de quitter leur château de Vannes, en Bretagne, pour se mettre en quête d'un refuge plus sûr. Henri, comme nous, est désormais menacé. Où pourrons-nous le cacher ? Quel asile trouverons-nous pour lui ? Enfin, je dois parler à l'abbé John May, qui m'a fait parvenir ce matin un message m'informant qu'il a reçu d'importantes révélations en provenance de l'abbaye Saint-Vaast, à Arras.

— Cette abbaye se trouve en plein cœur des terres du duc Charles…

— En effet, et c'est ce qui me surprend. Or le père John insiste. Saint-Vaast est une abbaye bénédictine, tout comme Chertsey, et apparemment, il a là-bas un espion. Comme vous le savez, Christopher, les Bénédictins sont soumis à des lois qui n'appartiennent qu'à eux. Ils résident dans tous les royaumes qui existent sous le soleil et ne reconnaissent ni les frontières ni les territoires ni les fiefs. Ils vont de l'un à l'autre en toute liberté et récoltent des informations partout où ils passent. Ce que je puis vous dire pour l'heure, c'est que l'abbé John a appris une chose qui l'a surpris au plus haut point et qu'il insiste pour m'en faire part très vite. Donc, même s'il n'y avait pas Henri là-bas, nous devrions nous rendre à Chertsey.

Elle eut un faible sourire.

— Vous savez que je prends toujours conseil auprès de vous deux, que votre avis m'est précieux. Toutefois…

Elle s'interrompit pour rabattre les manchettes de soie de sa robe de belle laine.

— Toutefois, poursuivit-elle, j'ai déjà pris ma décision sur ce point et vous devrez me suivre. Nous allons nous mettre en route pour Woking et, de là, à la première occasion, nous ferons un saut à Chertsey.

— Henri est-il vraiment en sécurité ?

— Comme vous le savez, Christopher, l'abbé John m'est dévoué corps et âme, en temps de paix comme en temps de guerre. Et Jasper…

Elle sourit.

— Ma foi, Jasper est Jasper ! Un vrai guerrier, un soldat. Mais Katarina, sa demi-sœur, a ce qu'il faut de cœur, d'esprit et de courage pour une telle entreprise. Elle est audacieuse, volontaire et astucieuse. Nous ne faisons qu'une, elle et moi. Elle serait prête à mourir pour Henri ou pour moi.

— Prions le Ciel qu'elle n'ait pas à en arriver là !

— Que Dieu vous entende, Christopher ! À présent, ajouta-t-elle en se tournant vers Bray, écoutez-moi,

Reginald : j'aimerais que vous alliez à Queenhithe. Une cogghe flamande est amarrée au quai. Un bateau qui vient juste de traverser les Détroits.

— Comment s'appelle-t-elle ?

— *Le Saint-Ange*. Son capitaine attend mon signal pour reprendre la mer. Trouvez-le ! Dites-lui qu'il doit encore patienter et qu'il aura trois membres d'équipage supplémentaires lors de la traversée de retour jusqu'à Dordrecht.

— Et moi, maîtresse ? s'enquit Christopher. Avez-vous besoin de moi ? J'ai des affaires urgentes à régler en ville.

— Dans ce cas, faites-le et nous continuerons ensuite à tenter de nous frayer un chemin dans ce bourbier meurtrier. Je vous remercie, mes amis !

Christopher Urswicke gravit lourdement les King's Steps qui menaient au périmètre sacré de l'abbaye de Westminster. Il faisait très froid en ce début de soirée. La bise mordante qui montait de la Tamise transportait avec elle une forte odeur de sel et piquait le visage et les yeux. Urswicke avait été heureux de débarquer : même si la traversée s'était révélée paisible, le vilain temps l'avait mis à mal. Il avançait vite en tenant sa chape serrée, la main droite prête à dégainer sa dague. Au-dessus de lui se dressait l'abbaye, avec ses corniches, ses sculptures et ses saillies tapissées de givre. Des taches de lumière brillaient à certaines fenêtres et devant quelques portes. Il percevait le rythme d'un plain-chant qui s'élevait dans les profondeurs de l'abbatiale. Il croisa en chemin les silhouettes de moines affairés à diverses tâches. Clercs, scribes et autres fonctionnaires royaux avaient quitté leur office, pressés de rentrer chez eux ou de jouir de l'atmosphère chaleureuse des nombreuses tavernes qui se succédaient dans les ruelles sinueuses de Westminster. Urswicke dépassa bientôt les bâtiments de l'abbaye et poursuivit sa route dans le quartier royal jusqu'aux imposantes bâtisses qui abritaient les services de l'État : l'Échiquier, le Grand Vestiaire ou encore celle dans laquelle Urswicke pénétrait à présent, la chancellerie royale.

Des gardes l'arrêtèrent aussitôt et ne lui livrèrent le passage qu'après avoir scruté ses sauf-conduits signés et scellés par la comtesse Margaret. Il s'engagea alors dans les profondeurs de sombres corridors pavés, dans lesquels les courants d'air faisaient danser les flammes des torches. Il marchait seul, mais se savait observé par des gardes qu'il ne voyait pas. Il atteignit bientôt une double porte, près de laquelle des braisiers réchauffaient l'atmosphère. D'autres gardes inspectèrent ses laissez-passer, puis il fut escorté dans le sanctuaire de la chancellerie secrète. Un nouveau couloir long et caverneux desservait une enfilade de pièces qui s'ouvraient de part et d'autre. On introduisit Urswicke dans l'une d'elles, désormais déserte puisque la journée de travail était achevée. Il sourit à la vue des pupitres disposés autour de lui. Avec ses odeurs de vélin, de parchemin poncé, de cuir souple, d'encre et de sable parfumé, l'endroit faisait remonter bien des souvenirs en lui. Plumes et encriers étaient soigneusement rangés et, sur certains pupitres, des parchemins étaient déroulés, maintenus sous des poids de petite taille, prêts pour le lendemain matin. Quelques clercs avaient inscrit leur nom en haut de pages qui portaient de longues successions de lignes manuscrites à l'encre très noire. Urswicke baissa la tête, les yeux mi-clos. Cette pièce lui évoquait d'autres souvenirs que, pour le moment, il était incapable de situer.

— Christopher, quel plaisir de vous voir ici !

Il se retourna pour sourire à « Anodin », l'ancien clerc principal de la chancellerie secrète qui avait été son mentor. Personnage d'une intelligence extrême, Matthew Murdoch avait reçu ce surnom en raison de son aspect. Il portait en toute occasion une robe brune de franciscain et une ceinture blanche, avec une capuche qui encadrait son visage rubicond aux yeux innocents, au nez pointu et à la bouche souriante. Les apparences peuvent être trompeuses et c'était le cas en ce qui le concernait. Urswicke admirait cet homme doté d'un esprit puissant et d'innombrables talents. Anodin parlait en outre quantité de langues et maîtrisait les codes secrets les plus abscons.

— Je vois que vous me contemplez, Christopher. Seriez-vous ébloui ?

Il se mit à rire.

— Voilà longtemps que j'espérais avoir de vos nouvelles, aussi ai-je été ravi de recevoir votre message. Vous êtes toujours le bienvenu ici, ne l'oubliez pas ! Comment se porte votre maîtresse, la comtesse ?

Il désigna un tabouret placé devant un pupitre et en tira un autre pour lui-même. Pendant quelques minutes, les deux hommes échangèrent des propos aimables, puis Anodin se pencha et toucha la main de Christopher.

— Je vous l'ai dit, j'ai grand plaisir à votre visite… mais pourquoi êtes-vous là ?

— Pour vous parler de deux clercs de la chancellerie secrète, Églantine et son secrétaire, Clairvaux.

— Je ne les connais pas. Que leur voulez-vous ?

Urswicke lui exposa la situation et Anodin émit un léger sifflement.

— Que les anges m'en soient témoins, je n'ai jamais eu vent de ces individus, ni même entendu leurs noms !

Il balaya l'air d'un geste.

— Mais comme vous le savez, Christopher, les clercs de la chancellerie secrète changent souvent d'identité. Que ce soit pour s'amuser, précisa-t-il avec un sourire, ou en raison des affaires secrètes qu'ils ont à traiter. Dites-moi donc à quoi ressemblent ces deux-là !

Il alla chercher une écritoire avec des feuilles de parchemin, un encrier et une plume. Après avoir lissé du coude le vélin crème, il nota en langage codé la description qu'Urswicke fournit d'une voix hésitante. De temps à autre, Anodin secouait la tête et marmonnait que, décidément, il ne savait rien ni de cet Églantine ni de ce Clairvaux, et encore moins de ce qui avait pu leur arriver.

— Mais je le répète, ajouta-t-il d'un ton songeur, il s'agit de la chancellerie secrète et ici, nous ne sommes pas supposés tout savoir des gens qui sont employés et des tâches que chacun accomplit.

En le regardant former sur le vélin de belles lettres bien noires, Urswicke se demanda quelles étaient ces bribes de souvenirs qu'il ne parvenait ni à capter ni à relier entre elles. Quand il eut terminé, Anodin relut ce qu'il avait consigné et secoua une nouvelle fois la tête.

— Je n'ai jamais vu ces hommes, confirma-t-il à mi-voix. Cela m'intrigue beaucoup, mais on ne sait jamais…

Il repoussa l'écritoire.

— Qu'y a-t-il d'autre, Christopher ?

— Avez-vous entendu parler des Luciferi ?

— Bien sûr ! Les « porteurs de lumière ». Les agents secrets du roi de France, qui se regroupent sous la houlette du *Cabinet noir** du Louvre. Il m'est arrivé de croiser le fer avec eux au fil des ans. Ils nous espionnent comme nous les espionnons. Ce sont tous des clercs en cotte de mailles, très instruits, qui prêtent personnellement serment de loyauté envers la couronne de France. Ils sont intelligents et, sous le règne de leur monarque actuel, très actifs et efficaces. Ils sont présents en masse dans notre pays parce que le roi Louis redoute de voir Édouard d'York décider de réitérer les triomphes de Crécy, de Poitiers et d'Azincourt et traverser les Détroits à la tête de son armée. Ces gens se suffisent à eux-mêmes et ils se cachent généralement dans des bâtisses désaffectées.

Anodin esquissa un sourire.

— Nous avons connaissance de leur présence en Angleterre, parce que, si étrange que cela paraisse, des galères et des navires marchands français sont amarrés sur les rives de la Tamise. Ils sont bien sûr chargés de provisions et d'armes. Nous-mêmes avons nos propres bateaux sur les territoires du roi Louis. Pour Édouard, cela n'a rien d'une menace ; tant qu'ils ne s'en prennent pas à lui, notre monarque ferme les yeux et les laisse traverser nos champs et nos forêts sans les inquiéter.

— Et la Garduna ?

— Ah oui… vous la mentionnez dans votre lettre. J'ai effectué des recherches. Dans un certain sens, la Garduna est semblable aux Luciferi, si ce n'est qu'elle n'est affiliée à aucun prince. Elle n'a pas de maître. C'est une société secrète, mais du pire acabit qui soit ! De vrais enfants de la nuit, des fils et des filles des ténèbres.

— Pourquoi dites-vous cela ?

— Ils assassinent, kidnappent, violent, volent, bref, ils se livrent à une multitude de funestes activités sans aucun scrupule. En d'autres termes, ce sont des tueurs impitoyables et implacables. La Garduna a vu le jour dans la ville de Tolède et elle s'est développée décennie après décennie. Elle est extrêmement organisée, entraînée et équipée pour tous les types d'actions. Elle considère que ses membres forment une race à part. Une race sacrée supérieure aux autres. Pour elle, nous ne sommes que du bétail. On peut louer ses services pour commettre les forfaits les plus abominables, mais ce n'est pas un luxe à la portée de toutes les bourses. Elle fait payer cher ses interventions parce qu'elle n'échoue jamais, quelle que soit la mission qu'elle accepte.

— Comment est-elle organisée ?

— Ses membres se répartissent en escouades, en bandes, en groupes de combat. Chacun s'engage à la plus grande loyauté envers ses compagnons et envers le chef, qu'ils appellent « le maître ».

Anodin parut réfléchir.

— La Garduna, reprit-il, a émergé en Espagne pendant les guerres livrées contre l'Islam. Elle est encore utilisée par l'Inquisition et, en toute discrétion, par la cour d'Espagne.

— C'est donc une organisation très hiérarchisée ?

— Oui, et plus rigide que n'importe quel État ou que l'Église. Chaque groupe de combat a son commandant. Tout en bas de l'échelle, les *chivatos*, ou « mouchards », autrement dit les « boucs », sont les novices qui viennent d'être initiés. On leur confie les tâches ingrates. Ensuite, il y a les *coberteras*, des femmes de petite vertu chargées d'attirer les hommes dans des pièges. Au-dessus d'elles, les *sirenas* emploient leurs charmes à n'importe quelle fin, notamment pour recueillir des renseignements ou préparer un crime. La catégorie suivante est celle des *fuelles*, ou « soufflets », qui sont là pour amadouer de potentielles victimes, se lier d'amitié avec elles. Plus haut sur cette échelle du diable viennent les *capataces*, les « contremaîtres », puis ce sont les *floreadores*, des voleurs vigoureux formés pour s'introduire dans n'importe quel bâtiment et, enfin, les *ponteadores*, des hommes de main maniant l'épée et la dague à la perfection, tous entraînés et équipés pour le combat.

— Mais comment savez-vous tout cela ?

— C'est une bonne question, Christopher, très judicieuse. Figurez-vous que j'ai lu et mémorisé le récit d'un Anglais, Esme Langton, qui a servi comme chevalier lors de l'invasion de la Castille par Jean de Gand. Vous savez que Jean de Gand convoitait la couronne de ce pays…

— Jean de Gand, le troisième fils d'Édouard ? Le fondateur de la dynastie de Lancastre ?

— Celui-là même ! Mais écoutez encore, Christopher ! Il y a une centaine d'années, Jean de Gand a donc envahi l'Espagne pour s'emparer de la couronne de Castille au motif que, par son mariage avec une princesse espagnole, il était l'aspirant légitime à ce trône. Son rival, Pierre le Cruel, a acquis le soutien de la Garduna. En apprenant cela, Jean de Gand a déclaré cette organisation hors la loi. Il a déployé le drapeau rouge proclamant qu'il n'y aurait ni prisonniers ni rançon possible : rien d'autre que l'annihilation totale des membres de la Garduna, sur le champ de bataille ou ailleurs. Si l'on en croit Langton, Jean de Gand a ainsi massacré cinq escouades de la Garduna et pendu de ses propres mains le Frère aîné, l'*Hermano Mayor*, le Grand Maître de l'organisation. Dès lors, la Garduna a juré de se venger de lui et ce serment s'applique aussi à tous ses descendants.

— C'est donc la raison pour laquelle la Garduna se trouve à Londres en ce moment… murmura Urswicke, pensif.

Anodin le regarda sans paraître comprendre.

— Quoi ? souffla-t-il. La Garduna est ici ?

— Je crois bien que oui.

— Pour s'en prendre à la maison de Lancastre ?

— Non, c'est ridicule ! répondit Urswicke, catégorique. Pourquoi ferait-elle cela maintenant ? La maison de Lancastre n'est plus que l'ombre d'elle-même.

— Mais la comtesse et son fils sont toujours là.

— Certes, certes, mais leur cause est faible. Pourquoi la Garduna choisirait-elle ce moment ? Ce sont des mercenaires, mus par l'appât du gain. C'est donc quelqu'un qui les emploie, et je me demande qui cela peut bien être.

— Je suis d'accord avec vous, c'est extrêmement curieux. Mais sont-ils vraiment en Angleterre ? Et savez-vous combien il y en a ?

— Ils sont là et il me semble qu'ils ont rassemblé toute une escouade sur notre territoire.

— Ma foi, soupira Anodin, voilà qui va coûter très cher à leur commanditaire ! Celui qui les a recrutés doit être extrêmement riche.

— Les York ?

— Cela ne tient pas debout… Engager la Garduna pour s'en prendre à une frêle comtesse dont le fils, encore un enfant, a fui en exil ? Margaret et Henri sont les seuls survivants d'une cause qui a été réduite en cendres cet été à Tewkesbury. Où sont les grands seigneurs lancastriens aujourd'hui ? Henri VI a été assassiné, son épouse Marguerite d'Anjou est enfermée à la Tour de Londres et l'on raconte qu'elle n'a plus toute sa tête. Les Neville, et en particulier les Beaufort, ont tous sombré dans les ténèbres.

Urswicke approuva d'un hochement de tête.

— Il n'en reste pas moins que votre comtesse est en danger, reprit Anodin. Elle est entourée de menaces, que celles-ci viennent ou non de la Garduna. Cela explique peut-être l'arrivée de son beau-frère, John Stafford, et de son jovial compagnon, le docteur Guido. Deux anciens soldats, n'est-ce pas ? Et des gens que le passé intéresse beaucoup…

— Ah oui ! les Stafford… acquiesça distraitement Urswicke.

— Ils mènent des recherches approfondies sur la maison de Lancastre et sur les descendants de Jean de Gand.

— Ah oui ? Vraiment ?

— Oui, Christopher, vraiment.

— Mais dites-moi, et les Luciferi ? Je les soupçonne d'être venus à Londres pour traquer la Garduna.

— Cela ne fait même aucun doute, Christopher. La Garduna hait la maison de Valois, elle s'oppose implacablement à la couronne de France. Pendant des années, elle s'est mêlée de politique en France, où elle a semé le trouble et les divisions. Elle travaille désormais à affaiblir le royaume à un moment où il a besoin d'être fort. Dès lors, partout où va la Garduna, les Luciferi la suivent. Si la Garduna est votre ennemie, les Luciferi sont vos amis.

Si la Garduna est de votre côté, les Luciferi sont vos ennemis. Bon, assez bavardé, Christopher ! Je vous sens distrait. J'ai pris les noms des deux clercs avec leur description, je vais lancer des recherches dont je vous livrerai le fruit dès que possible. Ma foi, cette histoire est un réel mystère, un drame digne des Clercs d'Oxford !

— Les Clercs d'Oxford ?

— Oh ! c'est une troupe de comédiens… Un groupe très talentueux, arrivé en ville avec tant d'autres à l'approche des fêtes. Ils présentent un spectacle inspiré des *Contes de Cantorbéry*, de Chaucer : celui de l'universitaire d'Oxford. Vous connaissez l'histoire de la très obéissante Griselda, n'est-ce pas ?

— Oui, oui, très bien…

Urswicke se leva.

— Bon, nous en avons terminé. Je vous serai infiniment reconnaissant si vous pouvez m'aider sur les sujets que nous avons abordés…

Ils se serrèrent la main et échangèrent le baiser de paix, puis il repartit, perdu dans ses pensées. Ce fut seulement en arrivant au bas des King's Steps qu'il prit conscience qu'il faisait nuit et que le vent qui soufflait sur le fleuve était encore plus glacial qu'à son arrivée. Un brouillard très dense s'était abattu et l'on n'y voyait goutte. Tous les sons semblaient étouffés.

Il grimpa à bord d'une barge robuste dont la poupe s'agrémentait d'un taud. Le capitaine lui remit un pot rempli de braises rougeoyantes qu'il tint entre ses paumes durant toute la traversée. Les six rameurs se courbèrent sur leurs avirons pour les tirer au rythme de la mélopée qu'entonna le capitaine. À la proue, un jeune garçon balançait une lanterne et soufflait de temps à autre dans une corne de brume pour alerter les autres embarcations. Par précaution, la barge naviguait au plus près de la rive. Une fois à destination, Urswicke sauta sur le quai et s'engagea dans le dédale de ruelles qui montaient vers Cheapside. Il se demandait si de nouveaux libelles contre sa maîtresse avaient été affichés. Il fut tenté de passer par le Standard et de faire un détour par St Paul afin de le vérifier, mais il balaya cette idée. Une affaire plus urgente réclamait son attention. Il tira sa dague et son épée en apercevant çà et là des individus de la nuit, spectres des ténèbres, princes des égouts ou certains de leurs sinistres semblables. Ces misérables prenaient soin de ne pas s'approcher de cet homme armé, jeune et vigoureux, qui n'avait rien d'une proie facile. Urswicke n'était donc importuné que par les gémissements insistants des mendiants et les appels chuchotés des nombreuses filles de joie qui se tenaient dans toutes les encoignures.

Au moment où il s'engagea dans Catsnip Alley, il distingua à sa droite et à sa gauche des silhouettes menaçantes, et il lui sembla qu'un troisième assaillant s'approchait derrière lui. Il s'immobilisa l'espace d'un instant, puis bondit vers l'avant, avant de se retourner en brandissant ses armes, genoux fléchis, dans la posture classique des combattants des rues. Les ombres, autour de lui, reculèrent. Urswicke observa en silence. L'un des hommes se redressa avec, à la main, un crucifix, traditionnel symbole d'amitié.

— *Pax et bonum*, Christopher Urswicke, lança-t-il. Je m'appelle François et je suis le capitaine des Luciferi. Je ne vous veux aucun mal. Au contraire, je suis là pour vous aider. Laissez-moi vous assurer que votre ennemi est aussi le nôtre.

— Vous parlez de la Garduna ?

— Bien entendu, Christopher ! Allez, venez avec nous !

François remit le crucifix dans sa ceinture.

— Nous vous emmenons là où nous logeons : *Le Basilic*, dans Snake Alley.

Sa voix prit une intonation amusée.

— Vous allez voir le luxe dans lequel nous vivons !

Le Basilic se révéla conforme à l'idée que l'on pouvait s'en faire : une taverne vétuste et mal éclairée que les années avaient usée. En approchant, Urswicke crut tout d'abord que la ruelle était déserte, mais il vit soudain briller des lames nues et comprit qu'elle était remplie d'hommes en armes, vêtus de noir et encapuchonnés, qui gardaient les abords du *Basilic*. À l'intérieur, d'autres hommes mangeaient et buvaient, leur dague à portée de main. François lança une série d'ordres en français avant d'entraîner Urswicke dans un escalier. Ils parvinrent alors dans une chambre sale et à peine meublée. Le sol était abîmé et crasseux et, sur les murs humides, la peinture achevait de s'écailler. François, dont Christopher voyait à présent le beau visage barbu, s'excusa pour le décor miteux mais promit que le bordeaux que l'on venait d'apporter compenserait ce désagrément. Il avait raison : Urswicke but une gorgée du vin onctueux en regardant son interlocuteur prendre place sur un tabouret à trois pieds.

— Christopher, vous buvez là le meilleur bordeaux que l'on puisse trouver dans cette ville ! affirma-t-il.

À présent, oublions le décor et parlons de ce que nous faisons !

— Je sais qui vous êtes, rétorqua Urswicke. Et je sais également que vous pourchassez la Garduna. En revanche, je ne comprends pas ce que la Garduna est venue chercher à Londres.

— Nous non plus.

François fit tinter son gobelet en étain contre celui de son hôte.

— Tout ce que nous savons, c'est qu'elle a pour objectif ultime d'infliger un grave coup à la couronne de France et à la maison de Lancastre. Le fait qu'elle se soit transportée jusqu'en Angleterre signifie que son entreprise est d'envergure. Nous pensons qu'elle a massé sur votre sol toute une escouade de combat et que son chef suprême, l'*Hermano Mayor*, est également présent.

— Et où se cachent tous ces gens ?

— C'est ce que nous cherchons à découvrir. Nous voulons les amener à sortir au grand jour pour combattre. Ils ne font jamais de prisonniers, ils tuent, et nous avons bien l'intention de nous montrer tout aussi impitoyables à leur égard.

— Mais vous-mêmes n'avez ici qu'une poignée d'hommes, alors qu'ils sont tout un escadron !

— Rassurez-vous, nous sommes plus nombreux que vous ne l'imaginez. L'une de nos cogghes de guerre mouille à Dowgate avec nos soldats à son bord. Nous avons les moyens de déployer beaucoup d'hommes bien armés et appuyés par de puissants engins de guerre.

— Êtes-vous certain de cela ? Enfin, de ce que vous affirmez au sujet des projets de la Garduna ?

— Oui. Et l'un de mes meilleurs hommes, Lucien,

est mort alors qu'il tentait d'en savoir plus. C'est lui qui, le premier, a appris que la Garduna était engagée pour une nouvelle mission destinée à nuire gravement à la France et aux Lancastre. Il a obtenu cette information par hasard et a essayé d'en apprendre davantage, et c'est pour cela qu'on l'a tué.

François haussa les épaules.

— Nous pourchassons la Garduna, mais nous devons rester prudents, car elle a des alliés dans les milieux les plus inattendus.

— Y compris à la cour du roi d'Angleterre ?

— Ce n'est pas impossible. En tout cas, auprès de gens qui disposent d'assez de fortune pour financer un aussi important détachement de la Garduna !

— Ce qui signifie qu'elle a des alliés à Londres…

— Oui. Il y a ceux qui pactisent avec elle et ceux qui n'ont pas le choix, qui doivent se plier à sa volonté, comme votre Lord Poison Mortel. Eh oui, nous avons appris ce qui s'est passé. Nous sommes également informés des attaques dont le château de Woking et l'hôtel de la comtesse à Londres ont été les cibles. Et puis, bien sûr, nous vous avons placés, maître Bray et vous-même, sous surveillance permanente !

— Ce dont je vous remercie !

Urswicke leva sa coupe comme pour porter un toast.

— Vous êtes intervenus quand on nous a attaqués.

— Tout à fait ! Nous avons même réussi à prendre un prisonnier appartenant à la Garduna, mais évidemment, il n'a pas parlé. C'est comme demander à un mur de chanter l'Ave Maria ! Croyez-moi, Christopher, la Garduna ne ressemble à rien de ce que vous avez pu connaître, et c'est la raison pour laquelle nous sommes en quête de soutiens et d'alliés. Il est impossible de savoir à qui se fier.

— Mais vous avez tout de même envoyé Bernard chez la comtesse ?

— Oui, pour qu'il y meure empoisonné ! Comment, pour quoi et par qui ?

Il haussa les épaules.

— Nous avons posé ces questions à votre camarade, maître Bray, enchaîna-t-il. Il n'a pas su nous répondre et vous ne le pouvez pas non plus, j'imagine. Quoi qu'il en soit, je vous assure que nos intentions étaient louables : nous voulions mettre la comtesse en garde. Hélas ! Bernard n'a pas pu lui parler. Son meurtre peut fort bien avoir été commis par une personne extérieure au manoir et non par un membre de la maisonnée, ou alors…

Il poussa un soupir.

— Ou alors, vous avez un traître à l'intérieur et c'est lui qui a assassiné notre pauvre André. Dès lors, vous comprendrez que nous n'ayons plus réitéré cette tentative. Nous ne savions pas en qui nous pouvions avoir entière confiance.

Il esquissa un léger sourire.

— À présent, les choses sont claires : nous pouvons nous fier à maître Bray et à vous.

— Alors que voulez-vous ?

Sans répondre, François se leva, ouvrit la porte et cria un nom. Quelques instants plus tard, un jeune homme sec comme un courlis apparut. Il était rasé de près et avait des cheveux roux en désordre.

— Je vous présente Malachi, dit François en tapotant l'épaule du nouveau venu. Il parle couramment l'anglais. Nous l'appelons Hermès, le messager des dieux, léger comme le vent et excellent cavalier.

Serait-il possible qu'il entre dans la maisonnée de la comtesse comme domestique ?

— Pourquoi donc ?

— Maître Christopher, le *Cabinet noir**, à Paris, m'a donné une seule instruction, très simple. Rien de plus, rien de moins !

— Et cette instruction est… ?

— Découvrir où se terre la Garduna et l'anéantir. Tôt ou tard, elle sortira de l'ombre. J'ai besoin de savoir quand et où, afin de pouvoir la forcer à combattre et la détruire jusqu'au dernier homme. Malachi nous assistera pour cela.

Urswicke rentra discrètement au manoir en compagnie de Malachi. Bray était absent et Hardyng, Prestepied et les quelques domestiques qui n'avaient pas déserté préparaient le départ pour Woking. Urswicke décrivit brièvement au jeune homme la composition de l'entourage de la comtesse, puis l'assigna aux écuries, où il fut accueilli avec entrain par les rares palefreniers encore présents. Urswicke s'enferma ensuite dans sa chambre, dont il ne sortit que pour boire et manger. Il avait besoin de donner un sens à tout ce qu'il avait vu, entendu et ressenti durant sa visite à la chancellerie secrète de Westminster. Il devait absolument mettre de l'ordre dans ses pensées confuses.

Le lendemain matin, de bonne heure, Anodin lui dépêcha un courrier chargé d'un court message expliquant que, en dépit de recherches diligentes, il n'avait pas trouvé la moindre trace de l'existence de clercs nommés Églantine ou Clairvaux. Par ailleurs, aucun membre de la chancellerie ni aucun employé de l'Échiquier ne correspondait à la description physique fournie. Tandis que Christopher restait assis à contempler le mur, on frappa à la porte et Bray fit irruption dans la chambre. Les deux hommes échangèrent quelques propos aimables. Bray expliqua qu'il préparait le départ de la maisonnée pour Woking et que cela lui prenait tout son temps. Il se tut soudain, sourit et se pencha pour promener l'index sur le menton mal rasé de son camarade.

— Vous êtes distrait, Christopher. Vous ne m'écoutez pas vraiment.

— Ce sont ces deux clercs, Reginald : Églantine et Clairvaux. En fait, ils n'existent pas.

— Allons, nous les avons vus ! s'esclaffa Bray. Ils étaient bien réels !

— Certes, mais ce n'étaient que des comédiens qui interprétaient un rôle.

Urswicke joua avec la bague qui ornait l'auriculaire de sa main droite.

— Soit, peut-être, rétorqua Bray en désignant celle-ci, mais alors, comment expliquez-vous les doigts tranchés ?

Urswicke leva la main, ôta la bague et se mit à rire en secouant la tête.

— *Habeo, habeo !* s'écria-t-il joyeusement en latin. Je sais !

— Ah bon ?

— Les doigts que nous avons trouvés ne sont pas ceux de ces deux clercs ! Églantine et Clairvaux avaient une peau très douce. Je m'en souviens, à présent : c'est ce que je me suis dit le jour de leur arrivée, lorsque je leur ai serré la main.

Il se tapota un côté du crâne.

— J'ai une très bonne mémoire qui ne me trompe

jamais. Ces deux doigts coupés étaient rêches, rugueux. Je l'ai remarqué sur le moment, mais je n'ai pas perçu la signification que pouvait avoir ce détail. Maintenant, si !

— Dieu nous protège, Christopher ! Si vous dites vrai, ces doigts proviennent d'autres mains !

— Nos deux clercs étaient des comédiens, ils faisaient partie d'une troupe de théâtre. Anodin m'a parlé d'une troupe ambulante de ce genre. Écoutez, Reginald, vous connaissez les capitaines de ces gamins des rues que l'on voit vagabonder partout à travers la ville. Nous devons aller leur parler de toute urgence. Et en attendant…

Transporté par sa découverte, Urswicke se leva d'un bond.

— En attendant, quoi, mon ami ?

— Il faut que je retourne dans cette chambre où ont travaillé nos prétendus clercs. Je veux en examiner tous les loquets et tous les verrous !

Philip Malpas et Thomas Naseby quittèrent bras dessus bras dessous la taverne du *Grand Manteau* et se mirent à zigzaguer dans la ruelle du même nom. Ils étaient heureux. Ils avaient beaucoup bu depuis leur sortie de scène, depuis la fin de cette mascarade pour laquelle on les avait engagés. Ils s'estimaient satisfaits de leur performance et ravis d'avoir empoché la somme d'argent rondelette venue compléter les jolis gains déjà amassés depuis le début du mois. Riant et chantant, ils tournèrent à l'angle de la rue, pour s'immobiliser net devant deux gardes de la ronde de nuit, masqués et cagoulés, dont les badines blanches, propres à leur office, brillaient à la lumière de la lanterne tenue par le plus grand des deux. Celui-ci fit quelques pas vers eux, les yeux brillants derrière sa visière.

— Philip Malpas, Thomas Naseby ?

Instables sur leurs jambes, les deux baladins ne purent que hocher vigoureusement la tête, non sans tousser et cracher.

— Vous êtes en état d'arrestation !

Ils n'eurent pas le temps de résister. On les saisit d'emblée et on leur passa des menottes aux poignets.

— Où nous emmenez-vous ? protesta Malpas.

— Tais-toi ! rétorqua l'un des gardes.

— Mais pourquoi vous… ?

— J'ai dit « tais-toi » !

Les prisonniers obéirent bon gré mal gré. Ils se mirent en marche avec leurs geôliers, le pas trébuchant, à travers une série de ruelles qui les menèrent dans la grande avenue où s'élevait la demeure de la comtesse. On dut les traîner jusqu'au perron de l'entrée principale.

— Allons, vous connaissez la maison ! lança un garde d'un ton moqueur.

Malpas se retourna vivement vers lui.

— Vous n'appartenez pas à la garde de nuit ! Je reconnais votre voix !

— C'est juste, nous ne sommes pas des gardes…

Urswicke abaissa sa visière et sortit la petite arbalète déjà amorcée de sous sa chape.

— … tout comme vous, vous n'avez jamais été clercs à la chancellerie secrète. À présent, vous allez gravir ces marches sans un bruit. J'insiste : sans *aucun* bruit. Et vous exécuterez à la lettre les consignes que nous vous donnerons.

Les prisonniers montèrent jusqu'au perron, poussés par Bray et Urswicke, qui utilisa sa clé pour ouvrir la porte. Ils clignèrent des yeux en débouchant dans le vestibule resté éclairé.

La maison était prête pour la nuit. Le grand salon et les couloirs qui y menaient étaient déserts et silencieux. Seule la comtesse avait connaissance de l'opération menée. Urswicke avait laissé à Hardyng l'instruction de veiller à ce que le rez-de-chaussée fût vide.

Tenant le bras de Malpas tandis que Bray se chargeait de Naseby, Urswicke gagna un couloir étroit qui menait vers les caves. Il ouvrit une porte et projeta son prisonnier dans un escalier, insensible à ses exclamations de douleur lorsqu'il dévala les marches en se cognant la tête contre le mur. Lorsque tous quatre furent en bas, Urswicke ouvrit une nouvelle porte et poussa les deux hommes à l'intérieur d'un débarras en leur commandant d'aller s'asseoir au fond, contre le mur. Il se débarrassa alors de sa visière, repoussa sa capuche et détacha son ceinturon, imité par Bray, avant de s'installer sur un banc de pierre face à leurs prisonniers toujours menottés.

— Maintenant, écoutez-moi, déclara-t-il. Écoutez-moi avec attention ! Si vous refusez de coopérer ou tentez de crier, vous souffrirez, je vous en donne ma parole. Mon ami qui est là, maître Reginald Bray, est un féroce guerrier qui se fera un plaisir de vous trancher la gorge à tous les deux. Vous croyez peut-être qu'étant dans cette demeure que vous connaissez vous pourrez convaincre un ou deux domestiques de vous aider à fuir. Ne commettez pas l'erreur d'essayer, cela vous serait fatal. Au moindre bruit que vous ferez, Bray viendra s'occuper de vous !

Il émit un petit rire sardonique en se tournant vers son compagnon.

— Nous aussi, nous savons couper les doigts, n'est-ce pas ?

Les deux prisonniers se contentèrent de le fixer d'un regard vide.

— Oui, nous savons couper les doigts, les nez, les oreilles et même, au besoin, les têtes !

— Mieux encore ! renchérit Bray. Je compte parmi mes amis et connaissances de nombreux marins. Je pourrais par exemple vous faire embarquer à bord d'une cogghe en partance pour Alger et ses marchés d'esclaves. Là-bas, les commerçants sont friands de Saxons en bonne santé et bien éduqués à vendre comme esclaves pour les mines, voire comme eunuques pour les harems…

Naseby poussa une exclamation de terreur, tandis que le visage maigre de Malpas se vidait de toute couleur.

— Vous voyez qu'il vaut mieux coopérer avec nous, reprit Urswicke. D'ailleurs, nous savons déjà beaucoup de choses…

Il se pencha en avant sur le banc.

— Figurez-vous que j'ai inspecté cette chambre que l'on a mise à votre disposition pour votre séjour céans. Le jour de votre disparition, quelqu'un vous a confié ces doigts coupés en vous ordonnant d'y glisser les bagues de la chancellerie. N'est-ce pas ? Je ne me trompe pas ?

Naseby hocha la tête et son compagnon grommela un oui.

— Qui vous a donné cet ordre ? interrogea Bray avec brusquerie. Qui est derrière tout ça ? Qui a imaginé cette mise en scène, distribué les rôles, qui vous a appris votre texte ?

— Nous l'ignorons, gémit Naseby. Tout s'est déroulé dans l'obscurité !

— Retournons dans cette chambre, en cet après-midi particulier ! Le jour où vous avez disparu.

Urswicke abandonna ses manières brutales pour enchaîner d'une voix douce :

— À mon avis, dès que vous avez reçu ces doigts, vous êtes allés vous enfermer dans votre chambre en tirant bien les verrous. Vous saviez que vous aviez du temps devant vous, que personne ne viendrait vous déranger. Le reste de la maisonnée, du moins ceux des domestiques qui n'avaient pas fui le manoir, assistait à une représentation théâtrale, une mascarade donnée sur l'esplanade devant la maison. Par votre propre troupe, n'est-ce pas, celle des Clercs d'Oxford ? Le spectacle avait été réservé spécialement pour ce moment précis de la journée, afin de distraire les occupants du manoir. Très simple, n'est-ce pas ? Une bonne tactique, sachant que les domestiques de la comtesse venaient de vivre des événements éprouvants et avaient grand besoin de divertissement…

Les deux prisonniers regardaient Urswicke sans réagir, pétrifiés.

— Eh oui ! le jour et l'heure du spectacle avaient été fixés avec précision. Pendant ce temps, vos complices de l'extérieur vous ont apporté une échelle, ainsi que le matériel dont vous aviez besoin.

Malpas parut soudain se ressaisir. Il secoua la tête.

— Je ne vois pas de quoi vous parlez, lança-t-il.

— Oh que si ! Vous savez très bien de quoi je parle ! J'ai inspecté la chambre du sol au plafond, la moindre parcelle de mur… Mais bien entendu, je me suis surtout intéressé à la fenêtre. Ou plutôt, à la porte-fenêtre. Et, ô surprise ! J'ai découvert que le mécanisme de fermeture avait été graissé de fraîche date. En outre, il y avait du jeu entre les battants, suffisamment d'espace pour glisser une lame et s'en servir pour abaisser le loquet de l'extérieur. Vous avez mis tout ce système en place durant votre séjour ici, n'est-ce pas ?

Les deux prisonniers hochèrent la tête comme par réflexe.

— Les volets ont été tout aussi simples à manœuvrer. J'ai remarqué que, quand on les claque avec force, la barre du loquet, qui a été bien huilée, bascule d'elle-même dans son mentonnet. Là encore, si cela ne fonctionnait pas au premier essai, il était toujours possible de recourir à une dague, en passant la lame dans la fente entre les deux volets pour manœuvrer la barre du loquet. Ainsi, au moment de partir, vous êtes sortis par cette fenêtre, que vous avez refermée, de même que les volets, vous êtes descendus par l'échelle et vous vous êtes éclipsés. Tout est bien fermé, la chambre est en ordre et impeccable, à l'exception de ces deux doigts tranchés. Le mystère est posé, une véritable énigme qui ne devait jamais être résolue. Or nous avons tout compris ! Il faut dire que nous avons appris beaucoup de choses sur vous. Vous avez vraiment été clercs, n'est-ce pas ? Venez-vous de l'université d'Oxford ou de celle de Cambridge ?

— Nous étions clercs au Stapleton Hall d'Oxford, soupira Malpas. Mais nous avons fini par nous lasser du *trivium* et du *quadrivium*.

Il secoua ses menottes.

— Nous nous sentions prisonniers, exactement comme nous le sommes maintenant avec ça !

— Vous connaissiez le latin et n'ignoriez rien des tâches qu'accomplit un clerc de chancellerie. Mais cela n'explique pas pourquoi vous vous en êtes pris à nous. Qui est derrière tout cela ? Une personne assez fortunée pour vous fournir les vêtements, pour vous faire couper les cheveux et raser le visage et, surtout, pour vous procurer les bagues de la chancellerie secrète. Ah non ! cela n'est pas à la portée de n'importe qui, un vulgaire scélérat des bas-fonds ne pourrait jamais faire tout cela ! C'est un personnage très puissant, le roi lui-même, pourquoi pas ? Ou l'un de ses deux frères ? Ou bien, mieux encore, mon père bien-aimé ?

Urswicke se pencha vers son ceinturon et sortit la dague de sa gaine. Il la tint devant lui et fit mine d'en examiner la dentelure.

— Savez-vous que nous avons été convoqués devant toutes ces augustes personnes réunies ? Elles souhaitaient que nous leur parlions de votre disparition et, bien sûr, de ces deux doigts tranchés…

Il eut un petit rire.

— Et si nous vous coupions un doigt à chacun pour les envoyer à Sir Thomas Urswicke qui est, j'en mettrais ma main au feu, derrière toute cette machination ? Qu'en pensez-vous ?

Les deux histrions le dévisagèrent sans articuler un son.

— Alors dites-nous ! les pressa Urswicke. Racontez-nous comment cela s'est passé ! Comment tout s'est déroulé exactement. Confirmez ou démentez ce que nous vous avons dit ! Allons, toi, par exemple ! conclut-il en désignant Malpas de la pointe de son arme.

L'intéressé prit une inspiration et commença d'une voix hésitante.

— Nous avons créé une excellente troupe de théâtre qui s'est produite dans les comtés au sud de la

Trent. À l'approche de l'Avent, nous sommes venus à Londres présenter nos mascarades un peu partout dans la ville, à Whitefriars, à Portsoken, près de la Tour, ou encore à Smithfield… Un jour, lors d'une représentation du *Conte de l'universitaire d'Oxford*, un fonctionnaire extrêmement bien vêtu se trouvait parmi le public. Il a assisté au spectacle deux ou trois fois de suite et, en fin d'après-midi, il est venu nous parler. Sa capuche était rabattue sur sa tête et son masque lui couvrait le bas du visage…

— Mon père, Sir Thomas Urswicke ?

— Nous n'en avons aucune idée. Il nous a fixé rendez-vous dans une chambre d'auberge à Cheapside et nous a payés. Nous avons l'habitude de ce type de rencontres en privé. Mais ce jour-là, nous avons eu droit à une pièce d'argent chacun, simplement pour rencontrer cet homme.

— Dans une auberge de Cheapside ?

— Oui. L'aubergiste nous a installés dans une chambre qui avait été préparée pour nous. Il nous a fait asseoir derrière une table sur laquelle il y avait des lanternes qui nous éclairaient mais laissaient le reste de la pièce dans l'ombre. Nous n'avons pas pu voir notre interlocuteur quand il est arrivé, mais il nous a donné une belle pièce pour acheter des vêtements de clercs neufs et nous faire couper et onduler les cheveux. Ce mystérieux personnage nous a ensuite expliqué ce qui se passait chez la comtesse et dans son manoir de Woking. Il nous a dit qu'un visiteur était mort empoisonné. Et il nous a confié la tâche assez simple de nous faire passer pour des clercs de chancellerie.

— Plus spécifiquement, des clercs de la chancellerie secrète, n'est-ce pas ?

— Oui. Nous devions nous vêtir, parler et nous comporter comme des clercs au service du roi. Il nous a dit d'entrer dans la maison, de faire preuve de courtoisie et de tact et d'interroger les domestiques de la comtesse, y compris vous deux, sur les étranges événements survenus. Bien sûr, tout cela ne nous concernait absolument pas et nous n'en avions que faire. Pour nous, c'était comme répéter un texte en vue d'une représentation. Nous avons travaillé notre rôle. Nous savions quelles expressions adopter, comment marcher, comment nous asseoir sans éveiller de soupçons. Je vous l'ai dit, c'était assez facile pour nous. On nous a indiqué que notre séjour à l'hôtel serait bref, et cela a été le cas.

— Et comment avez-vous su qu'il était sur le point de s'achever ?

Ce fut Naseby qui répondit cette fois.

— Alors que j'étais sorti faire une course, expliqua-t-il, un homme masqué et cagoulé m'a abordé. Il m'a ordonné de me préparer à partir sans délai. Il m'a dit que notre troupe s'apprêtait à jouer une mascarade devant l'hôtel et que nous devrions profiter de cette diversion pour sortir en laissant la chambre dans un ordre parfait. Il m'a ensuite donné une petite bourse de cuir en me disant qu'elle contenait deux doigts qui venaient d'être coupés. Nous devions y glisser nos bagues de chancellerie et placer les doigts juste derrière la porte, afin que le sang s'écoule par-dessous.

— D'où venaient ces doigts ?

— C'est la question que je lui ai posée. Il m'a répondu qu'ils avaient été coupés à Newgate sur les cadavres de deux pendus. Je suis rentré aussitôt pour tout préparer.

— Et le loquet de la fenêtre et la barre des volets ?

— Oh ! avant même notre arrivée au manoir, on nous avait demandé de préparer ce départ. Cela ne nous a guère posé de problème…

Malpas hocha la tête et enchaîna :

— Il est très rare que les fenêtres et les volets soient parfaitement alignés. Il y a toujours un espace, ou au moins une fente entre les deux battants.

— Ma foi, vous avez tout à fait raison, maître Malpas, commenta Bray. Je constate que vous êtes bien informé ! Les monte-en-l'air sont aussi nombreux dans notre pays que les puces sur le dos d'un chien galeux… Je parierais que vous vous êtes déjà essayés à cette activité, tous les deux !

Naseby se détourna et son compagnon, resté immobile, fixa d'un air morne un point devant lui.

— Avez-vous au moins demandé le but de toute cette mise en scène ?

— Bien sûr ! répliqua Malpas. Mais on nous a répondu de nous mêler de nos affaires ! On nous a clairement menacés : si nous parlions à quiconque de notre mission, nous serions tués, de façon cruelle de surcroît.

— Eh bien ! messires, s'exclama Urswicke en se levant, je pense que nous en avons terminé…

Malpas leva une main dans un cliquètement de ses menottes.

— Nous sommes désolés pour le désagrément… pour toute cette tromperie… mais à nos yeux, c'était un jeu assez inoffensif. Et on nous avait garanti que la vérité n'éclaterait jamais au grand jour.

Il reposa les mains sur ses genoux.

— Comment nous avez-vous retrouvés ?

— Vous êtes un clerc, répondit Urswicke, c'est une simple question de logique. La personne qui est à l'origine de tout cela est indubitablement mon père. Fourbe et venimeux, comme le serpent ! S'il découvre un jour ce que nous savons, je ne donne pas cher de votre peau ! Mais c'est un problème qui ne concerne que vous. Vous avez joué à un jeu de hasard, vous avez fait rouler le dé…

Il esquissa une moue.

— … et la partie continue ! Mon père espérait deux choses : créer un mystère qui ne serait jamais résolu afin d'accroître le chaos qui régnait autour de la comtesse et le désarroi dans lequel elle était plongée. J'ai prié, médité et jeûné. J'ai réfléchi à cette chambre, verrouillée de l'intérieur. Il ne pouvait s'agir que d'une mystification ! Deux clercs en cotte de mailles, tout à fait aptes à se défendre, qui disparaissaient purement et simplement ? C'était absurde ! Il n'existait qu'une seule possibilité, en réalité : ils étaient sortis par la fenêtre, de leur plein gré et bien vivants ! Et comme je m'y attendais, j'ai retrouvé toutes les préparations que vous aviez effectuées en prévision de votre évasion. Deuxièmement, ces deux doigts laissés sur le sol, pressés pour qu'un filet de sang s'en écoule. Qui aurait pu consentir à se faire couper le doigt sans broncher, dans le silence du manoir ? Non, ces doigts provenaient à l'évidence d'ailleurs. Troisièmement, autre chose étrange, cette troupe de baladins qui jouaient leur mascarade précisément devant chez la comtesse, et au moment même où vous disparaissiez ! Ce spectacle ne pouvait qu'être destiné à distraire les domestiques de l'hôtel afin de vous laisser tout le loisir de vous éclipser. Quatrièmement, figurez-vous que j'ai des amis à la chancellerie secrète. Aucun d'eux ne se souvenait de deux clercs portant vos noms ou répondant à vos descriptions.

Cinquièmement, pour réussir à se faire passer pour des clercs, il fallait savoir bien jouer la comédie, avoir l'habitude de porter le masque. C'est votre cas, on ne peut le nier ! Et, pour terminer, j'ai rencontré l'un de ces capitaines qui règnent sur les petits mouchards, vous savez, ces gamins des rues qui ont des yeux et des oreilles, qui courent vite et dont la mémoire est infaillible ? J'ai payé cet homme en bon argent en lui fournissant une description détaillée de chacun de vous. Je lui ai exposé mes soupçons et lui ai dit qu'à mon sens vous étiez en train de festoyer et de boire plus que de raison. Le Ciel soit loué, il m'a vite rapporté les noms de Naseby et de Malpas, qui n'aiment rien mieux que s'enivrer jusqu'aux douze coups de minuit à la taverne du *Grand Manteau*. Et voilà !

Il se leva.

— Venez, maître Bray. Je vous serais reconnaissant d'apporter à ces saltimbanques, ces effrontés, de quoi se restaurer, du vin et un pot de chambre. Il leur faudra se débrouiller avec ça !

— Que va-t-il nous arriver ? couina Naseby, affolé.

— Ça, messire, répondit Bray en se penchant vers lui, c'est une question dont nous n'avons pas encore débattu…

La comtesse Margaret adressa un large sourire à ses deux hommes de confiance, qui l'avaient rejointe dans son cabinet de travail.

— Vous avez été très efficaces ! s'exclama-t-elle en saisissant la main d'Urswicke. Christopher, vous êtes un fameux larron !

Elle se retourna pour prendre aussi la main de Bray.

— Et Reginald est tout aussi futé ! Mon Dieu ! Malpas et Naseby ont-ils tout avoué ?

— Oui, tout !

— Et vous pensez donc que cette mise en scène était l'œuvre de votre père ?

— Aucun doute n'est possible, madame. Vous connaissez bien les manigances dont mon père est capable. Avec son esprit fourbe et sa ruse, il passe son temps à tramer des complots, tout comme les oiseaux passent leur temps à voler.

— Nous savons qu'il a mis cette mascarade sur pied, renchérit Bray, et nous savons de quelle façon il a procédé. En revanche, pourquoi l'a-t-il fait ? Oh ! j'ai bien compris qu'il entendait semer la confusion et le chaos ici et à Woking, mais dans quel dessein ?

— Oui, cela est bien mystérieux, murmura la comtesse. Il semble que des individus s'activent à tisser une toile diabolique autour de nous. Ils cherchent à n'en pas douter à nous déconcerter…

— À présent, qu'allons-nous faire de nos deux baladins ? s'enquit Bray.

— Je n'en ai aucune idée, Reginald, répondit Urswicke en se levant. Je vous laisse carte blanche. Madame, est-ce bien demain que nous partons pour Woking ?

— Oui, ou après-demain au plus tard.

— Très bien, très bien…

Urswicke prit le temps de fixer son ceinturon et enfila sa chape.

— J'ai besoin de réfléchir, dit-il.

Il s'inclina devant la comtesse.

— Je retournerai à la chancellerie, maîtresse. À Westminster. J'ai de nouvelles questions à poser à mon ami Anodin.

« Tout en bas de l'échelle de la Garduna,
il y avait les "boucs". »

Adossée au mur du réfectoire, Katarina Fitzherbert ne pouvait que suivre avec effroi la scène qui se déroulait sous ses yeux. Toute la communauté de l'abbaye, moines, frères lais, domestiques, ainsi que les faibles et les malades que l'on avait tirés de leur lit de l'infirmerie, avaient dû se rassembler là. Katarina posa les yeux sur le jeune Henri, qui se tenait parmi les garçons de cuisine, les valets d'écurie et les petits factotums. Il était sale et peu soigné, tout comme Jasper, visage et crâne glabres, qui se mêlait au groupe des frères lais. Tous les yeux restaient rivés sur la sinistre silhouette qui arpentait la vaste salle, enveloppée de noir de la tête aux pieds. L'ombre effrayante s'arrêtait par moments, comme absorbée dans sa réflexion, mais Katarina soupçonnait l'inconnu d'approfondir ainsi le silence pour amplifier le climat d'angoisse. Devant chaque issue, d'autres hommes en noir tout aussi menaçants montaient la garde. Comme leur chef, ils étaient harnachés pour le combat : ils tenaient une arbalète à la main et, quand leur chape s'entrouvrait, on voyait briller les clous d'un ceinturon dans lequel étaient glissées épées et dagues.

Le cauchemar avait débuté la veille vers midi, avec l'apparition à la grille de huit frères Sacs en procession funéraire, précédés d'un porteur de croix et d'un disciple tenant une lanterne. Un cortège funèbre comme on en voyait souvent arriver : pour une raison ou pour une autre, certains moines souhaitaient être inhumés dans le cimetière de l'abbaye de Chertsey, de sorte qu'à leur décès leurs frères les conduisaient jusqu'à leur dernière demeure. La procession avait donc été accueillie sans l'ombre d'une hésitation. Avec d'autres frères lais, Jasper avait dressé dans le sanctuaire des tréteaux pour poser le cercueil, qui serait veillé toute la nuit jusqu'à la première messe. Katarina avait eu vent de la présence des nouveaux venus, mais elle n'y avait prêté aucune attention. Chertsey était un lieu saint, construit sur une terre consacrée, et les Bénédictins avaient le devoir d'héberger ce type de rituels sacrés. Rien qui sortît de l'ordinaire, donc, et la communauté avait continué à vivre selon son rythme habituel.

À la tombée du jour, l'abbaye s'était préparée pour la nuit, puis on était allé se coucher. Quelques heures plus tard, le tintement strident de multiples clochettes était venu rompre le silence et l'harmonie. C'était la manière de sonner l'alarme et, selon la règle, tous les membres de la communauté devaient alors courir se rassembler dans la nef de l'abbatiale. À contrecœur, on s'était donc extirpé des lits et enveloppé dans d'épaisses chapes d'hiver pour gagner l'église. Là, contre toute attente, on avait trouvé les portes closes.

Un groupe d'hommes armés, masqués et cagoulés, en gardaient toutes les entrées.

Dans le chaos qui s'était ensuivi, deux jeunes frères lais avaient cherché à fuir. On leur avait tranché la gorge sans états d'âme. Lorsqu'une voix puissante s'était élevée pour clamer un ordre, Katarina avait identifié un accent qui pouvait venir d'Espagne, de Castille ou d'Aragon. En dépit des capuches qui les dissimulaient, elle avait en outre réussi à entrapercevoir les visages de certains des envahisseurs : tous avaient le teint bistre.

Ces hommes étaient bien organisés. Ils entraînèrent l'ensemble des habitants de l'abbaye vers le réfectoire, en précisant qu'à la moindre tentative de résistance ou de fuite, ce serait la mort assurée. Katarina parvint à se rapprocher de Jasper. Il lui révéla que tous les accès à l'abbaye, jusqu'à la moindre poterne, étaient gardés, de même que les écuries. Tremblant dans le froid mordant et partageant leur terreur à mi-voix, les membres de la communauté entrèrent en rangs serrés dans l'immense salle à manger. L'abbé John et les principaux moines, le prieur et le sous-prieur, s'y trouvaient déjà, formant un petit groupe sur l'estrade. Le reste de la communauté, environ soixante-dix âmes, fut aligné contre les murs, tandis que le chef de la mystérieuse horde marchait dans la salle de long en large, tête baissée. Les hommes de son escorte se postèrent à chaque issue et demeurèrent immobiles, arbalètes amorcées, sur le qui-vive. Trois d'entre eux occupèrent en outre la petite tribune du chœur, au-dessus de l'entrée principale. Très vite, le brouhaha laissa place à un silence menaçant, que seul venait troubler le martèlement des bottes du chef sur le sol. L'abbé John avança au bord de l'estrade.

— Qui êtes-vous ? lança-t-il. De quel droit osez-vous envahir un lieu sacré ? Vous êtes des blasphémateurs, vous vous rendez coupables de sacrilège ! Vous êtes passibles d'excommunication et serez damnés jusqu'à la fin de vos jours ! Comment avez-vous pu massacrer aussi cruellement deux membres de ma communauté ? Les assassiner sur une terre consacrée ? Ces jeunes gens étaient des innocents et, comme pour Abel, leur sang crie vengeance vers le Seigneur !

Le chef ne répondit rien. Il rejeta sa capuche en arrière et tout le monde put alors voir son visage barbu cerné d'épais cheveux bruns. Lorsqu'il leva sa main gantée en lançant un ordre en espagnol, deux hommes se précipitèrent vers lui. Il leur chuchota quelques paroles, puis se dirigea vers deux frères lais très âgés que l'on avait amenés de l'infirmerie, les seuls à être assis, et qui se tenaient avachis à une table. D'une voix claire et puissante, le chef leur demanda s'ils souffraient. Ce fut l'abbé qui répondit.

— Bien sûr qu'ils souffrent ! Ils sont très malades. Ils saignent à l'intérieur.

— Silence, vous !

Le chef répéta sa question aux malades. Ceux-ci grimacèrent un sourire édenté, les yeux troubles. Les deux hommes armés auxquels avait parlé le chef s'étaient postés derrière eux, silencieux. Katarina souffla une prière et se mordit la lèvre quand la ficelle du garrot fut passée avec adresse par-dessus les crânes décharnés et serrée autour des cous maigres. Ni l'une ni l'autre des victimes ne parut consciente de ce qui lui arrivait. On vit leurs yeux sortir de leurs orbites alors qu'elles luttaient pour respirer et la mort vint en quelques instants. Chaque assassin retira son garrot et les deux corps s'effondrèrent sur le sol.

— C'est un meurtre sacrilège ! hurla l'abbé.

Il descendit de l'estrade et marcha courageusement vers le chef, pour être arrêté par deux des hommes en noir.

— Vous pouvez toujours protester, messire abbé ! déclara le chef d'une voix forte. Sachez simplement qu'à la moindre incartade, résistance ou tentative de fuite, trois autres membres de votre communauté seront expédiés dans les ténèbres aussi promptement que les précédents ! Je suis le maître, alors écoutez-moi !

Il brandit le poing.

— Tout le monde va rester ici, dans ce réfectoire. On vous apportera du vin et de la nourriture. Vous pourrez utiliser les latrines qui sont à côté. Vous aurez des paillasses, des couvertures et des braisiers pour vous permettre de dormir sans souffrir du froid. Si vous m'obéissez, tout ira bien. Mais dans le cas contraire…

Il désigna les cadavres sur le sol.

— Dans le cas contraire, vous tiendrez bientôt compagnie à ces deux-là dans votre dépositoire.

— Que voulez-vous ? demanda l'abbé John d'une voix désormais implorante. Pourquoi êtes-vous ici ? Qui êtes-vous ?

— Ce que nous voulons ? Emporter la dépouille de Henri, feu le roi d'Angleterre, qui repose en la chapelle de la Vierge de votre sainte église.

— C'étaient donc vos espions ? s'exclama le père John. Ce bénédictin espagnol et ce couple marié qui se prétendaient en pèlerinage ? C'est pour inspecter notre abbaye qu'ils sont venus ici, pour voir le tombeau, afin que vous puissiez ensuite préparer tout cela ?

— Quelle perspicacité, monseigneur l'abbé ! Oui, nous vous avons envoyé des éclaireurs et nous en savons bien plus que vous ne le pensez sur votre abbaye. Mais rassurez-vous : tout ce que nous voulons, c'est emporter un cadavre !

— C'est absurde ! Pourquoi celui-là en particulier ?

— Vous posez trop de questions, l'abbé ! D'ailleurs, vous ne saurez pas qui nous sommes, parce que cela ne vous regarde pas. Tout ce qui importe, c'est que vous sachiez ce que nous voulons. Nous allons maintenant ouvrir le tombeau et prendre la châsse. Ensuite, nous repartirons.

— Mais pourquoi ?

— Je vous ai dit que ce n'était pas votre affaire.

— Et si je refuse ?

— Si vous refusez, je passerai le garrot au cou de quelques autres membres de votre communauté choisis au hasard, et j'emporterai de toute façon le cercueil !

L'abbé John se frotta le visage.

— Vous engagez-vous à ne plus tuer personne si je consens ? souffla-t-il. À arrêter vos hideuses exécutions ?

— Oui. Coopérez et nous repartirons. Plus personne ne mourra tant que vous obéirez à mes ordres.

Le chef se retourna et engloba d'un geste ample l'ensemble de la communauté.

— À présent, poursuivit-il, choisissez parmi ces gens six hommes jeunes et vigoureux qui devront creuser. Il nous faut aussi deux femmes en bonne condition pour leur apporter de quoi boire et reprendre des forces et, au besoin, leur donner un coup de main…

— Les gens qui vivent ici sont âgés et faibles pour la plupart, commença l'abbé d'une voix légèrement tremblante. Et l'abbatiale est glaciale en hiver.

— Peu importe, choisissez les six hommes les plus forts !

La voix du maître était sans appel et son accent transparaissait davantage sous l'effet de l'exaspération. Il passa momentanément à l'espagnol, avant de secouer la tête et de faire signe à l'ecclésiastique d'approcher.

— Six ! répéta-t-il plus bas. Plus vous vous dépêcherez et plus vite nous en aurons fini. Et n'oubliez pas les deux femmes !

L'abbé John fit oui de la tête et passa lentement devant les membres de sa communauté en les considérant l'un après l'autre. Lorsqu'il croisa le regard de Katarina, il la fit sortir du rang. Il choisit en outre une petite servante et six frères lais, dont Jasper.

— Deux jeunes femmes et six hommes vigoureux ! s'exclama le maître, moqueur, en faisant mine de battre des mains. Très bien, très bien ! Votre prieur va rester là, je le nomme responsable de tous ces gens. Que personne ne sorte ! Vous, le prêtre, vous venez avec nous, le mort nous attend !

Il gagna la porte et sortit. En lui emboîtant le pas dans l'air glacial de la nuit avec le petit groupe, Katarina eut l'impression de pénétrer dans un autre monde. L'aube ne pointait pas encore et il planait un silence lugubre. À peine éclairés par les torches se dressaient les bâtiments massifs et austères de l'abbaye. L'épais brouillard qui montait de la rivière formait sur leur passage des volutes qui étouffaient les bruits et nimbait le peu que l'on pouvait distinguer du paysage. Katarina avançait d'un pas rapide, entourée d'hommes en armes dont les macabres silhouettes lui semblaient irréelles. Avec leurs chapes ondulantes, on eût dit des spectres flottant dans la nuit. L'abbatiale lui parut plus sombre encore que le reste, un lieu ténébreux où les ombres se livraient à une danse des plus étranges. Les intrus, pour leur part, ne semblaient guère troublés par l'atmosphère. Leur chef fit allumer des chandelles dans la chapelle et alentour, ainsi qu'à gauche du maître-autel. On apporta des cierges neufs pour éclairer davantage encore le tombeau de Henri VI, ainsi qu'un tonneau que l'on avait rempli de pelles, de pioches, de hoyaux et de leviers. Alors, devant le père John impuissant, le maître lança l'ordre de desceller la dalle funéraire, sur laquelle ne figuraient que le nom de Henri VI, son titre et l'année de son décès. Quelques minutes plus tard, la pierre tumulaire se retrouvait posée sur le sol à côté du caveau. Aussitôt, le maître fit signe à Jasper et aux cinq autres frères lais de commencer à creuser.

À l'évidence, le cercueil avait été enterré profondément. Les religieux, qui s'activaient à tour de rôle, étaient autorisés à s'arrêter par moments pour souffler. Chaque fois qu'elles allaient chercher des cruches de bière ou des tranches de pain rassis à la dépense, les deux femmes étaient escortées par des hommes en armes. Durant une période de répit, Katarina parvint néanmoins à saisir une occasion de rejoindre Jasper au pied d'un des grands piliers de l'église. Accroupis dans l'obscurité, tous deux s'entretinrent à voix basse en gallois, tout en faisant mine d'examiner une série de sculptures qui les contemplaient en surplomb : babouins, singes, démons et gargouilles terrifiantes, dont les grimaces hideuses contrastaient avec les faces sereines des saints et des séraphins.

— Qui sont ces envahisseurs ? souffla Katarina.

— Je l'ignore, mais une chose est sûre : ils sont espagnols. Des mercenaires, sans doute. Dieu seul sait pour quelle raison ils nous obligent à déterrer le cadavre en décomposition d'un roi mort.

— Un roi mort, mais un roi saint, Jasper, souligna Katarina. Un souverain légitime. Quoi qu'il en soit, la question subsiste : pourquoi venir violer cette enceinte sacrée ? Qui tient tant à récupérer cette dépouille, au point de risquer l'excommunication, voire une mort abominable sur l'échafaud ?

— Ces hommes appartiennent sans nul doute à la Garduna, cette société de mercenaires dont vous ont parlé les Luciferi.

— Oui, c'est le plus probable, chuchota Katarina en fixant une gargouille.

Elle se releva, imitée par Jasper, et tous deux s'engagèrent dans le transept comme s'ils voulaient contempler une peinture murale qui représentait Satan tombant du paradis, exécutée avec art dans une superbe gamme de couleurs. L'archange déchu peint par l'artiste portait une magnifique armure de plates et ses cheveux dorés étaient ceints d'une couronne. Le diable tombait d'un ciel constellé d'étoiles et fusait telle une comète flamboyante vers les flammes avides de l'enfer.

— C'est Satan lui-même qui a pénétré ici, reprit Katarina dans un murmure.

— S'il s'agit bien de la Garduna, où sont donc les

Luciferi ? s'enquit Jasper. N'étaient-ils pas censés avoir placé Chertsey sous surveillance ?

— Ils surveillent l'abbaye, c'est sûr, mais souvenez-vous que ces démons y sont entrés déguisés en frères Sacs et qu'ils en contrôlent maintenant tous les accès. De l'extérieur, tout doit être calme. Il n'y a ni feu ni fumée ! Personne ne crie, on n'entend pas d'armes s'entrechoquer, on ne voit rien d'inhabituel à l'extérieur des fortifications. En outre, c'est avec de simples clochettes que nous avons été réveillés, un son que l'on ne pouvait percevoir au-delà de ces épaisses murailles. Ah ! la Garduna ne manque pas d'ingéniosité ! En outre, regardez dehors, Jasper : voyez cet épais brouillard dans lequel nous sommes plongés !

Elle réfléchit un instant, avant d'ajouter :

— Ce qui est intéressant, c'est que ces hommes sont arrivés à pied…

— Leurs chevaux doivent être attachés quelque part dans la forêt.

— Au risque d'attirer l'attention ? Non, ils ne prendraient pas un tel risque. À mon avis, leur base est proche d'ici.

— Allons, revenez, vous deux ! cria soudain la voix du maître. On continue le travail ! La chandelle des heures se consume, il faut terminer !

Katarina et Jasper obéirent et Jasper reprit son pénible labeur. Le sol était dur, encombré de cailloux et rendu compact par les gels successifs. Il fallait piocher avec énergie pour en venir à bout. Néanmoins, la terre devenait plus meuble à mesure que l'on progressait. Quand, enfin, les religieux sentirent le bois sous leurs outils, ils continuèrent fiévreusement à mains nues pour détacher la terre de la châsse, que l'on vit bientôt apparaître. Seule une grande croix en ornait le couvercle. À l'aide de cordes rapportées des écuries, la caisse fut extraite du sol dans un furieux crépitement de pierres, comme si le bois se révoltait contre le sacrilège en train d'être commis. Enfin, le cercueil se retrouva sur le sol, au milieu d'une flaque de lumière créée par le maître, qui avait envoyé deux frères lais récupérer d'autres chandelles encore. Dans la lumière dansante de toutes ces langues de feu, le couvercle fut soulevé et retomba sur le côté en un claquement sec. Du bout de son poignard, le maître trancha le linceul et le repoussa. Pendant quelques instants, il contempla le spectacle qui s'offrait à lui, puis il jura dans sa barbe en espagnol et invita ses complices à regarder à leur tour. Katarina s'avança pour risquer un coup d'œil et réprima une exclamation devant le sinistre tas d'ossements et de lambeaux de chair durcie.

— On dirait plus la brouette d'un boucher que le contenu d'un cercueil royal ! souffla-t-elle à Jasper.

— Certes…

Désormais furieux, le maître saisit le bois à pleines mains et retourna le cercueil. Les os cliquetèrent sur les dalles de l'église et Katarina put les examiner à son aise. Il y avait là des restes humains, sans aucun doute, mais elle avait suffisamment observé les bouchers lorsqu'elle vivait dans son manoir de Pembroke pour reconnaître une patte et un crâne de porc, ainsi qu'une patte et un crâne de mouton. Le maître souleva quelques ossements du bout de sa dague et dégagea les restes d'un humérus.

— Celui-là est humain, déclara-t-il. Mais c'est tout de même invraisemblable…

Il se redressa et reprit, à pleine voix cette fois :

— Ce ne sont pas les restes d'un prince qu'il y a là ! Ces os humains mélangés avec des ossements d'animaux appartiennent à un homme que l'on a décapité !

Il lâcha l'humérus et se pencha de nouveau pour saisir un crâne où s'accrochaient encore des cheveux clairsemés et quelques morceaux de chair.

— Décapité et écartelé, précisa-t-il. Qu'est-ce que cela signifie, curé ! Pourquoi ce simulacre ?

L'abbé John, qui s'était réfugié derrière l'un des piliers de la nef, sortit de l'ombre pour lui répondre.

— Je ne sais qui vous êtes ni pourquoi vous êtes ici, rétorqua-t-il. Et avant que vous ne vous mettiez à tempêter, messire, je vous assure que j'ignore tout du contenu du cercueil que vous venez de verser sur le sol !

— Allons donc ! Vous êtes l'abbé principal de ce lieu ! Vous savez forcément quelque chose !

— Non, messire !

L'ecclésiastique fit encore quelques pas en direction de son interlocuteur.

— J'ignore tout du contenu de ce cercueil, répéta-t-il. Je n'étais présent ni quand le corps a été préparé pour l'inhumation ni quand le couvercle a été scellé. L'écuyer de Mgr Clarence, maître Mauclerc, a apporté cette châsse avec quelques hommes à la fin de l'été dernier et ce sont eux qui l'ont enterrée dans la chapelle de la Vierge sur ordre du roi. Je ne peux rien vous dire de plus que cela.

— Dans ce cas, lança le maître aux frères lais, remettez tout dans la boîte et scellez le couvercle. Nous repartons…

Le lendemain matin, bien avant l'heure où les cloches sonneraient l'appel pour le premier office divin, le père John vint réveiller Katarina et Jasper, qui s'étaient assoupis dans l'église.

— Venez avec moi, leur chuchota-t-il. Ils ont quitté l'abbaye. Les démons se sont envolés ! Allons dans la dépense, c'est un endroit sûr. Un bon feu y brûle et nous devons nous entretenir…

Assurés d'être à l'abri des oreilles indiscrètes, Jasper, Katarina et le père John s'installèrent ensemble sur un banc, face au bon feu qui crépitait allègrement dans la cheminée. Ils burent de la bière épicée et mangèrent du pain et du fromage aux herbes.

— Alors, mon père, que s'est-il passé pendant que nous dormions ? interrogea Katarina.

— Eh bien ! pendant que vous étiez obligés de demeurer dans l'église et que le reste de la communauté était resté parqué dans le réfectoire, j'ai pour ma part été autorisé à regagner ma cellule, où l'un de leurs hommes m'a accompagné. Il a monté la garde devant ma porte et, avant les premières lueurs de l'aube, il a cogné contre le battant pour me réveiller. Le temps que je lui ouvre, il avait disparu. Il n'y avait plus aucun bruit, plus de lumière… L'escalier était plongé dans un brouillard dont les volutes tournoyaient comme une horde de fantômes…

L'abbé sirota un peu de sa bière.

— Ils avaient dû laisser les portes ouvertes. Je me suis hâté de descendre. Je n'ai vu personne dans les galeries ni dans les cloîtres. Il n'y avait rien qui pût laisser soupçonner ce qui venait de se passer, hormis les corps des quatre malheureux qu'ils ont cruellement assassinés. Ils les avaient étendus côte à côte dans la cour du cloître…

Il se signa trois fois en l'honneur de la sainte Trinité, puis se leva et gagna la fenêtre en ogive.

— Dès le point du jour, murmura-t-il en se retournant à demi, je ferai sonner les cloches de l'abbaye. Elles sont gravées de saintes paroles, des prières puissantes propres à éloigner les démons, les diables, les seigneurs de l'air qui volent au-dessus des nuages. Ces cloches sacrées disperseront ces mauvais esprits et je pourrai bénir de nouveau nos édifices avec clochettes, livre, chandelle et encens.

— Mon père, s'enquit Katarina d'une voix douce, où sont passés ces démons qui ont envahi ce lieu ?

— Oh ! ils ont disparu. J'ai trouvé l'une des poternes ouverte. Ils ont dû repartir de la même façon qu'ils étaient venus, en emportant le cercueil qu'ils ont exhumé. L'autre, celui qu'ils avaient apporté, est resté dans notre église.

Il se retourna tout à fait et alla reprendre sa place devant le feu.

— Dieu merci… ajouta-t-il dans un souffle.

— Mon père ?

— Dieu merci, ils ont quitté l'abbaye. On voit encore le brouillard du diable bouillonner au-dehors ! Je remercie le Ciel…

L'abbé semblait distrait, à présent.

— Il y a un détail que j'ai omis d'évoquer, reprit-il. Lorsque la dépouille de notre saint roi a été apportée ici, il n'y avait pas seulement Mauclerc et ses hommes. Une autre personne était présente : Christopher Urswicke, le fidèle de la comtesse Margaret. Et je le soupçonne de savoir où est inhumé le véritable corps de notre défunt roi.

À ces mots, Katarina se leva avec vivacité.

— Mon père, il faut retourner dans l'abbatiale, dans la chapelle de la Vierge ! Nous devons refermer le trou, replacer la dalle. Et il y a aussi autre chose…

— Quoi donc, Katarina ?

— Les démons qui ont envahi ce lieu avaient avec eux un autre cercueil. Que contient-il ? Pourquoi sont-ils venus avec ?

L'abbé John se leva et, portant une main à ses lèvres, cligna plusieurs fois des yeux, comme pour chasser la fatigue.

— Vous avez raison, Katarina, murmura-t-il. Je me demande bien ce que ces démons ont introduit ici…

Ils quittèrent la dépense et repartirent à grands pas à travers les froides galeries toujours baignées d'obscurité. L'abbé rappela à mi-voix que la communauté était si terrifiée que nul ne songerait à quitter le réfectoire tant que lui-même ne serait pas venu en personne annoncer qu'il n'y avait plus rien à craindre. Ils atteignirent l'abbatiale et se glissèrent dans la branche sud du transept par la porte des corps. Les chandelles n'avaient pas achevé de se consumer. Le sol de la chapelle de la Vierge était jonché de terre et de cailloux, mais Katarina n'y prêta aucune attention. Elle se contenta de se signer et se hâta vers l'escalier du jubé pour gagner le sanctuaire.

Le cercueil, simple coffre de bois semblable à un coffre à flèches, reposait sur ses tréteaux. Katarina fronça le nez en découvrant l'odeur nauséabonde qui s'en dégageait, tandis que l'abbé John, arrivé derrière elle, poussait une exclamation dégoûtée.

— Il y a quelque chose de pourri à l'intérieur, murmura Jasper.

Le couvercle était cloué, aussi Jasper et Katarina se servirent-ils des outils abandonnés dans la chapelle de la Vierge pour en forcer l'ouverture. Une bouffée d'air chargé d'une odeur ignoble leur donna alors des haut-le-cœur et les fit tousser. Ils durent reculer. Le père John se précipita dans la sacristie pour en rapporter des pochettes d'encens, qu'il leur distribua. Les pressant contre leurs narines, tous trois purent s'approcher de nouveau et Katarina contempla avec horreur le contenu du cercueil : les corps de deux hommes décapités, disposés tête-bêche. On avait placé les têtes entre les jambes des cadavres et, dans l'œil droit de chacun d'eux, était enfoncée une chandelle bleu et or qui avait fait sortir le globe oculaire de son orbite. Il n'y avait là ni bottes ni ceinturons, et ni même une bourse ou une sacoche.

— Impossible d'identifier ces hommes, commenta Katarina. Sinon au moyen de ces chandelles…

— Que voulez-vous dire ? s'étonna l'abbé.

— Mon père, j'ai été abordée par des hommes qui disaient appartenir aux Luciferi. Ce sont des clercs de la chancellerie secrète de France, des ennemis jurés de ces démons qui ont envahi votre abbaye la nuit dernière. Leur emblème est une chandelle bleu et or, les couleurs royales de leur souverain. Je soupçonne ces deux malheureux d'avoir été des espions lancés aux trousses de la Garduna. Ils ont été capturés, torturés, puis tués. Ce cercueil est un message adressé aux Luciferi par la Garduna.

— Que faut-il en faire ? souffla l'ecclésiastique.

— Je propose d'enterrer ces deux hommes rapidement et en toute discrétion, mais croyez-moi, mon père, les Luciferi ne tarderont pas à avoir vent du sort qu'ils ont subi. Et je gage que la forêt qui nous entoure se muera sous peu en champ de bataille.

— La Garduna opère en toute impunité, indiqua Jasper. Ces gens-là ne craignent ni Dieu ni les hommes. Mais ne tardons plus, replaçons le couvercle sur ces cadavres, l'odeur est épouvantable ! Que Dieu accueille ces pauvres âmes en Sa demeure !

Ils se lavèrent les mains et le visage à un *lavarium* et retournèrent dans la dépense. Après avoir alimenté le feu, l'abbé John alla se poster à la fenêtre.

— Le jour se lève, dit-il. Il est temps de réveiller l'abbaye, mais…

— Mais quoi, mon père ?

— Ces envahisseurs, ces gens que vous appelez la Garduna…

— Oui, mon père ? J'avoue ne rien connaître d'autre que leur nom, et un peu de leur réputation…

— Eh bien ! c'est pour se saisir d'un cercueil que ces gens sont venus ici et, dès lors, je m'interroge… Je me demande si ce vol sacrilège ne serait pas en rapport avec une chose que j'ai apprise au sujet de l'abbaye Saint-Vaast d'Arras…

— Au nom du Ciel, mon père, de quoi parlez-vous ?

— En fait, c'est encore un mystère pour moi. Je ne sais pas vraiment. Je viens de recevoir une lettre d'un frère qui vit là-bas et je dois en communiquer la teneur à la comtesse Margaret de toute urgence. Je pense le faire dès aujourd'hui.

Oswald Hardyng, selon le nom qu'il avait reçu lorsqu'on l'avait tenu au-dessus des fonts baptismaux de l'église Saint-Michel-et-tous-les-Anges, était très fier d'être l'intendant de l'hôtel londonien de la comtesse Margaret ou, du moins, de l'avoir été jusque-là. En cet instant, il se trouvait dans la guérite des latrines auxquelles on accédait par l'arrière-cuisine et il contemplait avec exaspération les deux cadavres boursouflés que lui avait apportés le chasseur de rats. Le volubile préposé à la salubrité de la ville, qui ressemblait aux rongeurs qu'il avait pour mission d'exterminer, l'avait soûlé de paroles. Il avait insisté pour lui faire le récit de son existence et de son combat permanent contre les rats qui peuplaient par légions les rigoles, fossés et caniveaux de Londres. Hardyng, qui avait déjà bu un gobelet de vin de trop, avait fini par réussir à le faire taire.

— Donc, avait-il résumé, tu me dis que ces deux rats ont été empoisonnés ?

— Pour sûr ! Regardez leur ventre, comme il est gonflé ! Et vous voyez la décoloration, là ?

Le chasseur de rats avait saisi l'un des deux rats par la queue pour le lui secouer sous le nez. L'intendant avait eu un haut-le-cœur.

— Il y a le ventre enflé, avait poursuivi l'homme, mais il faut aussi regarder son museau, là… Cette bave épaisse, qui ressemble à de la mousse ! Oui, ces deux-là ont été empoisonnés, c'est moi qui vous le dis ! Par une potion mortelle. Je dirais jusquiame noire ou digitale.

— Comment peux-tu en être sûr ? avait insisté Hardyng. Ces bêtes-là dévorent toutes les saletés qu'elles ramassent !

— Ouais, et ils ont les estomacs les plus costauds du monde ! Il n'y a que le poison pour tuer un rat, et encore, il faut qu'il soit puissant ! Et vous savez quoi ? Quelquefois, même, ça ne suffit pas. Mais je ne vois pas ce que ça change pour vous… Le principal, c'est que ces saloperies soient mortes, non ?

— J'en ai trouvé trois autres, et ils étaient dans le même état, avait révélé Hardyng en désignant la cour de l'arrière-cuisine. Là, à l'air libre. Ils avaient comme ces deux-là le museau plein de mousse et le ventre gonflé.

— Raison de plus pour vous réjouir ! Cinq sales bêtes en moins ! En tout cas, maître Hardyng, vous pouvez remercier le Ciel qu'ils soient marrons et pas noirs ! Je connais des gens, des grands experts, qui disent que les noirs apportent la peste. Mais si vous voulez mon avis…

Hardyng avait coupé court à ses commentaires. Il lui avait donné une pièce de bon argent et l'avait renvoyé. Une fois débarrassé de lui, il s'était avachi sur le banc, à l'intérieur des latrines, non sans avoir bloqué avec une planche le trou par lequel les rats avaient dû émerger avant de gagner la cour. Démoralisé, il se prit la tête entre les mains. Il prenait ses responsabilités très à cœur. On lui avait confié l'intendance de l'hôtel, ce qui faisait de lui le personnage le plus important de la maisonnée. Or cela risquait bien de changer. Cinq rats empoisonnés ! songea-t-il. Et encore, cinq *au minimum* ! Or il était le seul à avoir accès à la réserve de poisons…

Il serra les poings. Les poisons constituaient une affaire grave. Toutes les potions étaient conservées dans une armoire fermée à clé et, chaque fois que l'on y avait recours, il fallait consigner l'opération. Or il n'y avait rien d'écrit dans le registre. Et pourtant, il était indiscutable que du poison avait été répandu à un endroit ou un autre de l'hôtel. Qui avait bien pu faire cela ? Et, surtout, avec quelle permission ?

Hardyng avait interrogé les domestiques qui continuaient à travailler au service de la comtesse, mais il n'avait eu droit qu'à de vigoureuses dénégations et à des regards intrigués. Bien sûr, il n'ignorait pas que ces serviteurs se moquaient de lui derrière son dos : il bafouillait lorsqu'il parlait, sa démarche était mal assurée et son maintien manquait foncièrement d'élégance. Néanmoins, il était seul à se creuser la cervelle, nul ne pouvait l'aider et il ne cessait de tourner et de retourner les mêmes questions dans sa tête. Lui-même n'avait pas versé de poison et il n'avait autorisé personne à le faire. Le responsable avait donc dû acheter le produit chez l'apothicaire. Mais, là encore, qui était-ce, et pourquoi ? La seule autre fois où il avait été question de poison au manoir était le jour où le Français était mort de façon aussi brutale qu'inexpliquée. Hardyng n'y avait rien compris : il avait enfermé ce visiteur dans le petit salon en lui remettant un gobelet de vin et il était reparti vaquer à ses occupations sans plus penser à lui. Il avait même presque oublié son existence ! Alors comment cet homme avait-il pu être empoisonné ? Certes, Hardyng lui avait donné du vin, mais il s'en était servi au même moment, du même tonnelet, et l'avait bu pour s'assurer qu'il était bon. Il n'avait décelé aucun goût douteux. Par la suite, le docteur Guido était descendu à la cave pour répandre sur le sol des morceaux de nourriture imbibés du vin du gobelet bu par le Français, et il avait chargé Hardyng de vérifier ce qui se passait. Tout avait été mangé et aucun des rats qui pullulaient n'avait paru affecté. Il n'avait pas trouvé le moindre animal mort dans la cave. Le docteur Guido en avait conclu que le vin était indemne de poison. Dès lors, comment Bernard était-il mort ? Quelqu'un avait dû entrer dans la pièce pour le tuer, c'était impossible autrement ! Mais qui ? Hardyng se gratta la tête. Cette question, c'était à Urswicke et à Bray d'y répondre. Après tout, lui-même n'était que l'intendant…

Il se leva, quitta les latrines et regagna d'un pas incertain l'arrière-cuisine pour retourner dans l'hôtel. Les couloirs étaient vides, les pièces silencieuses. Il s'enferma dans sa chambre et essaya de prier, mais sans succès. Il ne parvenait pas à se concentrer. Il alla s'asseoir à sa table de travail et pensa à André Bernard… puis il sursauta. André ? murmura-t-il pour lui-même. Comment puis-je connaître son prénom, il s'est seulement présenté comme « monsieur Bernard » !

Il tenta de se remémorer dans ses moindres détails sa brève rencontre avec le Français. Oui, il était certain que Bernard ne lui avait pas révélé son prénom. D'ailleurs, maître Urswicke lui avait récemment posé la question. Maintenant, il n'avait plus aucun doute : le matin où il s'était présenté au manoir, Bernard avait paru très pressé de s'entretenir avec la comtesse et il n'avait fourni que son nom de famille.

Hardyng tendit l'oreille, attentif, ferma les yeux, puis les rouvrit. Les bruits qui montaient de la rue venaient de lui rappeler qu'il y avait aussi un autre mystère : celui des deux clercs. Des messieurs d'un abord très plaisant. Et l'on pouvait d'ailleurs en dire autant de Sir John et du docteur Guido. Les deux clercs du roi avaient interrogé tout le personnel de la maison, et puis la catastrophe s'était produite : ces doigts tranchés, ce sang qui avait coulé sous la porte… Une porte verrouillée de l'intérieur, et la chambre était vide ! Églantine et Clairvaux s'étaient envolés dans l'après-midi, pendant que tout le monde assistait à la mascarade présentée sur l'esplanade, devant l'hôtel, par la troupe des Clercs d'Oxford. Toute la maisonnée en avait profité, y compris lui-même, et le spectacle les avait ravis. Qui manquait à l'appel ? N'était-ce pas une coïncidence que cette troupe se soit produite ce jour-là, et au moment même où les deux clercs se faisaient enlever ? Se pouvait-il que certains domestiques fussent impliqués dans ce rapt ? Ou bien – et Hardyng sentit comme un coup de poing en pleine poitrine à cette pensée – quelqu'un de l'extérieur s'était-il introduit dans l'hôtel ? Alors qu'il était responsable de la sécurité de cette maison ? La panique le saisit. Cet après-midi-là, après tous les événements étranges qui s'étaient déjà produits au manoir, avait-il bien fermé chaque porte et chaque issue ? Ou s'était-il montré négligent, de sorte qu'un individu mal intentionné – voire plusieurs – avait pu se faufiler par une porte oubliée pour accomplir ce crime sanglant ?

Hardyng tenta de maîtriser la terreur qui lui nouait le ventre. On pouvait lui poser tant de questions, lui adresser tant de reproches ! Mais était-il vraiment responsable ? Il était l'intendant d'une maison qui avait été le théâtre d'une mort soudaine et de mystérieuses disparitions, sans parler de ces attaques de flèches enflammées. Il comprenait que sa maîtresse se trouvait confrontée à des difficultés, mais lui-même n'avait jamais demandé à être mêlé aux affaires des grands du royaume ! Il se contentait de son monde à lui, avec des tâches simples et claires : recruter le personnel, signer les contrats et gérer les provisions. Il devait veiller à ce que l'office, la dépense, la cuisine et l'arrière-cuisine fussent toujours parfaitement propres. Comme il le disait souvent aux domestiques, les histoires politiques ne le concernaient pas et ne devaient pas davantage les préoccuper. Ces choses-là étaient du ressort de maître Urswicke et de maître Bray.

Hardyng se frotta le menton. Les deux hommes de confiance de la comtesse se trouvaient eux aussi emportés dans ces turbulences qui agitaient la maisonnée. Récemment, ils avaient défendu à Hardyng et à tout le personnel de se rendre à la cave, car la comtesse y logeait deux prisonniers importants qu'elle souhaitait interroger.

— Que de confusion ! soupira l'intendant. Ma foi, je ferais bien de boire quelque chose. Un petit gobelet de bordeaux, peut-être…

Pour cela, songea-t-il, mieux valait ne pas rester dans la maison. Si on le surprenait, les domestiques ne se priveraient pas de se moquer encore de lui.

Il se leva, saisit son manteau et sortit. Il faisait sombre lorsqu'il traversa le jardin silencieux pour gagner le petit bosquet qu'il affectionnait. Il avait l'habitude de se dissimuler derrière ces arbres, avec son gobelet et son outre. Il y avait même là son petit tabouret qui l'attendait.

Il s'assit et, les mains tremblantes, déboucha l'outre pour remplir le gobelet de bordeaux. Il but goulûment et se servit un deuxième verre. Perdu dans ses pensées, il se passa la langue sur les lèvres.

— Il faudrait tout de même que je cesse de boire, murmura-t-il.

Il allait bien dormir cette nuit et il aurait les idées claires à son réveil. Cela lui permettrait de mieux réfléchir. Il prendrait une feuille de parchemin et dresserait à l'intention de la comtesse et de ses deux conseillers la liste de toutes les choses qui l'inquiétaient. Il décrirait en détail tout ce qui s'était passé le matin où le Français avait été empoisonné et l'après-midi où les baladins s'étaient produits devant le manoir. Il noterait les questions qu'il se posait et prierait pour que Bray et Urswicke pussent trouver des réponses. Il était sûr que ses remarques leur seraient utiles.

Il regarda son outre. D'autres détails auxquels il n'avait prêté aucune attention sur le moment lui revenaient à présent à la mémoire. Comme tous les domestiques, il laissait souvent son oreille traîner quand il passait près des maîtres pour lesquels il travaillait. Et il lui semblait soudain comprendre comment ces archers surgis de l'obscurité avaient pu lâcher leur tempête de flèches sur l'hôtel. Ces hommes connaissaient à l'évidence la configuration des lieux, tant du côté de la façade qu'à l'arrière...

— Mais bien sûr... ! s'exclama-t-il dans un souffle.

Quelques semaines auparavant, au début de l'automne, deux visiteurs s'étaient présentés à la porte. Ils étaient espagnols et visitaient l'Angleterre à l'occasion d'un pèlerinage à Chertsey, puis à Walsingham. Ils s'étaient dits curieux de voir à quoi pouvait ressembler une élégante maison londonienne. Flatté au plus haut point, Hardyng les avait escortés à travers l'hôtel et s'était félicité de les entendre manifester leur admiration tout au long de la visite. Quelques jours plus tard, un jeune homme, espagnol lui aussi, avait frappé à la porte pour demander l'aumône. Il avait la vocation, disait-il, et souhaitait intégrer l'ordre des Bénédictins. Sachant que la comtesse se montrait toujours généreuse, Hardyng l'avait fait entrer et l'étranger avait passé plusieurs heures dans les cuisines. Lui aussi avait dit être en pèlerinage. N'était-ce pas, à la réflexion, une coïncidence des plus singulières ? Ces trois visiteurs ne cherchaient-ils pas simplement à repérer les lieux, à comprendre comment s'organisait la maisonnée de la comtesse ?

Hardyng but une nouvelle lampée. Il n'avait pas conscience de la sinistre présence tapie derrière lui dans le bosquet.

Christopher Urswicke s'était retiré dans le parc, derrière le jardin d'hiver de la comtesse. Enveloppé d'une épaisse chape militaire, il était flanqué de deux pots chauffants et faisait face à un braisier rempli de charbon de bois incandescent. La température était plus clémente que les jours précédents et il n'avait pas froid. Il était venu en ce lieu pour fuir le remue-ménage qui régnait dans le manoir en prévision du départ imminent pour Woking. Levé de bonne heure, il avait rendu visite à la comtesse, qui se rongeait d'inquiétude pour son fils et qu'il avait trouvée absorbée dans ses dévotions, agenouillée les mains jointes devant un triptyque représentant Jésus crucifié et Notre-Dame de Walsingham. Soucieux de ne pas la déranger, il avait pris son propre psautier et était sorti dans le jardin. Il avait maintenant toutes les peines du monde à se concentrer pour prier, tant sa visite de la veille à Westminster l'avait perturbé. Il en était revenu longtemps après les vêpres et était alors descendu avec Bray voir les deux prisonniers, restés enfermés dans la cave. Il ne s'y était pas attardé. Il s'était ensuite entretenu avec Malachi, le messager des Luciferi, qui s'était dit satisfait de son lit de paille, ménagé dans l'un des greniers à foin les plus chauds des écuries de la comtesse.

Urswicke avait songé à partager ses soupçons avec sa maîtresse et avec Bray, mais il y avait renoncé : il devait y réfléchir encore un peu.

— Un carré de parchemin, murmura-t-il pour lui-même, un encrier et une généalogie des rois. Y a-t-il vraiment là les clés des mystères auxquels nous sommes confrontés ? C'est la question…

Avec un soupir, il ouvrit son psautier au chapitre des dévotions à saint Julien l'Hospitalier, dont la vie était retracée à travers une série d'illustrations miniatures, succession de costumes exotiques, de harnais dorés, de fermoirs sertis de pierres précieuses, le tout dépeint dans une profusion de couleurs somptueuses. Sur la page opposée, en contraste total, figurait l'incarnation de la terreur de l'enfer : une horrible vieille femme au regard mauvais flottant haut dans un ciel menaçant, éclairée par des flammes qui brûlaient sous elle. Toutes ces images racontaient l'histoire de Julien qui, trouvant deux personnes endormies dans son lit un soir en rentrant chez lui, avait cru que sa femme le trompait et les avaient tuées. C'étaient ses propres parents, venus faire à leur fils adoré une visite surprise, qu'il avait assassinés. Submergé de culpabilité, il avait passé le reste de son existence en réparation et en repentance, à s'occuper en particulier des malades de la lèpre.

Urswicke s'était toujours senti attiré par cette dévotion particulière. Lui-même éprouvait le plus grand mépris pour son père, par la faute duquel sa mère, qu'il vénérait, avait connu une mort précoce. Sir Thomas était un intrigant-né et un homme dangereux. Souvent, Christopher songeait à le provoquer en duel, ce qui lui permettrait de le supprimer. Il avait avoué cette tentation en confession et le prêtre censé l'absoudre, un ancien franciscain, n'avait fait que lui murmurer des mots de consolation. La comtesse Margaret, elle, s'était montrée plus pragmatique. Elle avait affirmé que ce désir qu'avait le jeune homme de tuer son père n'était qu'un reflet de la profonde animosité que ce dernier lui inspirait.

— Jamais vous n'iriez jusqu'à le tuer, Christopher, lui avait-elle assuré. Les tentations sont comme les oiseaux, qui volent d'arbre en arbre, mais ne s'arrêtent pas longtemps. Votre âme est bonne, et les pensées qui vous hantent sont humaines. Votre mère était belle, aimante, fidèle et dévouée. Jamais je ne l'ai entendue prononcer une seule parole contre votre père, ni même contre qui que ce fût, d'ailleurs. Nous savons en revanche quel homme est Sir Thomas et de quoi il est capable. Ce que vous devez faire, c'est devenir meilleur que lui et le demeurer.

— Oui, souffla Christopher en se signant. Saint Julien, venez à mon secours ! Aidez-moi à découvrir ce que mon digne père entend obtenir à travers toutes ces vilenies dont il est à coup sûr l'initiateur…

Il s'adossa à son fauteuil. Véritable manipulateur œuvrant dans l'ombre, Sir Thomas haïssait la comtesse et ne songeait qu'à lui nuire et à nuire à sa maisonnée. Il s'y employait bien sûr avec finesse et ruse, de la façon la plus traîtresse qui fût. La tourmente actuelle qui agitait le manoir était de son fait, Urswicke n'en doutait point. Mais quelles pouvaient bien être ses motivations, cette fois ?

Il fut tiré de ses méditations par une nuée de corbeaux bruyants qui tournoyaient au-dessus d'un bosquet sur sa gauche. Leurs croassements couvraient les appels du préposé à l'étuve urbaine, qui, dans la rue, annonçait à grands cris que les baignoires d'eau chaude parfumée étaient désormais prêtes dans la maison de bain voisine. Urswicke suivit des yeux les oiseaux qui montaient et descendaient au milieu des arbres en un foisonnement de plumes noires.

— Quelque chose les perturbe, se dit-il. Un chat, peut-être…

Les craillements s'apaisèrent quelque peu et il rouvrit son psautier pour étudier les images miniatures, tout en s'interrogeant encore sur les probables manigances de son père. La porte du jardin d'hiver s'ouvrit soudain et un domestique apparut sur le seuil pour s'enquérir de Hardyng. Urswicke secoua la tête en murmurant qu'il ne l'avait pas vu et l'homme repartit à l'intérieur.

Estimant qu'il était temps de se préparer lui aussi pour le prochain départ, Christopher se leva. Il allait rentrer lorsqu'il vit un grand corbeau se poser non loin de lui. L'oiseau tenait quelque chose dans son bec acéré. Urswicke fit quelques pas vers lui. Dans sa frayeur, le volatile lâcha le fragment ensanglanté pour s'envoler en croassant. Dégainant sa dague, Urswicke se pencha et, de la pointe de l'arme, retourna la substance sanguinolente.

— Dieu du Ciel ! souffla-t-il. Un œil humain !

Il se redressa et contempla le bosquet tout proche.

— Qu'y a-t-il là-bas ? murmura-t-il. Qu'est-ce qui peut bien causer tant d'excitation parmi ces charognards ?

Il se dirigea sans hésiter vers le bosquet. Au milieu du vert sombre des feuillages, une tache de couleur attira son attention. Avec la brume qui planait, il lui sembla pénétrer dans le royaume des esprits. Les corbeaux s'étaient tus et plus rien ne bougeait. Un silence funeste s'était fait, une immobilité totale, comme si tout ce qui vivait s'était pétrifié en présence de la mort. Urswicke s'approcha à pas lents et, quand le brouillard se leva tout à coup, tel un rideau brutalement tiré, il reconnut Hardyng. L'intendant se balançait dans les airs comme une poupée molle, pendu par une corde dont le nœud coulant lui entaillait cruellement le cou sous l'oreille gauche. Il était habillé, mais son manteau reposait dans l'herbe près d'une outre dégonflée et d'un tabouret renversé. Sans doute avait-il apporté celui-ci pour y monter lorsqu'il avait décidé de se donner la mort. Son corps allait et venait doucement dans la brise matinale et le grincement de la corde, associé aux craquements de la branche, composait une petite musique funèbre. Urswicke remarqua une large tache qui mouillait l'avant des braies bleues.

— Tu as bu, et bu encore, commenta-t-il à mi-voix. Et puis, tu as voulu en finir ! Alors tu es allé chercher une corde que tu as fixée à cette branche, tu as fait un nœud coulant et tu es monté sur ce tabouret. Est-ce bien là ce qui s'est passé ?

Il s'approcha du pendu pour lui toucher la main. Elle était glacée. Il se signa et, alors qu'il récitait le requiem, entendit Bray l'appeler. Il termina sa prière et s'apprêtait à rejoindre son ami lorsqu'il se ravisa en songeant au volumineux trousseau de clés que portait toujours Hardyng, « l'insigne de son office », comme l'intendant avait coutume de le nommer par plaisanterie. Urswicke souleva le pourpoint et s'empara du trousseau accroché à une large ceinture. Bray attendait dans le jardin d'hiver, marchant de long en large et claquant parfois des doigts tandis que ses lèvres remuaient en silence, comme s'il réfléchissait intensément à un problème. Il s'arrêta en voyant Christopher arriver.

— Venez ! lui dit-il. Venez, Christopher, je dois vous montrer quelque chose…

Sans attendre de réponse, il entraîna son ami vers l'escalier de la cave. Une fois en bas, il sortit une clé de sa poche et ouvrit la porte. La pièce empestait.

— Par tous les saints… souffla Urswicke.

Les deux prisonniers étaient affalés contre le mur, tués l'un et l'autre par un carreau d'arbalète. Les pointes, enfoncées profondément, avaient transformé le front des deux hommes en une bouillie imbibée de sang noir. Urswicke alla s'agenouiller pour examiner rapidement les corps.

— Aucune autre marque, déclara-t-il en se retournant à demi.

— C'est ce que j'ai constaté moi aussi. Un carreau dans le front et rien d'autre…

— Comment est-ce possible ?

Urswicke se releva pour aller fermer la porte, fronçant le nez.

— Comment est-ce possible ? répéta-t-il. Nous avions verrouillé cette porte, Reginald. Et vous aviez la clé.

Il s'interrompit pour sortir de sa poche le trousseau prélevé sur la dépouille de l'intendant. Fourrageant parmi les clés, il en trouva une identique à celle que lui tendait Bray.

— Hardyng vous a confié son trousseau ? s'étonna celui-ci.

— Il n'a pas eu le choix…

Urswicke introduisit la deuxième clé dans la serrure et la tourna sans difficulté.

— Que voulez-vous dire ? insista Bray. Pourquoi Hardyng vous a-t-il donné ses clés ?

— Je vous ai dit qu'il n'avait pas eu le choix. Il est mort.

— Pardon ?

— Je viens de le trouver pendu à un arbre dans le parc.

— Assassiné ?

— Cela ressemble plutôt à un suicide. Mais laissons cela pour le moment et concentrons-nous sur nos deux prisonniers ! La façon dont ils ont été tués me paraît des plus étranges…

Il désigna les cadavres d'un geste.

— Pour l'amour du Ciel, Reginald, nous avons là deux jeunes hommes vigoureux, parfaitement à même de se défendre, même menottés ! Or ni l'un ni l'autre ne paraît avoir lutté, ils sont là où nous les avons laissés et il n'y a pas le moindre signe de résistance sur leurs corps.

Il s'agenouilla près de l'un d'eux et examina l'impact du projectile meurtrier.

— Ce carreau a été tiré d'une grosse arbalète de guerre, affirma-t-il. Le genre d'arme qu'utilisent les mercenaires génois. Très lourdes et encombrantes, et aussi très puissantes. Leurs projectiles sont même capables de briser la pierre…

— Autant dire qu'il est impossible d'en tenir une dans chaque main…

— Tout à fait ! Ce qui signifie, mon cher Reginald, déclara Urswicke en se relevant, qu'il y a eu deux assassins. Deux hommes qui ont réussi à ouvrir cette porte d'une manière ou d'une autre, à tuer nos invités, à refermer et à repartir. Nouveau mystère ! Vous avez bien trouvé cette porte verrouillée, n'est-ce pas ?

Bray hocha la tête, puis enjoignit à son compagnon de sortir de la cave, qu'il referma à clé derrière eux.

Tous deux se rendirent ensuite dans le parc pour aller voir l'autre corps. Sortant sa dague, Bray aida Urswicke à trancher la corde et à étendre Hardyng sur le sol. Bray récita une prière en coupant le nœud coulant. Le corps eut un soubresaut quand un dernier souffle s'en échappa.

— Mon Dieu !

Bray se pencha vers le visage violacé et grimaçant du pendu, que les corbeaux avaient commencé à dévorer en s'attaquant aux parties les plus tendres : le nez, les oreilles, les joues et les orbites sanglantes dont les globes oculaires avaient été arrachés.

— Donc, déclara Bray en redressant le tabouret pour s'y asseoir, notre bon intendant, dont le jugement est quelque peu ébranlé par les événements insolites survenus au manoir, prend un tabouret et une outre de vin et vient s'installer ici, derrière ce bosquet. Il boit plus que de raison et son humeur s'assombrit encore. Il estime que c'en est trop, qu'il ne peut plus continuer. Il va chercher une corde, monte sur le tabouret, fixe une extrémité de la corde à la branche la plus basse de ce chêne, forme un nœud coulant et se le passe autour du cou. Il ajuste le nœud, repousse le tabouret et plonge dans l'éternité…

— Selon toute vraisemblance, les choses se sont déroulées ainsi, en effet, acquiesça Urswicke, puisque rien n'indique qu'il ait été ligoté ou immobilisé d'une façon ou d'une autre. Il ne semble pas qu'il s'agisse d'un meurtre.

Il s'interrompit net et souleva la main gauche de l'intendant, dont il fixa un instant les doigts tachés d'encre.

— Ô Seigneur… murmura-t-il.

— Qu'y a-t-il, Christopher ?

— Regardez, Reginald. J'ai bien l'impression que Hardyng était gaucher. Dès lors, de quel côté aurait-il dû serrer le nœud autour de son cou ?

— Ma foi, s'il était gaucher, il aurait dû le serrer du côté droit. C'est ce qui paraît le plus naturel, surtout pour un homme sous l'emprise de la boisson et dont les sens sont émoussés. Mais le nœud se trouvait sous l'oreille gauche, n'est-ce pas ?

Bray se leva et alla placer le tabouret sous la branche à laquelle ils avaient trouvé Hardyng pendu. Il s'assura de sa stabilité, monta dessus et tendit la main en l'air.

— Regardez-moi, Christopher : je suis plus grand que Hardyng et c'est tout juste si je parviens à toucher cette branche ! Encore un petit détail, sans doute, mais en définitive, je ne crois pas que Hardyng ait mis fin à ses jours.

— Un petit détail, assurément, rétorqua Urswicke, mais qui me fait partager votre sentiment, Reginald !

Trois jours après le départ de la Garduna de l'abbaye, Katarina, Jasper et Henri gagnèrent la chambre de l'abbé au milieu de la nuit. L'ecclésiastique semblait soucieux en refermant la lourde porte derrière eux et en en poussant les verrous. Il les invita à s'installer devant le feu et leur servit du vin chaud agrémenté d'herbes et des croûtons trempés dans une savoureuse sauce épicée. Quand il fut assuré que ses hôtes ne manquaient de rien, il se signa et s'assit à son tour, non sans leur avoir administré une bénédiction.

— En aurons-nous besoin, mon père ? s'étonna Katarina.

— Assurément, acquiesça l'abbé avec une profonde

inspiration. Cornelius, l'anachorète, a disparu. Nous ne le voyons plus depuis plusieurs jours, Dieu seul sait où il a pu passer. Il s'est évanoui comme la rosée au soleil. Je l'ai cherché partout, il n'y a plus trace de lui. Il est parti en abandonnant ses maigres possessions dans sa cellule.

— Mon père, déclara Katarina, le visage grave, en quoi cette disparition vous inquiète-t-elle ? Sachant que Cornelius devait être un espion des York…

— Il l'était sans l'ombre d'un doute ! Et les York tenaient beaucoup à lui. Le Conseil royal m'a donné des instructions très strictes à son sujet. Je dois l'informer de tout ce qui arrive à cet anachorète, qu'il tombe malade ou qu'il disparaisse, comme c'est le cas maintenant. De sorte qu'avant l'arrivée des démons qui ont pillé le tombeau j'avais envoyé un courrier prévenir Westminster que Cornelius était parti. Et après la profanation de la sépulture royale, j'en ai dépêché un autre pour informer le roi de cet événement. Donc, pour faire bref, un messager de Westminster vient de nous porter la nouvelle que Mauclerc, le bras droit de George de Clarence, a déjà pris la route, accompagné d'une troupe de cavaliers en armes. Il devrait arriver aujourd'hui.

— Mauclerc… souffla Jasper. Ce monstre assoiffé de sang dévoué à Clarence corps et âme ! Un assassin qui n'a jamais témoigné la moindre compassion aux nôtres.

— On m'a parlé de cet homme…

Katarina but quelques gorgées de son vin chaud et demeura immobile, son gobelet à la main, à contempler les flammes en écoutant d'une oreille distraite le vent et les volets qui grinçaient. Des courants d'air froids qui s'introduisaient à travers les fissures du bois faisaient danser la flamme des chandelles. Katarina posa les yeux sur les cercles de lumière dorée et se sentit trembler. Elle en savait assez sur la cour des York pour comprendre le péril qui les menaçait. Clarence et Mauclerc étaient deux êtres dangereux, des criminels qui s'étaient délectés du sang versé à Tewkesbury.

— Pourquoi vient-il ? s'enquit-elle.

— Le saccage d'une sépulture royale n'est-il pas une raison suffisante pour l'attirer jusqu'ici ?

— Non, mon père, je ne le pense pas. La maison d'York se soucie comme d'une guigne du tombeau de Henri. Bien au contraire, cela doit lui faire infiniment plaisir d'en être débarrassée et de voir le sanctuaire de notre roi martyr réduit à néant.

— Oui, en effet, acquiesça l'abbé John. Et il semble d'autant plus étonnant que l'on envoie un haut personnage comme Mauclerc pour constater les dégâts. Nous avons vu ce que contenait cette châsse en réalité : ce n'était certainement pas la dépouille de notre saint roi. Nous savons, tout comme maître Urswicke, que le cercueil a été exhumé et ouvert, et que ce qu'il renfermait n'est rien d'autre que l'œuvre de Mauclerc lui-même et de ses hommes.

L'ecclésiastique se mordit le coin de la lèvre.

— Je me demande si Mauclerc sait où se trouve la véritable dépouille…

Il parut réfléchir encore, puis reprit :

— Vous avez raison, Katarina : je ne crois pas que Mauclerc s'intéresse à la sépulture du roi Henri. En revanche, il cherchera à savoir ce qui est arrivé à Cornelius, l'espion des York, notre faux ermite.

De l'index, il souleva le menton de la jeune femme en un geste bienveillant.

— Êtes-vous sûre de ne pas savoir où il peut être en ce moment, Katarina ? interrogea-t-il avec un sourire. Voyez-vous, frère Sylvester, notre réfectorier, ou du moins l'un de nos réfectoriers, est venu me trouver récemment pour m'indiquer que Cornelius s'intéressait de près à votre personne.

— Vraiment ? s'exclama Katarina. Eh bien ! je ne lui retournerais pas le compliment ! Frère abbé, je puis vous assurer en toute honnêteté que j'ignore totalement où se trouve Cornelius en ce moment !

Le père John sourit encore et se tourna vers le feu.

— Il ne nous manquera pas, assura-t-il à mi-voix. Ce mufle d'anachorète n'était pas ce qu'il prétendait être. Ce n'était pas un homme de foi, mais un être imprégné de sournoiserie et de luxure.

Il jeta un rapide coup d'œil à Katarina.

— Eh oui ! ajouta-t-il. J'ai eu des échos de son comportement. Je sais qu'il harcelait les buandières. À la vérité, sa présence nous appauvrissait, nous sommes plus riches depuis son départ. Mais, quoi qu'il en soit, Cornelius n'était qu'une partie du mal qui ronge l'abbaye.

— Comment cela, mon père ?

— Cornelius était un dépravé, le frère Sylvester en est un autre. Et j'ai depuis longtemps le sentiment qu'il nous espionne lui aussi pour le bénéfice des York. Non, non, ne m'interrompez pas, laissez-moi vous expliquer : Cornelius était chargé de surveiller le tombeau et d'examiner les visiteurs qui y venaient. Mais la Couronne, quel que soit celui qui la porte, est toujours intéressée par notre sainte mère l'Église et par ce qui se déroule dans ses grandes abbayes, à travers tout le royaume.

— En d'autres termes, le pouvoir poste un espion dans chaque institution religieuse ?

— Et souvent même plus d'un, Katarina ! Ce qui est le cas chez nous, je pense. Cornelius devait veiller sur la châsse, tandis que le frère Sylvester, en tant que réfectorier, a la possibilité de lier connaissance avec les visiteurs de passage. Plus important encore, notre abbaye n'est qu'à dix-sept miles de Londres. La route et la rivière y passent. Courriers, messagers et autres y font généralement halte, c'est leur dernière étape lorsqu'ils vont à Londres. Sylvester, bien sûr, a tout le loisir de s'entretenir avec eux et de leur confier des messages secrets, en les assurant qu'ils seront grassement récompensés à leur arrivée à Westminster.

L'abbé fit rouler son gobelet entre ses mains aux veines apparentes. Katarina sentit son appréhension redoubler : plus d'une fois, elle avait vu Sylvester bavarder avec Henri et les autres commis de cuisine dans le réfectoire. Elle ne s'était pas méfiée et, à présent, cette familiarité lui paraissait suspecte.

— Tout ce qui s'est passé ici ces derniers temps a dû titiller la curiosité de Cornelius et de Sylvester, estima l'abbé. Et maintenant que Cornelius n'est plus là, Sylvester doit être à l'affût des secrets comme un cochon affamé cherche de la nourriture !

— Et toutes les informations qu'il aura réussi à recueillir ont été expédiées à la chancellerie secrète, à Westminster !

— Indubitablement, Katarina.

— Que devons-nous faire ? grommela Jasper. Ne serait-il pas préférable de fuir Chertsey ?

— Surtout pas, mon cher frère !

Katarina prit une inspiration en s'efforçant de dominer sa peur.

— Nous éveillerions les soupçons en quittant l'abbaye. Mauclerc, qui arrivera sous peu, enverrait aussitôt ses soldats et ses chiens à notre poursuite et nous serions pourchassés à travers tout le royaume. Où nous cacherions-nous ? Comment trouverions-nous un bateau pour nous emmener en toute sécurité ? Plus important encore, ajouta-t-elle en souriant à Henri, qui l'observait telle une statue, attentif, nous ne pouvons pas partir parce que la comtesse est très pressée de s'entretenir avec son fils bien-aimé.

— Ne pensez-vous pas que Mauclerc a été envoyé dans cette abbaye pour une autre raison ? demanda Jasper.

— Non. Les frères York ignorent tout de notre présence à Chertsey. En outre, ils ne veulent pas sembler arrogants vis-à-vis de la comtesse, ne serait-ce que pour sauver les apparences. Ils se gardent bien de la harceler. Nous demeurerons donc sur place, sous nos déguisements et, ce qui est crucial, en évitant de susciter la moindre méfiance.

— Cela serait simple sans la mystérieuse disparition de Cornelius et sans Sylvester qui furète en permanence, fit remarquer l'abbé. Je déteste cet homme ! Je le hais du plus profond de moi-même. Et du reste, peut-être est-il temps…

Il s'interrompit et les trois autres le regardèrent, attendant la suite.

— Temps de quoi, mon père ? finit par s'enquérir Jasper.

— Bouchez-vous les oreilles, jeune homme ! déclara le prêtre en tapotant le bras de Henri. Quoique vous sachiez peut-être déjà tout cela…

Il murmura un Notre-Père en répétant plusieurs fois « Et délivre-nous du mal », avant de rouvrir les yeux.

— Amen, murmura-t-il. Amen…

Il prit une inspiration.

— J'avoue qu'il m'est arrivé de voir certaines choses et de ne pas réagir, poursuivit-il. Le moment est sans doute venu à présent. Notre anachorète, cet ermite qui n'en était pas un, était un débauché qui aimait les femmes…

Il hésita encore quelques instants.

— Eh bien ! frère Sylvester, lui, aime les jeunes garçons. Il les poursuit de ses assiduités.

Il laissa planer ces mots dans l'atmosphère comme une épée suspendue au-dessus de leurs têtes.

— J'avoue… Je concède, reprit-il, embarrassé, que j'ai failli à mon devoir. Beaucoup de ces enfants qui travaillent dans l'abbaye, que ce soit à la cuisine ou aux jardins, sont des orphelins que nous avons recueillis. Ils sont innocents et vulnérables. Ils n'ont pas de parents pour les protéger, personne d'autre que moi et mon abbaye. Ils semblent assez heureux ici, satisfaits de leur sort. Certains, une fois grands, rejoindront notre ordre, d'autres apprendront un métier et s'en iront. Je vous l'ai dit, ils se plaisent chez nous, mais des bruits courent au sujet de Sylvester, de terribles rumeurs. J'ai d'abord cru à des commérages un peu paillards, mais j'ai ensuite aperçu des choses dont j'eusse aimé ne jamais être témoin.

— Sylvester a un penchant pour Alcuin, intervint soudain Henri. Vous avez dû voir Alcuin, lady Katarina : c'est un garçon grand et fin comme une liane, avec des cheveux couleur de miel.

Katarina hocha la tête. Oui, elle avait remarqué

ce jeune homme de seize printemps qui, en dépit de la crasse et de la poussière qui régnaient dans l'arrière-cuisine, resplendissait par sa beauté. Elle se rappelait avoir vu plusieurs fois le réfectorier à la face hâve et au crâne chauve en conciliabule avec lui. Elle comprenait maintenant la vraie raison de ces échanges. L'abbé disait vrai : qu'un monastère pût abriter une aussi vile créature était déjà abominable, mais ici, à Chertsey, c'était même un sacrilège. D'autant qu'à l'extérieur des églises de tels abus étaient punis de mort.

— Oui, c'est vrai, acquiesça le prêtre. Comme vous le dites si bien, Sylvester a un penchant pour Alcuin. Et comme c'est aussi un espion, il pourrait commencer à s'intéresser à vous, Henri.

— Dans ce cas, il convient de le réduire au silence, mon père, décréta Katarina. Il semble que le danger soit en train de s'intensifier autour de nous…

Elle pressa l'épaule de Henri en luttant contre les larmes.

— Ce jeune homme-ci est plus précieux que la vie elle-même, souffla-t-elle avec émotion. Il est notre véritable roi. La couronne d'Angleterre est son héritage. Je ferai tout pour le protéger et défendre ses droits !

— Bien, bien…

L'abbé poussa un profond soupir.

— Ce soir, lorsque vous entendrez sonner les vêpres, venez ! Je vous conduirai jusqu'à des grottes creusées en contrebas de l'abbaye. Vous y trouverez des armes : une arbalète, un carquois avec des carreaux, une épée et une dague. Prenez-les et postez-vous dans l'une des enclaves rocheuses qui bordent le passage central. Ainsi dissimulés dans l'ombre, vous n'aurez plus qu'à attendre.

— Attendre quoi ?

— Eh bien, le frère Sylvester ! Que le Ciel me pardonne, je sais tout de son atroce lubricité. Prenez-le sur le fait, au moment où il assouvira ses bas instincts, et faites ce que vous estimez légitime…

Katarina s'installa dans un renfoncement du tunnel qu'éclairaient à peine quelques flambeaux. Le père John l'avait accompagnée à l'entrée de cette crypte creusée sous une vieille dépendance désaffectée. Plusieurs siècles auparavant, lui avait-il expliqué, au cours des attaques sauvages menées par les Normands, les bénédictins avaient découvert cette grotte naturelle et l'avaient élargie. Ils en avaient approfondi les niches et avaient creusé des rigoles afin d'évacuer l'eau qui s'infiltrait en permanence. Pendant la saison du loup, quand Dieu et ses anges s'étaient endormis et que le royaume était ravagé, les moines s'étaient réfugiés là avec tout ce qu'ils avaient d'objets précieux et sacrés. Ils avaient vécu ainsi terrés, aussi confortablement que possible, jusqu'à ce que tout danger eût été écarté.

— Et voilà que le danger pointe de nouveau, chuchota l'abbé. Un péril d'une autre espèce…

Il désigna un renfoncement de la paroi qui comportait un rebord. Katarina y discerna plusieurs armes, dont une arbalète déjà amorcée.

— Si vous devez vous en servir, faites-le… murmura-t-il.

Il fit un pas vers elle et la fixa droit dans les yeux.

— Que Dieu me pardonne, ma fille ! Dire que je

m'apprêtais à prendre congé de vous, que je voulais partir avant l'arrivée de Sylvester…

Il se frappa la poitrine.

— Je vous en conjure, soyez indulgente envers ma couardise ! Je hais Sylvester, c'est l'âme la plus sinistre qui soit, et je ne peux tout de même pas vous laisser l'affronter seule !

— Je n'ai pas peur, mon père. Jasper voulait m'accompagner, mais j'ai préféré qu'il reste près de Henri pour le protéger.

L'abbé acquiesça dans un murmure et demeura immobile.

Curieuse, Katarina s'enfonça dans les profondeurs du tunnel pour examiner les peintures murales, simples mais bouleversantes, que des artistes depuis longtemps disparus avaient laissées en couleurs vives sur les parties les plus lisses de la pierre. L'une d'elles retint son attention, représentation saisissante des tourments de l'enfer, voyage dans la géhenne avec toutes les horreurs qu'elle comportait. Un démon blanc et un démon jaune tenaient un pont composé de piques, que cinq pauvres âmes nues cherchaient à traverser : un homme portant un bol de lait, une femme chargée d'un gigantesque paquet de laine non cardée, un forgeron muni d'un marteau et d'une barre de fer… Encombrées par leurs fardeaux respectifs, aucune ne parvenait à franchir le pont. Katarina s'apprêtait à aller admirer une autre peinture lorsqu'un bruit se fit entendre.

— Venez ! lui souffla l'abbé.

Elle le rejoignit et se tapit près de lui dans l'ombre de l'alcôve. Le bruit venait de l'entrée de la grotte. Deux voix s'élevèrent alors : celle, désagréable, de Sylvester couvrait presque les protestations plaintives d'Alcuin. Les pas se rapprochèrent et Katarina vit les deux hommes passer devant elle. Alcuin, pieds nus, manifestement transi dans la fine robe blanche de garçon de cuisine, semblait effrayé. Il s'arrêta peu après la cachette où étaient postés Katarina et l'abbé John pour supplier Sylvester de le laisser retourner à la cuisine.

— Allons donc, tu sais bien pourquoi je t'ai amené ici !

Le réfectorier le poussa en avant et leurs voix mêlées continuèrent à résonner entre les parois du tunnel.

— Ils ont pénétré dans une cavité, chuchota l'abbé John lorsque, quelques instants plus tard, elles s'estompèrent. Sylvester y a un lit de fortune…

Immobile, Katarina tendit l'oreille : les plaintes de la victime avaient redoublé et son bourreau s'énervait.

— C'est assez ! déclara la jeune femme en empoignant l'arbalète. Je n'en supporterai pas davantage !

Elle remonta le couloir jusqu'à la petite salle creusée dans la pierre d'où parvenaient les voix. Alcuin était allongé sur le ventre et Sylvester, qui s'était dénudé, le chevauchait.

— *Pax et bonum*, frère Sylvester ! lança-t-elle.

À ces mots, le réfectorier se dégagea brutalement de sa victime, qui se laissa tomber sur le sol et s'y recroquevilla. Sylvester saisit sa soutane pour en couvrir sa nudité. Son crâne et son visage osseux brillaient d'une fine couche de sueur. Pendant quelques instants, il ne fit que contempler Katarina et l'abbé John sans réagir. Puis, avec un claquement de langue, il recula soudain vers un coin d'ombre. Alarmée, Katarina leva son arbalète. Sur les traits de Sylvester, qui ne la lâchait pas des yeux, une expression retorse vint remplacer la surprise.

— Ma parole ! lança-t-il. Le père abbé et sa putain !

Il désigna Katarina.

— Tu sais, j'ai bien vu comment tu surveillais ton petit morveux à la cuisine… Lord Mauclerc va bientôt arriver et je pense qu'il sera très intéressé par ce que j'aurai à lui dire sur toi, ton gamin et la disparition de ce brave Cornelius. Oh oui…

Tout en parlant, il tendait une main derrière lui. Katarina crut d'abord qu'il cherchait à s'appuyer contre le mur, mais lorsqu'il ramena soudain sa main, elle vit qu'il tenait une arbalète similaire à celle qu'elle-même brandissait.

— Comme la tienne, ma chérie, armée et toute prête ! Aussi prête que je l'étais moi-même pour cette douce créature…

Il accompagna ces paroles d'un violent coup de pied à Alcuin, resté prostré au sol.

— Frère Sylvester ! protesta l'abbé.

— Oh ! vous, la ferme !

Le réfectorier avança d'un pas et Katarina se raidit. Comment ne s'était-elle pas doutée qu'un personnage de cette engeance aurait une arme avec lui ? Un individu aussi pernicieux ne pouvait rien laisser au hasard.

— Qu'est-ce que vous comptez faire, père abbé ? reprit-il. Me dénoncer ? Mais à qui ? Au roi ? À ses frères ? Oh ! mais bien sûr…

Il porta l'index à ses lèvres, comme saisi par une pensée soudaine.

— Inutile d'aller jusqu'à Londres ! Lord Mauclerc sera ici sous peu, vous n'aurez qu'à l'envoyer me trouver ! J'ai des choses à lui dire qui l'intéresseront beaucoup. Nous découvrirons vite qui tu es en réalité, femme ! Et qui est le nouveau garçon de cuisine. Ah oui ! je…

Il ne put poursuivre. Alcuin s'était levé sans un bruit et, bondissant derrière lui, venait d'abattre de toutes ses forces sur sa tête une lourde pierre qu'il avait ramassée, tout en déviant le bras qui portait l'arme. Sylvester lâcha l'arbalète avec un cri de douleur et le garçon frappa de nouveau, un coup féroce qui projeta violemment la tête de son bourreau vers l'arrière. Sylvester alla s'écraser sur le sol. Un instant plus tard, un filet de sang s'échappait de son nez et de sa bouche. Alcuin aurait continué à le rouer de coups si le père John ne l'avait pas retenu en lui reprenant la pierre des mains. Le garçon alla s'appuyer contre le mur, le souffle court et le visage en sueur.

— Je le déteste, mon père, souffla-t-il. Je suis content de l'avoir tué. Il me traitait comme sa putain, un morceau de viande pour son plaisir ! Croyez-moi, mon père, ce n'était pas un homme de Dieu, non ! C'était le diable en personne ! Cela fait longtemps qu'il aurait dû être exécuté. On n'aurait jamais dû autoriser un homme pareil à vivre dans cette abbaye !

— Allons, allons…

L'abbé s'efforça de l'apaiser et l'incita à s'asseoir. Accroupie près du garçon, Katarina lui caressa les cheveux en lui murmurant des paroles apaisantes, puis elle lui prit la main.

— Sylvester a rendu l'âme, murmura-t-elle. Il va maintenant devoir répondre de ses actes devant le Juge suprême. Mais le temps passe, qu'y pouvons-nous ? Mauclerc sera bientôt ici, la bouche pleine de menaces et de malédictions. Il sera furieux d'apprendre que deux espions yorkistes ont disparu de cette abbaye. Mon père, si j'en crois ce qu'on m'a dit de cet homme, il ne fait aucun doute qu'il organisera des battues pour savoir ce qui leur est arrivé et qu'il se montrera impitoyable. Dieu seul sait ce qui se passera si Alcuin tombe entre ses mains.

Elle déglutit avec peine.

— Par ailleurs, Mauclerc voue une haine féroce à la comtesse. S'il venait à découvrir la vérité sur notre présence à Chertsey, il la ferait arrêter avec sa maisonnée, et il s'en prendrait même à tous les membres de l'abbaye !

L'abbé hocha la tête et désigna le corps étendu derrière eux.

— C'est pour nous défendre que tu as tué cet homme, Alcuin, mais Mauclerc n'aura que faire de cette considération. S'il a vent de ce qui s'est passé, il te fera pendre devant l'abbaye sans aucun état d'âme. Quant à nous, Dieu sait quel sort il nous réservera. Tu dois partir, Alcuin ! Tu as la même taille que Sylvester et sa corpulence. Prends sa soutane et ses sandales ! Il n'est pas question que j'attire l'attention en allant en chercher des neuves à la réserve. C'est Crispin qui gère les vêtements de l'abbaye et il est très scrupuleux. Il me poserait mille questions. Mais attends-moi ici, je vais revenir avec une bourse et de la nourriture pour toi. Tu quitteras ces lieux habillé en moine bénédictin, Alcuin, ajouta-t-il d'un ton grave, et tu t'éloigneras le plus vite possible. Tu pourras si tu veux aller trouver refuge chez nos frères de Westminster.

— Ah non ! non ! protesta le garçon en secouant la tête. Plus d'abbayes, plus d'églises, je ne veux plus entendre parler de ces lieux que l'on nomme maisons de prières ! Non, mon père, pardonnez-moi, mais je n'en ai aucune envie. Je préfère partir retrouver mon cousin à Thorpe-le-Soken, dans la campagne de l'Essex. Je m'installerai là-bas et je tâcherai d'oublier les horreurs qu'on m'a fait subir…

Il grimaça un sourire.

— Chertsey va me manquer, bien sûr… ajouta-t-il. Surtout vous, mon père !

L'abbé John acquiesça, puis se tourna pour esquisser une rapide bénédiction en direction du cadavre.

— En attendant mon retour, vous allez emporter cette dépouille. Au bout de ce tunnel, là-bas, vous verrez une grille de fer. Elle est vieille et rouillée, mais elle fonctionne. Après l'avoir poussée, prenez garde, surtout ! Elle débouche sur l'extérieur et ensuite, le passage est étroit et traverse un marécage profond et très traître. Jetez-y Sylvester, il s'enfoncera sans laisser de trace. Je doute qu'il soit le premier à y être enterré, ajouta-t-il sombrement, mais une fois qu'il aura coulé, il reposera là pour toujours…

Il se signa et conclut d'une voix rauque :

— Allez-y, faites ce que je vous dis ! Je serai de retour très vite.

Dès qu'il fut parti, Katarina et Alcuin entreprirent de traîner le corps le long du couloir froid et humide en faisant par moments déborder les flaques d'eau profondes qui s'y étaient formées. Sylvester était devenu une masse lourde et glissante, qu'ils déplaçaient en soufflant et en pestant. Enfin, ils atteignirent la grille. Une fois celle-ci franchie, ils s'enfoncèrent dans une obscurité glaciale dans laquelle ils se sentirent engloutis.

— Prends bien garde ! recommanda Katarina à

mi-voix. J'ai vu des marécages comme celui-ci au pays de Galles. Tant que nous demeurons sur le chemin central, nous ne craignons rien. Mais au moindre faux pas, nous accompagnerons Sylvester au fond de ces ténèbres humides…

Elle s'avança d'un pas prudent en levant sa lanterne pour éclairer le tracé d'une étroite allée de brique qui partait devant eux au milieu du bourbier. Aidée par le jeune garçon, elle reprit alors le cadavre et se remit péniblement en marche. Lorsqu'elle estima qu'ils étaient parvenus à mi-chemin, ils propulsèrent le corps dans le marécage, où il sombra très vite. Ils firent alors demi-tour pour rejoindre la grille et la galerie souterraine. Alcuin portait les sandales et la robe du mort, qu'il s'était empressé d'enfiler par-dessus ses vêtements. Déjà, l'abbé John était revenu avec une bourse remplie de pièces et une besace pleine de nourriture, et qui contenait aussi une dague soigneusement dissimulée. Le garçon mit le sac en bandoulière et tous trois gagnèrent ensemble la sortie de la grotte. On se fit de tristes adieux, puis Katarina et l'ecclésiastique regardèrent leur jeune compagnon s'éloigner en balançant sa petite lanterne.

— Dieu merci, souffla l'abbé John, il s'en va avant l'arrivée de Mauclerc ! Celui-ci ne devrait pas tarder…

Ces paroles se révélèrent prophétiques. Au petit matin, juste après la première messe, tandis que les cloches sonnaient dans le brouillard et que des chandelles illuminaient toutes les fenêtres de l'abbaye, Mauclerc et sa troupe d'archers firent leur apparition, telle la fureur de Dieu, dans un vacarme de sabots heurtant les pavés de la grande cour. Dissimulée dans l'entrebâillure d'une porte de la cuisine, Katarina les regarda mettre pied à terre. Un frisson de terreur la parcourut lorsqu'un chariot chargé d'une immense cage franchit à son tour les grilles de l'abbaye, conduit par quatre verdiers. Ces chasseurs expérimentés firent descendre ses occupants, deux massifs dogues de combat qui jappaient et s'excitaient en découvrant les odeurs de la cour. Les valets d'écurie qui vinrent chercher les chevaux prirent soin de demeurer aussi loin d'eux que possible. Katarina savait pourquoi. Elle avait vu des bêtes de ce genre au pays de Galles, des chasseurs féroces aptes à suivre une odeur sans jamais en perdre la piste. Elle ferma les yeux et, serrant les perles de son rosaire entre ses doigts, pria avec toute la ferveur dont elle était capable pour que l'odeur des deux hommes que Mauclerc avait sans doute l'intention de rencontrer ne menât ces chiens nulle part.

Comme on pouvait s'y attendre, le bras droit des York ne perdit pas son temps en mondanités. D'un ton sans appel, il exigea une audience immédiate avec le père abbé. L'entretien se révéla bref et inutile. Comme l'avait fait la Garduna avant lui, Mauclerc fit donc rassembler toute la communauté de l'abbaye dans le grand réfectoire. Le visage déformé par la colère, il monta à la chaire et demanda d'une voix tonitruante où se trouvaient ses bons serviteurs, Cornelius l'anachorète et frère Sylvester, le réfectorier. Il répéta ces deux noms en faisant claquer ses bottes sur les dalles et tapa dans ses mains. Un mur de silence accueillait ses questions impérieuses. Katarina sentit que, contrairement à ce qui avait été le cas lors de la confrontation avec la Garduna, les personnes réunies dans le réfectoire savaient pour la plupart que Mauclerc aurait beau vociférer, il n'avait aucun pouvoir à l'intérieur d'une abbaye royale qui dépendait de la très puissante sainte mère l'Église.

En regardant cet homme détestable tempêter et menacer, Katarina se demanda pour la centième fois quelle raison avait bien pu l'attirer à Chertsey. Était-ce la profanation du mystérieux tombeau ? La visite de la Garduna à l'abbaye ? La disparition des deux espions ? Ou y avait-il encore autre chose ? Mauclerc et ses maîtres connaissaient-ils les intentions de la comtesse, savaient-ils qu'elle souhaitait se rendre à l'abbaye ? C'était fort possible. Son château ne se trouvait qu'à quelques miles et il semblait logique que, durant son séjour, elle allât voir l'abbé John, avec lequel on la savait en excellents termes. Dès lors, les frères York soupçonnaient-ils que cette visite attendue pourrait avoir d'autres motivations que le classique pèlerinage à ce qu'elle considérait être un sanctuaire lancastrien ?

Katarina redoubla d'attention. Si Mauclerc avait réuni tous les occupants de l'abbaye, c'était, elle n'en doutait pas, pour pouvoir en étudier les visages. Toujours debout en haut de la chaire, il ne cessait de remuer la tête à droite et à gauche, comme à l'affût d'un détail qui n'eût pas été à sa place. Katarina ne s'inquiétait pas : son apparence de fille de cuisine la mettait hors de danger, rien ne distinguait Jasper des autres frères lais et Henri n'était qu'un garçon de cuisine aux cheveux gras et au visage noir de suie. Aucun des trois n'était susceptible de susciter la méfiance de Mauclerc.

L'envoyé du roi cessa enfin de parler et descendit de la chaire pour retourner dans la cour, où l'attendaient ses veneurs avec leurs molosses. Katarina regarda ces hommes faire flairer aux chiens des objets prélevés dans les cellules des deux disparus. Elle s'absorba dans une multitude de taches en suppliant le Ciel que les mâtins ne pussent découvrir d'indices susceptibles de mettre leurs maîtres sur la voie. Ses prières furent entendues et, peu après midi, Mauclerc fit de brefs adieux au père abbé et repartit sur la route de Londres avec toute son escorte.

Après les vêpres, à la faveur de l'obscurité, Katarina, Jasper et Henri retournèrent dans la chambre de l'abbé John. Lorsqu'ils eurent apaisé leur faim avec des tranches de pain et des morceaux de jambon épicé, l'ecclésiastique leur relata ses entretiens avec Mauclerc, puis posa la question qui les taraudait tous : pourquoi ce dernier était-il venu à Chertsey ?

— Une chose est sûre, affirma-t-il. La disparition de leurs deux espions ne leur a pas plu…

Il se mit à rire.

— Leurs chiens n'ont pu flairer les odeurs qu'à l'intérieur de l'enceinte de l'abbaye ! Au-delà, rien !

— Et le tombeau profané ?

— Mauclerc s'est comporté comme si cela ne lui faisait ni chaud ni froid. Et puis, je l'ai entendu marmonner que la véritable sépulture était ailleurs et qu'Urswicke, l'homme de confiance de la comtesse Margaret, devait savoir où elle se trouvait. Je suis d'accord avec lui sur ce point, d'ailleurs.

— Oui, mon père ?

— Urswicke nous en dira plus quand il sera là. En revanche, deux choses m'intriguent : d'abord, même si les yorkistes se soucient peu du tombeau du roi Henri, je trouve étonnant que Mauclerc ne se soit pas intéressé le moins du monde à la visite que nous avons reçue de ces brigands que vous appelez la Garduna. Deuxièmement, j'ai parlé à son capitaine des archers, un homme très agréable qui m'a dit avoir un frère dans les ordres. Il m'a informé que Mauclerc n'a pas fait le voyage depuis Londres avec ses hommes. Ceux-ci avaient l'instruction de le retrouver aux premières lueurs du jour au grand carrefour de la forêt. Dès lors, ma question est la suivante : où Mauclerc s'est-il rendu ? Qu'a-t-il bien pu faire dans cette partie désolée du royaume ?

L'abbé marqua un temps d'arrêt.

— Il se trame quelque chose… Une perfidie dont j'ignore la teneur est en train de se former au cœur du royaume des ténèbres. On dit que l'homme se compose d'un corps et d'une âme, mais qu'il oublie souvent l'âme. Pour notre part, nous sommes des êtres spirituels et nous pouvons donc sentir le goût de choses que l'on ne voit pas, le goût de l'invisible qui existe encore derrière le rideau, au-delà de nos limites. Je crois qu'un grand danger menace la comtesse et ceux qu'elle affectionne. Il me faut la rencontrer au plus vite. Comme je vous l'ai dit, j'ai reçu une lettre d'un frère, un très bon ami qui est sacristain à l'abbaye Saint-Vaast, à Arras. Il est idéalement placé pour savoir tout ce qui se passe dans le royaume du duc de Bourgogne et au-delà : en France à l'ouest, en Italie au sud et dans les royaumes de Rhénanie à l'est. L'écrasante victoire de Tewkesbury, le meurtre brutal de Henri et la prise du trône par les York ont déclenché au-delà des Détroits une tempête qui est encore loin de s'être apaisée.

— Que voulez-vous dire, père abbé ?

— Cette lettre codée que j'ai reçue de mon ami, je l'ai déchiffrée et envoyée à la comtesse. Il se pourrait bien qu'elle y voie un nouveau pan des périls qui se massent actuellement autour d'elle. Ô Seigneur, qu'il sera bon de la rencontrer !

CINQUIÈME PARTIE

« La Garduna affirmait que toutes ses actions étaient l'expression d'une volonté divine. »

Margaret, comtesse de Richmond, resserra les pans de l'épais châle de laine qui l'emmitouflait, tandis qu'elle promenait le regard sur le spacieux solar de son château de Woking. Plus loin, assis à la table de travail, Christopher Urswicke étudiait un parchemin, une plume à la main. Bray n'était pas avec eux. Il était parti inspecter les dégâts occasionnés par l'inexplicable pluie de flèches enflammées qui s'était abattue sur le château durant le séjour de Sir John, de son ami le médecin et de son écuyer et il entendait tout préparer en prévision d'une nouvelle attaque éventuelle.

Margaret se félicitait d'être à Woking. Elle aimait ce château et son cadre ravissant, avec la Wey qui coulait au bas du parc luxuriant et les épais bosquets qui le protégeaient des regards. C'était une somptueuse résidence entourée de douves. On y entrait par une grille imposante qui donnait accès aux diverses cours avec les écuries, les étables, la forge, les granges et les autres bâtiments. Plus loin s'étendait un magnifique parc à cerfs parsemé d'étangs, puis venaient les poulaillers, les porcheries et les vergers fertiles.

Dès son arrivée, Margaret avait monté sa haquenée favorite pour faire le tour du propriétaire. Elle avait apprécié le travail de ses intendants, de ses baillis et de ses domestiques, mais les détériorations causées par les mystérieux assaillants et leurs flèches enflammées restaient visibles.

Elle avait décidé d'attendre un jour supplémentaire avant de gagner Chertsey pour y retrouver son cher fils, un secret que Bray et Urswicke étaient les seuls à partager au château. Christopher l'avait suppliée de faire preuve d'une extrême prudence, de regarder sans rien dire, de ne pas laisser filtrer son émotion. Il importait de ne susciter aucun soupçon. Avant de prendre la route, il lui avait appris le suicide de Hardyng et la mort brutale, tout aussi énigmatique, des deux baladins. La comtesse avait pleuré et prié pour Hardyng et demandé à Urswicke de faire porter les trois corps au Paradisium, le plus grand dépositoire de Londres, où on les préparerait pour l'inhumation et où l'on chanterait un requiem pour leur âme.

Les yeux fermés, Margaret murmura une nouvelle prière pour ces disparus tout en dévidant les perles de son rosaire, puis son esprit dériva vers ses préoccupations du moment. Il était indéniable qu'une subtile machination se tramait contre elle, un complot dans lequel le sinistre Sir Thomas jouait un rôle crucial, sinon prédominant. Mais quel dessein poursuivait-il ? Mes ennemis veulent me pousser à accomplir certaines choses, mais lesquelles ? se demandait la comtesse. À l'évidence, on souhaitait la voir quitter le royaume. Lorsqu'ils l'avaient convoquée à l'échevinage, les frères York le lui avaient signifié sans détours. Ils lui avaient même promis leur assistance pour cela. Urswicke et Bray partageaient ce sentiment. Les York considéraient-ils que, si la comtesse partait, sa cause et sa personne même se flétriraient comme le fruit sur la branche ? Que sa maisonnée ne serait plus qu'un petit groupe d'Anglais malheureux qui se languiraient en exil en s'accrochant à la protection de tel ou tel prince étranger assez généreux pour les entretenir ? Pourtant, il n'en serait pas nécessairement ainsi : l'on pourrait même constater l'effet opposé. Qu'arriverait-il si la comtesse formait une cour en exil ? Si son fils venait la rejoindre et que tous deux devinssent un pôle de ralliement pour l'ensemble des opposants au pouvoir des York ?

— Oui, souffla-t-elle, les choses pourraient fort bien évoluer de la sorte. Mais c'est une autre issue que les York envisagent sans doute…

Elle reposa son bréviaire. Le temps n'était plus à la prière, mais à la réflexion et à l'intrigue. Le jeu qui se jouait là ne se résumait pas aux sempiternelles tensions qui l'opposaient au roi et à ses frères. D'autres grands princes étaient de la partie. Urswicke lui avait parlé des Luciferi, présents à Londres, qui œuvraient au nom du monarque de France. Leur courrier, un beau jeune homme nommé Malachi, était d'ailleurs entré à son service comme valet d'écurie, un rôle qu'il tenait apparemment avec grand talent. Toutefois, les Luciferi étaient une chose, la Garduna en était une autre. Urswicke avait beaucoup appris à son sujet dans les lugubres locaux de la chancellerie à Westminster et il lui avait tout rapporté. Il s'agissait d'une tribu de mercenaires assoiffés de sang. Que pouvaient-ils avoir contre elle en particulier ?

Ils avaient sans nul doute été engagés pour la tourmenter et lui causer du tort, mais par qui et pourquoi ? Étaient-ce les York qui les utilisaient pour la chasser du royaume ? Cette hypothèse la ramenait à la question fondamentale : pourquoi ? et pourquoi maintenant ?

Certes, son époux Sir Henri Stafford venait de s'éteindre et elle ne pourrait plus compter longtemps sur l'appui du duc de Buckingham ni sur l'importante influence de cette prestigieuse famille. Car, même si Sir John, son beau-frère, était venu la soutenir en cette période difficile, il repartirait bientôt. De fait, le docteur Guido et lui l'avaient à maintes reprises suppliée de se joindre à eux pour ce voyage. Ils lui avaient recommandé de chercher refuge chez le duc de Bourgogne, et surtout pas en France ni en Espagne. Charles le Hardi, avaient-ils affirmé, serait ravi de l'accueillir et elle jouirait chez lui de toutes les dignités. Bien sûr, la comtesse avait abordé ce sujet avec Bray et Urswicke. Le premier ne s'était pas prononcé, Christopher avait secoué la tête, le visage fermé.

Et puis, il y avait ces messages inattendus reçus de John May. L'abbé lui racontait qu'il avait d'abord accueilli à l'abbaye trois pèlerins qui lui avaient paru suspects, mais étaient repartis sans causer de troubles, puis que la paix des lieux avait été bouleversée par l'invasion de la Garduna, suivie de l'arrivée d'un Mauclerc très menaçant. Plus récemment, il avait reçu une lettre d'Arras rédigée en langage codé. Il lui en avait fait parvenir la traduction à Woking par un messager en qui il avait pleine confiance et qui avait la consigne d'attendre l'arrivée de la comtesse au château pour la lui remettre en main propre. La teneur de ce texte avait surpris Margaret au plus haut point et Urswicke, auquel elle l'avait confiée, était précisément en train de l'étudier.

— Christopher, appela-t-elle, venez vous asseoir près de moi, voulez-vous ? Avec la lettre…

Urswicke quitta sa table de travail en se grattant la tête et rejoignit la comtesse.

— L'avez-vous lue, Christopher ?

— Bien sûr, maîtresse ! Et son contenu m'intrigue. Le duc Charles serait en train de préparer un mémorial dédié à un roi anglais qui, semble-t-il, n'est autre que notre regretté Henri VI. Mais pourquoi ? Je ne me souviens pas que la Bourgogne ait jamais été une fervente partisane de notre cause. C'était même tout le contraire ! N'est-ce pas grâce à elle qu'Édouard d'York a pu envahir notre royaume il y a quelques mois ? Alors que signifie ce revirement ? Pour quelle raison érige-t-on à Arras un mausolée, un sanctuaire dédié à un roi anglais ? Je doute que ce lieu devienne populaire là-bas, étant donné que Henri VI, lui, ne l'était absolument pas ! D'ailleurs, en dépit de l'insistance de Sir John et de Guido à nous emmener avec eux, je ne suis pas certain que nous serions reçus en Bourgogne avec autant d'égards qu'ils l'affirment !

— Laissons cette question de côté, Christopher, et concentrons-nous sur cette lettre ! L'écriture de l'abbé John est fine et serrée. Vous qui avez la vue perçante d'un aigle, faites-m'en, je vous prie, la lecture à haute voix, afin que j'en saisisse chaque nuance ! Lisez lentement, en vous efforçant de vous mettre à la place de Ricard, ce moine bénédictin qui en est l'auteur.

Urswicke voulut protester, mais la comtesse l'arrêta d'un geste.

— S'il vous plaît, Christopher, lisez ! Faites plaisir à votre maîtresse !

Christopher sourit, haussa les épaules et s'éclaircit la gorge.

— « Ricard, sacristain de l'abbaye Saint-Vaast, à Arras, envoie ses salutations à son père adoré en Jésus-Christ, John May, abbé de Chertsey, au nom du Seigneur Jésus-Christ, de la Vierge Marie et du fondateur de notre ordre, saint Benoît de Nursie. Père abbé, je vous adresse mes vœux de paix tout au long de votre voyage à travers cette vallée de ténèbres profondes qu'il nous faut traverser avant d'atteindre le royaume qui nous attend dans l'au-delà. En quittant Chertsey, je vous avais promis de vous tenir informé de tout ce qui se passerait à Arras, qui est le carrefour du monde. Chaque fois que me parviennent des rumeurs ou des nouvelles intéressantes, je vous les transmets donc. Car tel est l'objectif de notre ordre : demeurer attentif aux affaires du monde. Je vous écris maintenant dans le langage codé que vous m'avez enseigné, et le courrier qui vous portera cette lettre est un vrai bénédictin, un bon frère pour vous comme pour moi. À présent, voici les faits que j'entends vous rapporter :

« Tout d'abord, la ville d'Arras est actuellement en grande effervescence, non en raison de troubles causés de l'extérieur ou à l'intérieur, mais parce que notre seigneur le duc Charles et sa cour sont arrivés. À première vue, rien de singulier, sauf que notre *bon seigneur** a désormais pris l'habitude de venir souvent dans notre abbaye. La raison de ses visites n'est pas divulguée. On dit que notre père abbé a juré de garder le silence à ce sujet, que c'est un grand secret. Je ne savais rien d'autre que cela jusqu'au moment où, tout à fait par hasard, j'en ai appris davantage. Comme je l'ai signalé plus haut, le duc venait sans cesse chez nous, invariablement accompagné de Marcel Lancthom, son architecte et maître maçon. En ces occasions, les deux hommes s'enfermaient dans notre abbatiale, on en verrouillait les portes et des mercenaires du duc montaient la garde devant chacune d'elles. Apparemment, du moins, selon les bruits qui couraient, ils arpentaient la nef et le transept et faisaient de longues haltes dans les chapelles-sépultures.

« En fin de compte, il y a trois semaines de cela, deux chapelles mitoyennes, dédiées respectivement à saint Rémi et à Isidore le Laboureur, ont été fermées et l'on a érigé devant elles de hautes et solides palissades en bois épais. On a fait venir des ouvriers, des maçons et des charpentiers qui ont reçu des instructions. Les parois de bois qui séparaient les deux chapelles ont été abattues et les fenêtres, agrandies. »

Urswicke releva les yeux. La comtesse était absorbée dans l'écoute, ses lèvres remuaient comme si elle répétait les mots pour mieux se concentrer sur leur sens.

— Continuez, s'il vous plaît, murmura-t-elle.

— « Les dalles qui pavaient les chapelles ont été descellées et sorties de l'église. Les châsses qu'elles abritaient ont été exhumées et enterrées dans le cimetière de l'abbaye. Tout cela m'a bien sûr beaucoup étonné. On se devait de me prévenir, non ? Ne suis-je pas le sacristain de Saint-Vaast et l'entretien de ces chapelles ne relève-t-il pas de ma responsabilité ? Je me suis donc armé de courage pour questionner le père abbé, mais il n'a rien voulu me dire : il a refusé de m'expliquer ce qui se passait et m'a interdit d'évoquer de nouveau le sujet avec lui, tout en me promettant que, dans quelque temps, ma curiosité serait satisfaite. Pour être honnête, son attitude m'a déplu. C'est à la règle de saint Benoît que nous nous plions, non à la volonté, aux lubies ou aux décrets égoïstes de quelque prince séculier. J'étais donc déterminé à élucider malgré tout le mystère de ce grand remue-ménage.

« Comme vous le savez, bien entendu, le sacristain que je suis a, dans notre ordre, la charge de la sécurité de la maison de Dieu, ainsi que des dépendances sacrées de l'abbaye, comme les cloîtres et les cryptes. À ce moment-là, les gardes du duc étaient repartis, car le père abbé avait tout de même trouvé le courage de refuser que des hommes en armes patrouillent dans l'enceinte de l'abbaye. En conséquence, on avait confié un trousseau de clés à maître Marcel, qui était le dernier à s'en aller le soir : il refermait la porte de la palissade isolant les chapelles et quittait l'abbatiale par la porte du diable, qu'il verrouillait aussi derrière lui.

« Finalement, la détermination a pris le dessus sur ma docilité. Une nuit, je suis entré dans l'église. J'avais, durant la journée, dissimulé un petit escabeau dans un coin, derrière le baptistère. Je m'en suis servi pour escalader la palissade et je me suis laissé tomber de l'autre côté. L'état de dévastation que j'ai découvert m'a stupéfié. Il ne restait plus rien des deux chapelles : les autels, armoires liturgiques, bénitiers, corniches sculptées et socles, tout avait été détruit ! Avec la petite lanterne que j'avais apportée, j'ai pris le temps de tout examiner. J'ai remarqué une paillasse épaisse et confortable posée dans un coin, ainsi qu'un plateau d'argent portant un pichet de vin et deux gobelets. J'ai pensé que *monsieur** Marcel avait besoin de prendre ses aises pour se reposer de temps en temps. J'ai également aperçu une sacoche, que j'ai ouverte. Elle contenait de nombreuses feuilles de parchemin, de celles qu'utilisent les maçons et les artistes pour esquisser leurs projets de sculptures ou de peintures. Sur l'une d'elles, j'ai vu une antilope, une rose à cinq pétales, la tête d'un roi et un blason, un écu dont la surface était divisée en quatre, de gueules aux *lions rampants** d'or et d'azur semé de lis d'argent. J'ai examiné tout cela en me demandant encore une fois ce qui pouvait bien se tramer.

« Je n'ai pas pu tout regarder, car j'ai soudain entendu du bruit à l'extérieur. Je me suis empressé de ranger les parchemins dans la sacoche, j'ai attrapé ma lanterne et j'ai escaladé la palissade pour ressortir et aller cacher l'escabeau. J'ai attendu un peu dans l'ombre en tendant l'oreille, sans cesser de réfléchir à ce que j'avais vu. J'allais commencer à avancer dans l'obscurité pour repartir lorsque j'ai entendu des voix dans la nef. Ce n'étaient que des chuchotements, mais dans un lieu comme celui-ci, les sons portent. Il y avait deux personnes, un homme et une femme. Toujours tapi dans ma cachette, j'ai vu la flamme d'une chandelle se déplacer. J'ai entendu la porte de la palissade s'ouvrir et la lumière s'est estompée. Je me suis approché. L'homme qui venait ainsi dans l'abbatiale en pleine nuit ne pouvait être que Marcel, et il avait manifestement amené une femme avec lui. J'ai patienté un long moment : il y a eu des murmures, des soupirs, des cris de plaisir étouffés… Il s'agissait à l'évidence d'un rendez-vous galant. Je me suis souvenu de l'expression *Carpe diem*, "cueille le jour présent". Marcel avait tout préparé, ce qui expliquait le flacon de vin et les coupes. Cela m'a mis très en colère. Ils faisaient cela dans une abbatiale, non dans une maison de luxure ! J'ai alors décidé d'exploiter cette fornication sacrilège. Les gémissements de plaisir continuaient quand je me suis avancé sans bruit. La porte de la palissade était restée entrouverte : Marcel avait commis cette erreur dans son empressement à satisfaire ses bas instincts. Je me suis approché du rai de lumière et j'ai regardé. Marcel faisait la bête à deux dos avec une femme aux longs cheveux blonds. Dans le feu de l'excitation, elle a projeté la tête en arrière et j'ai pu voir un visage que je ne connaissais que trop bien : celui d'Isolda Gruthys, l'épouse du plus grand homme de loi de la ville. Chaque dimanche, elle entre comme une reine dans l'abbatiale au bras de son digne époux. Tous deux sont magnifiquement vêtus et ils reçoivent les applaudissements de l'assistance. Il fallait qu'Isolda fût follement éprise de Marcel pour oser transgresser ainsi la morale avec lui, car si son péché venait à être découvert, ce serait pour elle l'humiliation et la disgrâce durant tout le reste de son existence. J'ai pris mon souffle, j'ai poussé la porte et je me suis appuyé contre la palissade en frappant des mains. Les deux amants, surpris et confus, ont aussitôt saisi leurs vêtements pour s'en couvrir, comme Adam et Ève soudain honteux de leur nudité.

« — Eh bien, eh bien, *monsieur** Marcel !

« Je me suis approché et l'architecte a tendu la main vers le fourreau qui contenait sa dague. Il n'a pas pu l'attraper, car je l'ai repoussé du pied.

« — N'ajoutez pas le meurtre à vos péchés, messire. Vous ne pourriez pas expliquer ce geste. Réfléchissez plutôt à ce qui se produirait si je sonnais le tocsin maintenant. Que diraient les gens ? Quelle punition notre sainte mère l'Église vous infligerait-elle, Marcel ? Elle vous ferait marcher à travers la ville et dans l'enceinte de cette abbaye revêtu d'une simple chemise et portant une chandelle, avec au cou une pancarte proclamant votre lubricité, votre goût pour la luxure et la description du péché que vous avez commis. On ne vous donnerait que du pain et de l'eau pendant quarante jours et l'on vous mettrait au carcan sur la place du marché une journée entière !

« Le visage tordu par l'horreur, Isolda a introduit un coin de son vêtement dans sa bouche pour étouffer ses cris de désespoir. Marcel, lui, a tendu vers moi une main suppliante.

« — Que voulez-vous ? m'a-t-il demandé d'une voix rauque. Car vous attendez quelque chose de nous, sans cela, vous auriez déjà sonné le tocsin !

« J'ai désigné le décor qui nous entourait.

« — Tout ceci, ai-je dit. Ces deux chapelles du souvenir que vous avez détruites… Pourquoi ?

« Marcel a regardé sa dulcinée, qui a hoché la tête.

« — Si je vous le révèle, ce que vous avez vu ici restera-t-il secret ? s'est-il enquis.

« — J'ai encore autre chose à vous demander, ai-je enchaîné. Mais oui, dites-moi ce que vous savez et je garderai pour moi ce que j'ai vu.

« Une fois de plus, Marcel a lancé un regard désespéré à son amante, avant de s'adresser de nouveau à moi.

« — Le duc Charles… mais je n'en connais pas la vraie raison, et je ne la soupçonne même pas… a l'intention d'ériger un très beau sanctuaire à la mémoire d'un roi anglais.

« — Quel roi ?

« — Je n'en ai pas eu confirmation, mais je pense qu'il s'agit de Henri VI, le saint monarque que des yorkistes ont assassiné, dit-on, dans la Tour de Londres.

« — Pourquoi le duc voudrait-il faire cela ?

« — C'est la question que j'ai posée, mais on m'a répondu en termes clairs que je n'avais pas à le savoir. J'étais là pour concevoir et construire un sanctuaire majestueux conformément aux instructions du duc, c'était tout !

« Marcel s'est signé.

« — Je ne puis vous en dire davantage…

« — Oh, je suis sûr que si, au contraire ! ai-je déclaré. Vous préparez un tombeau, un mémorial en l'honneur d'un roi déchu, probablement le défunt roi Henri VI. Pourquoi le duc Charles s'est-il mis cette idée en tête ? Quel lien a-t-il avec cet infortuné monarque ? Nous savons que le duc a soutenu Édouard d'York avec ferveur par le passé. Alors pourquoi cela ?

« Il fallait que je sache, frère abbé. C'est pour vous que je me suis laissé aller à insister de la sorte. Vous restez le plus ardent soutien de la cause des Lancastre, et de la comtesse en particulier. Votre abbaye, une maison bénédictine, abrite la dépouille mortelle d'un roi martyr. Vous méritez de savoir ce qui se trame. J'étais déterminé à ne pas laisser Marcel s'en sortir sans m'avoir révélé tout ce qu'il savait. Je me suis rapproché de lui.

« — Écoutez, ai-je repris, je vous promets, je vous jure ici, en ce lieu saint, que si vous me communiquez la raison de tout ceci, personne, dans le royaume de Bourgogne, n'aura vent de ce que j'ai vu cette nuit.

« Il m'a lancé un regard sceptique.

« — Vous me dites bien la vérité ? a-t-il insisté.

« — Si vous en faites autant.

« Il a poussé un soupir et s'est tourné vers Isolda pour lui caresser les cheveux.

« — Comme vous le savez, l'époux de cette dame est un important juriste de la ville, un notaire royal. Il est convoqué à une réunion secrète dans le palais du duc demain.

« — Il n'a pas su tenir sa langue, est intervenue Isolda. Il cherche toujours à m'impressionner. Il m'a informée de cette réunion et m'a dit qu'elle concernait les travaux secrets qui se déroulent ici, à Saint-Vaast. C'est tout ce que je sais...

« — Je vous fais le serment, murmura Marcel, que lorsque je saurai de quoi il retourne, frère Ricard, vous le saurez aussi.

« J'ai répondu que j'attendrais et qu'il devrait venir m'informer sans délai. Je leur ai fait promettre qu'ils ne s'adonneraient plus à leur luxure dans notre enceinte sacrée, puis je les ai laissés réfléchir et, je l'espère, se repentir de leurs péchés.

« Voilà, frère abbé, ce que j'ai découvert, rien de plus, rien de moins, rien d'autre. Cependant, dès que j'aurai eu connaissance de la vraie raison de la désacralisation de notre abbatiale, je vous en informerai par courrier, vous avez ma parole. Que Dieu vous protège ! Frère Ricard. »

Urswicke roula le parchemin et le tendit à la comtesse, qui le jeta aussitôt dans la cheminée. Elle le regarda se consumer dans les flammes.

— Cette lettre date déjà de plusieurs jours, dit-elle. À l'heure qu'il est, le frère Ricard connaît sans doute le fin mot de l'histoire. Espérons que nous recevrons bientôt de ses nouvelles.

Elle désigna la cheminée d'un geste vague.

— La traduction est partie en cendres, précisa-t-elle, mais non le message codé d'origine.

Puis, se penchant, elle posa doucement la main sur l'épaule d'Urswicke.

— Qu'y a-t-il, Christopher ? s'enquit-elle.

— Ma foi, maîtresse, voilà que le mystère s'amplifie encore… Pourquoi le duc Charles a-t-il voulu s'approprier la dépouille de notre saint roi ? Car c'est bien lui, n'est-ce pas ? Si la Garduna a volé ce que l'on croyait être le cercueil d'un roi saint, c'est bien au profit de la Bourgogne. Mais pour quelle raison ?

— Il cherche peut-être à contrarier ses ennemis, les frères York, suggéra la comtesse. Ce pourrait être cela. Cette action n'est-elle pas censée coïncider avec notre possible repli en Bourgogne ?

— Le duc n'a encore aucune certitude en la matière, maîtresse. Nous pouvons fort bien décider de ne pas y aller. Non, non, il doit y avoir une autre explication…

— C'est vrai, Christopher. Nous pouvons décider de partir pour la Bourgogne ou de ne pas y aller. De le faire maintenant ou beaucoup plus tard, dans le futur. Néanmoins, avec ou sans nous, le sanctuaire que prépare le duc Charles pourrait être proclamé point de ralliement de tous les ennemis des York, dont la liste s'allonge chaque année.

— Je pourrais adhérer à cette idée, maîtresse, mais il y a tout de même quelque chose d'irrationnel. Le rôle de la Garduna paraît des plus inconséquents. Elle nous attaque, nous qui représentons la maison de Lancastre et, en même temps, elle s'empare de la dépouille mortelle de notre saint roi, qui était à sa tête. C'est contradictoire. Voyons, envisageons les choses sous forme de triangle : au sommet supérieur, le duc Charles prépare son sanctuaire. Au coin droit, la Garduna s'empare du corps de Henri. Et à gauche, cette même Garduna s'en prend à nous.

— Vous avez raison, c'est absurde ! soupira la comtesse. La Garduna nous est hostile et, en même temps, elle aide le duc Charles à créer un grand sanctuaire lancastrien.

— À moins que…

— À moins que quoi ?

— La Garduna est une organisation sans foi ni loi. Peut-être travaille-t-elle pour d'autres que le duc, pour des personnes qui ont intérêt à voir le tombeau quitter l'abbaye de Chertsey. Mais, là encore, je ne comprends pas bien. Qui cela pourrait-il être ? Et pourquoi ?

Margaret allait répondre quand Bray fit irruption dans le solar, encore vêtu de sa chape, avec ses bottes et ses éperons.

— Madame, déclara-t-il, votre château est à présent fortifié et nous sommes en mesure de le défendre au mieux. Par ailleurs, Sir John et le docteur Guido souhaitent vous rencontrer. Ils veulent s'entretenir de certaines questions avec vous.

Il posa sur Urswicke un regard interrogateur.

— Que se passe-t-il ici, mon ami ? ajouta-t-il. J'ai le sentiment que vous parlez de choses importantes.

— Plus tard, intervint la comtesse. Plus tard…

Elle se leva, attrapa sa canne et s'approcha de la table ovale en bois d'orme.

— Recevons tout d'abord nos amis ! Christopher, asseyez-vous là, à ma droite !

Peu de temps après, Bray introduisait Guido et Sir John dans le solar. Comme de coutume, ce dernier était accompagné de son ombre silencieuse, l'écuyer Lambert, toujours soucieux et crispé. Les deux autres, en revanche, ne cachaient pas leur état d'excitation. Chacun d'eux tenait une feuille de parchemin, dont Guido révéla avec un large sourire qu'elles étaient le fruit de leurs recherches sur l'histoire de la famille Stafford.

— Madame, commença pompeusement Sir John en tapotant la table, nous allons pouvoir repartir à présent. Nous vous prions de rassembler vos plus précieuses possessions afin que vos deux serviteurs et vous-même puissiez nous accompagner en Bourgogne.

— Ou, mieux encore, renchérit Guido, vos deux loyaux partisans peuvent demeurer ici, de manière à veiller sur vos intérêts.

La comtesse affecta, conformément aux recommandations de Christopher, une confusion extrême.

— Oh ! je ne sais pas… Je ne sais pas… soupira-t-elle. Quoi qu'il en soit, j'ai d'abord l'intention de me rendre à l'abbaye de Chertsey. J'irai là-bas demain, afin de prier et de méditer.

— À votre guise, ma chère belle-sœur. Nous vous accompagnons !

— Non !

La protestation avait fusé, sèche et tranchante.

— Non, mon cher beau-frère, reprit Margaret avec plus de douceur. Je préfère que vous demeuriez ici avec le docteur Guido et maître Lambert pour veiller sur le château.

— Oh ! je vous en prie, ma chère belle-sœur, laissez-moi venir avec vous ! protesta Sir John en secouant les mains, très agité. J'ai besoin de consulter un ouvrage qu'abrite justement la bibliothèque de l'abbaye !

— Quel ouvrage ? s'enquit Urswicke.

— Il s'intitule le *Liber Lancastriae* – le Livre des Lancastre. La chancellerie de Westminster m'a affirmé que l'unique exemplaire était conservé à l'abbaye de Chertsey.

— Dans ce cas, n'ayez pas d'inquiétude, dit Margaret avec un sourire. Nous vous le rapporterons.

Cette réponse ne parut plaire ni à Sir John ni à Guido. La comtesse continua de poser sur eux son sourire rassurant.

— Mon cher beau-frère, ajouta-t-elle, ce château pourrait faire l'objet d'une nouvelle attaque et j'ai besoin que vous soyez là si cela survient. Mais soyez sans crainte, nous reviendrons très vite.

Urswicke observa discrètement leurs hôtes. Avaient-ils des soupçons ? Savaient-ils qui se cachait dans l'abbaye ? Les allégeances de Sir John manquaient de clarté et il était impossible de se fier à lui. Mais, là encore, on pouvait en dire autant de bien des personnages du royaume…

Lady Margaret se leva et frappa dans ses mains.

— Nous prendrons la route demain matin à l'aube, annonça-t-elle. Christopher, Reginald, assurez-vous que ma suite soit prête ! J'ai hâte de rencontrer mon vieil ami l'abbé John May, cet allié de toujours…

Après une soirée et une nuit paisibles, Margaret et sa suite se mirent en chemin au petit matin et arrivèrent sans encombre en milieu d'après-midi. Tous se comportèrent comme des pèlerins visitant le tombeau royal et découvrant avec effroi la récente profanation. Ce fut seulement après que l'on eut chanté complies, quand les cloches se turent et que toutes les chandelles furent éteintes, que le père John organisa la rencontre dans ses quartiers privés. Katarina et ses compagnons se faufilèrent le long des galeries et dans les escaliers de pierre, voletant tels des spectres de la nuit à travers les cloîtres et les jardins plongés dans le silence. Une fois à l'abri chez l'abbé, ils rompirent le jeûne tandis que la comtesse emmenait son fils bien-aimé dans la minuscule cellule du père John afin de le serrer dans ses bras et de lui parler avec toute la tendresse d'une mère. Puis Margaret et Henri rejoignirent les autres et burent et se restaurèrent avec eux. Quand chacun fut rassasié, la comtesse réclama le silence et demeura quelques instants immobile, attentive aux bruits de la nuit qui se répercutaient dans les jardins de l'abbaye, le bruissement des feuilles des arbres, le souffle du vent violent et le hululement incessant des hiboux.

— Des oiseaux de mauvais augure, commenta-t-elle à mi-voix. Écoutez, mes amis, mes loyaux alliés…

Elle se tourna vers Henri et lui sourit.

— Et mon fils chéri… ajouta-t-elle. J'avoue, reprit-elle en posant la main sur sa poitrine, qu'il me semble en ce moment être ballottée telle une feuille sur une rivière en crue. J'ai l'impression d'être un joueur d'échecs dont toutes les pièces sont bloquées.

Elle se redressa pour poursuivre avec détermination :

— Mais nous allons puiser au plus profond de nos âmes et nous y trouverons, j'en suis sûre, courage et ingéniosité. Nos adversaires croient avoir la haute main. Ils sont convaincus que nous sommes tombés et que nous ne nous relèverons plus. Ils se trompent.

Commençons donc par réfléchir à ces mystérieuses attaques. Je n'ai pas eu à craindre moi-même pour ma vie, mais on a voulu attenter à celle de mes deux fidèles compagnons. En revanche, je suis la cible de proclamations odieuses qui s'attaquent à ma réputation. La population peut les voir placardées à St Paul et à Cheapside…

— Christopher nous en a parlé, acquiesça Katarina. Qui peut être l'auteur de telles abominations ?

— Maîtresse, intervint Urswicke, ne tournons pas autour du pot, il faut voir les choses en face : j'ai la forte conviction que ces actes de malveillance sont tous du fait de mon père et de la chancellerie secrète. Sir Thomas, qui agit au nom des frères York, entend purement et simplement vous faire quitter le royaume. En vous importunant sans relâche, il espère vous décourager et vous pousser à fuir.

— Vous ne pensez tout de même pas que votre père a fait alliance avec la Garduna ? s'étonna la comtesse.

— C'est ma conviction, si.

— Mais tout de même… La Garduna est venue ici exhumer de son tombeau ce qu'elle croyait être la dépouille du saint Henri. Pourquoi a-t-elle fait cela ? Dans quel but ?

— J'avoue que cette question me tourmente, soupira Urswicke. Voyez-vous, j'étais là le jour où ce cercueil a été enseveli. J'ai été témoin de ce qui s'est passé. Le corps de Henri est arrivé à Chertsey à bord d'une barge avec Mauclerc et sa bande de galapiats, qui ne songeaient qu'à le désacraliser et se moquaient du sépulcre du saint roi. En fin de compte, ce n'est pas le roi Henri qu'ils ont inhumé dans la chapelle : ils ont entassé dans un cercueil les restes d'Edmond

Quintain, un gentilhomme du Kent qui avait combattu pour Faucomburg lors des récentes émeutes de Londres. Proclamé rebelle et traître, Quintain avait été capturé et condamné à la pendaison et à l'écartèlement. La punition a été exécutée dans les règles de l'art. On a ensuite plongé les parties de son corps dans un tonneau de saumure que l'on a apporté ici en même temps que la dépouille du roi. Clarence avait décidé que le mausolée royal recevrait ces sordides restes, et non le corps du roi Henri. Dès lors, nul ne pourrait plus affirmer que des miracles étaient accomplis sur sa sépulture. Une façon sacrilège d'exploiter la dépouille du roi défunt à des fins de polémiques partisanes. Car comment les restes en morceaux d'un criminel, d'un traître comme Quintain, pourraient-ils accomplir des miracles ?

— Et le véritable corps ? s'enquit Jasper.

— Clarence souhaitait le faire jeter dans la rivière ou enfouir dans quelque gâtine au cœur de la forêt. J'ai dû l'implorer pour qu'il y renonce. Je lui ai dit que cette dépouille pourrait, qui sait, lui être utile un jour. Dieu merci, il m'a écouté.

— Et donc ?

— Donc, messire Jasper, moi seul connais le lieu exact où est enseveli le roi Henri d'Angleterre. Et cela restera sans doute un secret jusqu'au jour où le jeune Henri (Urswicke s'inclina devant le fils de Margaret), véritable héritier du trône, s'emparera de la couronne et de l'orbe de ce royaume.

Il sourit.

— J'ai également dissimulé quelques précieuses reliques de notre saint monarque, reprit-il. Son chapeau, sa tunique et ses gants.

L'abbé hocha la tête et Bray se leva pour aller

ouvrir la porte sans bruit et s'assurer que l'escalier était toujours désert. Puis il regagna son siège.

— J'ai entendu ce que vous avez dit, Christopher, déclara-t-il. Mais une question subsiste, à laquelle je ne doute pas que vous ayez réfléchi. Si Mauclerc et ses maîtres connaissent la vérité sur ce tombeau, et si ce sont vraiment les seigneurs yorkistes qui ont conclu cette odieuse alliance avec la Garduna, pourquoi ont-ils envoyé celle-ci s'emparer de ce qui n'est rien d'autre qu'un amas de vieux os ?

— Je suis d'accord avec vous, soupira Urswicke. C'est là un vrai mystère qui reste à élucider. Mais changeons à présent de sujet, ajouta-t-il en se tournant vers la comtesse. Madame, avez-vous parlé à votre fils des difficultés auxquelles nous sommes confrontés ?

— Oui, répondit Margaret. Et j'ai également appris que son refuge en Bretagne n'est peut-être plus aussi sûr que nous le pensions. C'est d'ailleurs l'une des raisons pour lesquelles je voulais le rencontrer ici. Jasper et Katarina agiront conformément à nos décisions, mais ces décisions, quelles seront-elles ? Croyez-vous que nous devions tous chercher refuge en Bourgogne ?

— Certainement pas !

Urswicke avait presque crié ces mots et toutes les personnes présentes sursautèrent.

— Certainement pas, répéta-t-il moins fort. Je pense que le moment est venu de transférer le champ de bataille dans le camp ennemi. Mais, pendant que j'y pense, frère abbé, votre bibliothèque comporte-t-elle un ouvrage intitulé *Liber Lancastriae* ?

— Oui, tout à fait !

— Pourrais-je vous l'emprunter ?

— Bien évidemment !

— Transférer le champ de bataille dans le camp ennemi, d'accord, déclara Katarina avec énergie. Mais au nom du Ciel, comment s'y prend-on pour cela ? Regardez autour de vous, Christopher ! Nous sommes très peu nombreux, et relativement faibles. La Garduna pourrait tous nous massacrer comme de rien. Est-il bien raisonnable de pénétrer dans son camp ? D'autant que nous ne savons même pas où elle se terre !

Elle se tut sans quitter des yeux ce clerc en qui la comtesse plaçait toute sa confiance. Dès qu'elle l'avait rencontré, ce jeune homme aux cheveux blonds, au visage innocent et à la voix mélodieuse l'avait fascinée. Sans doute était-il l'homme le plus intelligent qu'elle eût jamais côtoyé. Bray, qu'elle connaissait depuis longtemps, n'était pas en reste sur ce plan, certes, mais il était sombre, taciturne, voire sinistre. Le véritable bras droit, l'incarnation de la volonté de la comtesse était Urswicke. S'il parlait de mener le combat dans le camp ennemi, il avait une idée précise en tête.

— Écoutez-moi bien, lui répondit-il. Nous savons qu'une escouade de la Garduna est arrivée en Angleterre et qu'elle se dissimule quelque part, dans un lieu dont nous ignorons tout. Un certain nombre de ces pécheurs évoluent à Londres en toute liberté, mais je pense qu'ils ne constituent qu'une partie du groupe. Alors où sont tous les autres ?

Katarina perçut un regain d'excitation parmi les personnes qui l'entouraient : Urswicke allait livrer le fruit de ses cogitations.

— Souvenez-vous du jour où la Garduna a investi cette abbaye, poursuivit le clerc. Ses hommes transportaient un cercueil, et ils sont repartis avec un autre cercueil. J'ai interrogé les garçons d'écurie, monseigneur abbé. Tous m'ont dit que la Garduna était arrivée à pied et repartie de la même façon. Mauclerc, de son côté, est venu seul dans le Surrey et n'a retrouvé ses hommes qu'à proximité de l'abbaye. À présent, songeons aux récentes attaques qui ont visé le château de Woking : elles sont indéniablement l'œuvre de la Garduna. Pour nous résumer, nous avons un groupe d'hommes qui arrivent à pied, déguisés en frères Sacs, nous avons Mauclerc qui surgit brusquement de la forêt, seul, et nous avons des archers qui attaquent le château de la comtesse à proximité d'ici.

— Ce qui signifie que la Garduna n'est pas loin ! conclut Bray.

— Précisément ! Il ne nous reste plus qu'à déterminer où exactement. Qu'en pensez-vous, père John ?

— Depuis quelque temps, murmura le bénédictin, les gens de la forêt nous disent qu'ils sont témoins de phénomènes étranges et malplaisants. Rien de bien précis, mais des ombres qu'ils voient fuser entre les arbres, des cris et des bruits insolites…

— Auriez-vous une carte de cette forêt, mon père ?

— Oui, Christopher. Mais vous n'y découvrirez rien d'autre qu'un bois très dense. Hormis des arbres, on n'y trouve pas grand-chose. Enfin, voyez par vous-même…

L'ecclésiastique se leva et ouvrit une armoire. Il en sortit un parchemin jauni, qu'il déroula sur la table, avant de poser aux quatre coins des poids qui le maintinrent en place. Urswicke se pencha pour examiner le document.

— Alors, commença-t-il, qu'avons-nous là ? Des arbres, bien sûr, fit-il en relevant la tête avec un sourire.

Quelques maisons de bûcherons, cette abbaye et ses dépendances, et puis ceci…

Il posa le doigt sur le dessin d'une maison grossièrement esquissé.

— C'est *La Chasuble*, indiqua l'abbé John. Un ancien pavillon de chasse qui fut jadis transformé en auberge. Il est aujourd'hui en assez mauvais état, mais nous avons reçu ici des voyageurs qui y ont séjourné sans avoir eu à se plaindre.

— Ainsi, l'auberge est encore ouverte ! conclut Urswicke. Eh bien, nous allons vérifier cela par nous-mêmes !

— Pour quelle raison ?

— Parce que je ne vois pas d'autre lieu où pourrait s'abriter toute une escouade de mercenaires.

— Les voyageurs dont je vous parle y sont passés il y a très peu de temps. C'étaient des rétameurs. Ils n'ont rien remarqué de particulier.

— Et s'ils avaient été envoyés chez vous pour répandre l'idée que tout est normal, mon père ? Réfléchissez ! ajouta-t-il en s'enflammant. La Garduna loge nécessairement près d'ici, c'est une question de logique. Peut-être même fournit-elle aux gens de passage le service qu'ils réclament : elle leur propose le gîte et le couvert, pourquoi pas ? Vous nous avez dit avoir reçu il y a quelques semaines ou quelques mois des pèlerins qui venaient d'Espagne, mon père. Je gage qu'ils n'étaient pas davantage pèlerins que moi ! Il s'agissait à coup sûr d'éclaireurs envoyés là pour récolter des informations, tant ici, dans cette abbaye, que dans le château de la comtesse ou dans cette auberge délabrée, mais certainement très spacieuse, où presque plus personne ne s'arrête.

Il se leva en repoussant son tabouret.

— Maîtresse, reprit-il, mes amis, je pense qu'il est temps que mon bon camarade Reginald et moi-même allions visiter *La Chasuble* !

— Je viendrai avec vous ! intervint Katarina.

— Il n'en est pas question, rétorqua la comtesse. J'ai besoin de vous et de Jasper ici, Katarina, car Dieu seul sait quels dangers l'obscurité qui nous entoure peut encore receler…

Des coups furieux frappés à la porte les firent tous tressaillir. Bray bondit, son épée à la main, et Urswicke amorça sa petite arbalète. La silhouette qu'ils découvrirent sur le seuil était masquée et cagoulée. Toutefois, malgré les replis de l'épaisse chape militaire qui lui dissimulait une partie du visage, le nouveau venu était aisément reconnaissable.

— Prestepied ! s'exclama Margaret. Mon Dieu, il n'y a que vous pour surgir sans crier gare et nous effrayer ainsi !

Le messager de la comtesse fut introduit dans la pièce. Après s'être débarrassé de son lourd manteau, il vint se réchauffer les mains au-dessus du braisier et accepta avec reconnaissance le verre et l'assiette qu'on lui servait.

— Alors ? l'interrogea Urswicke lorsqu'il fut rassasié.

Le jeune homme dégingandé au visage étroit se tourna vers la comtesse d'un air grave.

— Maîtresse, dit-il, je me suis engagé sous serment à ne délivrer mes messages qu'à vous et, éventuellement, à maître Christopher. Personne d'autre ne doit être présent.

Lady Margaret jeta un coup d'œil à l'abbé, qui désigna sa cellule d'un geste. Elle la gagna aussitôt, suivie du messager et d'Urswicke, qui referma la porte derrière eux.

— Les messages ne sont pas écrits ? demanda-t-elle.

— Non, maîtresse. Je les ai appris par cœur tous les deux. Même le second, qui est très long.

— Très bien ! acquiesça Urswicke. Il est vrai que, comme tous ceux de ton métier, tu possèdes ce don singulier, ce grand talent ! Ce que tu enregistres dans ta mémoire est peut-être encore plus précis que n'importe quel message écrit !

— Quoi qu'il en soit, déclara Prestepied, le premier message vient de Lord Thomas Stanley, qui m'a convoqué dans sa forteresse de Latham. Il est très intéressé par votre proposition, maîtresse, et il estime qu'il n'y a aucun obstacle à poursuivre dans ce sens. Il espère de tout cœur que l'entreprise aboutira rapidement. Il pense néanmoins qu'il serait prudent de ne rien consigner par écrit. C'est la fin du premier message, conclut-il d'un ton docte.

— Je suis d'accord avec lui, acquiesça la comtesse. Et le second ?

— Il vous est destiné à tous les deux, madame. À vous et à maître Christopher. Quand je suis revenu au manoir, il y avait un moine bénédictin qui attendait, dissimulé dans un recoin pour ne pas être vu. À propos, je vous précise que tout va bien là-bas… Bref, ce moine souhaitait parler à un personnage important de votre maisonnée, quelqu'un qui soit susceptible de vous faire parvenir un message d'urgence. Il apparaît qu'il a eu beaucoup de chance de tomber sur moi.

Il s'interrompit pour se rengorger de ces paroles.

— Et le message ? le pressa Urswicke.

Il avait la prémonition qu'une nouvelle inattendue

était sur le point de leur être annoncée et en éprouvait une vive excitation mêlée d'impatience.

— Le frère Anselm, car c'est sous ce nom qu'il s'est présenté, m'a demandé de vous livrer le message suivant de la part du frère Ricard, le sacristain de l'abbaye Saint-Vaast. Le message se fonde sur le témoignage d'un éminent juriste qui a lui-même dressé l'acte, une déclaration officielle signée, scellée et bénie dans le palais du duc de Bourgogne à Arras le dix novembre dernier. Le message est le suivant…

Prestepied poursuivit d'une voix claire et précise, inconscient à l'évidence de l'importance des informations qu'il apportait. Urswicke et la comtesse l'écoutèrent dans un silence religieux, puis lui demandèrent de répéter. S'efforçant de maîtriser son exaltation, Christopher nota scrupuleusement dans son esprit chacun des mots prononcés.

Le lendemain matin, deux colporteurs frigorifiés, épuisés et affamés pénétrèrent dans la cour de *La Chasuble*. Un palefrenier au visage fermé les introduisit dans la spacieuse salle de l'auberge et ils passèrent près d'un large comptoir derrière lequel l'aubergiste, un barbu de haute taille au teint mat, régnait sur les clients. De bonnes odeurs de cuisine emplissaient l'atmosphère. Il y a du monde, finalement, songea Urswicke. Pourtant, tout paraissait normal. Des serveuses se pressaient entre les tables, des chiens aboyaient au-dehors et l'on entendait des chevaux hennir dans les écuries… Il jeta un coup d'œil aux jambons et aux gros fromages que l'on faisait fumer, glissés dans des filets suspendus aux poutres du plafond près de la cheminée, où crépitait un feu très vif. À la vérité, il peinait à se concentrer, car son esprit dérivait sans cesse vers ce qu'il avait appris la veille de la bouche de Prestepied. Le message était difficile à accepter et, cependant, son contenu paraissait logique et éclairait tout à coup les mystères qu'ils n'étaient pas parvenus à élucider jusque-là.

Très intelligent, se disait-il. Extrêmement intelligent ! Fin et astucieux… Il était à présent convaincu que son père était à l'origine de certaines choses, certes, mais que la Garduna jouait un double jeu. Comment tout cela se terminerait-il ? Sur quelle face le dé tomberait-il ? Quelles seraient les réactions des différents protagonistes ? Il semblait si étonnant que ce qui se tramait dans un luxueux palais d'Arras revêtît une telle importance dans une vieille auberge isolée au cœur d'une forêt anglaise !

Après avoir reçu le message, Christopher avait échangé quelques mots rapides avec la comtesse, puis il était allé préparer son départ. Bien qu'ils fussent partis tôt ce matin-là, il n'avait rien révélé à Bray sur le trajet. Maintenant ils étaient là, à *La Chasuble*, et il commençait à se demander s'il était judicieux d'être venu. Il n'y avait rien d'extraordinaire pourtant, aucun danger concret, mais un sentiment de malaise intense l'avait envahi. Il savait qu'il devait se fier à ses impressions. L'âme pouvait voir, entendre et comprendre des choses que les cinq sens ne percevaient pas. C'était là une théorie qu'on lui avait enseignée lorsqu'il fréquentait les amphithéâtres d'Oxford mais, à l'époque, il avait eu peine à y croire. Aujourd'hui, il était convaincu qu'elle n'avait rien d'absurde. Et il lui semblait en cet instant que *La Chasuble* était un lieu malsain dans lequel il n'était pas en sécurité. Promenant le regard sur les clients, il repéra un groupe d'archers en livrée. Il se demanda s'il s'agissait de soldats de la Tour, des gardes du corps d'un quelconque seigneur ou de simples mercenaires cherchant à se faire engager. Le visage de leur capitaine, un grand gaillard aux cheveux roux, lui parut vaguement familier.

Ils s'installèrent pour déjeuner tandis que la salle se remplissait peu à peu. Lorsqu'ils eurent terminé, Bray s'affala sur la table et fit mine de s'endormir, plaçant sa tête de manière à pouvoir surveiller à la fois l'entrée de l'auberge et l'armature en bois sur laquelle étaient accrochées sa gibecière et sa sacoche. Le malaise d'Urswicke augmenta.

— Je vais aux latrines, chuchota-t-il.

Bray acquiesça et il se leva pour partir le long d'un étroit corridor menant à une petite cour extérieure. Lorsqu'il tourna brusquement la tête, il lui sembla voir une ombre battre en retraite.

C'est bien ce que je pensais… songea-t-il.

Il se hâta d'utiliser les latrines, puis retourna à grands pas dans la salle de l'auberge pour secouer Bray.

— Venez ! lui souffla-t-il. Ne faisons pas de vieux os ici ! J'ai eu la confirmation de mes soupçons.

Ils reprirent leur attirail, dont ils fixèrent solidement les sangles autour d'eux, ramassèrent leurs sacoches et prirent le chemin de la sortie. Ils allaient atteindre la porte lorsque l'aubergiste vint leur barrer le passage. Il tenait une lourde arbalète de guerre et était flanqué de deux hommes, armés eux aussi.

— Nous avons bien mangé, messires, déclara Urswicke. Il nous faut repartir à présent, une longue route nous attend…

— Maître Urswicke et maître Bray, répondit

l'homme dans un anglais marqué par un accent étranger, je regrette, mais vous ne pouvez pas nous fausser si vite compagnie. Pensiez-vous vraiment que nous n'allions pas vous reconnaître ? Nous avons vos descriptions…

Il esquissa un fin sourire.

— Eh oui, nous les avons gravées dans notre mémoire ! Et puis, ne vous êtes-vous pas dit que nous surveillerions les abords de cette auberge ? Vous affirmez venir de Douvres et marcher vers le nord, alors que mes éclaireurs vous ont vus arriver du nord, de Chertsey ou peut-être de plus loin.

Sans se départir de son impassibilité, Urswicke jura en son for intérieur. Il avait sous-estimé la sagacité et la parfaite organisation de la Garduna. C'étaient des assassins professionnels, des mercenaires. Deux ou trois cordons de guetteurs devaient être postés autour de l'auberge afin de repérer en toute discrétion quiconque pénétrait dans la zone qu'ils occupaient. Bray et lui avaient beau s'être noirci le visage et avoir remonté leurs capuches et leurs cache-nez, ces artifices n'avaient pas empêché la Garduna de les identifier.

— Nous sommes les écuyers de Margaret, comtesse de Richmond, proclama Bray en saisissant la garde de son épée. Écartez-vous !

— Vous pourriez être les enfants de ce clown que vous appelez le pape que ça ne changerait rien ! rétorqua l'aubergiste en pointant sur lui son arbalète. Vous restez là, c'est tout. Et ôtez la main de votre arme, maître Bray !

Urswicke et Bray n'eurent d'autre choix que de le suivre jusqu'à une chambre sale et délabrée, qu'il présenta d'un ton sarcastique comme la chambre nuptiale.

Il leur indiqua qu'il ne leur restait plus qu'à se mettre à l'aise, puis ressortit en claquant la porte. Un instant plus tard, ils entendaient une clé tourner dans la serrure. Urswicke se dirigea aussitôt vers la fenêtre. Les volets fermés étaient protégés par d'épais barreaux. Jetant un coup d'œil par les fentes du bois, il repéra plusieurs hommes armés qui montaient la garde. Il revint vers le braisier et s'assit sur un tabouret placé devant, tandis que Bray s'allongeait sur le lit en jurant dans sa barbe.

— Toutes mes excuses, mon ami, lança Urswicke. J'ai commis une erreur des plus grossières.

— Oui et non, répondit Bray. Car nous savons maintenant où se cachent ces crapules. À mon avis, ils préparent un nouveau coup.

— Peut-être qu'au contraire ils s'apprêtent à repartir, objecta Urswicke en fixant les braises rougeoyantes.

— En tout cas, méfions-nous ! fit son compagnon à mi-voix. Il se pourrait fort que ces murs aient des oreilles. Peut-être même des yeux !

— Vous avez raison, mon ami… répondit Christopher sur le même ton. Oui, nous avons bel et bien trouvé ce que nous cherchions, et c'est précisément là notre erreur ! À l'évidence, la Garduna est établie ici depuis un certain temps. Dieu sait ce qui est arrivé aux véritables tenanciers. Je ne serais pas surpris d'apprendre qu'ils dorment au fond d'un des marécages qui abondent dans cette forêt.

La Garduna, songea-t-il, s'était emparée de ce territoire et veillait jalousement dessus. Bray et lui-même avaient très mal manigancé leur stratégie. Et maintenant ? Il ferma les yeux et le message de Prestepied lui revint en mémoire. Il savait désormais quel rôle jouait son abominable père dans toute l'affaire. À cette pensée, il bondit sur ses pieds.

— Que vous arrive-t-il, Christopher ? s'étonna Bray.

— Au nom du Ciel, Reginald, je connais ce roux qui dînait avec les archers. Il appartient à l'escorte de mon père, j'en suis certain !

Avec la même brusquerie que son ami, Bray se leva à son tour.

— Oui, oui, vous avez raison ! Et j'entends des hommes à cheval arriver dans la cour. Ah ! Christopher, le destin nous joue de drôles de tours !

Urswicke aurait pu prononcer exactement les mêmes mots quand, peu de temps après, son père fit irruption avec deux archers, tel le grand cham de Tartarie, dans la miteuse chambre à coucher. Moqueur, il fit mine de s'incliner devant son fils en ignorant totalement Bray, comme à son habitude. Il retira ses gants et claqua des doigts pour signifier à l'un des archers d'approcher du braisier le seul fauteuil de la pièce, afin qu'il pût s'asseoir face à son fils et se réchauffer. Il dégrafa son manteau et le laissa tomber sur le sol, puis renvoya son escorte d'un geste négligent. Alors, étendant les mains vers les braises, il se fendit d'un large sourire.

— Eh bien, Christopher, dit-il, cette petite aventure touche à sa fin, dirait-on ! Et qu'avez-vous découvert, hein ?

Il défit le haut de son superbe pourpoint de chasse vert Lincoln.

— Comme c'est étrange que nos routes se croisent en un tel moment et dans un tel lieu !

— Est-ce vraiment une coïncidence, père ? riposta Urswicke. Ou le destin ? À vous entendre, c'est un pur hasard, mais je vous soupçonne de fréquenter souvent ces lieux, n'ai-je pas raison ? Avec votre escorte… Et quand ce n'est pas vous, c'est Mauclerc, l'alter ego de Clarence, qui vient ici.

— C'est vrai, je le reconnais. Mais vous avez tout de même de la chance que j'arrive ce matin, car sinon, vous auriez dû patienter en ces lieux jusqu'à mon retour. Alors, je vous ai posé une question, Christopher : qu'avez-vous découvert ? Et à quelles conclusions êtes-vous parvenu ?

— Eh bien, pour commencer, mon digne père, j'ai compris que ce que vous appelez « cette petite aventure » était votre œuvre. Vous pouvez vous vanter d'en avoir la responsabilité. Toutefois, vous ne vous libérerez pas si facilement de la toile que vous avez tissée.

Christopher perçut une légère modification dans le regard de son père. Il se revit soudain plusieurs années auparavant, lorsqu'il jouait aux échecs avec lui. Chaque fois qu'il relevait la tête, il surprenait le beau regard vert qui le contemplait avec bienveillance. Urswicke père appréciait fort ces parties d'échecs, jusqu'au moment où son fils avait commencé à le battre. C'était ce phénomène qui semblait se reproduire en cet instant. Christopher croisa les bras et fixa le sol. Il pouvait s'offusquer, prétendre qu'il ne savait pas grand-chose, en fin de compte, voire refuser de parler, mais où cela les mènerait-il ? Non, mieux valait jouer franc jeu, mais non sans tenir quelques pièces cachées au creux de sa paume.

— Bien, mon fils chéri ?

— Oui, très bien, mon digne père.

Bray toussa bruyamment en tapotant le sol de sa botte.

— Mon cher fils, ces archers qui m'accompagnent sont armés et sans pitié, déclara le Grand Juge. Alors ne vous faites pas prier, parlez !

Christopher adressa un signe de la main à Bray, qui réagit par un petit sourire facétieux. Sir Thomas surprit leur échange.

— Vous savez, Christopher, s'impatienta-t-il, je pourrais faire en sorte que nous nous entretenions en tête à tête, juste vous et moi !

— Dans ce cas, mon digne père, vous converseriez tout seul et, dès lors, vous ne sauriez jamais comment s'achève la partie. Ou plutôt, vous le sauriez, mais trop tard.

Christopher vit la moquerie déserter le visage paternel.

— Tout d'abord, vénérable père, pourquoi êtes-vous ici en ce jour et à cette heure ? interrogea-t-il. À mon avis, vous êtes venu pour payer la Garduna, est-ce bien cela ?

Urswicke père grimaça un sourire en haussant les épaules.

— Seulement, il y a aussi autre chose, n'est-ce pas ? reprit Christopher.

— Bien évidemment, mon cher fils ! Figurez-vous que j'ai appris que la comtesse s'était installée dans son château, mais aussi qu'elle se trouvait à Chertsey depuis hier. Car vous vous en doutez, nous avons placé sa résidence, l'abbaye et cette auberge sous étroite surveillance. C'était à la fois logique et nécessaire, n'est-ce pas ? Quoi qu'il en soit, j'ai l'intention de faire un saut à l'abbaye… Je voudrais voir les dégâts qui ont été infligés au tombeau et présenter mes hommages à la comtesse. J'en profiterai en outre pour m'assurer que tout est en ordre…

Urswicke veilla à ne rien laisser paraître des craintes que suscitaient ces paroles et n'osa pas regarder Bray. Son camarade n'ignorait pas lui non plus le danger que constituerait une visite de Sir Thomas à l'abbaye. Katarina, Jasper et Henri réussiraient-ils à se dérober à sa curiosité ?

— Mon digne père, commençons par là, voulez-vous ? Par notre comtesse bien-aimée. Vous pourrez bien lui présenter vos hommages et aussi ceux du roi, de ses frères et de toute la cour royale, ce ne seraient là que des paroles fallacieuses. Car vous haïssez cette femme, vous méprisez tout ce qu'elle incarne. Ce qui vous remplirait d'aise, ce serait de la voir précipitée dans les ténèbres !

— Vous vous trompez.

— Ne mentez pas, père ! Si c'est pour mentir, cet entretien peut s'arrêter là.

— Je ne hais pas Margaret Beaufort, rétorqua le Grand Juge d'un ton sec. Je dis juste qu'elle n'est que la vieille relique d'une maison qui a été détruite. D'une cause réduite en poussière. Elle s'enorgueillit de porter un nom désormais maudit. Les Beaufort étaient mes ennemis jurés et les ennemis jurés de mes maîtres royaux. Ils ont été écrasés à Tewkesbury et après. Ils ont fait leur temps et n'ont plus leur place ici. Il ne leur reste qu'à sombrer dans l'oubli, dans le tas d'ordures de l'histoire…

— Je vous remercie pour votre honnêteté, digne père ! Toutefois, sachez que Margaret reste présente pour rappeler le passé, et qu'elle aura encore un rôle à jouer à l'avenir, sans doute…

— Certainement pas !

— Quoi qu'il en soit, elle est de sang royal. C'est une personne noble, aimée et révérée, tant dans notre royaume qu'en dehors. S'il lui arrivait malheur maintenant, durant cette période turbulente, les frères York s'attireraient le courroux de notre sainte mère l'Église et beaucoup de grands princes d'Europe ne verraient pas cela d'un bon œil. En outre, là où elle réside, à Londres, Margaret Beaufort ne peut que troubler la tranquillité d'esprit des York. N'est-elle pas le souvenir vivant de la maison de Lancastre et son fils ne représente-t-il pas pour eux une menace directe ?

— Continuez, mon très cher fils.

— Margaret est puissante à sa façon, mais elle est également très vulnérable. Certes, elle habite une magnifique demeure à Londres et possède un immense château fortifié ici, à la campagne.

— Elle n'est donc pas aussi vulnérable que vous le dites ! cracha Sir Thomas.

— Allons, vénéré père ! Elle est veuve ! Comme vous le savez, Stafford, son époux, vient de mourir. Buckingham et sa coterie sont peut-être bien disposés à son égard, mais c'est davantage par courtoisie qu'en raison de quelconques liens de sang. Oh ! croyez-moi, Margaret – la dernière des Beaufort – est devenue très fragile. Seulement, comme je vous l'ai dit, il vous est impossible de profiter de cette faiblesse ici, en Angleterre. Au moindre accident, à la moindre mésaventure (Urswicke désigna son père du doigt), vos maîtres yorkistes et vous-même serez tenus pour responsables. Vous le savez très bien, puisque vous vous comportez en conséquence ! Vous n'avez pas envoyé vos hommes de main habituels s'en prendre à elle en ville, c'eût été trop dangereux. Non, vous avez fait appel à la Garduna. Eh oui, père, je sais tout de cette société secrète criminelle, de ces démons avec lesquels vous vous êtes acoquiné ! Vous feriez peut-être bien de vous souvenir d'un commentaire que vous avez fait un jour…

— Lequel ? J'en fais tellement !

— Quand on se couche avec les loups, on hurle comme eux au réveil (si tant est que l'on se réveille…) !

Christopher marqua un temps d'arrêt.

— Vous avez fait venir ces gens dans notre royaume pour terroriser la comtesse Margaret. La Garduna a attaqué son château de Woking ainsi que son hôtel de Londres. Et sa violence nous a également visés, Bray et moi. Tactique très intelligente ! Presque aucun dommage direct fait à la comtesse, Bray et moi en danger permanent et, bien sûr, ces proclamations qui dénigrent notre maîtresse, placardées à Cheapside et à St Paul. Mais laissons cela de côté pour le moment. Dites-moi, père, ne vous êtes-vous pas inquiété pour moi ?

— J'ai donné des ordres à votre sujet, répondit le Grand Juge, dont le regard passa un instant à Bray. L'un de vous au moins devait demeurer sain et sauf.

Il se détourna avec un petit sourire.

— Mais tout de même, reprit Christopher, vous avez créé un climat de menace et de peur autour de la comtesse. Ai-je tort, vénéré père ?

— Je n'ai nulle envie de répondre à cette question, si ce n'est pour dire que j'ai toujours pensé, et que je continue à le faire, que la comtesse Margaret ferait mieux de partir s'exiler quelque temps ! Nous continuons d'espérer qu'elle en prendra la décision.

— Vous avez travaillé dur dans ce but, vénérable père ! Les pluies de flèches et tout le reste… Sans parler, bien sûr, d'Églantine et de Clairvaux, que vous avez mandés chez la comtesse ! Soyez assuré, père, que nous connaissons la vérité qui se cache derrière cette histoire insensée. Nous savons que ce sont deux comédiens que vous avez dénichés en passant devant un spectacle de rue, cette mascarade intitulée *Le Conte de l'universitaire d'Oxford*. Vous les avez engagés, instruits et rémunérés pour qu'ils jouent le rôle de clercs de la chancellerie secrète, puis vous les avez envoyés chez la comtesse, dans la seule intention de les faire disparaître mystérieusement ensuite. Ils ont dû laisser dans leur chambre deux doigts porteurs de bagues de la chancellerie pour faire croire à un crime aussi affreux qu'incompréhensible. Vous seul êtes l'auteur de cette mise en scène. Les doigts viennent du corps d'un de ces malheureux que vous passez votre temps à envoyer au gibet. Les deux baladins ont tenu leur rôle à la perfection. Grâce à eux, vous pourrez proclamer que les York n'ont pas hésité à sacrifier deux de leurs précieux clercs pour protéger la comtesse ! Nouvelle pression sur ma maîtresse pour lui faire quitter le royaume. Bien sûr, nous connaissons la vérité à présent. Tant en ce qui les concerne que sur vous, père.

— Rassurez-vous, je m'occuperai de ces deux vilains dès mon retour à Londres.

— Vous n'aurez pas à vous en soucier, ils sont morts ! Nous les avions arrêtés, Bray et moi, et enfermés dans une cave dans la maison de la comtesse. D'une façon ou d'une autre, mais sans que nous sachions par qui, pourquoi et comment, chacun d'eux a reçu un carreau d'arbalète en pleine tête.

Christopher vit le sourire suffisant de son père s'évanouir, remplacé par cette expression soucieuse qui apparaissait sur son visage chaque fois qu'il voyait l'une de ses certitudes s'effondrer ou que sa vie prenait soudain un tour inattendu. À nouveau, il se remémora les parties d'échecs, lorsqu'il jouait un coup en préparant une menace dont son père n'avait pas encore idée. C'était ce qui se passait là. *Alea jacta est*, les dés en étaient jetés. Christopher était prêt à risquer le tout pour le tout ; dès lors, la partie prendrait une autre tournure.

Le Grand Juge remua sur son siège comme s'il cherchait à dissimuler son malaise.

— Comprenez-vous à présent, père ? continua Urswicke. Nous ne sommes pas les seuls à nous affronter, d'autres joueurs dissimulés dans l'ombre concoctent eux aussi une stratégie ! Le meurtre du Français, Bernard, et la mort de Hardyng, qui était l'intendant de la comtesse… Est-ce vous qui en êtes responsable ?

Sir Thomas cligna des yeux et se passa la langue sur les lèvres.

— Et, bien sûr, vous devez savoir que les Luciferi sont à Londres…

— Ils y sont en permanence.

— Eh bien ! vous vous doutez qu'ils sont eux aussi des protagonistes dans ce jeu meurtrier.

— Évidemment, ils ne sont bons qu'à cela : se mêler de choses qui ne les concernent en rien !

— Oh ! croyez-moi, père, cette partie-là les concerne au plus haut point, et elle pourrait en outre vous coûter votre tête, à vous !

Sur le point de protester, le Grand Juge se ravisa devant l'expression très grave de son fils. Il se redressa sur son siège.

— Vous avez engagé la Garduna, père, reprit Christopher. De quelle façon avez-vous procédé pour cela ? Le duc de Bourgogne ne vous aurait-il pas servi d'intermédiaire ? C'est un véritable chaudron de poison que vous avez sollicité, des gens dont le meurtre, le chantage, la sorcellerie et le sacrilège sont le métier. C'est un nœud de vipères que vous avez introduit en Angleterre ! Pour vous, ces gens avaient une mission et une seule : rendre une comtesse isolée et vulnérable plus isolée et plus vulnérable encore. Ils l'ont remplie ! Ils ont établi leur quartier général dans cette vieille auberge où nous nous trouvons et envoyé leurs brigands dans la forêt et dans la ville. Nous avons vu quels dégâts ils ont causés… Ils avaient, bien sûr, l'instruction de ne surtout pas porter atteinte à la comtesse elle-même, mais les agressions dont Bray et moi avons été victimes faisaient partie du stratagème. Apprendre qu'un Français était mort chez la comtesse et, plus tard, que Hardyng l'avait suivi dans l'au-delà a dû vous enchanter. Car même si ces deux décès n'étaient pas de votre fait, ils venaient épaissir l'atmosphère de danger et de menace qui entourait la comtesse.

— Vous dites que je pourrais y laisser ma tête, l'interrompit abruptement son père. Expliquez-vous, bon sang !

— Avec plaisir, vénérable père ! En mai dernier, il y a quelques mois seulement, la maison de Lancastre a été détruite dans la bataille de Tewkesbury. Le roi Henri a été assassiné. Oui, assassiné, ne prétendez pas le contraire, tout comme son fils, quelques heures après les combats. La reine lancastrienne, Marguerite d'Anjou, se meurt actuellement en prison, le corps et l'âme brisés. Tous les combattants qui composaient le camp des Lancastre ont été expédiés dans la nuit éternelle.

— Excepté Henri Tudor, qui se terre comme un lapin dans les forêts humides de Bretagne !

— Oh ! mais figurez-vous qu'il n'est pas la seule exception, vénéré père ! La bataille de Tewkesbury est récente et ses effets dévastateurs se font sentir jusqu'à présent. L'un d'eux est que, même si les prétendants au trône issus de la maison de Lancastre ont été balayés sans pitié, il en reste…

— Un : ce petit morveux de Henri Tudor !

— Pas seulement, mon cher père. Il y en a aussi un deuxième : Charles, duc de Bourgogne. Y aviez-vous songé ?

En d'autres circonstances, Christopher aurait éclaté de rire devant le brutal changement de physionomie de son père. Il se tourna vers Bray qui, tout aussi surpris que le Grand Juge, se leva et marcha jusqu'à la fenêtre.

— Charles le Hardi ! articula Sir Thomas d'une voix rauque. Quelle idée !

— Examinez donc la généalogie, considérez-la d'un œil neuf ! Le duc de Bourgogne est un descendant direct de Jean de Gand : il est l'arrière-petit-fils de celui-ci et de Blanche de Lancastre. Il peut donc légitimement revendiquer la couronne d'Angleterre. Il a autant de sang anglais, sinon plus, que Henri Tudor ou Édouard d'York.

Le Grand Juge semblait sonné. La bouche entrouverte, il cligna des yeux.

— Je veux des preuves, articula-t-il.

— Des preuves ? lança Christophe, rageur. Qu'avons-nous besoin de preuves ? À l'appui de mon discours, laissez-moi vous instruire, père ! La Bourgogne se disait prête à accueillir la comtesse, sa maisonnée et, par la suite, son fils. Je pense que le duc Charles aurait été plus que ravi de les avoir chez lui. Toutefois, je doute qu'une fois arrivée cette branche des Lancastre aurait survécu très longtemps. Un malheureux accident, et il n'y aurait plus eu de jeune Henri ! Dès lors, le duc de Bourgogne se serait retrouvé être le principal, sinon l'unique aspirant Lancastre au trône d'Angleterre.

Urswicke s'appliqua à ne rien laisser paraître du plaisir que lui inspiraient les constantes transformations dans l'expression de son père.

— Vous réclamez des preuves, vénéré père. Alors dites-moi, que diable la Garduna est-elle allée faire à Chertsey ? Pour quelle raison a-t-elle ouvert la sépulture royale et emporté le cercueil qui s'y trouvait ?

Il considéra son interlocuteur d'un regard insistant.

— Eh bien, dites-le-moi, je vous en prie !

Seul le silence suivit sa question, aussi enchaîna-t-il :

— Fort bien, je répondrai à votre place. Ce n'est pas à votre requête que la Garduna a exhumé ce cercueil, mais pour le compte du duc Charles. Vous n'avez jamais donné votre accord à une telle entreprise, et c'est d'ailleurs pourquoi Mauclerc et vous, vous êtes empressés de venir ici réclamer des explications. On a dû vous répondre que l'on agissait à la demande de la Bourgogne, parce que le duc voulait affirmer son soutien à la comtesse Margaret. Les York, bien sûr, ne pouvaient qu'agréer, trop heureux de voir le cercueil emporté loin de Chertsey. Sans doute vous êtes-vous même bien amusés, sachant qu'il ne contenait pas la dépouille royale, mais les restes disloqués d'un traître, peut-être mêlés à ceux d'un animal. Le duc Charles, comme la Garduna, sera plus que surpris en découvrant cela, mais il n'en exploitera pas moins la châsse, n'est-ce pas ?

— Pour établir un mausolée, oui, grommela le juge avec mauvaise humeur. Le duc entend créer un sanctuaire à la mémoire du dernier monarque des Lancastre, afin d'appuyer sa propre aspiration au trône. Un sépulcre dédié à un saint familial, un phare propre à attirer là tous les Lancastre cherchant une bannière derrière laquelle se rallier…

— Bravo, père ! En effet, je soupçonne moi aussi que tel est le projet de Charles. Ici, quelque part dans cette auberge de malheur, le prétendu cercueil de Henri attend de traverser les Détroits pour être inhumé dans l'abbatiale d'Arras. Le duc de Bourgogne, je l'ai dit, sera sans doute extrêmement surpris, mais il continuera de prétendre qu'il s'agit bien de la dépouille royale. Et que pourra faire la couronne d'Angleterre ? Révéler la vérité causerait le plus grand tort à Édouard et à ses proches. Un cercueil de pacotille renfermant des restes mêlés d'animaux et d'humain, enterré dans un lieu saint à la place du corps sacré de Henri… Comment les York expliqueraient-ils cela ? D'autant que je suis le seul à connaître l'emplacement de la véritable sépulture… Eh oui, père, notre petit jeu devient encore plus complexe !

Bray quitta la croisée pour revenir s'asseoir au coin du lit en se grattant la tête. Il savait que, quand il s'agissait d'exhumer des vérités et de formuler des actes d'accusation, nul n'était plus brillant que ce jeune homme au visage innocent. Il comprenait que la visite de Prestepied à l'abbaye, la veille, n'était pas étrangère à ces incroyables révélations. Et il s'expliquait maintenant le silence morose de son ami tout au long du trajet depuis Chertsey.

— Vous comprenez maintenant, père, reprit Christopher d'une voix forte, pour quelle raison la Garduna a pillé le tombeau royal. Et, plus important, vous commencez à élucider l'implication des Luciferi et du *Cabinet noir** du Louvre dans cette affaire. Vous qui êtes habile en diplomatie et plein d'expérience, vous savez de quel œil les Français verront les projets du duc Charles. Si ce dernier les mène à bien, ils se retrouveront soudain confrontés à deux ennemis : la Bourgogne et l'Angleterre. Or il n'y a pas si longtemps, ces deux royaumes, unis sous la direction de Jean de Lancastre, premier duc de Bedford, ont bien failli anéantir la couronne de France. La situation était si catastrophique pour la lignée royale des Valois que Dieu a dû envoyer une sainte, Jeanne d'Arc, délivrer la France de ses ennemis. Imaginez-vous ce qui va se passer à présent ! Margaret, comtesse de Richmond, et son fils expédiés dans la nuit perpétuelle, Bray et moi-même à leur suite, et, une fois le champ libre, plus aucun autre aspirant lancastrien au trône d'Angleterre que Charles, duc de Bourgogne ! Un aspirant légitime, descendant en ligne directe de Jean de Gand. Le duc Charles déploie sa bannière et l'ensemble des exilés lancastriens, mais aussi tous ceux que les York ont déçus, viennent se rallier à lui. Une invasion est mise sur pied. Père, combien d'invasions y a-t-il eu au cours de ces dix dernières années ? Au moins trois, qui se sont soldées par le succès d'Édouard d'York l'été dernier. D'ailleurs, pour cette dernière opération, Édouard n'a-t-il pas été financé et soutenu par Charles de Bourgogne ? La grande cogghe, *Le Saint-*

Antoine, mise à la disposition des York, a compté pour beaucoup dans sa victoire. Or ce qui s'est passé une fois peut se reproduire. Et bien sûr, les Français envisagent cela avec horreur, ce serait pour eux un cauchemar. Le passé ressurgit et, une fois de plus, les Valois se voient contraints de lutter pour leur survie. Imaginez-vous Charles, duc de Bourgogne, couronné roi d'Angleterre ?

Christopher s'arrêta. Il lui restait encore deux coups importants à jouer. Sir Thomas ne cachait plus son agitation et la sueur mouillait son front.

— N'aviez-vous jamais imaginé cela, père ? reprit Urswicke. N'avez-vous jamais envisagé cette possibilité ?

— Mais c'est une fiction, c'est…

Le Grand Juge cligna des yeux et ses lèvres continuèrent à remuer en silence.

— Une fiction, vénérable père ? Laissez-moi poursuivre, dans ce cas ! Charles, duc de Bourgogne, a épousé la sœur d'Édouard d'York, souvenez-vous ! Leur progéniture permettra d'unir les deux familles : les Lancastre et les York. Vous figurez-vous comment cette proclamation sera accueillie à travers l'Europe ? Le Saint-Père la verra comme un pas vers la paix éternelle. Charles héritera du manteau de l'empire et, une fois consolidé dans cette position, utilisera le pouvoir militaire de l'Angleterre et de la Bourgogne réunies pour envoyer la maison de Valois s'écraser au sol…

Christopher se tourna à demi vers Bray pour lui adresser un regard entendu.

— Il y a plus encore, poursuivit-il. La mère de Charles est Isabelle de Portugal, elle aussi descendante lancastrienne de la fille de Jean de Gand,

Philippa de Lancastre. À présent, écoutez bien cela, père : le trois novembre dernier, dans sa chambre ducale d'Arras, Charles s'est fait officiellement transférer les droits d'Isabelle. Il a ensuite enregistré sa revendication légitime au trône d'Angleterre en présence de plusieurs notaires et hommes de loi. Cette information m'a été transmise par un moine bénédictin qui a déjà fait les preuves de sa fiabilité et n'a aucune raison de mentir.

Sur ces mots, il se leva et gagna la fenêtre. Repoussant du doigt les volets, il regarda à travers la pellicule sale et graisseuse qui obturait l'ouverture.

— J'admire beaucoup votre stratagème, déclara-t-il sans se retourner. Inciter la comtesse à s'en aller de son plein gré et s'arranger pour qu'elle ne revienne plus… Seulement, sans que vous le sachiez, cette stratégie sert d'autres que les York et met en danger la couronne d'Angleterre. Dites-moi, père, que se passerait-il si toute la vérité émergeait au grand jour ? Si votre hideux complot était couronné de succès ? Je ne pense pas que les frères York seraient ravis. Ils rechercheraient l'origine de tout cela et s'apercevraient vite que c'est vous, mon cher père.

Christopher retourna s'asseoir. Il restait un dernier coup à jouer.

— Mais la comtesse ne quittera pas l'Angleterre, asséna-t-il en soutenant le regard de son père.

— Évidemment !

Le Grand Juge grimaça un sourire.

— Ce serait contraire à ses intérêts. En outre, après ce que vous m'avez raconté, il est clair que son départ ne servirait pas non plus ceux de la Couronne. Oui, oui, poursuivit-il d'une voix qui se raffermissait à mesure qu'il parlait, je vais annuler toutes les autorisations et les laissez-passer qui lui ont été octroyés. Je m'en vais donner cet ordre sur-le-champ !

— C'est inutile, père. La comtesse entend bien rester en Angleterre. Elle est en pourparlers avec Lord Thomas Stanley qui, vous le savez certainement, est l'un des plus puissants barons de ce royaume. Il a demandé ma maîtresse en mariage et elle a répondu très favorablement. Il lui a donné l'assurance solennelle de son soutien et de sa protection. À votre retour à Londres, vous constaterez d'ailleurs qu'à la cour la nouvelle est déjà sur toutes les lèvres. Et vous découvrirez aussi que des clercs et des écuyers en cotte de mailles ont pris position aux abords de la demeure de ma maîtresse.

Urswicke père poussa un profond soupir en fixant un point derrière son fils.

— Père, si je n'avais pas partagé ainsi mes réflexions avec vous, que nous serait-il arrivé, à Bray et à moi, après votre départ ?

Le Grand Juge fit la grimace.

— J'aurais donné l'ordre que l'on vous laisse quitter ce confortable logis…

Il désigna d'un geste négligent le décor qui les entourait.

— … mais seulement une fois que votre maîtresse aurait fui l'Angleterre.

— Et à présent ?

Sir Thomas soupira de nouveau et jeta un coup d'œil à la porte.

— Christopher, les informations que vous m'avez livrées m'obligent à regagner Westminster en urgence. Je dois, vous le comprenez bien, organiser certaines choses, convoquer mes espions afin d'en avoir le cœur net et de savoir ce qui se trame réellement à la cour de Bourgogne. Quant à vous, vous allez pouvoir repartir, mais méfiez-vous : pour la Garduna, vous êtes des ennemis mortels. Elle a perdu certains de ses camarades à Londres et elle vous tient pour responsables de leur mort.

— Ces gens ont voulu nous supprimer, voilà pourquoi ils sont morts ! intervint Bray, indigné. Sans l'intervention des Luciferi, votre fils et moi-même ne serions plus de ce monde !

Sans tenir aucun compte de cet emportement, Sir Thomas décocha un regard triste à son fils.

— Je vous aurai prévenu, conclut-il.

— Je l'étais déjà, vénérable père. Et je vous rappelle que, sans toutes vos manigances, nous ne serions pas ainsi exposés.

Le Grand Juge ne répondit rien. Il haussa les épaules, se leva, enfila sa chape et boucla son ceinturon.

— Je m'en vais, Christopher, annonça-t-il. Je vous attends à l'extérieur.

Il sortit. Posant un doigt sur ses lèvres, Urswicke fit signe à Bray de se préparer rapidement. Peu de temps après, tous deux descendaient l'escalier et traversaient l'auberge. L'animosité était perceptible dans la sombre salle à manger qu'éclairait seulement la flamme dansante de quelques chandelles, et les deux hommes perçurent la même hostilité en débouchant dans la cour. Palefreniers et gardes s'écartèrent avec réticence sur leur passage. Les archers du Grand Juge préparaient leur départ au milieu d'un brouhaha d'exclamations et de cliquetis de harnais. L'air sentait le cuir, la sueur et le cheval.

Christopher repéra son père, qui s'entretenait à mi-voix avec le chef de la Garduna. Ce dernier se tourna vers eux en les voyant sortir de l'auberge et cracha au sol. Le Grand Juge lui adressa encore quelques mots, puis dirigea sa monture vers son fils. Parvenu à sa hauteur, il se pencha et, tout en flattant sa bête, se mit à parler rapidement en langue d'oïl.

— Christopher, il me faut rentrer directement à Westminster.

— Ne passerez-vous donc pas par Chertsey pour rencontrer la comtesse ?

— Non, cela devra attendre. Vous lui présenterez mes compliments et toutes mes excuses.

Infiniment soulagé, Christopher hocha la tête sans répondre à son sourire moqueur.

— Désolé, Christopher, je n'ai pas de montures à vous prêter, reprit Sir Thomas. Soyez sûr que ces gentilshommes vous laisseront quitter cet endroit sans encombre. Cependant, ne comptez pas sur une quelconque assistance de leur part. Vous avez tué leurs camarades et ils entendent se venger, je vous l'ai dit. Dès lors, restez sur vos gardes !

Sur ces paroles, il éperonna sa monture et leva la main pour entraîner toute son escorte à sa suite. Le bruit des sabots qui soulevaient la poussière du chemin se répercuta longtemps après leur disparition.

Urswicke fils ajusta son bagage sur le cadre de bois, imité par Bray, et tous deux s'éloignèrent au milieu de sifflets et de physionomies hostiles. Veillant à rester de marbre, ils ne réagirent ni l'un ni l'autre. Dès que l'auberge fut hors de vue, ils s'arrêtèrent pour sortir deux petites arbalètes de leur bagage. Après les avoir amorcées, ils prélevèrent également de leur sac tout ce qui avait de la valeur et enfouirent le reste dans les buissons.

— Croyez-vous qu'ils vont nous poursuivre ?

— Allons, Christopher ! Ils sont déjà postés dans la forêt, tout autour de nous. Ils nous suivront de loin et, dès qu'ils auront trouvé l'endroit propice, ils nous attaqueront.

Urswicke leva les yeux vers le ciel, dont le bleu s'éclaircissait avec le soleil qui perçait. Le brouillard s'était dissipé et l'air était clair. Le long du sentier qui se déroulait devant eux, l'unique bruit était le bruissement constant des halliers qui s'étendait entre eux et l'épaisse forêt d'arbres centenaires.

— Une journée parfaite pour une embuscade parfaite, murmura Bray. Votre père aurait tout de même pu…

Il s'interrompit. Plusieurs silhouettes venaient de faire irruption de part et d'autre du sentier, qui s'était rétréci pour devenir aussi étroit qu'un chemin des morts. Deux d'entre elles portaient des arbalètes, les autres brandissaient des épées ou des dagues.

— Écartez-vous, mes amis ! lança Bray. Laissez-nous passer !

— Vous avez tué nos frères et nos sœurs dans les ruelles puantes de Londres !

— Ah ! vous êtes donc de ces vauriens de *La Chasuble* ! Votre chef n'a-t-il pas promis à mon père, Sir Thomas, de nous laisser repartir en toute sécurité ?

— De vous laisser quitter l'auberge, oui, et vous avez pu le faire. Mais là, nous sommes dans la forêt et c'est différent. Nous sommes la Garduna et nous ne recevons d'ordres de personne !

L'homme levait son arbalète lorsqu'il fut soudain projeté vers l'arrière. Une longue flèche venait de le toucher en pleine poitrine. Une seconde lui transperça la gorge. Affolés, ses comparses se tournèrent en tous sens pour comprendre d'où provenait l'attaque, tandis que Bray posait la main sur l'épaule de son ami en lui commandant de demeurer immobile. L'air se chargea alors de sifflements. De multiples flèches décochées par des arcs puissants allèrent toucher leurs cibles. Lorsque le dernier homme de la Garduna s'effondra dans un gargouillement en tenant à deux mains le projectile qui lui transperçait la gorge, Urswicke et Bray ne bougèrent pas. Autour d'eux, leurs assaillants tremblants et gémissants agonisaient. Puis un silence total se fit. Il n'y avait plus aucun chant d'oiseau, aucun mouvement dans les sous-bois.

— Mes salutations, mes amis !

Quatre archers venaient d'émerger de la forêt, brandissant des arcs prêts à tirer de nouveau. Ils s'approchèrent des corps et vérifièrent que les victimes avaient rendu leur dernier souffle.

— Ils sont bien morts, confirma Urswicke d'une voix forte. Tous.

— Certes.

L'homme qui lui avait répondu retira sa visière et repoussa la cagoule qui lui dissimulait le visage. Urswicke reconnut sans peine le capitaine des archers qu'il avait repéré dans la salle de l'auberge. Celui-ci esquissa un signe de paix, regarda un instant ses compagnons penchés sur les corps, puis vint serrer la main à Bray et à Urswicke.

— Votre père savait que la Garduna vous était hostile et que vous seriez attaqués, expliqua-t-il. Ce n'était qu'une question de temps.

Il ôta la flèche encore amorcée de son arc flambant neuf.

— Le lieu que ses hommes ont choisi n'était pas le plus propice, mais que voulez-vous, ils ne connaissent pas bien les bois d'Angleterre ! Ils n'ont pas grandi dans la forêt de Sherwood, contrairement à nous ! Nous les avons suivis à la manière de lurchers et nous voilà !

Il se tourna vers ses camarades.

— Avez-vous terminé, mes amis ? leur cria-t-il.

— Oui ! répondirent-ils en se relevant, les bras chargés de ceinturons, de bottes, d'escarcelles et d'armes.

Il s'adressa de nouveau à Urswicke et à Bray.

— Venez, leur dit-il, vous allez pouvoir monter en croupe derrière deux de mes hommes. Nous vous accompagnerons jusqu'à Chertsey, mais pas au-delà. Nous avons l'ordre de vous laisser à l'abbaye. Sir Thomas souhaite également vous signaler que la Garduna ne bénéficie plus de sa protection.

Le capitaine eut un sourire presque édenté.

— Votre noble père, le Grand Juge (Urswicke crut déceler une pointe de sarcasme dans la voix du capitaine), a annoncé que la Garduna était désormais considérée comme hors la loi et que, dès lors, ses membres pouvaient être abattus à vue…

— Et c'est donc ce qu'il va falloir faire…

Urswicke venait de relater les événements de la matinée et la comtesse avait prononcé son verdict.

— La Garduna doit être éradiquée jusqu'à la racine. On ne peut la laisser agir impunément comme elle l'a fait jusqu'ici. Quant à Sir Thomas, il est le diable incarné.

Elle posa un regard sombre sur le jeune homme et lui saisit le poignet.

— *Pax et bonum*, mon bon ami, mais les intrigues que Sir Thomas a ourdies contre nous étaient proprement monstrueuses.

— Ne vous excusez pas, madame, c'est inutile, et ne défendez pas mon bien-aimé père. Il a semé ces graines de poison et c'est à nous qu'il revient de moissonner et de lui faire rendre des comptes.

La comtesse hocha la tête. Elle lâcha Christopher et se cala dans son fauteuil. Elle s'était retirée dans la chambre qu'on lui avait attribuée avec ses deux hommes de confiance, que les archers avaient déposés devant la grande entrée de l'abbaye. Katarina, Jasper et Henri vaquaient à leurs occupations, continuant à tenir les rôles qu'ils avaient soigneusement assumés jusque-là. Urswicke avait raconté à sa maîtresse tout ce qui s'était passé à *La Chasuble* et il avait reçu ses compliments, ainsi que ceux de Bray. Ce dernier avait souligné que les messages apportés par Prestepied avaient constitué le catalyseur qui avait permis de résoudre tous ces mystères.

— Votre père, Christopher, nous a prouvé l'étendue de sa ruse et de sa sournoiserie, déclara Margaret. Il eût été trop dangereux d'engager des brigands de la ville, ou même de n'importe quelle région de ce royaume. La trahison et la cupidité sont si répandues ici, et l'on peut si aisément en tirer parti ! Pour peu qu'il soit désespéré, n'importe quel hors-la-loi se transforme facilement en témoin à charge, si cela lui permet de recevoir la grâce ou une quelconque récompense. Et surtout, ces gens-là ont un instinct de préservation très développé, qui les autorise à changer de camp comme on change de chemise ! Non, vraiment, votre père a eu une idée judicieuse ! La Garduna, qui n'appartient pas à ce royaume, peut sans peine envoyer une escouade qui ne prête allégeance à personne, sinon à elle-même et conformément à l'engagement ponctuel qu'elle a signé.

Je soupçonne votre père d'avoir contacté ces individus via les bons offices de Charles, duc de Bourgogne. À présent, enchaîna-t-elle brusquement, je vous prierai de m'excuser si, dans cette affaire, j'ai eu l'air de ne faire qu'observer sans rien faire. C'était une façade. Vous savez bien que j'ai des espions tant à la cour d'Angleterre qu'à l'étranger. Des hommes et des femmes qui me communiquent les conversations qu'ils ont pu surprendre ou les informations qu'ils ont recueillies. Il en est de même pour mes ennemis, ils ont des espions chez moi, aussi ai-je été obligée de garder certaines choses bien cachées. Ma future alliance avec Lord Stanley en faisait partie. Voyez-vous, les Stanley ont de grandes ambitions, ils entendent être ceux qui combleront le fossé laissé par la destruction de tous les autres grands seigneurs après les récentes guerres. Voilà pourquoi mon union avec Lord Stanley sera parfaite. Sa famille est puissante à la fois au nord et au sud de la Trent. Elle peut rassembler des troupes et rappeler ses archers comme un chasseur siffle ses chiens. Vous comprenez à présent pourquoi ces proclamations diffamantes affichées à St Paul et à Cheapside me perturbaient beaucoup.

— Les Stanley ont dû s'inquiéter, n'est-ce pas ?

— Non, Reginald. En réalité, ils ne se faisaient aucun souci. Ces attaques sont si manifestement diffamatoires qu'elles ont pour effet de valoriser mon statut au lieu de me souiller. Lord Thomas (c'est du moins ce qu'il me dit dans ses lettres) ne comprend pas comment des individus peuvent recourir à de tels extrêmes pour tenter de me discréditer. Non, non, Stanley est très désireux de m'épouser, aussi avais-je déjà abandonné tout projet de m'exiler en Bourgogne ou ailleurs. J'ai déployé mes étendards ici, au cœur de ce royaume, et j'y resterai ! Pour ce qui est de la Bourgogne et de son duc arrogant, je comprends ses ambitions, mais que puis-je faire, sinon attendre qu'il s'en prenne au pouvoir des York ?

La comtesse but quelques gorgées de son verre et le reposa avec délicatesse.

— Pour ce qui est de mon fils, c'était différent. Je souhaitais le voir.

Elle chassa d'un battement de cils les larmes qui se formaient dans ses yeux.

— J'en avais besoin. Et, tout aussi important, je souhaitais savoir par sa bouche, celle de Lady Katarina et celle de Lord Jasper, si Charles de Bourgogne ou un quelconque autre prince ne les avait pas approchés pour leur offrir un refuge ou un abri. C'est la raison pour laquelle ils sont venus jusqu'ici : afin de pouvoir évoquer l'avenir avec moi…

— Alors ? Ont-ils été approchés par la Bourgogne ?

— Oh oui, mais très intelligemment, avec la plus habile discrétion ! Une conversation ici, une autre là… Mais peu importe à présent, reprit-elle avec énergie. Ni mon fils, ni moi, ni personne de ma maison n'ira quérir la protection du duc Charles ! Quoi qu'il en soit, cette affaire n'est pas encore réglée, n'est-ce pas, Christopher ?

— Non, loin de là ! Pour commencer, nous devons nous occuper de la Garduna, à *La Chasuble*.

— Vous m'avez dit avoir dépêché Malachi, le courrier ? Saviez-vous qu'il était le fils de François ?

— J'ai remarqué leur ressemblance, madame ! Et, en effet, Malachi chevauche actuellement vers Londres à la vitesse de l'éclair pour prévenir son père.

J'ai demandé à François de venir ici avec toutes les forces dont il dispose, et le plus rapidement possible.

— Et une fois réglé le problème que pose la Garduna, nous pourrons résoudre les autres.

— Ah oui, Reginald ! répondit Christopher en souriant à son camarade. C'est exactement ce que nous allons faire !

SIXIÈME PARTIE

« La Garduna vend ses services pour assassinat,
ravissement, vol et autres,
à tous ceux qui ont les moyens de se les offrir. »

Trois jours plus tard, Urswicke et Bray furent appelés à la grille de l'abbaye. L'après-midi, glacial, était bien avancé et les premières brumes du crépuscule apparaissaient. Tenant Malachi par l'épaule, François attendait entre deux porteurs de torches. Urswicke et Bray serrèrent la main aux nouveaux venus et échangèrent avec eux le baiser de paix. Puis ils entraînèrent François vers la guérite du portier. Là, Christopher parla au Français du document officiel que le duc Charles avait fait établir devant notaire dans son palais d'Arras.

— C'est bien ce que nous pensions ! commenta François, qui dissimulait mal son agitation. Nous savions qu'il se tramait quelque chose d'anormal. Nous avions eu connaissance des travaux entrepris dans l'abbaye Saint-Vaast, mais nous n'y avons pas attaché d'importance. Le duc Charles est un roué. Nous étions tous convaincus que la comtesse Margaret et son jeune fils constituaient la seule opposition réelle aux York. Nous nous trompions, à l'évidence ! Nous aurions dû réfléchir davantage, étudier la question en profondeur. Je puis vous confier, Christopher, que ce que vous me révélez là est le pire cauchemar du *Cabinet noir** ! Encore une alliance militaire entre l'Angleterre et la Bourgogne mais, cette fois-ci, la menace serait encore plus grave pour la France. Voir les capacités militaires de l'Angleterre et de la Bourgogne fusionner bel et bien, mon royal maître ne pourrait imaginer pire situation ! La France replongée dans les guerres haineuses dont nous avons tant souffert il y a cinquante ans ! À cette époque, le Ciel nous avait envoyé une vierge pour nous sauver. Qui sait ce qui se passerait maintenant ?

Le Français s'était levé et il arpentait la petite pièce avec animation.

— Une nouvelle catastrophe nous frapperait, évidemment ! La Bourgogne pourrait par exemple envahir l'Angleterre et en saisir la couronne, comme l'a fait Guillaume le Conquérant il y a quatre cents ans.

— Ou Édouard d'York il y a seulement quelques mois ! ajouta Bray.

— Dès lors, la France n'aurait pas le choix : elle devrait prendre parti pour l'un ou l'autre camp, rechercher une alliance. Mais ce serait partager sa viande avec les loups ! Alors vous comprenez bien, Christopher…

François s'immobilisa pour conférer tout le poids nécessaire à ses paroles.

— … que votre jeune prince doit vivre ! Tant qu'il est là, il représente le véritable flambeau de ralliement de tous les adversaires d'Édouard d'York. Henri est de sang royal, il est dans ce royaume le parfait champion pour affirmer les droits des Lancastre.

— Mais en attendant, mon ami, déclara Urswicke, nous devons nous occuper de ces gens qui travaillent pour la Bourgogne. Avez-vous amené des combattants ?

— Je vous invite à venir voir par vous-même…

Les trois hommes sortirent dans la nuit tombante et franchirent la grille de l'abbaye. Lorsqu'ils pénétrèrent dans la forêt, Urswicke crut avoir une hallucination : une véritable armée semblait avoir surgi de terre. Il y avait là plus d'une centaine d'hommes en armure, harnachés pour la guerre : cavaliers, archers, fantassins, et même une escouade de frondeurs, tous prêts pour la bataille. Derrière eux se profilait une rangée de chariots de guerre chargés de trébuchets, de catapultes et d'un puissant bélier.

— Je vous vois surpris, maître Christopher…

— Je suis plus que surpris, je suis stupéfait. D'où vient tout cela ?

François s'approcha de lui, sa torche à la main.

— Nous avons des cogghes de guerre amarrées à Queenhithe et ailleurs. À première vue, elles ont l'air de bateaux de marchandises mais, en vérité, ce sont des forteresses flottantes. Je n'ai donc eu aucun mal à organiser tout cela. Nous sommes arrivés par voie fluviale dans des barges que nous avons louées et nous voilà maintenant fin prêts.

— Mais les autorités ne risquent-elles pas d'intervenir ? demanda Bray. Celles de Londres, ou même celles de ce comté ?

— Cela m'étonnerait, répliqua Christopher. Souvenez-vous des propos de mon digne père : la Garduna n'a plus son soutien. Le Grand Juge ne sera que trop heureux de la voir annihilée. Donc, acheva-t-il en tapotant l'épaule de François, faites entrer vos hommes dans l'abbaye et dites-leur d'établir leur campement dans la cour, dans les vergers et dans les jardins.

— Ne pensez-vous pas que la Garduna vous a vus arriver ? s'enquit encore Bray, toujours inquiet de probables dangers. Ses espions doivent surveiller l'abbaye avec la plus grande vigilance !

— Je vous l'accorde, acquiesça le Français en riant. Ou, en tout cas, c'est bien ce qu'ils faisaient ! Mais j'ai dans mes troupes des spadassins plus habiles encore que les espions de la Garduna. Je les ai envoyés en reconnaissance. La Garduna avait en effet posté six hommes autour de l'abbaye. Ils gisent désormais au fond d'un marécage, la gorge tranchée.

À cet instant, le jeune Malachi fendit la foule des soldats pour venir les rejoindre. François l'enlaça avec tendresse.

— C'est votre fils, *monsieur** ? s'enquit Urswicke.

— Mon fils unique, maître Christopher.

Il sourit à Malachi.

— Un vaillant guerrier et le plus prompt des messagers ! À présent, ajouta-t-il, mieux vaut ne pas traîner. Nous sommes arrivés avec un léger retard et je le regrette. Mais j'avoue que tout cela a pris un certain temps à organiser…

Il se tut en entendant une chouette hululer dans les profondeurs de la forêt derrière lui.

— Une chouette française ! commenta-t-il avec amusement. L'un de mes éclaireurs qui me signale que tout va bien. Mais pas pour longtemps.

Il leva les yeux vers le ciel qui s'assombrissait.

— Dans l'idéal, il conviendrait d'attaquer sur-le-champ, mais la journée est trop avancée maintenant. Nous lancerons l'assaut demain à l'aube. D'ici là, maître Christopher, j'aimerais présenter mes compliments à la comtesse et au seigneur prieur. Ensuite, je rejoindrai mes hommes.

Il serra la main d'Urswicke avec effusion.

— N'oubliez pas ce dont nous sommes convenus, *monsieur**, lui souffla-t-il. Pas de quartier, pas de prisonniers, et pas question de pardon ! N'ayons aucune pitié, et tout ce que possède la Garduna sera pour nous.

— Je n'ai pas oublié.

— Parfait ! Dans ce cas, allons-y…

Tapi à l'abri des arbres au côté de Bray, Christopher Urswicke regardait les volutes de brume danser tels des spectres sur la clairière qui les séparait des grilles fermées de *La Chasuble*. Il faisait encore très sombre et les broussailles dans lesquelles ils se tenaient accroupis étaient glacées sous les doigts. L'obscurité enveloppait comme un suaire la masse silencieuse d'hommes armés dont l'objectif se résumait à la complète annihilation de l'adversaire. Les spadassins de François, agiles et prestes à l'instar de loups en chasse, s'étaient glissés dans la nuit pour réduire à un silence éternel les quelques hommes partis à la recherche de leurs camarades disparus. Les Luciferi s'étaient bien préparés et tout était en place. On avait huilé les essieux des chariots de guerre et enveloppé leurs roues d'une épaisse couche de paille boueuse, puis on les avait positionnés sans un bruit en première ligne. Chacun d'eux transportait une petite catapulte dont le bras de lancement était déjà tiré en arrière et la cuillère prête à recevoir des ballots enduits de goudron. De part et d'autre de ces véhicules, les lignes d'archers amorçaient leurs armes. François courut s'accroupir près d'eux.

— Prêts ? souffla-t-il.

— Plus que jamais ! répondit Urswicke sur le même ton.

François se releva.

— Déploie l'oriflamme ! lança-t-il à mi-voix.

Malachi, qui avait suivi son père, monta sur un chariot et brandit l'étendard bleu et or, couleurs sacrées de la royauté française. Cette action fut aussitôt suivie des cris de « Saint Denis ! Saint Denis ! » et l'on souffla dans des cornes. Les archers se penchèrent alors en arrière pour lâcher une grêle de flèches en direction du ciel qui commençait à peine à pâlir. On poussa les chariots de guerre au-delà de la ligne des arbres et l'on alluma un feu dans un creuset pour enflammer les ballots imbibés d'huile et de goudron. Ces projectiles tirés par les catapultes se mirent dès lors à fendre l'air pour retomber tel le déferlement des feux de l'enfer sur les bâtiments de l'auberge. Associée au rugissement des flammes, une clameur s'éleva côté ennemi : on entendit hurler des hommes et des femmes et hennir les chevaux affolés prisonniers des écuries, alors que la violence du feu gagnait rapidement en intensité. Bray murmura son admiration pour la tactique de François, qui n'avait pas lancé l'assaut sur l'auberge afin de limiter les pertes inutiles. Il avait préféré contraindre l'ennemi à sortir et sa patience fut bientôt récompensée.

La chaleur du brasier ardent dut devenir insoutenable, car les grilles de l'auberge s'ouvrirent soudain sur les assiégés. Aussitôt une pluie de flèches et de projectiles enflammés déferla sur eux. Tenant devant lui son bouclier normand, Urswicke bondit pour suivre Bray dans la danse mortelle du combat, affrontant les silhouettes qui ne cessaient d'émerger devant eux, visages barbus, yeux étincelants, bouches crachant des malédictions. L'un des ennemis se précipita sur lui pour le transpercer de sa lance, mais Urswicke, bien entraîné aux joutes de la Tour, fit un bond de côté et lui plongea sa dague dans la poitrine. Déjà, une femme au visage ensanglanté et à la chevelure malmenée par le vent fonçait sur lui, mais elle s'écroula avant de l'atteindre, touchée par la flèche d'un archer. Dans le bruit assourdissant, *La Chasuble* elle-même était devenue une fournaise d'où s'élevaient des flammes bondissantes. De toutes parts, le bois et la pierre craquaient et s'effondraient sous l'effet de la chaleur. Le rugissement du feu couvrait presque les cris, les hurlements et les injures proférées dans la bataille qui faisait rage.

Si les Luciferi avaient déployé l'oriflamme, leur bannière sacrée, c'était bien pour signifier qu'ils ne feraient pas de quartier dans ce qui serait une bataille *à l'outrance* – usque ad mortem* : un affrontement à mort, sans pitié et sans intention de pardonner. De fait, le combat était manifestement déjà gagné, mais la Garduna semblait décidée à aller jusqu'au bout, dans ce qui ressemblait désormais à une opération suicide. Urswicke vit même trois hommes retourner à l'intérieur des bâtiments, préférant se laisser consumer par les flammes déchaînées que tomber sous le fer de l'ennemi.

La bataille au corps à corps se poursuivit quelque temps. Les archers de François pouvaient désormais se déplacer à leur guise et choisir leurs cibles. Quand enfin, la clameur et le cliquètement des armes s'apaisèrent, on n'entendit plus que le vacarme de l'incendie et les gémissements de douleur des blessés. Urswicke et Bray allèrent s'abriter derrière les chariots de guerre et François les rejoignit. Son visage, maculé de sang, était aussi couvert de suie.

— C'est terminé, annonça-t-il en s'essuyant le front d'un revers de main. J'ai envoyé mes hommes tirer de l'eau du puits. Il faut qu'ils boivent et se lavent un peu.

— Vous n'avez vraiment fait aucun prisonnier ? s'enquit Bray.

— Si, nous en avons quelques-uns, tous blessés. Venez les voir !

François les entraîna vers un autre chariot, derrière lequel huit membres de la Garduna étaient assis, adossés aux roues. Tous saignaient et trois d'entre eux avaient perdu connaissance. François s'agenouilla près de celui dont les plaies paraissaient les moins profondes et lui posa une question dans la *lingua franca*, le patois de la mer du Milieu. L'homme secoua la tête avec un rire brutal et cracha dans sa direction. Le capitaine des Luciferi se releva en essuyant sa cotte de mailles.

— Les gens de la Garduna ne raconteront jamais rien, et ils ne concéderont rien non plus. Je vais donner à ceux-là le coup de grâce et nous en aurons terminé.

Il leva les yeux vers le ciel.

— Il fait presque jour, reprit-il. Les habitants de cette forêt doivent déjà savoir ce qui s'est passé et je ne veux surtout pas voir les hommes du shérif ou ceux de votre père, maître Christopher, intervenir dans notre travail.

— Je doute que cela se produise, le rassura Christopher. Croyez-moi, mon ami, mon père sera soulagé d'apprendre ce que vous avez fait ! Mais il est vrai qu'il vaut mieux retirer vos hommes le plus rapidement possible.

Il s'approcha de lui pour reprendre, un ton plus bas :

— J'ai respecté ma parole, François. À présent, j'aurai une faveur à vous demander avant que vous ne repartiez. Nous allons vous laisser saisir le butin ici, mais pourriez-vous ensuite revenir à l'abbaye ? Il y a certaines choses dont nous devons encore parler. Pouvons-nous dire après que les cloches auront sonné l'angélus ?

Urswicke et Bray rentrèrent à Chertsey, se lavèrent et se changèrent, avant de se lancer dans une fougueuse conversation avec Katarina et Jasper. Ils avaient informé ces deux derniers, ainsi que la comtesse, de la complète destruction de la Garduna, leur avaient raconté de quelle façon celle-ci avait été écrasée et précisé que toutes ses possessions et ses documents étaient partis en fumée dans un furieux brasier.

— Et maintenant ? interrogea Katarina. La Garduna n'existe plus, peut-être, mais ceux qui l'ont recrutée sont toujours là, tapis dans l'obscurité ! Sommes-nous vraiment en sécurité ici, maître Christopher ?

— Je suis convaincu que l'abbaye de Chertsey nous offre le meilleur des asiles pour le moment. Quiconque pénètre en ce lieu saint se trouve soumis à la loi de l'Église, et non plus aux ordres de la Couronne. J'avoue néanmoins que je m'inquiète quelque peu. Le château de Woking, *La Chasuble* et Chertsey ont connu de nombreux remous ces derniers temps ; le shérif et les seigneurs doivent commencer à s'alarmer. Alors certes, nous sommes en sécurité à Chertsey, mais pour combien de temps, je ne sais…

Urswicke se tut en entendant un petit coup frappé à la porte. Katarina alla ouvrir et fit entrer l'abbé John, ainsi qu'un homme cagoulé, revêtu d'une soutane qui semblait neuve, contrairement aux braies que l'on apercevait en dessous et qui étaient couvertes de boue. Le père prieur invita son compagnon à prendre place sur un tabouret et à retirer sa capuche. Le nouveau venu obéit.

— Alcuin ! s'exclama Katarina, battant des mains. Madame, maître Urswicke, maître Bray, je vous présente Alcuin, un héros ! C'est grâce à lui que nous sommes toujours en vie ! Sans sa protection, frère Sylvester nous aurait occis et Mauclerc aurait gagné !

Urswicke hocha la tête. À leur arrivée à l'abbaye, Katarina leur avait expliqué le danger qu'avaient présenté Cornelius et Sylvester, et comment ces deux sournois informateurs avaient trouvé la mort tour à tour. Elle l'avait fait avec délicatesse, sans évoquer le sordide traitement infligé au jeune Alcuin. Urswicke et les autres serrèrent la main de ce dernier, qui se rassit et fixa le sol, tandis que le père prieur expliquait qu'il s'était présenté à la poterne pour demander officiellement asile à l'abbaye.

— Je le lui ai accordé, il ne craint plus rien chez nous. Et il a une foule de choses à nous raconter !

— Alcuin, dit Katarina en s'asseyant près du jeune homme pour lui caresser les cheveux, tu es revenu ici pour plusieurs raisons, n'est-ce pas ? L'abbaye t'a manqué, c'est cela ?

Les yeux pleins de larmes, Alcuin acquiesça sans un mot.

— Mais tu nous apportes également des informations, j'en suis sûre ! Il y a eu du tumulte dans la forêt. *La Chasuble* a été réduite en cendres au terme d'une bataille féroce et sanglante. Dieu sait quels bruits inquiétants toi et d'autres avez pu entendre, quels spectacles vous avez pu voir…

Le garçon hocha la tête sans plus contenir ses sanglots.

— Raconte-leur, lui murmura l'abbé. Répète-leur ce que tu m'as dit !

— Quand je suis sorti de l'abbaye, commença Alcuin d'une voix rauque, j'étais content d'être libre. Mais ce sentiment a vite disparu. J'ai marché dans la forêt en demandant l'aumône auprès des gens que je croisais. J'étais perdu, et pas seulement parce que je ne trouvais pas mon chemin ; j'avais l'impression d'avoir commis une erreur. Je n'avais plus envie d'avancer. Plus ça allait et plus je me rendais compte que je n'aurais pas dû quitter Chertsey. Et puis, en tournant dans cette forêt, je me suis retrouvé devant *La Chasuble*.

Il sourit tout à coup, dévoilant des gencives édentées.

— Dans la forêt, les habitants du coin parlent beaucoup, j'avais entendu des choses. Mais je reconnais que j'ai été surpris en arrivant. J'ai trouvé les gens de cette auberge bizarres, c'est sûr, mais je n'ai pas pensé qu'ils pouvaient être dangereux. En tout cas, ils ont été gentils avec moi.

— Comment cela ?

— Vous êtes maître Urswicke, c'est ça ?

— C'est ainsi que je me nomme, oui. Alcuin, nous sommes tous tes amis ici. Et il me semble que ce que tu as appris dans la forêt pourrait nous être d'une aide précieuse.

— D'accord... Donc, les gens de l'auberge m'ont posé une foule de questions. Je leur ai répondu sans mentir. Je leur ai expliqué que j'avais été frère lai à Chertsey et que je m'étais enfui.

— T'ont-ils demandé pourquoi ?

— Évidemment, maître Urswicke ! Je leur ai dit que j'en avais eu assez de vivre dans une abbaye. Ça les a fait rire. Ils m'ont fait asseoir devant le feu et m'ont servi à boire et à manger. Je leur ai assuré que j'étais très travailleur et je leur ai demandé si je pouvais rester avec eux. Ils ont répondu qu'ils allaient réfléchir. Leur chef était grand, il avait le visage basané et des cheveux longs, une moustache et une barbe. Il se faisait appeler « le maître » et les autres lui obéissaient toujours. Vous savez, Katarina, je crois que c'est lui qui est venu à Chertsey terroriser tout le monde dans le réfectoire. Enfin, comme je n'en étais pas certain, j'ai préféré fermer ma bouche et ne pas poser de questions. Je me sentais bien dans cette auberge, mais je demeurais quand même sur mes gardes. Quand j'ai fini de manger, le maître et Alfonso, son second, m'ont conduit dans une sorte de remise et là, ils m'ont questionné encore.

— Sur quoi ?

— Sur mes origines. Je ne leur ai rien caché, je leur ai dit que j'étais orphelin et que je venais de l'Essex. Que l'on m'avait placé, et que j'avais même été carrément adopté, ajouta-t-il à la hâte en jetant un coup d'œil à l'abbé John. Oui, que j'avais été adopté dans l'abbaye de Chertsey. Que j'étais assigné au réfectoire. Je leur ai tout dit, mais sans leur parler du frère Sylvester.

— Et ils ont accepté que tu restes ?

— Oui. Quand ils ont terminé, le maître m'a tapé

sur l'épaule, il m'a appelé son « petit bouc, solide et costaud », et il m'a dit que, si tout allait bien, j'allais pouvoir rejoindre sa compagnie, mais que, pour ça, il faudrait tout de même que je fasse mes preuves.

Alcuin esquissa une petite moue.

— Naturellement, j'ai accepté…

— C'était logique, acquiesça Urswicke, avant de se tourner vers la comtesse. Selon les renseignements que j'ai recueillis, poursuivit-il, la Garduna recrute régulièrement des jeunes gens comme Alcuin. Elle les forme, les observe et, si le chef estime qu'ils en sont dignes, ils sont initiés.

— Quoi ? intervint Alcuin. Qu'est-ce que c'est que la Garduna ? C'est le nom de ces gens ?

— Oui, mon ami, et crois-moi, ce sont les soldats du diable ! Tu as eu beaucoup de chance, mon garçon, et je crois que ton apparence, ta façon de parler et ta franchise t'ont protégé. Alors, que s'est-il passé ensuite ? Pourquoi te retrouves-tu ici, Alcuin ? Que veux-tu nous dire ?

Le jeune homme déglutit nerveusement en considérant tour à tour le père prieur et Katarina.

— Je… je… bafouilla-t-il. Je vous ai entendus dans… dans la grotte, quand…

— Quand nous nous sommes débarrassés de frère Sylvester ? acheva Katarina avec douceur.

— Oui… Vous avez parlé de quelqu'un qui s'appelle Mauclerc et qui est au service des York. Vous avez aussi parlé d'une comtesse…

— Oui, oui, tout à fait, approuva Katarina. Pourquoi ?

— Eh bien, je… En fait, on m'avait affecté à la cuisine. J'étais surtout chargé d'aller ramasser du petit bois et d'apporter des bûches sèches pour le feu dans la grande salle de l'auberge. Un matin, de bonne heure… Je crois que c'était le lendemain de mon arrivée… Enfin, je ne sais plus, ça s'emmêle un peu dans ma tête…

— Tu n'as rien à craindre ici, le rassura Katarina. Tu disais donc qu'un matin… ?

— Ah oui… Un matin, un étranger est arrivé. Il portait des bottes avec des éperons et il est entré dans l'auberge comme s'il était le Tout-Puissant en personne ! Il arborait les couleurs des York, c'était un soldat, il avait le crâne et le visage rasés, des yeux comme des fentes, des pommettes hautes et une peau piquée…

— Mauclerc ! s'exclama Urswicke.

— Oui, c'était son nom. Il avait l'air vraiment en colère. Il a défait son ceinturon et il s'est laissé tomber sur une chaise devant la cheminée. Il ne m'a même pas regardé. Il ne me plaisait pas du tout et je me méfiais de ses bottes. Le maître et Alfonso sont venus le rejoindre et ils se sont mis à parler ensemble dans la langue commune.

Alcuin eut un sourire vaguement honteux.

— Je connais la langue commune… Nous la parlons à l'abbaye quand nous ne voulons pas que le maître des novices nous comprenne…

— En fait, sache qu'il la comprend très bien, intervint le père prieur. C'est bien pour cela que nous vous attrapons quand vous faites des bêtises !

— Soit ! s'impatienta Urswicke. Donc, ils parlaient dans la *lingua franca* ? En pensant bien sûr que tu ne la comprenais pas. Et qu'as-tu appris ?

— Mauclerc était aussi enragé qu'un dogue muselé. Il a maudit Chertsey, le père prieur et tous les gens qu'elle abrite. Il a dit qu'en rentrant à Londres il demanderait un mandat royal et qu'il irait exhumer tous les morts du cimetière.

— Pourquoi voudrait-il faire une chose pareille ? s'étonna la comtesse en se tournant vers ses compagnons. Il sait très bien que la Garduna a déjà pillé le tombeau !

— Mais il sait aussi que le cercueil prélevé dans la chapelle du souvenir ne renfermait qu'une macabre tromperie, les restes d'un rebelle mis à mort. Mauclerc est quelqu'un de logique. Il a compris que la vraie dépouille de notre roi martyr devait être ensevelie quelque part autour de l'abbaye. Le cimetière est l'hypothèse la plus cohérente.

— Et s'il fait cela, trouvera-t-il la véritable sépulture ?

— À terme, oui, sans aucun doute, répondit Urswicke. Mauclerc n'est pas homme à proférer des menaces en l'air. Je sais que les choses ont évolué depuis sa visite, puisque *La Chasuble* n'existe plus, mais, malgré cette destruction, il va revenir ici exercer sa vengeance. Il nous faut donc déplacer le vrai cercueil du roi martyr.

— Où l'enterrerons-nous ?

— J'ai mon idée, dit le père prieur. Nous allons organiser une petite cérémonie au cours de laquelle nous exhumerons le cercueil… Maître Urswicke sait où il est enterré. Nous le placerons ensuite sous la dalle tumulaire de la chapelle de la Vierge. Non, non ! continua-il pour faire taire les protestations. C'est la chose à faire la plus sage, la plus prudente et la plus sûre. La chapelle du souvenir de notre abbatiale est vénérable et sacrée, c'est un lieu infiniment honorable pour y faire reposer un corps. Et surtout, Mauclerc a beau se moquer et menacer, il n'est pas la Garduna. Il pourra retourner à sa guise toute la terre du cimetière en agitant des mandats signés par le roi…

— … mais le sanctuaire d'une abbaye bénédictine est sacré et consacré, compléta Urswicke. Que proclame l'inscription au-dessus de la grande entrée ? « Ceci est la maison de Dieu et la porte du Ciel » ! Toute manifestation de violence perpétrée dans le sanctuaire, vis-à-vis du tombeau ou de la dépouille de Henri déclencherait la colère de notre sainte mère l'Église. Oui, il faut exhumer le cercueil et le transférer dans la chapelle-sépulture, et le plus rapidement possible !

— Nous le ferons, souffla le père prieur. Oui, aujourd'hui même, avant la tombée de la nuit. Ce sera assez facile, le tombeau est déjà prêt.

— Parfait, acquiesça Urswicke. C'est préférable.

Il se tourna vers Alcuin.

— Quoi qu'il en soit, qu'as-tu entendu d'autre ? Qu'a dit encore Mauclerc ?

— Il tempêtait comme un chien qui aboie dans la nuit. Je vous l'ai dit, il a maudit Chertsey. Il était sûr qu'il s'y tramait quelque chose. Il voulait faire encercler l'abbaye et poster des gardes le long du fleuve pour surveiller tous les bateaux qui passaient. Il avait l'intention de faire fouiller toutes les cogghes marchandes étrangères amarrées à Londres.

Réprimant un frisson, Urswicke jeta un regard à sa maîtresse.

— Et l'aubergiste et ses compagnons de *La Chasuble* ? demanda Bray. Ceux que nous avons appelés la Garduna ? Que disaient-ils ?

— Oh ! le maître avait l'air assez satisfait. J'ai l'impression qu'il avait reçu une belle somme d'argent et son second et lui semblaient contents. J'étais là depuis très peu de temps, mais j'ai surpris des conversations confidentielles où il se disait qu'on se préparait à partir.

— Personne ne s'attendait donc à une attaque sur l'auberge ? s'enquit Bray.

— Oh non, pas du tout ! On parlait beaucoup des guetteurs qui n'étaient pas revenus. Ça devait être encore le sujet de conversation quand l'attaque a commencé, d'ailleurs. Si j'ai pu m'en tirer sans une égratignure, c'est parce que je logeais dans une remise isolée accolée au mur d'enceinte. Le bruit m'a réveillé et, dès que j'ai vu les flèches enflammées tomber du ciel, j'ai attrapé mon balluchon, j'ai escaladé le mur et je me suis hâté de m'enfuir.

Alcuin but quelques gorgées du gobelet que Katarina venait de lui glisser dans la main.

— Les gens de la forêt ont très peur. Ils disent que les démons de *La Chasuble* ne sont pas tous morts et qu'ils errent comme des spectres de la nuit à la recherche d'une issue.

— La Garduna n'aurait donc pas été entièrement décimée ? Certains en auraient réchappé ?

— Je n'en ai pas vu moi-même, maître Urswicke. C'est juste les habitants de la forêt qui disent cela. Moi, tout ce que je voulais, c'était sauver ma peau ! Alors j'ai couru en direction de l'abbaye.

Alcuin s'interrompit et posa sur l'abbé un regard implorant.

— Mon père, c'est ici que je veux être ! plaida-t-il en joignant les mains. Je me sens chez moi à l'abbaye ! J'aime l'église, les frères, les bruits qu'on entend et les choses qu'on voit dans la maison de Dieu. C'est vrai, j'ai voulu m'en aller, mais puisque

Sylvester n'est plus là, je n'ai plus rien à craindre et j'ai… j'ai très envie de rester…

— Soit ! Tu es le bienvenu !

— Bon, autre chose ? interrogea Urswicke, impatient.

— Mon ami, dit Katarina en venant s'accroupir près d'Alcuin, tu as dit que, quand nous étions dans la grotte, tu m'avais entendu évoquer la comtesse. Mauclerc y a-t-il fait référence, lui aussi ?

— Oh, oui ! Il l'a injuriée. Il l'appelait la… « la putain Beaufort ».

Alcuin porta les doigts à ses lèvres, confus, en regardant la comtesse.

— Je suis désolé, madame…

— Rassurez-vous, mon garçon, j'ai entendu pire ! Contentez-vous de nous répéter les paroles de Mauclerc.

— Il vous a injuriée et il a dit que l'Angleterre serait bientôt débarrassée de vous. Que vous alliez partir pour des terres étrangères, mais qu'il doutait que vous puissiez jamais les atteindre…

Un profond silence suivit la réponse d'Alcuin. Urswicke demanda au garçon de répéter ses propos, ce qu'il fit mot pour mot.

— Eh bien… déclara Urswicke. Nous connaissons la vérité, à présent ! Mauclerc, comme nous tous, a été dépassé par les événements. La Garduna a été annihilée, quoique certains de ses membres aient peut-être survécu. *La Chasuble* n'est plus qu'un tas de cendres. Mon père est empêché au plus haut point et, malgré tout, le danger subsiste. Nous nous trouvons face à un ennemi qui souhaitait vous voir quitter ce royaume, maîtresse, non pour que vous alliez vous réfugier dans une cour étrangère, mais pour que vous succombiez à une entreprise meurtrière sur les mers. Que Dieu me pardonne, je n'avais pas envisagé cette hypothèse une seule seconde ! Et pourtant, combien y a-t-il de cogghes qui disparaissent ? Combien de bateaux qui n'atteignent jamais le port ? Combien de passagers qui passent malencontreusement par-dessus bord ? Nous sommes confrontés à une malveillance de tous les diables, mais ce problème devra attendre. Pour l'heure, la première chose à faire est de faire réintégrer sa juste place au cercueil de notre regretté monarque, n'est-ce pas, maîtresse ? N'est-ce pas, mon père ?

Les deux intéressés acquiescèrent.

— Ensuite, poursuivit-il, il faut savoir que nous courons le danger de voir cette abbaye coupée du monde par les soldats yorkistes. Et, troisièmement, l'anéantissement de la Garduna et, peut-être, la fuite de certains de ses membres risquent d'entraîner une surveillance accrue des cogghes étrangères amarrées aux quais de la Tamise.

Il poussa un soupir et désigna Katarina d'un geste.

— Madame, vos compagnons de voyage et vous-même devez partir au plus vite, mais de façon que nul n'ose vous arrêter ni sur terre ni sur mer. J'ai ma petite idée à ce sujet, et je saurai avant la tombée de la nuit si elle est viable. Donc, Lady Katarina, Lord Jasper et vous, mon jeune prince (Urswicke s'inclina devant Henri), empressez-vous de rassembler vos possessions et demeurez cachés pendant que j'organise votre départ.

— De quelle manière ? s'enquit Jasper.

— Avec l'aide de mes bons amis, les Luciferi.

— Et moi ? s'enquit Alcuin. Que va-t-il m'arriver ?

— Je te l'ai dit, répondit le père prieur. Tu peux rester ici.

— Mais que ferai-je, mon père ?

— J'ai une idée ! lança Katarina. Écoutez, mon père : Alcuin aime beaucoup Chertsey et le cercueil du roi Henri va retrouver sa place sacrée dans la chapelle de la Vierge. Nous disposons là d'une cellule d'anachorète, mais nous n'avons pas d'anachorète. Pourquoi Alcuin ne deviendrait-il pas le *custos*, le gardien de la sépulture, le sacristain de la chapelle ? Si vous le recommandez, qui pourra vous le refuser ? Vous énumérerez les qualités d'Alcuin et soulignerez le besoin que vous avez d'une personne qui entretienne le sépulcre, organise les offrandes et s'assure que les pèlerins se comportent avec la piété de rigueur en un tel lieu.

Le sourire de Katarina s'élargit lorsqu'elle vit toutes les personnes présentes approuver sa suggestion en riant. Peu de temps après, la réunion prit fin. Urswicke et Bray furent les premiers à quitter la pièce. Ils devaient préparer l'arrivée des visiteurs qui viendraient bientôt.

François se présenta à la grille de l'abbaye en début d'après-midi en compagnie d'Armand, son second, et de trois autres hommes. Il fut aussitôt conduit auprès d'Urswicke, de Bray et de la comtesse. Tout en sirotant du vin et en se restaurant de petits moelleux aux herbes, il confirma que *La Chasuble* n'était plus désormais qu'une étendue de terre calcinée et que l'escouade de la Garduna avait tout bonnement cessé d'exister. Il ajouta qu'il était reconnaissant à l'abbé John d'avoir bien voulu inhumer ses deux camarades capturés et exécutés, dont la Garduna avait apporté les tristes dépouilles à l'abbaye. Katarina l'avait informé de ce fait, tout comme le père John. François promit que, dans un avenir proche, les Luciferi viendraient récupérer leurs morts.

— Vous repartez donc ? interrogea Christopher.

— La plupart de mes hommes ont déjà embarqué à bord d'une cogghe de combat qui lèvera l'ancre à la prochaine marée. Les autres vont rester, car nous n'en avons pas encore terminé, n'est-ce pas, maître Christopher ?

— Non, évidemment !

— Nous avons une requête à vous faire, annonça la comtesse en détachant bien ses mots. Il y a ici des personnes chères à notre cœur, des personnes qui se cachent à Chertsey.

Elle s'interrompit, le temps de prendre une profonde inspiration.

— Je souhaiterais les voir quitter Londres à bord de cette cogghe de guerre française. Pourriez-vous organiser cela, *monsieur** ?

— Je me doute, madame, de l'identité de ces personnes. J'ai d'ailleurs déjà rencontré l'une d'entre elles. Si je ne me trompe pas, il importe en effet qu'elles s'éloignent au plus vite de ces lieux.

François se tut un instant, tandis que sa main venait caresser le crucifix qu'il portait au cou.

— Madame, reprit-il, vos deux clercs et vous-même m'avez rendu de fiers services. Le *Cabinet noir** sera enchanté lorsqu'il apprendra ce qui s'est passé. Toute une escouade de la Garduna décimée et le plus sinistre complot ourdi contre nous démantelé ! Ce que souhaitait la Bourgogne aurait été profondément néfaste pour mon royal maître. Nous avons bien conscience de la situation : Édouard d'York est devenu très puissant. En deux batailles, l'été dernier, il a pour ainsi dire détruit tout ce qui pouvait constituer une opposition au sein de son royaume. Plus personne ne remet en cause sa puissance à présent, hormis vous, madame !

Il esquissa un geste en direction de la comtesse.

— Croyez-moi, madame, nous avons plus qu'un intérêt personnel à vous soutenir. La présence d'un Tudor, authentique aspirant lancastrien au trône d'Angleterre, constitue la menace la plus sérieuse pour Édouard d'York et les siens. Nous souhaitons que vous demeuriez encore discrète sur ces projets. Alors bien sûr que nous ferons tout ce qui est en notre pouvoir pour répondre à vos attentes, pour vous porter assistance chaque fois que vous en aurez besoin ! Mais il n'y a pas de temps à perdre, vos protégés vont partir avec nous.

— N'oubliez pas qu'ils sont très précieux, insista Urswicke.

— Soyez tranquille, maître Urswicke, nous leur assurerons une traversée rapide et sûre jusqu'à La Rochelle. En outre, en gage de garantie, je vous laisse mon cher fils Malachi.

Il tendit la main à la comtesse, qui la serra entre les siennes.

— En retour, déclara-t-elle, je vous fais la promesse solennelle, en tant que future reine mère, que, sous le règne de mon précieux fils, l'Angleterre n'entrera jamais en guerre contre la France. Je m'y engage solennellement.

— Nous venons de poser là la première pierre d'une alliance secrète, mais solide, entre la maison de Valois et celle des Tudor !

Sur ces mots, François se leva.

— Armand et mes hommes m'attendent. Madame, si vos amis sont prêts, qu'ils nous rejoignent dès que possible.

Il se tourna pour serrer la main à Urswicke et à Bray.

— Je m'en vais, leur dit-il, mais je reviendrai sous peu et nous nous retrouverons à Londres, n'est-ce pas ? Nous devons prévoir ensemble les prochains coups à jouer sur l'échiquier. Madame, puis-je espérer que mon fils sera en sécurité avec vous ?

— Je veillerai sur lui comme s'il était mon propre fils.

Alors qu'il s'apprêtait à sortir, il se tapa le front et revint sur ses pas pour se tenir immobile, les yeux fermés et les mains jointes.

— Qu'y a-t-il, François ?

— J'étais si obnubilé par les événements que nous venons de vivre que j'ai oublié un détail. Venez, je voudrais vous montrer quelque chose.

Ils quittèrent le bâtiment et François, après s'être enquis de son chemin auprès d'un frère lai, les conduisit au reposoir qui jouxtait l'abbatiale. Il s'immobilisa sur les marches avant d'atteindre la sombre porte.

— À mon arrivée ici, expliqua-t-il, j'ai demandé au père prieur si l'abbaye accepterait de reprendre ce qui lui a été volé. Laissez-moi vous montrer…

Une odeur de pin et d'herbes régnait à l'intérieur. La grande salle ne comportait rien d'autre qu'un vieux cercueil de bois posé en son centre sur des tréteaux. François s'en approcha et en tapota le couvercle.

— Nous avons retrouvé ceci à *La Chasuble*, dit-il. C'est le cercueil volé par la Garduna dans la chapelle-sépulture de cette abbatiale. Il était entreposé dans une petite remise, tout au fond des jardins de l'auberge, de sorte qu'il n'a pas brûlé avec le reste.

Il sourit en désignant le cercueil de sa torche.

— Peut-être est-ce le premier miracle, qui sait ? Ce cercueil et ce qu'il contient ont survécu à l'incendie. Que souhaiteriez-vous en faire ?

La comtesse s'approcha en heurtant de sa canne les vieux pavés de la salle. Pendant quelques instants, elle contempla les restes hideux que contenait la boîte, puis elle jeta un coup d'œil par-dessus son épaule.

— Christopher, déclara-t-elle, jurez-vous que ce n'est pas là la dépouille du roi Henri ?

— Pas plus que je ne le suis moi-même, madame !

— Très bien. Dans ce cas, si j'obtiens l'approbation du père prieur, voici ce que j'entends faire : ce cercueil devra être vidé, ces restes pathétiques seront placés dans une nouvelle bière et ensevelis dans le cimetière de l'abbaye. Une fois ce cercueil-ci nettoyé, je veux que l'on fixe une dague à l'intérieur, puis que l'on scelle le couvercle pour envoyer le tout au duc Charles de Bourgogne, dans sa cité d'Arras. Cela fera office d'avertissement. C'est tout ce qu'il obtiendra s'il persiste à réclamer ce qui ne saurait lui revenir de droit ! Il comprendra le message, je n'en doute pas. Une dague et un cercueil vermoulu, voilà de parfaits symboles pour illustrer les conséquences d'une guerre…

Urswicke hocha la tête.

— Ce sera fait en quelques jours, promit-il. J'estime cette idée très appropriée.

— Je l'approuve également, renchérit François avec son accent chantant, qui se renforçait à mesure qu'il parlait. Quant à nous, nous ferons parvenir un autre cadeau au duc Charles. Non pas une dague ni un cercueil, mais la tête embaumée du chef de la Garduna, que nous avons rapportée de *La Chasuble*. S'il le souhaite, le duc pourra la faire enterrer dans le cercueil que vous lui aurez envoyé. Une fin congruente pour tous ses rêves de gloire… À présent, il me semble que nous en avons terminé pour le moment. Rendez-vous à Londres, maître Christopher !

Trois jours plus tard, la comtesse organisait un dîner somptueux dans la petite salle de réception de son manoir londonien, luxueusement décorée pour l'occasion. Urswicke et Bray avaient supervisé eux-mêmes les préparatifs. On avait ciré avec soin les boiseries de chêne et orné les murs de tapisseries chatoyantes qui vantaient les armes, les couleurs et les exploits de la famille Beaufort. Partout des fleurs d'hiver apportaient leurs touches de couleur et les chandelles en cire d'abeille mêlaient leur parfum et leur lumière à ceux du bon feu qui brûlait dans l'âtre. Les flammes dansantes fendaient les bûches frottées aux herbes dont la fragrance s'ajoutait aux fumets qui montaient des cuisines et de l'espicerie. Les cuisiniers avaient reçu des instructions précises quant au festin qu'ils devraient servir : émincé de poulet épicé, loche frite à la rose et aux amandes, galantine de volaille, bœuf en croûte, ainsi que quelques spécialités rares comme les beignets d'oranges de Valence.

Le motif de cette célébration était le départ imminent de Sir John Stafford, du docteur Guido et de l'écuyer Lambert. Ils lèveraient l'ancre avec la prochaine marée à bord du *Pégase*, une cogghe bourguignonne amarrée à Queenhithe. Tous trois avaient quitté le château de Woking en grande hâte et s'étaient montrés moroses à leur arrivée à Londres chez la comtesse. Ils avaient exprimé le souhait de s'en aller très vite, affirmant qu'ils devaient être de retour à la cour de Bourgogne avant la Noël.

Bien sûr, ils avaient posé de nombreuses questions sur les événements survenus à *La Chasuble*. Comme beaucoup d'autres, ils avaient vu les colonnes de fumée s'élever au-dessus des arbres et entendu les rumeurs qui circulaient parmi les habitants de la forêt sur la féroce bataille livrée autour de l'auberge. Interrogé par Urswicke, le docteur Guido, pâle et taciturne, avait reconnu qu'ils étaient allés contempler de leurs propres yeux les ruines calcinées.

— Il ne reste rien, avait-il soupiré. Ni corps ni objets, rien…

Urswicke n'avait pas répondu. Il avait détourné la conversation et s'était excusé de n'avoir pu obtenir le *Liber Lancastriae*. Sir John avait haussé les épaules. Manifestement, le sujet ne l'intéressait plus. Au cours de cette conversation, Urswicke avait remarqué l'expression haineuse de l'écuyer Lambert, demeuré assis dans son coin, silencieux. Il n'en avait pas été surpris. Dès leur retour à Londres, il avait tenu conseil avec Bray et François, auxquels il avait livré ses conclusions. Ses deux compagnons n'avaient pas voulu le croire tout d'abord, mais il avait multiplié les arguments à l'appui de ses convictions, puis exposé le plan d'action qu'il envisageait. Le banquet serait un miroir aux alouettes. Les trois hôtes de la comtesse étaient si rogues qu'ils tiendraient ces festivités en leur honneur comme allant de soi. Ce serait à cette occasion que le piège serait tendu. Urswicke était sûr de son fait et il espérait simplement que Sir John, en particulier, ne se douterait de rien.

Le dîner se déroula en demi-teinte. Les invités d'honneur chipotaient la nourriture et ne prenaient aucune part à la conversation. Sir John n'intervint qu'une fois, pour annoncer que leurs bagages étaient prêts et qu'ils étaient impatients de quitter Londres. Urswicke répondit par un hochement de tête compréhensif. Au moment où les serviteurs versaient le vin doux, Bray se leva et alla se poster à la porte. Urswicke déplaça alors sa chaise pour faire face aux trois hommes, assis côte à côte derrière la table.

— Que faites-vous, maître Christopher ? s'étonna Sir John. Que se passe-t-il donc, madame ? ajouta-t-il en se tournant vers la comtesse.

Celle-ci le gratifia d'un regard sombre et garda le silence. Il s'adressa de nouveau à Urswicke.

— Vous êtes là, devant nous… On croirait un plaignant au tribunal de Westminster !

— Ou un juge, rectifia Urswicke.

— Un juge ? Au nom du Ciel, qu'y a-t-il à juger ?

— Votre trahison, votre outrage à tout ce que je tiens pour sacré ! La litanie des crimes que vous avez commis est longue et accablante. Vos complices et vous-même avez agi main dans la main avec la Garduna. Vous saviez parfaitement ce qu'était cette organisation et ce qu'elle faisait. De fait (il désigna Guido d'un doigt pointé), vous-même avez des origines espagnoles, si je ne me trompe. Voyez-vous, j'ai le sentiment que vous appartenez à la Garduna. Je dirais même que vous en êtes l'un des chefs, sinon *le* chef. Ne seriez-vous pas *El Hermano Mayor*, docteur Guido ?

— La Garduna ! ricana Guido. Allons, quelles sont ces assertions absurdes ?

Il esquissa le mouvement de se lever mais se ravisa en voyant Bray brandir dans sa direction une puissante arbalète amorcée.

— Ma chère belle-sœur ! s'exclama Sir John. Expliquez-nous, je vous prie ! Que signifie tout ceci ?

— Mon cher beau-frère, si nous parlions en toute franchise, pour une fois ? Avouez donc que vous ne m'avez jamais portée dans votre cœur ! Je sais de mon défunt époux que vous étiez fortement opposé à notre mariage. Vous affirmiez que les Beaufort étaient des parvenus, qu'ils n'avaient aucune légitimité et ne pouvaient prétendre à rien.

— Mais voyons, je…

— Allons, monseigneur, assez de mensonges ! N'est-ce pas là l'une des raisons, sinon *l'unique* raison, de votre différend avec Sir Henri ? N'est-ce pas ce qui vous a incité à quitter l'Angleterre pour aller vous installer en Bourgogne ?

— Vous n'éprouvez aucune sympathie pour ma maîtresse, renchérit Urswicke. Vous êtes venu chez elle tel un judas, la bouche pleine de louanges et de condoléances alors qu'en réalité votre intention était de lui nuire !

— C'est grotesque !

— Oh non ! J'ai pleine confiance en ma maîtresse et je ne doute pas que vous ayez part à cette sombre conspiration menée contre elle.

— Ce que vous dites est insensé !

— Vous étiez en Bourgogne, où les conséquences de la grande bataille de Tewkesbury étaient bien visibles. L'échiquier s'était vidé : les Beaufort et leurs alliés avaient été décimés et les York entendaient détruire tout ce qu'il restait des Lancastre. De fait, ils y étaient presque parvenus. Il ne restait en effet que deux puissants prétendants au trône : Henri Tudor et le duc Charles de Bourgogne. Car ce dernier pourrait, nous le reconnaissons, revendiquer légitimement la couronne d'Angleterre. À la suite de Tewkesbury, avec la mort du roi Henri, la fuite de Tudor et la destruction de tout ce qui portait le nom de Lancastre, une conspiration subtile, mais meurtrière, a été ourdie. Comme je l'ai dit, les Lancastre n'étaient plus rien, mais Édouard d'Angleterre voulait que leur défaite fût entière. Il cherchait à se débarrasser de la comtesse une bonne fois pour toutes, afin de ne pas la voir resurgir un jour devant sa porte. La Bourgogne et vous-même vous êtes donc associés avec lui pour tramer une sombre machination, la participation d'Édouard d'York reposant entre les mains de mon bien-aimé père. En bref, il s'agissait de persécuter Margaret et toute sa maisonnée jusqu'au moment où nous n'aurions plus eu d'autre choix que de fuir l'Angleterre pour la Bourgogne. Une fois sur les mers – et je suis prêt à jurer que les choses devaient se passer ainsi –, un malheureux accident aurait été agencé, une effroyable catastrophe. Et les dés en auraient été jetés…

Urswicke se frotta les mains en considérant tour à tour ses trois adversaires.

— Il fallait cependant orchestrer la persécution de ma maîtresse avec une extrême habileté, de telle manière que nul ne pût jamais soupçonner ni les York ni vous. Il importait de faire montre d'une grande prudence : engager des bandes de malandrins de Londres, par exemple, ou même des malfaiteurs d'autres comtés, eût été trop risqué. Les langues se délient, les individus se laissent corrompre, les loyautés peuvent être subornées, les allégeances achetées. Non, non, il vous fallait des gens venus d'ailleurs, et des professionnels aguerris, passés maîtres dans l'art du meurtre. Autant dire que la Garduna était le choix idéal ! Comme je l'ai dit, docteur Guido, vous savez parfaitement de quoi je parle. Je continue néanmoins de m'interroger sur votre rang exact dans cette société secrète. Je ne doute pas que vous occupiez un poste de commandement, mais êtes-vous le Grand Maître en personne ? Allons, dites-le-moi !

— En admettant que vous ayez raison, lâcha le médecin, quelle preuve de cela pouvez-vous avancer ? Ai-je enfreint la moindre loi ? Même si vous dites vrai, je pourrai plaider que c'est avec le soutien de la couronne d'Angleterre que j'ai incité à s'exiler cette femme bien connue pour son opposition au roi Édouard !

— Oh ! un peu de patience, je n'en ai point encore terminé ! répliqua Urswicke. Voyez-vous, la première conspiration n'était qu'une feinte, un écran de fumée, une couverture destinée à masquer un plus sinistre complot. Vous deux…

D'un geste, il désigna Sir John et le médecin, s'abstenant délibérément d'englober Lambert, toujours immobile et solennel. Il espérait pousser ce jeune homme taciturne à se dresser contre ses deux maîtres ou, mieux encore, à exploser soudain. L'écuyer refusa de croiser son regard et baissa les yeux.

— Eh bien, Urswicke ! pressa Sir John, que voulez-vous nous dire ? Parlez, que diable !

— Oui. Vous êtes donc arrivés tous les deux en Angleterre sous le prétexte d'assister aux funérailles de votre frère. En réalité, il ne s'agissait que d'un stratagème destiné à pouvoir approcher la comtesse, sa veuve. Vous avez également prétendu être venus à Londres pour étudier l'histoire de la famille Stafford. Une entreprise louable en soi mais, à la vérité, c'était la lignée des Lancastre qui vous intéressait. Vous vous rendiez à la chancellerie de Westminster pour recueillir le plus d'informations possible à son sujet, en particulier concernant Charles, duc de Bourgogne. Vous savez comme moi que le duc peut se revendiquer de la lignée de Jean de Gand, fondateur de la dynastie des Lancastre. Vous cherchiez donc à réunir tout ce que l'on pouvait trouver en la matière. Allons, ne niez pas ! Au besoin, mes amis de la chancellerie confirmeront ce que je vous dis là. Et cela explique d'ailleurs votre souhait, Sir John, de consulter le *Liber Lancastriae*, conservé à la bibliothèque de l'abbaye de Chertsey.

Urswicke s'interrompit et laissa le silence s'installer. Il remarqua que ses adversaires avaient tous trois gardé leur couteau à viande à portée de main.

— Maître Bray, lança-t-il à son ami, vous avez plus d'une arbalète, n'est-ce pas ?

— Évidemment ! Et elles sont toutes amorcées…

— Parfait !

Urswicke décocha un large sourire à ses interlocuteurs.

— Nous en arrivons donc au véritable complot… reprit-il. Margaret, comtesse de Richmond, son fils et, peut-être, maître Bray et moi-même devions embarquer pour la Bourgogne et, à un certain moment du voyage et d'une façon que j'ignore, être expédiés vers le Jugement dernier.

Il haussa les épaules.

— L'accident devait survenir durant la traversée, mais si, par hasard, nous avions réussi à atteindre la terre ferme sains et saufs, quelque incident fatal nous aurait privés de la vie par la suite. Oh ! Édouard d'York nous aurait pleurés, il se serait tamponné les yeux en écoutant la belle messe de requiem à laquelle nous aurions eu droit ! Mais, au fond de lui, il aurait jubilé. Cette femme qu'il haïssait et craignait, réduite à jamais au silence sans que le blâme pût retomber sur lui ! Selon moi, c'est uniquement à ce moment-là que Charles de Bourgogne aurait clamé son droit au trône d'Angleterre. Un cauchemar pour Édouard, et aussi pour la France… Car il ne s'agit pas là d'un prétendant illusoire, et c'est l'un des souverains les plus puissants d'Europe ! Oui, le danger eût été réel, puisque Charles possède la fortune et la force militaire nécessaires pour aller jusqu'au bout de sa revendication. Nous en avons la preuve.

— Que voulez-vous dire ?

— Avez-vous oublié que, au cours de l'année écoulée, quand les York ont envahi l'Angleterre, la Bourgogne a financé leurs opérations ?

— Vous nous parlez de politique, soupira Sir John d'un ton las. Nous ne nous mêlons absolument pas de politique !

— Certes, monseigneur, mais vous vous mêlez bien, en revanche, de traîtrise et de meurtre. Vous devriez avoir honte l'un et l'autre ! Vous êtes à l'origine de ces odieuses proclamations qui salissaient la comtesse. Vous les avez écrites de vos mains à la chancellerie à Westminster. Vous vous êtes enfermés dans un bureau où nul ne pouvait vous voir ni suspecter à quelle activité vous vous livriez.

— Des preuves ! tempêta Sir John. Quelles preuves avez-vous à apporter à l'appui de ces calomnies ?

— Oh ! c'est très simple : le parchemin et l'encre utilisés à la chancellerie sont caractéristiques. Je les ai comparés à ceux des immondes publications affichées à Londres. Ce sont les mêmes ! Si vous le souhaitez, je pourrai aussi en demander la confirmation à l'un de mes bons amis, qui dirigeait jadis la chancellerie.

Urswicke s'adossa à son fauteuil pour observer les trois individus qui avaient osé s'en prendre à sa chère maîtresse.

— Vous avez ourdi ces odieuses manigances, tout comme vous avez fomenté ces attaques sur le château de Woking et sur cette demeure londonienne où nous nous trouvons. Vous vous êtes posés en victimes alors que vous étiez les coupables, agissant main dans la main avec la Garduna, votre associée dans le crime.

— La Garduna n'est pas…

— Oh si ! Elle est, avec mon père et vous, la première coupable de la campagne menée contre la comtesse et des agressions que Bray et moi avons subies. Et avant que vous ne réclamiez des preuves… Vous êtes vous-mêmes ces preuves : vous aviez les moyens d'agir et le mobile. Vous baignez jusqu'au cou dans le péché et il est temps de confesser vos forfaits. Car nous en arrivons à présent aux meurtres que vous avez commis. Votre première victime a été ce Français venu nous rendre visite, *monsieur** Bernard, n'est-ce pas ?

— Nous n'avons rien à…

— Au contraire, vous avez tout à voir avec ce crime, docteur ! Vous saviez, vous deviez vous douter que, si la Garduna nous avait pris pour cible, les Luciferi, dépêchés par le *Cabinet noir** de Paris, se mettraient en chasse pour la contrer. Car les Luciferi ne pouvaient ignorer que le chaos semé par l'organisation en Angleterre était destiné, à terme, à nuire à la couronne française. Ce qu'ils n'ont compris que plus tard, en revanche, c'est que mon père s'était allié à la Garduna, tout comme vous-mêmes. Une sainte trinité qui avait pour but l'annihilation de Lady Margaret ! Imaginez trois cordes passées autour du cou de ma maîtresse ! J'ignore où, quand et comment vous vous réunissiez pour tramer telle ou telle opération, mais le nœud – ou devrais-je dire la garrotte ? – que vous avez préparé était bien réel !

— Attendez !

L'écuyer Lambert s'était levé d'un bond de son fauteuil.

— Attendez ! répéta-t-il. Vous affirmez que nous marchons main dans la main avec la Garduna, mais n'avons-nous pas toujours été là, dans cette maison ? Et avons-nous jamais reçu le moindre visiteur ?

— Croyez-vous que nous soyons aussi stupides que vous ? rétorqua Urswicke. Je vais vous répondre, moi ! Vous, l'écuyer, pouviez à tout moment vous glisser au-dehors, tel le serpent sournois que vous êtes, sous prétexte d'aller faire une course ou une autre. Et vos deux compagnons se privaient-ils de sortir se promener en ville ? Rien de plus facile pour vous, individuellement ou ensemble, que d'entrer dans une taverne où la Garduna avait envoyé un émissaire !

— Et la chose était plus aisée encore à Woking, renchérit la comtesse. Un château isolé dans la campagne, entouré par une forêt épaisse. Il n'était guère difficile d'organiser une rencontre au milieu de la nuit, par exemple !

— Oui, approuva Urswicke en se penchant en avant, vous n'aviez là-bas aucune peine à retrouver vos sinistres complices. Quoi qu'il en soit, revenons-en aux Luciferi… Ils ont placé cette maison sous étroite surveillance. Ils ignoraient à qui ils pouvaient se fier. La seule personne au-dessus de tout soupçon était la comtesse elle-même, aussi ont-ils décidé de communiquer avec elle, et elle seule. Ils estimaient sans doute que tous les ennemis de la Garduna pouvaient être considérés comme leurs alliés. Ils ont donc envoyé Bernard, qui s'est présenté comme un visiteur honnête et d'apparence anodine. Aussitôt, bien sûr, vous avez flairé quelque chose. Un Français demandant à s'entretenir avec la comtesse, cela vous concernait forcément ! Comme je l'ai dit, la Garduna nous surveillait de près, mais elle demeurait aussi à l'affût des Luciferi. Donc, en ce jour fatal, Hardyng a installé notre visiteur dans le petit salon d'attente, qui pouvait être verrouillé de l'intérieur comme de l'extérieur. Notre intendant était un homme bienveillant, aussi, avant de laisser le visiteur seul, lui a-t-il servi un verre de vin.

— Si je me souviens bien, tempêta Sir John en hurlant presque, Hardyng est reparti en laissant cette pièce verrouillée de l'extérieur et de l'intérieur !

— C'est vrai, mais cette serrure très simple ne vous faisait pas peur ! Vous, Guido, jouant l'innocent et peut-être accompagné de Sir John et de Lambert, qui sait, avez décidé d'intervenir. Après avoir fait tourner la serrure, Lambert s'est chargé de monter la garde, de s'assurer que nul ne vous verrait frapper à la porte du petit salon. Ensuite, d'une manière ou d'une autre, Guido, vous avez enjôlé Bernard pour qu'il vous ouvre, vous prétendant ami alors que vous étiez là pour le tuer. Vous avez bavardé un peu avec lui…

— Qu'est-ce qui vous permet d'avancer cela ? Apportez-nous des preuves, que diable !

— Oh ! n'ayez crainte, vous en obtiendrez au fur et à mesure ! Vous avez donc mis Bernard à l'aise. Je pense que vous aviez une petite outre sur vous. En discutant, vous avez appris le prénom de Bernard, André. Prénom qui, par la suite, vous a échappé, alors que vous étiez le seul à le connaître. Peu après le meurtre, j'ai posé la question à Hardyng. Il m'a confirmé que le Français ne s'était présenté que sous son patronyme : Bernard.

— Vous ne pouvez pas…

— Taisez-vous, maintenant ! Notre pauvre intendant m'a affirmé que le visiteur ne lui a donné que le nom de Bernard, rien de plus, rien de moins, rien d'autre, et je le crois ! Alors d'où le connaissiez-vous ?

Pour toute réponse, Guido se contenta de le fixer d'un œil noir.

— Mais nous avons vu que le vin n'était pas empoisonné ! intervint Lambert.

— Bien sûr qu'il l'était ! Tout en s'entretenant avec Bernard, Guido a profité d'un instant d'inattention de ce dernier pour glisser une substance dans son gobelet.

— Pas du tout ! Nous avons prouvé que ce vin n'était pas empoisonné ! tempêta Sir John en se levant d'un bond. Nous l'avons donné à boire aux rats et ils sont restés indemnes !

— Ah oui, les fameux rats ! fit Urswicke d'un

ton moqueur. Je revois Guido prenant le gobelet et le reniflant, avant d'annoncer qu'il le descendait à la cave. Autre mensonge ! Le vin dont il a imbibé la nourriture dans la cave était celui de l'outre qu'il gardait dissimulée sous sa cape. Ce n'était en aucun cas le vin empoisonné du gobelet.

Urswicke se tut quelques instants pour rassembler ses arguments contre la diabolique alliance qui lui faisait face. Il n'y avait qu'une chose dont il n'était pas certain : ses interlocuteurs avaient-ils simplement contracté une alliance avec la Garduna, ou en faisaient-ils partie à un haut niveau de commandement ? Selon lui, la deuxième hypothèse était la bonne.

— Vous prétendez donc que je me suis débarrassé du vin empoisonné, reprit Guido, et que je lui en ai substitué un autre ? Là encore, quelles sont vos preuves, je vous prie ?

— Elles nous sont là encore apportées par Hardyng, l'intendant. N'a-t-il pas affirmé, bien qu'il fût ivre, qu'il avait trouvé des rats morts à un moment où il ne s'y attendait pas ? Des rats morts dans une fosse d'aisances près de l'arrière-cuisine. N'est-ce pas là que vous aviez en réalité jeté le vin contaminé ? Dans cette fosse d'aisances ? Hardyng n'était pas aussi stupide qu'il en avait l'air. Tout comme moi, il commençait à flairer quelque chose et à se douter que la menace qui planait sur la comtesse ne venait pas de l'extérieur, mais de personnes vivant dans la maison. Je pense même qu'il avait remarqué d'autres détails, mais bien sûr, il n'était que domestique. Il ne pouvait parler à tort et à travers ni avancer des hypothèses sans prendre soin de les vérifier au préalable. Et pourtant, il avait certains soupçons.

Et vous avez estimé ses doutes suffisants pour le réduire au silence en le supprimant.

Urswicke baissa les yeux sur le manuscrit qu'il avait devant lui, puis les releva avec un fin sourire.

— C'est l'une des raisons pour lesquelles il a été tué, mais il me semble qu'il y en a d'autres. Revenons à présent à André. Vous l'avez empêché de rencontrer la comtesse tout en lançant un avertissement aux Luciferi. Ceux-ci n'ont pu alors que spéculer sur l'identité du traître infiltré dans la maisonnée. Ils ont compris qu'ils devraient redoubler de méfiance lorsqu'ils approcheraient d'autres personnes que la comtesse.

— Allons, maître Urswicke, finissez-en vite, de grâce ! s'impatienta Guido en désignant la chandelle des heures. Nous partons bientôt et nous en avons assez d'écouter ce ramassis d'affabulations ! Nous sommes ici en tant qu'envoyés du duc de Bourgogne et nous n'avons pas à nous plier à…

— Envoyés ou pas, rétorqua Urswicke avec autorité, vous resterez ici et écouterez tout ce que j'ai à vous dire ! Si vous vous levez avant que j'aie terminé, maître Bray n'hésitera pas à se servir de son arbalète !

Claire et nette, la menace résonna comme un tocsin dans la pièce. Guido et Sir John échangèrent un regard, tandis que l'écuyer Lambert glissait la main vers un couteau pointu et affûté. Il la retira vivement quand Bray émit une petite toux menaçante.

— Deux autres meurtres, reprit Urswicke. Ou peut-être devrais-je dire trois… Vous avez continué à surveiller ce qui se passait dans cette maison avec la plus grande attention. Malgré tous nos efforts, vous avez appris que nous avions capturé et emprisonné les deux baladins, Églantine et Clairvaux, ces bouffons qui s'étaient fait passer pour des clercs de la chancellerie secrète. Il s'agissait là d'une ruse imaginée par mon auguste père, qui vous en avait bien entendu informés. J'ajouterai qu'il s'est également occupé de fournir une couverture, il a fait jouer une mascarade devant la maison pour faciliter la fuite des deux clercs et faire apparaître celle-ci comme un enlèvement des plus énigmatiques. Là encore, nous voyons s'imbriquer les chaînons de toute cette conspiration peut-être programmée d'Arras. Vous avez dû rencontrer la Garduna et les émissaires de mon père dans le palais du duc Charles. Une fois tout ce petit monde mis d'accord, chacun est parti son chemin tandis que mon père attendait ici en souriant, tel un chat prêt à bondir. En Angleterre, je l'ai dit, il vous était très simple de rencontrer la Garduna ou les espions de mon père venus de l'échevinage. Vous aviez tous un objectif commun : harceler la comtesse. Et ces deux baladins, qui s'inscrivaient dans cette entreprise de persécution, ont tenu leur rôle à la perfection. Ils se sont finalement esquivés en profitant de la mascarade présentée pour détourner l'attention de la maisonnée. Et, là encore, je m'interroge au sujet de Hardyng. A-t-il vu, entendu ou perçu quelque chose d'anormal ? A-t-il trouvé étrange que les deux clercs disparaissent au moment même où se donnait le spectacle, joué si près de la maison de la comtesse ?

Urswicke se tut en voyant Sir John murmurer quelque chose à l'oreille de son ami le médecin. Ce dernier acquiesça et se tourna vers l'écuyer Lambert, qui se contenta de désigner la sacoche posée sur la table devant Guido.

— Comme je le disais tout à l'heure, reprit Urswicke, vous saviez que les deux comédiens se trouvaient entre nos mains et, bien sûr, vous ne pouviez pas risquer de les voir gâcher la toile que vous preniez tant de soin à tisser. Car Dieu sait qu'ils auraient pu finir par avouer !

Il secoua la tête avec un soupir.

— Vous êtes tous les trois des assassins ! Il est aussi naturel pour vous de tuer que pour une mouche de voler. Vous avez manigancé les meurtres d'Églantine et de Clairvaux, ainsi que celui du pauvre Hardyng. Hardyng, que vous deviez tuer, de manière à vous procurer la clé de la cave où étaient enfermés les histrions. À l'évidence, Hardyng a été une victime facile. Totalement dépassé par les événements, il s'imbibait de vin à longueur de journée et était soûl du matin au soir. C'était à se demander s'il avait encore toute sa tête… On le voyait déambuler dans la maison en marmonnant dans sa barbe. Il a dû être témoin de certaines choses, remarquer des détails insolites. Ce qui est sûr, c'est qu'à un moment donné il a trouvé des rats qui, ceux-là, étaient bien morts empoisonnés. De quoi lui fournir matière à réflexion ! Il s'est souvenu du vin supposé corrompu que l'on avait descendu à la cave et qui, de façon surprenante, s'était révélé indemne de toute substance nocive. Et voilà que, soudain, ces rats morts prouvaient qu'il y avait bel et bien eu du poison à l'intérieur de la maison. Mais d'où celui-ci venait-il ? Qui l'avait apporté ?

Urswicke laissa les mots en suspens, telle la corde du bourreau se balançant dans le silence.

— Hardyng allait finir par parler, reprit-il. Il fallait l'en empêcher, lui fermer à jamais la bouche et exploiter son meurtre pour en commettre deux autres. L'une des deux clés qui ouvraient la cave était en notre possession, il détenait la seconde. Pour faire bref, vous avez suivi notre brave intendant dans le jardin, derrière ce bosquet qui le dissimulait des regards…

— Oh, pour l'amour du Ciel ! s'exclama Guido d'un ton exaspéré.

— Vous l'avez dit, pour l'amour du Ciel ! riposta Urswicke. Hardyng était votre proie, et il offrait l'avantage d'être en état d'ébriété permanent. Peut-être avez-vous versé une potion quelconque dans son vin pour émousser encore ses sens. Il allait souvent se réfugier derrière ce bosquet pour boire sans être vu. C'est vous qui l'avez forcé à monter sur le tabouret et qui avez ensuite ôté celui-ci, avant de tirer sur ses bras et ses jambes pour hâter sa fin. Seulement, vous avez commis deux graves erreurs. D'abord, Hardyng n'était pas grand. Même hissé sur le tabouret, il n'aurait pu atteindre la branche à laquelle était fixée la corde. Et quand bien même il y serait parvenu, il était trop ivre pour réussir à faire passer celle-ci par-dessus et à réaliser le nœud coulant sans perdre l'équilibre. N'importe quelle cour reconnaîtra qu'un homme dans son état, étant donné sa taille et la hauteur du tabouret, n'avait pas les capacités de le faire. Hardyng avait tellement bu et sa vessie était si pleine qu'elle s'est vidée dans son agonie.

— Et la deuxième erreur ? marmonna Lambert.

Urswicke lui jeta un coup d'œil. Sans pouvoir en apporter la preuve, il était sûr que l'écuyer avait joué le rôle principal dans la pendaison de Hardyng. Sans doute se plaisait-il à ce type de spectacle ; voir un homme agoniser devait lui être agréable. C'était une âme sombre à qui l'on devait confier ce genre de basses besognes.

— La deuxième erreur, lui répondit Urswicke, c'est que Hardyng était gaucher. Il aurait donc noué la corde au-dessus de son épaule droite. Or le nœud qui l'a étranglé était du côté gauche de son cou.

— Pfft ! fit Sir John. Tout cela n'est que pure spéculation !

— Et sans aucune preuve à l'appui ! ajouta l'écuyer Lambert.

— Hardyng a été assassiné, poursuivit implacablement Urswicke. Vous lui avez pris son trousseau de clés et, avec Lambert qui montait la garde, vous êtes descendus à la cave, armés d'arbalètes que, je n'en doute pas, vous aviez emportées dans vos bagages.

— Nos bagages sont sous le sceau de la Bourgogne, lança Guido. Leur contenu est confidentiel. Je vous rappelle que nous sommes des émissaires du duc.

Urswicke choisit d'ignorer l'intervention.

— Vous êtes entrés dans cette cave, enchaîna-t-il. Vous y avez trouvé deux cibles faciles, menottées et enchaînées. Chacun des comédiens a été tué d'un carreau dans la tête. Vous avez ensuite refermé et verrouillé la porte et êtes allés raccrocher le trousseau de clés à la ceinture de Hardyng, dont le corps sans vie se balançait comme un chiffon à la branche, tandis que les corbeaux avaient commencé à lui mutiler le visage. Une fois de plus, vous aviez commis un meurtre énigmatique. Tout ce que vous vouliez, c'était ajouter au chaos, afin d'effrayer la comtesse et de la pousser à partir.

Il se leva sur ces mots.

— Mais vous avez échoué. Tout comme la Garduna

et tout comme mon père. En dépit de tous vos efforts et malgré votre très grande prétention, vous avez commis des erreurs dès le départ.

— Dès le départ ? Que voulez-vous dire ?

— Voyons voir… fit Urswicke en contemplant le plafond tout en se tapotant le menton de l'index. Par exemple, vous n'avez jamais vraiment répondu aux questions de la comtesse concernant les embuscades dans lesquelles vous étiez tombés durant votre premier séjour à Woking. Comment vos mystérieux assaillants ont-ils pu savoir à quel moment vous quitteriez le château et quel chemin vous emprunteriez ? En fait, vos alliés de la Garduna étaient vos voisins. Ils avaient établi leur campement dans cette auberge isolée au cœur de la forêt, *La Chasuble*. En utilisant l'écuyer Lambert comme courrier, il vous était facile de les informer de vos projets, des lieux où vous comptiez vous rendre et de la façon dont s'effectuerait votre sortie.

Il claqua des doigts, comme si un souvenir lui revenait soudain.

— Ah ! à propos, Sir John, pouvez-vous me dire quelle est la véritable nature de la relation que vous entretenez avec votre écuyer ?

— Cela ne vous regarde en rien ! s'offusqua l'intéressé.

— Bien au contraire, messire, bien au contraire ! Car j'ai remarqué une chose étrange : votre écuyer doit vous faire confiance les yeux fermés, à Guido et à vous !

— Pourquoi dites-vous cela ?

— Eh bien, il a prétendument été empoisonné en goûtant à une boîte de confiseries corrompues livrée chez la comtesse à votre intention. Je n'ai jamais vu cette boîte, nous ne l'avons pas examinée. À la vérité, il ne s'agit pas d'un empoisonnement. C'est vous, docteur Guido, qui avez donné à votre jeune écuyer une potion propre à perturber ses humeurs, mais inoffensive. On pouvait remédier très vite à la situation, et c'est d'ailleurs ce qui s'est passé. Néanmoins, il faut que ce bon écuyer ait eu pleine confiance en vous pour accepter d'avaler un breuvage dont il ne savait rien, sans douter de votre parole.

— Mais pourquoi lui aurions-nous fait boire une potion, que diable ?

— Oh, docteur Guido ! prétendre que vous aviez reçu des friandises empoisonnées vous permettait de vous poser en victimes, de faire croire que des individus mal intentionnés s'en prenaient à vous en raison de vos liens avec la comtesse ! Vous avez tout mis en œuvre pour que l'on vous imagine très attachés à elle. Vous vous montriez solidaires, vous jouiez l'étonnement, faisiez mine d'être offusqués ou préoccupés par les événements qui survenaient autour d'elle. Et la comtesse, de son côté, a été encore plus troublée de voir que même sa maisonnée et les hôtes qu'elle accueillait ne se sentaient pas en sécurité. Car vous avez aussi insufflé la peur parmi ses domestiques.

Urswicke agita la main.

— Toutes ces hypocrisies, cette comédie pour masquer la sinistre vérité sur votre malveillance et vos intentions traîtresses !

Il dévisagea l'un après l'autre les trois accusés. Il ne doutait pas un instant de leur culpabilité et était déterminé à leur infliger la punition qu'ils méritaient.

Comme s'il avait lu ses pensées, le docteur Guido se leva en tapotant son pourpoint matelassé.

— J'ai dans mes poches et ma sacoche des lettres

signées et scellées devant notaire par Son Excellence le duc de Bourgogne, annonça-t-il. Elles proclament que mes deux camarades et moi-même sommes des membres honorables de sa maisonnée et des émissaires sacrés. La chose a été, de fait, confirmée par le roi d'Angleterre.

— Et alors ? s'écria Bray derrière eux.

— Vous, taisez-vous ! rétorqua Sir John en repoussant sa chaise pour se lever à son tour. Vous n'êtes qu'un grossier personnage ! C'est assez, maintenant ! Ces insanités doivent cesser ! Nous allons nous retirer dans nos appartements, rassembler nos bagages et quitter cette maison. Et vous n'aurez pas le droit de nous arrêter !

Urswicke se tourna vers la comtesse, qui répondit à son regard d'un haussement d'épaules. Il comprit qu'elle ne souhaitait pas se laisser entraîner à la violence par ces trois traîtres. Elle suivrait plutôt la devise latine : « Observe en silence ». Elle ne donnerait pas à ces sombres individus la satisfaction de savoir à quel point leurs agissements l'avaient ébranlée et meurtrie.

— Nous ne vous arrêterons pas, assura Urswicke. Entendez-vous partir à pied ?

— Certainement pas ! rétorqua Guido avec un sourire suffisant. Je n'ai aucune confiance en vous, Urswicke. Jamais nous ne prendrons le risque d'emprunter les ruelles sombres et désertes de Londres ! Non, c'est une barge qui nous conduira jusqu'au *Pégase*, la cogghe qui nous attend. Et pour parer à la moindre anicroche, j'ai prié votre père, Sir Thomas, Grand Juge de cette ville, de venir ici s'assurer que notre départ se déroule sous les meilleurs auspices, comme il est de mise pour des émissaires accrédités qu'il convient de bien traiter, conformément à tous les protocoles.

— Je puis vous assurer que vous serez traités conformément à tous les protocoles, déclara sèchement Urswicke. Une preuve supplémentaire de votre culpabilité.

— Comment cela ?

— Vous n'êtes pas d'authentiques émissaires, vous appartenez à la Garduna. Vous saviez à quelles déprédations celle-ci allait se livrer, vous connaissiez les instructions qu'elle avait reçues d'aller déterrer la dépouille du roi Henri. Quand elle a été décimée, vous avez dû comprendre que le doigt accusateur ne tarderait pas à être pointé sur vous. Vous avez échoué, la comtesse et nous-mêmes avons survécu à vos offensives. J'imagine que vous avez senti que ma maîtresse était moins bien disposée à votre égard, de même que mon père. Vous savez qu'il est temps pour vous de partir d'ici et, en vils poltrons que vous êtes, vous implorez une protection. Eh bien soit ! Au nom du Ciel, allez-vous-en !

Les trois hommes ne se firent pas prier. Ils sortirent en bousculant les meubles et claquèrent la porte derrière eux. Bray étouffa un juron et vint poser son arbalète sur la table.

— Ils sont rusés ! soupira-t-il. Dommage ! Je me serais fait un plaisir de les retrouver au coin d'une rue et de servir moi-même la justice !

Il releva la tête pour s'adresser à son ami.

— J'ai l'impression, Christopher, que vous vous attendiez à cela. Vous saviez qu'ils repartiraient par le fleuve, n'est-ce pas ? Vous n'avez émis aucune objection !

— C'est juste, je le savais, acquiesça Urswicke

en souriant. Non que je possède un don de prophétie ou que je puisse prédire l'avenir. C'est mon père, qui comprend maintenant où est son intérêt, qui m'a dévoilé leurs projets. Nous étions convenus de ne pas les contrarier. Croyez-moi, Reginald, mon digne géniteur le Grand Juge est ravi de voir s'éloigner ces misérables !

Deux heures plus tard, une troupe d'archers de la Tour arrivait. La comtesse Margaret les accueillit et les envoya patienter dans la dépense pendant qu'avec Sir Thomas elle prendrait officiellement congé de Sir John et de ses compagnons. Urswicke et Bray ne participèrent pas à ces adieux. Bientôt, Lambert, armé d'une lanterne, franchit la porte d'eau pour faire signe à une barge de combat de s'arrêter. Ses compagnons le rejoignirent sur l'embarcadère et, cette fois, Urswicke les suivit. La comtesse les regarda passer, impassible. Elle ne chercha pas à communiquer avec eux et ils lui témoignèrent la même froideur. Ils montèrent à bord et s'installèrent à la poupe, sous le dais. On largua les amarres, puis la barge de combat, dont les lanternes flamboyaient à l'avant et à l'arrière, s'éloigna. On entendit décroître le bruit des rames qui plongeaient dans l'eau en rythme après que l'embarcation se fut enfoncée dans un banc de brouillard. Urswicke alla retrouver ses amis et son père dans le solar, où la comtesse annonça qu'elle se sentait lasse et se retira, non sans avoir fait des adieux glaciaux à Sir Thomas. Avec un bruyant soupir, ce dernier se laissa alors tomber dans un fauteuil et se prit la tête entre les mains.

— On nous a trompés, gémit-il. Je reconnais, je confesse que mes royaux maîtres et moi-même aurions adoré voir partir Lady Margaret. Une fois hors d'Angleterre, sa cause aurait décliné et se serait délitée. Seulement, nous ignorions que la Bourgogne avait ses propres projets et que, si elle souhaitait elle aussi écarter la comtesse, c'était pour pouvoir reprendre le flambeau !

— Tout à fait, vénéré père, et le duc Charles se serait révélé un adversaire bien plus redoutable, avec toutes ses richesses et sa puissance…

— Mon cher fils, il importe que le roi n'apprenne jamais ce qui s'est passé !

— Bien entendu, digne père !

— Mais Dieu sait ce que vont raconter ces trois-là en arrivant à Arras…

— Je l'ignore, et Dieu m'est témoin que je n'en ai cure.

Sur ces mots, Christopher se dirigea vers une fenêtre à meneaux et regarda à travers l'épaisse vitre concave. Il était tenté de ressortir sur l'embarcadère, mais à quoi bon ? Le brouillard avait tout englouti. Il sourit. François et lui avaient organisé le départ de leurs ennemis avec minutie. Conscients que Sir John voudrait rejoindre le *Pégase* rapidement et sans prendre de risques, ils avaient prévu que les trois hommes choisiraient de quitter la maison par le fleuve. Cette hypothèse lui avait été confirmée par son père, qui lui avait également révélé que Sir John avait réclamé sa présence chez la comtesse au moment du départ. Sir Thomas n'avait pu refuser cette faveur à des émissaires du duc de Bourgogne, et François et Urswicke s'en étaient félicités. À bord de leur propre barge de guerre, les Luciferi guetteraient, dissimulés non loin, le moment où l'embarcation des trois hommes s'éloignerait du débarcadère. Une deuxième barge patrouillerait pour bloquer le passage à tout autre bateau. Dissimulés sous leur cape et leur cagoule, les Luciferi constitueraient alors une vision d'horreur pour Sir John, Guido et l'écuyer, qui n'imaginaient pas un instant tomber dans un tel traquenard.

Urswicke colla son front à la vitre froide et ferma les yeux. Jusque-là, tout se déroulait comme prévu. Il se représenta la scène qui aurait lieu sous peu. Convaincus d'avoir échappé au danger, Sir John, Guido et l'écuyer Lambert se féliciteraient et se congratuleraient à grand renfort d'accolades et de rires dédaigneux. Ils seraient très fiers de s'en tirer à si bon compte après les odieux agissements dont ils s'étaient rendus coupables. Puis, tout à coup, ils verraient le piège se refermer sur eux. Tandis que leur barge s'éloignerait du bord et que les rameurs s'activeraient avec vigueur, François, le capitaine des Luciferi, lancerait un ordre dans la nuit. Quittant aussitôt leur poste de rameur, ses hommes se jetteraient sur leurs ennemis. La mort serait soudaine et brutale, des carreaux d'arbalète atteindraient les trois imposteurs en plein front. Les corps seraient fouillés et débarrassés de leurs vêtements, puis, lestés de poids apportés à cet effet, ils seraient jetés dans la Tamise. Si l'on découvrait un jour les cadavres, événement assez rare, on penserait qu'ils avaient été victimes d'une attaque de pirates. Et qui pourrait soutenir le contraire ? Le duc Charles, peut-être, réclamerait une enquête. Il enverrait des émissaires à Westminster. Sir Thomas, représentant de la couronne anglaise, lèverait les mains en signe d'ignorance et compatirait. Il expliquerait qu'il était venu en personne chaperonner le départ des émissaires, auquel la vénérée belle-sœur de Sir John, la comtesse Margaret, avait elle aussi assisté. Et que les trois hommes étaient en pleine santé lorsqu'on les avait vus pour la dernière fois. Bien sûr, les chancelleries secrètes de Bourgogne et de Londres s'interrogeraient, mais nul ne pourrait rien faire.

— Encore une chose…

Le Grand Juge toussota pour s'éclaircir la gorge. Christopher revint s'asseoir.

— J'ai reçu un présent, poursuivit son père. Enfin, si l'on peut appeler cela un présent ! Deux têtes dans un panier. Je crois qu'elles appartenaient à la Garduna, précisa-t-il avec ironie. Il ne fait aucun doute pour moi qu'elles m'ont été envoyées par les Luciferi, en guise de cadeau d'adieu. Une étiquette était fixée au panier, avec des mots griffonnés dessus : « *Hermano Mayor* et son ami ». Je pense qu'il s'agit d'une erreur.

Urswicke tressaillit et le dévisagea.

— D'une erreur ? Que voulez-vous dire, père ?

— Eh bien ! les Luciferi sont persuadés de m'avoir expédié la tête du chef de la Garduna et celle de son homme de confiance Alfonso, mais ils se trompent. Avant de faire jeter au fond de la Tamise ces offrandes répugnantes, je les ai examinées. Le chef de la Garduna avait une cicatrice très ancienne, mais très profonde, à cet endroit.

Le Grand Juge montra un point dans son cou derrière l'oreille droite.

— Ni l'une ni l'autre des deux têtes ne portait de marque à cet endroit. Elles appartenaient donc à d'autres hommes. Ce qui signifie que le maître de la Garduna – puisque tel est le titre qu'il se donnait – a survécu à la bataille sanglante de *La Chasuble*. Eh oui ! précisa-t-il, un ton plus bas, je sais exactement ce qui s'est passé là-bas. Au début, tout comme vos amis et vous-même, j'ai cru la Garduna décimée, rayée de la surface de la Terre jusqu'à son dernier combattant. Ce qui était prévisible, quand on sait que les Luciferi ne font pas de quartier. Seulement, si le chef de la Garduna en a réchappé, il reviendra et frappera de nouveau.

— Et vous pensez qu'il s'en prendra à moi…

— Oui.

Urswicke secoua la tête, luttant contre la colère qui montait en lui.

— Non, père ! répliqua-t-il. C'est vous qui avez engagé la Garduna, vous qui avez signé ce contrat avec elle. Même s'il ne s'agissait que d'un pacte conclu par serment et scellé d'une simple poignée de mains…

Le Grand Juge le contempla d'un regard inquiet.

— La Garduna voudra se venger dans le sang, poursuivit Urswicke. De vous, et peut-être aussi de moi, je le concède, dans un deuxième temps. Mais, avant tout, de vous !

— Allons, pour quelle raison ?

— Parce que vous n'avez pas levé le petit doigt quand les Luciferi ont attaqué *La Chasuble*. Vous n'avez envoyé ni avertissement ni secours. Mon digne père, si j'étais vous, je ferais montre de la plus grande prudence.

— Sans parler du danger que représentent les trois hommes que nous avons laissés repartir en Bourgogne… ajouta le Grand Juge d'un ton soucieux.

— N'ayez pas d'inquiétude à leur sujet, mon cher père. Il y a loin de la coupe aux lèvres.

— Que voulez-vous dire ?

— Vous verrez.

Urswicke sourit.

— Une question, père : qui était le chef suprême de la Garduna ? Le vilain de *La Chasuble* ? Sir John ? Le docteur Guido ? Je n'ai jamais pu le déterminer.

— Eh bien, moi non plus, figurez-vous !

— Quoi qu'il en soit, ils sont tous partis, murmura Christopher.

— Dans ce cas, fit le Grand Juge en se levant, pensez bien à moi, mon cher fils, je m'en vais !

Urswicke le considéra sans rien dire. Sir Thomas lui fit de rapides adieux et s'éclipsa. Pendant quelques instants, les deux clercs de la comtesse gardèrent le silence, attentifs aux différents bruits de la maison. Puis Bray se leva, ajouta deux bûches dans l'âtre et s'approcha de son ami, resté assis à la table de travail où il consultait la généalogie de Charles, duc de Bourgogne.

— Charles représente-t-il un danger ? s'enquit-il.

Urswicke secoua la tête.

— Non. J'ai parlé de notre noble duc à notre comtesse plus noble encore. La Bourgogne n'est pas une menace. Le duc Charles est ce qu'il est, Reginald, un prince étranger. Il ne bénéficiera d'aucun soutien s'il se prend à revendiquer le trône d'Angleterre tant que Henri Tudor sera vivant. En revanche, si, Dieu nous en garde, Henri Tudor venait à disparaître, il émergerait comme un prétendant légitime à la couronne anglaise.

Il repoussa le manuscrit devant lui.

— Mais cela n'arrivera pas, n'est-ce pas ? Nous pouvons d'ores et déjà renvoyer cette hypothèse aux oubliettes de l'histoire.

Il eut un petit rire.

— Qu'est-ce qui vous amuse, Christopher ? s'étonna Bray.

— La Garduna nourrit depuis longtemps une vive animosité à l'égard de la maison de Lancastre. Cela remonte à l'époque du premier Lancastre, Jean de Gand. Et comme les récentes révélations stipulent que le duc Charles est un important aspirant lancastrien, la Garduna ne pourrait-elle pas invoquer la nécessité d'une vengeance, surtout après avoir perdu toute une escouade de combattants qui se battait pour son compte ? Eh oui, mon ami, la Bourgogne a libéré un monstre qui pourrait bien se retourner contre elle. De plus…

Il s'arrêta. Trois petits coups venaient d'être frappés à la porte. Un instant plus tard, la comtesse se glissait dans le solar. Les deux hommes se levèrent. Moqueuse, Margaret esquissa un simulacre de révérence, puis vint serrer dans ses bras chacun de ses clercs. Elle prit ensuite place à la table de travail, tandis que Bray et Urswicke s'installaient près d'elle.

— Beau travail ! murmura-t-elle. Très beau travail ! Vous avez envoyé notre noble Grand Juge faire ses bagages ! Je l'ai vu s'en aller, la queue entre les jambes.

— Mais il reviendra, affirma Bray avec humeur. Il va se terrer dans ses bureaux de l'échevinage, lécher ses blessures et reprendre des forces, puis il se relèvera pour chercher de nouvelles façons de nous nuire.

Il tendit les mains devant lui en regardant Urswicke.

— Je vous prie de m'excuser, Christopher. Sir Thomas est votre père.

— Mais il est aussi mon ennemi et, comme nous venons de le démontrer, mon ennemi mortel.

— C'est vrai, acquiesça Bray. Néanmoins, sachant

qu'il a déclenché la fureur de la Garduna, il y a des chances que celle-ci le prenne en chasse.

— Soyez tranquille, Reginald, mon père est Grand Juge de Londres. Il contrôle les bas-fonds de la ville comme un chasseur commande à ses chiens. Il lâchera ses bandes de malandrins avec ordre de traquer les membres de la Garduna qui ont pu réchapper du massacre. De fait, je suis sûr que la forêt qui entoure Chertsey et Woking est actuellement passée au peigne fin. Oh ! je ne me fais aucun souci pour Sir Thomas. Il possède un instinct de conservation exceptionnel !

— Peut-être, mais il a tout de même manqué à ses engagements vis-à-vis des frères York, intervint la comtesse. Vous et moi sommes toujours ici, sains et saufs…

Elle sourit.

— … et solides : « nous nous élevons comme un cèdre du Liban », pour citer les Saintes Écritures !

Elle joua quelques instants avec la plume posée sur la table.

— Je suis cependant d'accord avec vous deux : Sir Thomas reste un danger mortel pour notre cause et pour nous.

— Et il le sera toujours…

Bray se pencha en avant et poursuivit, faisant de grands gestes pour appuyer son propos.

— Christopher, j'ai bien conscience que c'est de votre père que je parle, mais la comtesse dit vrai : Sir Thomas est une menace mortelle pour nous trois, sans parler du prince Henri, de Lady Katarina et de Lord Jasper, qui voguent maintenant à bord d'une cogghe de combat française.

Il but quelques gorgées du verre qu'il s'était servi un peu plus tôt.

— Notre Grand Juge est extrêmement dangereux, tuer ne lui fait pas peur. Nous pensions qu'il voulait simplement nous envoyer en exil, alors que, en réalité, il avait prévu de nous faire jeter par-dessus bord. Jamais nous ne devions atteindre la Bourgogne ni même les côtes au-delà des Détroits. Je suis sûr que, de son côté, la Garduna possède des navires de guerre et qu'elle est désireuse d'achever la tâche qui lui avait été confiée. Si nous étions montés à bord du *Pégase*, un incident malheureux, comme il s'en produit régulièrement, serait survenu. Oui, nous aurions péri dans les flots. Et combien de temps le prince Henri aurait-il survécu ensuite ?

Bray leva la main en signe d'apaisement en voyant les lèvres de la comtesse remuer comme si elle se parlait à elle-même.

— Mais nous ne craignons plus rien à présent, la réconforta-t-il. Le prince Henri est en de bonnes mains. En outre, les hommes de Lord Stanley arriveront à Londres sous peu. Et même vos domestiques sont en train de revenir !

Il prit une profonde inspiration.

— Tout va pour le mieux, donc, si ce n'est que Sir Thomas nous persécute. Régulièrement, nous sommes contraints de parer ses attaques et, régulièrement, il revient à la charge !

— Que suggérez-vous ?

— De déplacer le combat dans le camp ennemi, Christopher. Il se trouve d'ailleurs que j'ai déjà commencé à œuvrer dans ce sens.

— Comment cela ?

— Christopher, madame…

Bray alla chercher sa sacoche, la posa sur la table et en sortit un parchemin, qu'il déroula en plaçant de petits poids à chaque angle. Urswicke se leva pour mieux examiner le riche manuscrit, avec son écriture nette et son encre noire qui attirait l'œil.

— Lisez ! le pressa Bray. Lisez, Christopher, pour notre maîtresse !

— « Oyez, oyez, citoyens de Londres ! commença Urswicke. Et souvenez-vous de cet avertissement quand le jugement tombera sur ce juge inique qu'est Sir Thomas Urswicke. Le Grand Juge de Londres ne modifiera jamais son comportement. Il ne s'amendera pas. Il s'est rendu coupable de désobéissance envers nous et il retournera à ses vomissures comme un chien. Il voit et voit encore, mais il ne s'aperçoit pas du mal qu'il a commis à notre encontre. Il entend et entend encore, mais ne comprend pas la perfidie de sa conduite. Il a trahi la Garduna. Il a triché, trompé et lâché nos camarades. Il s'est rendu coupable d'une félonie nauséabonde. Très bien : son acolyte Mauclerc et lui ont semé la tempête, ils récolteront l'ouragan ! Nous avons résolu de nous venger et ils ne nous échapperont ni l'un ni l'autre. Rédigé de notre main en cette ville, afin d'être lu par ceux qui s'estiment concernés. Parce que nous sommes la Garduna et que nous n'obéissons à personne ! »

Urswicke releva la tête.

— Que signifient ces inepties, Reginald ? Qui a écrit cela ?

— Moi. Et je me suis glissé de surcroît à St Paul la nuit dernière pour en afficher une copie sur la croix. Et j'ai fait de même au Standard de Cheapside.

— Seigneur ! Mais pourquoi donc ?

— Pour que votre père, Christopher, reçoive la

monnaie de sa pièce ! Il semble que certains membres de la Garduna aient survécu quand nous avons attaqué *La Chasuble*. Si son chef est de ceux-là, il réclamera vengeance.

— Et vous comptez fâcher mon père avec cette proclamation ?

— Non, Christopher, je compte l'effrayer. Il n'a pas l'habitude de recevoir des menaces dans sa propre ville. En outre, cela aura peut-être pour effet de le détourner de nous. Troisièmement, ceux qui liront ce texte se demanderont ce qui a pu susciter une telle haine. Et ils chercheront à savoir qui est la Garduna et ce qu'a fait Sir Thomas pour la provoquer.

— Croyez-vous que mon père encoure un réel danger ? Que la Garduna va vraiment s'en prendre à lui ?

— Non, je ne le pense pas.

— Mais en êtes-vous sûr ? insista la comtesse, manifestement fascinée par la tournure que prenaient les événements.

— La Garduna a été très affaiblie, elle ne compte plus que quelques membres en Angleterre, répondit Bray. Ceux qui ont réussi à survivre au violent affrontement de *La Chasuble* doivent être aux abois. Ils n'ont plus de ressources, ce sont des étrangers dans un pays qu'ils ne connaissent pas, sans refuge où se cacher et sans seigneur pour garantir leur protection.

Urswicke se rassit et tapota la proclamation de l'index.

— Vous dites que vous avez déjà affiché cela ?

— Ma foi, oui, ou quelque chose qui y ressemblait. L'annonce que vous avez sous les yeux apparaîtra en plusieurs lieux au cours des jours à venir.

— Mais était-il judicieux d'y inclure le nom de

Mauclerc, Reginald ? Était-ce nécessaire ? Les frères York risquent de soupçonner que ces avis sont notre œuvre !

— J'en doute, Christopher. Ces deux bras de Satan que sont le Grand Juge et Mauclerc ont nourri l'un et l'autre la Garduna. Ils étaient ses alliés, et cette vérité est bien connue de ceux qui savent ce qui s'est passé. Oh ! la haine que vous inspire Mauclerc n'est un secret pour personne, j'en ai bien conscience, mais le fait est qu'il a eu affaire à la Garduna et que la Garduna a parlementé avec lui. Or votre digne père a retiré soutien et protection à la Garduna, tandis que Mauclerc était son messager. Plus important encore, cela me procure une satisfaction intense de penser que Sir Thomas et Mauclerc seront terrorisés l'un comme l'autre.

— Ils seront troublés, c'est certain ! s'exclama la comtesse avec un petit rire. Ils ont tous deux échoué dans leur entreprise meurtrière et, comme vous le savez, reporter la faute sur l'autre est une habitude vieille comme le monde ! Christopher, craignez-vous vraiment que les frères York devinent qu'il s'agit d'un stratagème dont Bray est l'auteur et qu'ils nous fustigent ?

— Je ne pense pas qu'ils parviendront d'emblée à cette conclusion. Mais imaginons que les membres de la Garduna aient tous été éliminés sans exception. Dans ce cas, mon père recherchera la véritable source de ces proclamations. Il se peut aussi que la Garduna fasse savoir qu'en dépit de son désir de vengeance, elle n'est pour rien dans cette initiative.

— Mais c'est hautement improbable.

— Troisièmement, enchaîna Urswicke, si vous vous faites prendre, Reginald… et Dieu sait que mon père est habile à tisser ses toiles : il règne sur un réseau d'informateurs, de judas, de chasseurs de primes et sur toute une tribu d'individus plus ou moins recommandables. Même si vous allez afficher vos proclamations en plein cœur de la nuit, il se trouvera toujours quelqu'un pour vous remarquer. Alors, si vous êtes arrêté, il faudra que Dieu nous aide, et qu'il aide surtout notre maîtresse ! Vous vous doutez que le doigt accusateur sera pointé sur elle. On la fera conduire à la Tour et elle y sera interrogée.

Il chercha le regard de Bray, un vrai camarade qui lui était plus cher qu'un frère, mais Bray se détourna. Urswicke sentit alors la peur l'envahir.

— Reginald ! appela-t-il en se penchant vers la table. Regardez-moi !

Son compagnon obéit.

— Reginald, vers quoi cette voie nous mène-t-elle en réalité ? Certes, nous pourrons causer de l'irritation et de la crainte dans le camp des York, et chez mon père en particulier, mais si les choses tournent mal, votre projet fera un tort immense à la comtesse. Vous le savez, Reginald. Quelles sont donc vos véritables intentions ?

— Je veux la mort de votre père et celle de Mauclerc.

— Qui les tuerait ?

— Nous, Christopher, ou plutôt, moi ! Sir Thomas et Mauclerc méritent de mourir tous les deux. Cependant, je m'arrangerai pour faire imputer leur assassinat à la Garduna.

— Et comment vous y prendrez-vous ?

— Ça, c'est mon secret, répondit Bray d'une voix plus assurée. Ces deux hommes n'ont jamais cessé de nous harceler, notre chère maîtresse et nous-mêmes.

Comprenez-vous bien quel sort ils lui réservaient ? Quel sort ils *nous* réservaient ? Ils avaient prévu pour nous une mort brutale, nous devions être engloutis par la mer et oubliés à tout jamais dans ses profondeurs. Et combien de temps faudra-t-il encore que nous risquions notre vie ? Cela doit cesser, Christopher. Mais seulement si vous m'en donnez l'autorisation, précisa-t-il avec fougue. Je vous jure que je ne ferai rien contre votre gré.

Urswicke jeta un coup d'œil à la comtesse, qui lui rendit son regard. Puis il se leva et marcha jusqu'à la fenêtre pour regarder à travers la vitre épaisse. Il se souvint que, des années auparavant, son père lui avait appris à jouer aux échecs et à tirer à l'arc. Il cligna des yeux pour réprimer les larmes, mais aussi la colère qu'il éprouvait à l'idée de ce qu'aurait dû être leur relation. Petit, Christopher avait adoré son père, il avait admiré sa force, son énergie, son courage et sa vivacité d'esprit. Cette image idéale avait disparu lorsqu'il avait vu sa mère devenir peu à peu triste et renfermée sur elle-même et qu'il s'était trouvé impuissant à la réconforter.

— Mon ami, déclara la comtesse, le tirant de ses réflexions, ce que dit Reginald est vrai : Sir Thomas et Mauclerc méritent la mort, mais c'est à vous d'en décider.

— C'est mon père et pourtant…

— Pourtant quoi ?

— Il a conduit ma mère adorée au trépas. Il ne s'est jamais soucié de sa souffrance ni du chagrin qu'il lui causait.

Christopher retourna s'asseoir, la tête basse.

— Oh oui ! murmura-t-il en frottant ses mains l'une contre l'autre, je me souviens de Thomas

Urswicke et de sa ribambelle de maîtresses, tel un souteneur avec son cortège de catins… Alors oui, rien que pour cela, il mérite de mourir !

— Et pourtant… ? le pressa la comtesse. Réfléchissez, Christopher… Que pensez-vous que dirait votre mère ?

Il ferma les yeux et se mordit la lèvre pour maîtriser le sanglot qui semblait courir dans toutes les fibres de son corps. Il se souvint de sa mère assise dans son fauteuil favori du jardin d'hiver, annonçant, tout excitée, que Sir Thomas rentrerait bientôt. Il rouvrit les yeux.

— Laissons mon père à ses péchés, déclara-t-il. Si nous nous rencontrons au cours d'une bataille, épée contre épée, lame contre lame, ce sera différent, mais le tuer, l'abattre par surprise et devenir assassin…

Il secoua la tête.

— Je vous demande, je vous supplie de ne pas suivre ce chemin, Reginald.

La comtesse tendit la main et Urswicke y déposa un baiser. Puis il se tourna vers Bray et lui prit la sienne pour la serrer.

— Vous avez ma promesse solennelle, Christopher, assura Bray, que je ne m'engagerai pas sur cette voie.

— Je vous approuve, dit la comtesse.

— Ainsi, reprit Christopher en se ressaisissant, nous laisserons la Garduna à ses sinistres pratiques, et mon père aux siennes, du moins pour le moment. Mais soyez assurés d'une chose, mes amis : Sir Thomas Urswicke, Grand Juge de Londres, n'est jamais très loin de mes pensées.

NOTE DE L'AUTEUR

La Dernière Ombre est bien sûr une œuvre de fiction, mais son fil narratif s'inscrit dans un authentique contexte historique.

1471 fut une année glorieuse pour la maison d'York. Édouard et ses deux frères régnaient désormais sans entraves, libres de toute menace, intérieure ou extérieure. Poussé par son épouse Elizabeth Woodville, Édouard œuvrait à asseoir son statut de général victorieux et de monarque de droit divin. Le soleil des York brillait d'un bel éclat, mais une ombre demeurait : Margaret Beaufort, la comtesse de Richmond, qui ne renonçait pas à son objectif de faire chuter la maison d'York, pour placer son fils, Henri Tudor, sur le trône. À mes yeux, Margaret était une femme extrêmement brillante, charismatique et déterminée. Douze ans plus tard, elle parviendrait d'ailleurs à ses fins : les graines qu'elle avait semées avec patience arriveraient à pleine maturation. En fin de compte, on peut dire que c'est bien elle qui a causé la ruine de la maison d'York.

En ces premières années du règne d'Édouard, le rôle de la France est tel que je l'ai présenté dans ce roman. Louis XI redoutait une invasion anglaise qui ferait revivre à son royaume la misère et les souffrances endurées avant l'arrivée de Jeanne d'Arc. De fait, ce ne furent ni la Bretagne ni la Bourgogne qui contribuèrent au succès de l'invasion de l'Angleterre par Henri Tudor en 1485, mais bien des mercenaires et de l'or français. Grâce à ces hommes et à ces fonds, Henri Tudor put accoster à Milford Haven, et les Tudor ne devaient jamais oublier cette aide précieuse. Hormis quelques anicroches, l'Angleterre n'entra pas une seule fois en guerre contre la France durant les vingt-quatre années de règne de Henri VII.

Le rôle joué par les deux comédiens dont il est question dans ce livre ne peut être considéré comme improbable. À la fin du XVe siècle, on vit plusieurs simulateurs se présenter avec des revendications démesurées, en endossant l'habit correspondant. Des imposteurs comme Lambert Simnel ou Perkin Warbeck ont bel et bien existé, se prétendant l'un et l'autre de sang royal. Ils ont réussi à rassembler de nombreux zélateurs, qui les ont suivis les yeux fermés.

L'affichage de libelles à St Paul et à Cheapside était devenu une pratique courante à cette époque. Durant le règne de Richard III (1483-1485), ces proclamations abondaient, sans doute inspirées par ces adversaires invétérés de Richard qu'étaient Margaret Beaufort et Christopher Urswicke. Le 18 juillet 1484, des poèmes séditieux ont fait leur apparition sur les portes de la cathédrale St Paul. L'un d'eux disait : « *The Rat, the Cat and Lovell the Dog rule all England under the Hogge* » (« Le rat, le chat et Lovell le chien règnent sur toute l'Angleterre sous la houlette d'un sanglier »). Une référence mordante au roi Richard (dont l'insigne était un sanglier blanc) et à ses trois conseillers, Sir Richard Ratcliff, Sir William Catesby et le vicomte Francis Lovell. À la veille de la bataille de Bosworth, Howard de Norfolk, connétable de Richard, a trouvé la note suivante accrochée à l'entrée de sa tente : « *Jockey of Norfolk ride not so bold, for Dickon* [Richard III] *your master has been both bought and sold* » (« Jockey du Norfolk, point trop d'audace, car Dickon [Richard III], ton maître, a été vendu et acheté »). Entre les mains de personnages comme Christopher Urswicke, la guerre psychologique, à n'en pas douter, existait déjà et allait bon train au XVe siècle !

Margaret a vraiment épousé Lord Stanley et leur mariage a été une belle réussite. À la bataille de Bosworth, Richard III et ses connétables ont stupidement imaginé que Stanley se rangerait de leur côté. Richard a payé le prix de cette erreur de jugement quand Stanley, qui a pris une part active au combat, a brusquement changé de camp.

La revendication du trône d'Angleterre par le duc de Bourgogne a été telle qu'on peut le lire dans ce roman. Le duc Charles a officiellement formulé ses aspirations en novembre 1471, démarche qui, en fin de compte, a fait chou blanc. Charles, qui a dû prendre part à plusieurs conflits en Europe du Nord, a trouvé la mort en janvier 1476 durant la bataille de Nancy.

La dépouille du roi Henri VI repose désormais en paix. En août 1484, Richard III a ordonné son transfert de Chertsey à Windsor. À la même époque, des reliques associées au roi défunt se sont mises à proliférer : on a vu, entre autres, le manteau de Henri VI, la « dague sacrée » qui l'avait tué, ses éperons, un éclat de bois provenant du cadre de son lit et son chapeau de velours rouge.

Enfin, la Garduna a réellement existé. Pendant des siècles, cette société secrète s'est développée et s'est montrée extrêmement active en Espagne. En 1822, son Grand Maître et seize de ses membres ont été pendus en place publique à Séville. Certains disent qu'elle a survécu à cet événement et qu'elle continuerait même, de nos jours, à commettre ses actes de malveillance chaque fois qu'elle le souhaite et partout où elle le souhaite.

Du même auteur
aux Éditions 10/18

L'HOMME MASQUÉ, n° 4385

Série « Mathilde de Westminster »

LE CALICE DES ESPRITS, n° 4283
LE COMBAT DES REINES, n° 4312
LE RÈGNE DU CHAOS, n° 4459

Série « Matthew Jankyn »

L'ORDRE DU CERF BLANC, n° 4072
LE LYS ET LE SERPENT, n° 4180

Série « Amerotkê »

SOUS LE MASQUE DE RÉ, n° 3894
MEURTRES AU NOM D'HORUS, n° 3992
LA MALÉDICTION D'ANUBIS, n° 4105
LES MEURTRIERS DE SETH, n° 4146
LES TROIS MORTS D'ISIS, n° 4355
L'EMPOISONNEUR DE PTAH, n° 4495
L'ESPION DE SOBEK, n° 4617

Série « Frère Athelstan »

LA GALERIE DU ROSSIGNOL, n° 3167
LE DONJON DU BOURREAU, n° 3218
SACRILÈGE À BLACKFRIARS, n° 3226
LA COLÈRE DE DIEU, n° 3336
LE FANAL DE LA MORT, n° 3340
LE REPAIRE DES CORBEAUX, n° 3531
LE JEU DE L'ASSASSIN, n° 3666
LA CHAMBRE DU DIABLE, n° 3842
L'AUBERGE DU PARADIS, n° 3973
LA TAVERNE AUX OUBLIÉS, n° 3998
LA PIERRE DE SANG, n° 4686

LES BALADINS DU RÉGENT, n° 4802
LA TORCHE ARDENTE, n° 4937
LE LIVRE DES FEUX, n° 5083
LE HÉRAUT DE L'ENFER, n° 5214
LA GRANDE RÉVOLTE, n° 5344
PÈLERINAGE MORTEL, n° 5396
LE COFFRET MALÉFIQUE, n° 5456
LE MASQUE D'ORIFLAMME, n° 5556
L'ÉCORCHEUR DE LONDRES, n° 5677
L'ARBRE AUX PENDUS, n° 5820

Série « Hugh Corbett »

SATAN À ST MARY-LE-BOW, n° 2776
LA COURONNE DANS LES TÉNÈBRES, n° 2777
UN ESPION À LA CHANCELLERIE, n° 2820
L'ANGE DE LA MORT, n° 2863
LE PRINCE DES TÉNÈBRES, n° 2901
FAUX FRÈRE, n° 2966
L'ASSASSIN DE SHERWOOD, n° 3036
LA COMPLAINTE DE L'ANGE NOIR, n° 3127
LE FEU DE SATAN, n° 3290
LA CHASSE INFERNALE, n° 3296
L'ARCHER DÉMONIAQUE, n° 3437
LA TRAHISON DES OMBRES, n° 3584
FUNESTES PRÉSAGES, n° 3705
LE LIVRE DU MAGICIEN, n° 3879
LE TRÉSOR DE L'INDOMPTABLE, n° 4085
LE PORTEUR DE MORT, n° 4407
LA VENGEANCE DE MYSTERIUM, n° 4553

Série « Kathryn Swinbrooke » signée C. L. Grace

MEURTRES DANS LE SANCTUAIRE, n° 3029
L'ŒIL DE DIEU, n° 3030
LE MARCHAND DE MORT, n° 3094
LE LIVRE DES OMBRES, n° 3190
LA ROSE DE RABY, n° 3406

LE LACRIMA CHRISTI, n° 3836
LE TEMPS DES POISONS, n° 3928

Série « Alexandre le Grand »

LA MORT SANS VISAGE, n° 3738
L'HOMME SANS DIEUX, n° 3739
LE MANUSCRIT DE PYTHIAS, n° 3860

Série « Nicholas Segalla » signée Ann Dukthas

LE MESSAGER DU TEMPS, n° 3831
EN MÉMOIRE D'UN PRINCE, n° 3832
LES OUBLIÉS DE MAYERLING, n° 3900

Série « Margaret Beaufort »

LA REINE DE L'OMBRE, n° 5589
LE COMPLOT DES OMBRES, n° 5768
LA DERNIÈRE OMBRE, n° 5871

#lisez!
engagé
www.lisez.com
Pour plus d'information :
Imprimé sur du papier issu de forêts gérées durablement.

10/18 – 92 avenue de France, 75013 PARIS

Imprimé en France par
CPI Brodard & Taupin

N° d'impression : 3052339
X08166/01